글쓰기 이론과 실제

저자 정 인 문

박문사

글·쓰·기·이·론·과·실·제

책머리에

　현대사회에서 자신의 의사를 표현하고, 상대방의 주장을 이해할 수 있는 일정한 표현 방식이 있어야 하는 것은 당연할 것이다. 현대인들이 자신들의 생각을 글로 표현하고자 할 때 참고로 이용할 수도 있고, 또 그것들을 보다 효과적으로 쓸 수 있는 능력을 기를 수 있는 부분과 대학 교양과목으로 쓸 수 있는 부분을 함께 그 목적을 삼았다. 그래서 이 책은 글쓰기의 이론적인 부분, 즉 그 필요성과 함께 어떻게 하면 글을 잘 쓸 수 있을까, 즉 실용적인 측면도 함께 이해할 수 있도록 엮어 보았다.

　이 책의 체재는 1부에서는 글쓰기의 개념 정리, 2부에서는 글쓰기의 기초 사항 정리, 3부에서는 창의적인 글쓰기에 대해서, 4부에서는 실제 적용부분으로 실생활과 직업 생활에서 직접적으로 도움이 될 사례들을 들었다.

　이 책은 선배, 동학 연구자의 도움으로 제작되었다. 어쩌면 선배들의 저서에서 요약 정리하는 수준이라 많이 미진하며 부끄럽다는 생각이 든다. 기존 연구의 저자 여러분들에게 감사의 뜻을 전한다.

2010년 3월
저자 정인문 삼가 적음

Contents

글쓰기 이론과 실제

제1부

글쓰기의 개념

최근 학생들이 너무 시각적인 영상에만 몰두하여 글에 대한 이해력도 떨어질 뿐만 아니라, 자신의 생각을 효과적으로 전달하기 위해 글을 구성하는 능력은 심각한 수준으로 전락해 있다고 해도 과언이 아니다.

이미 선진화된 서구사회에서는 이미 오래 전부터 정보 전달능력이 중요한 개인적 능력의 한 부분으로 인정받고 있는 상황을 고려할 때, 말하기 능력과 함께 글쓰기 능력은 현대인의 필수적인 자질인 것이다.

글·쓰·기·이·론·과·실·제

글·쓰·기·이·론·과·실·제

제1부

글쓰기의 개념

1. 글쓰기의 개념 및 범주

1) 글쓰기의 개념

글쓰기의 개념을 논의하기 전에 「글쓰기」라는 용어에 대해 먼저 알아보자. 「글쓰기」라는 용어를 본격적인 학술 용어 또는 교육 용어로 주저 없이 쓸 수 있게 된 것은 비교적 근간의 일이다. 얼마 전까지만 해도 글짓기 또는 이것의 한자어인 작문이라는 용어가 일반적으로 사용되었다.[1]

현대 사회는 다양성을 특징으로 한다. 이제 획일적인 문화 유형이 몇 년씩 이어져 내려가는 예는 좀처럼 찾아보기 어렵다. 세상은 사람들이 미처 그 변화를 알아차리기도 전에 또 다시 새로운 모습으로 변해간다. 그래서 사람들은 정보의 탐색과 교환에 많은 시간을 투자하고 있으며, 사회 변화에 따라 생겨나는 각종 문화에 자신의 의견을 적극 개진하고 싶어 한다. 세상에는 그 양을 헤아릴 수 없는 각종 정보들이 흘러 다니고 있으며, 그 정보의 유형도 각양각색이다.[2]

1: 이지호, 글쓰기와 글쓰기 교육, 서울대학교출판부, 2004. 3, p.1 참조.
2: 성환갑·이주행·이찬규 공저, 현대인을 위한 글쓰기의 이론과 활용, 도서출판 동인, 2001. 2, p.11 참조.

글은 인간이 이룩한 가장 귀한 보화이다. 글을 통해 나를 나타내고 남을 안다. 글도 우리가 늘 말하는 것과 같다고 생각할 때 글쓰기는 쉬워진다. 글은 가장 정제된 방식으로 자신의 생각을 표현하는 방식이다. 이 세상에서 언어가 사라지지 않는 한, 글쓰기는 계속될 수밖에 없으며 오늘날과 같이 개인주의가 심화해 가는 상황에서 나 자신의 입장을 분명하고, 바르게 표현하는 일은 생존 전략적인 차원에서 그 중요성을 더해 가고 있다. 최근 학생들이 너무 시각적인 영상에만 몰두하여 글에 대한 이해력도 떨어질 뿐만 아니라, 자신의 생각을 효과적으로 전달하기 위해 글을 구성하는 능력은 심각한 수준으로 전락해 있다고 해도 과언이 아니다. 글 쓰는 능력이 떨어져도 살아가는데 지장이 없다고 생각하는 것은 큰 오산이다. 이미 선진화된 서구사회에서는 이미 오래 전부터 정보 전달능력이 중요한 개인적 능력의 한 부분으로 인정받고 있는 상황을 고려할 때, 말하기 능력과 함께 글쓰기 능력은 현대인의 필수적인 자질인 것이다.

① 글쓰기와 글 읽기

이와 같이 문자언어 구조물의 생산을 지향하는 것이 언어활동이다. 언어활동에는 글쓰기만 있는 것이 아니다. 글 읽기도 있고, 말하기·듣기도 있다. 이 중에서 글쓰기와 직접적으로 관련되는 것이 글 읽기이다. 글 읽기는 이미 생산된 문자언어 구조물의 수용에 초점을 맞추는 언어활동이기 때문이다. 음성언어 구조물의 생산과 수용을 의미하는 말하기·듣기 또한 글쓰기와 전혀 무관한 것은 아니다. 문자언어 구조물과 음성언어 구조물은 상호 보완적인 관계에 있음을 놓쳐서는 안 된다.

통상 글쓰기는 「글」을 「쓰기」하는 것이다. 글이란 문자언어의 선형적 조직체인데, 이것은 일정한 의미를 전달한다. 물론 그 의미는 문자언어에 의해서 지시되거나, 표상된 어떤 것의 의미이다.

글쓰기는 글 읽기를 그 자체에 내함하고 있다는 점에서 통합적 언어활동이 된다. 일단 「남의 글」을 「나」가 읽지 않으면 「나의 글」을 쓸 수 없다. 「남의 글」은 대상의 기존 의미를 확인하게 해 준다. 「남의 글」 또한 생산 당시 시점에서는 대상의 새 의미를 구성한 글이다. 그러나 그 새로움의 지위는 그 대상에 대한 다른 글쓰기가 시도되기 전까지만 유지된다. 「남의 글」을 「나」가 단순히 읽기만 한다면, 일단 그것에 담지 되어 있는 의미는 새 의미로 인식된다. 그러나 「나」가 새로운 글쓰기를 하기 위해서 「남의 글」을 읽는다면 그것에 담지 되어 있는 의미는 기존 의미로 간주하지 않을 수 없는 것이다.

이것은 대상의 새 의미를 구성하기 위한 글쓰기는 반드시 글 읽기를 동반하지 않으면 안된다는 것을 알 수 있다. 그런데 글이란 대상의 의미만을 담지하고 있는 것은 아니다. 어떤 것은 대상의 의미라고 할 때, 그 의미가 바로 그 대상으로부터 정당하게 구성한 것임을 함께 보여주지 않으면, 누구도 그 의미를 신뢰하지 않을 것은 뻔한 이치이다.

따라서 글쓰기에서 글 읽기가 선행되어야 하는 또 다른 이유가 바로 여기에 있다. 글 읽기는 글에 담겨 있는 대상의 의미뿐만 아니라, 그것을 구성하는 과정을 읽어 내는 것이다. 그렇다면 글 읽기는 대상의 기존 의미뿐만 아니라, 그 의미를 구성하는 방법을 읽어 내는 사유 활동이라고 할 수 있다.

글쓰기는 또한 원초적으로 세계 읽기에 의해서 이루어진다. 그러나 세계로부터 대상을 분리해 내는 것도 결코 쉬운 것도 아니고 선택한 대상을 의미화하거나, 그것을 독자에게 설득적으로 전달하는 방법을 구안하는 것도 힘들기 짝이 없는 일이다. 우리는 세계를 직접 경험함으로써 그러한 방법을 스스로 터득할 수도 있다. 그러나 그것보다 더 효율적인 것은 글 읽기를 통해서 글쓰기 방법을 구성하는 것이다. 이를 글 읽기에 의한 글쓰기라고 한다.

①-1 글쓰기와 독서

이상과 같은 글 읽기에 의한 글쓰기를 위해서 먼저 우리는 왜 글 읽기를 해야 하는가 하는 문제부터 생각해 볼 필요가 있다. 우선 글 읽기(독서)는 언어 발달을 가져온다. 우리는 책을 읽음으로 해서 많은 어휘를 알게 되고, 지식이나 정보도 습득할 수 있다. 이는 곧 글을 읽는 사람은 말을 잘하게 되고, 좋은 글을 쓸 능력을 갖추게 된다. 우리는 독서를 통하여 지식과 정보를 얻는다. 특히 현대는 무한 경쟁의 시대이므로 책을 통한 지식이나 정보의 획득은 자아를 개발하는 데 도움이 되고, 생존 경쟁에서도 남을 이기고 성공하는 지름길이라 하겠다. 우리는 또한 독서를 통하여 교양을 쌓는다. 책을 많이 읽음으로써 높은 교양을 쌓고, 고매한 인격을 도야하게 되며, 깊은 깨달음을 얻고, 슬기로운 지혜를 얻게 된다.

이제는 독서도 식사·수면·운동처럼 평생 동안 매일 해야 한다. 사람들은 대체로 식사를 거르거나, 잠을 제대로 자지 않거나, 운동을 하지 않으면 큰일이 난다고 생각하지만 독서에 대해서는 그렇게 생각하지 않는 경향이 있는데 이것은 아주 잘못된 생각이다. 독서를 매일 하려면 우선 독서의 습관화 내지 생활화가 이루어져야 한다. 이는 먼저 독서가 재미있고, 유익하다는 인식부터 가져야 가능한 것이다. 좋은 책을 읽으려면 많이 알고, 많이 생각해야 한다. 풍부한 독서는 양서 선택의 바른 길잡이가 된다. 그리고 책을 읽을 때는 읽으면서 생각하고, 생각하면서 읽어야 한다. 그래야 사고력·판단력·비판력·추리력·상상력 등을 기를 수 있다. 문장력과 사고력을 기르기 위해서는 단편보다 장편을 읽는 게 좋다.

　다음은 글 읽기는 글쓰기와 어떤 관련이 있는지 살펴보기로 한다. 우리가 음식을 먹으면 배가 부르고, 힘이 나고, 그게 몸 안에서 영양분이 된다. 그리고 먹고 마신 게 있어야 배설한 것도 있는 법이다. 우리가 책을 통해서 수많은 지식과 정보와 기술을 얻게 된다. 따라서 책을 많이 읽게 되면, 머릿속에 수많은 지식이 저장되게 된다. 그러므로 평소에 독서를 많이 해서 머릿속에 수많은 지식을 저장해 놓아야 글을 쓸 때, 그것을 유용하게 끄집어내어 쓸 수가 있다. 글쓰기 수련을 하는 중에도 계속해서 독서를 해야 좋은 글을 쓸 수 있다.

　글쓰기 능력을 향상시키려면 어떤 책을 읽어야 할지 살펴보자. 독서를 하는 데는 시간의 제약이 있다. 그런 상황에서 그 많은 책을 다 읽기란 불가능하고, 또한 그럴 필요도 없다. 그러므로 좋은 책을 골라 읽는 지혜가 필요하다. 현대에 와서는 각자의 개성이나 취향 및 적성에 따라 자신에게 맞는 適書를 읽으라고 하기도 한다. 어차피 그 많은 책을 다 읽을 수도 없고, 또한 그럴 필요도 없으니 자신에게 맞는 책을 골라 읽으라는 것이다. 독서를 할 때는 전공하는 분야의 책, 좋아하는 분야의 책, 재미있는 책, 실용서적만 읽으면 역시 한 방면에만 치우쳐서 읽는 偏讀이 되므로 좋지 않다. 골고루 읽어 전공지식 뿐 아니라, 폭넓은 교양과 식견을 갖춘 지성인이 되어야 한다.

　어쨌든 독서를 많이 해야 좋은 글을 쓸 수 있다. 독서를 전혀 하지 않거나, 거의 하지 않는 상태에서는 절대로 좋은 글을 쓸 수 없고, 설령 쓴다 해도 양적으로나 질적으로 늘 똑같은 수준의 유치한 글밖에 쓰지 못한다. 독서를 할 때는 정신을 집중하여 통독을 하면서 내용을 숙지하도록 하고, 어렵거나 모르는 어휘를 익히며 좋은 표현이 있으면 따로 모아두고 익히는 게 좋다. 글 잘 쓰는 비결은 바로 왕성한 독서에 있다. 독서의 생활화가 곧 글 잘 쓰는 지름길 이다.[3]

　글 읽기에 의한 글쓰기는 두 가지 장점이 있다. 하나는 글쓰기 방법을 어렵지 않게 마련할 수 있다는 것이다. 선행의 글쓰기 방법을 사유의 틀로 하기 어렵기 때문에, 발상의 단서는 이미 확보되어 있는 셈이다. 다른 하나의 장점은 방법 자체의 가치를 쉽게 확신할 수 있다는 것이다. 선행의 글쓰기 방법은 이미 그 가치가 인정된 것이다.

3: 이재춘, 대학작문 창의적인 글쓰기, 북랜드, 2008. 2, pp.17-22 참조.

이와 같이 글 읽기를 일종의 글쓰기로 간주하는 주장이 있다. 이것은 글 읽기가 글쓰기의 방법을 구안하는 전략임을 강조하는 수사적인 표현이다. 글 읽기가 글을 해석하여 그 글의 의미화를 목적으로 하는 것이라면 글쓰기는 세계를 해석하여 세계의 의미화를 목적으로 하는 것이다. 글이든 세계이든 이것을 의미화한다는 것은 자아가 대상에 대하여 일정한 지적 조작을 가해 대상 그 자체 또는 대상과 관련한 새로운 지식을 산출한다는 것이다. 이 점에서는 글 읽기와 글쓰기는 일치한다. 글 읽기와 글쓰기를 동일시하는 사람들은 글 읽기에서도 대상의 새 의미를 구성한다고 믿는다.

글 읽기는 단순히 「글이 의미하는 것(의미)」을 읽어내는 것이 아니라, 「글이 나에게 의미하는 것(의의)」을 읽어낸다는 것이다. 이것은 글 읽기가 글에 함유된 기존의 지식을 수동적으로 파악하는 것이 아니라, 글을 읽어 나가는 과정에서 애초에 존재하지 않았던 새로운 지식을 능동적으로 생성해 내는 것을 뜻한다. 그래서 글 읽기는 글쓰기를 추동하는 원동력이라고 하고, 글 읽기를 일종의 글쓰기라고 하는 것이다. 이런 점에서 글 읽기는 글쓰기의 방법론적 전제가 된다.

② 말하기와 글쓰기

왜 말하기와 글쓰기를 공부하는가? 이러한 질문은 매우 포괄적이어서 다양한 답이 나올 수 있다. 어떤 이는 현실적이고 실리적인 목적을 가지고 있다면, 철학적이고 이상적인 목적을 가질 수 있다. 그러나 말을 하거나 글을 쓰는 목적이 자신을 표현하고, 이를 통해 현실적이든 이상적이든 어떤 이득을 취하고자 한다는 점은 공통적이다. 그런데 우리가 이처럼 말하기와 글쓰기를 통해 무엇을 얻고자 한다면, 전제되어야 할 것이 바로 정확한 의사소통이다. 그러므로 우리가 말하기와 글쓰기를 공부하는 일차적인 목적은 나의 의사를 상대방에게 정확하게 전달함으로써 상대방을 이해시키고 설득하는 데 있다.

인간의 언어생활을 논의할 때에 말과 글은 같은 것으로 생각하기 쉽다. 그래서 흔히 말하듯이 글쓰기를 하면 된다고 한다. 이런 주장이 잘못된 것은 아니지만 실제로 우리가 말하듯이 글을 써놓았을 때, 매우 유치하거나 아니면 도무지 말이 되지 않는 경우도 종종 보게 된다. 말하기로 표현했을 때는 별로 어색하지 않았는데 글로 옮겨 놓았을 때는 매우 어색한 경우가 있다는 사실은 결국 이 분야에는 서로 다른 측면이 있음을 시사한다. 그렇다면 과연 이 두 분야는 무엇이 어떻게 다른지 살펴보기로 하자.

가. 사용하는 도구가 다르다. 말하기의 도구는 음성언어이고, 글쓰기의 도구는 문자언어이다. 음성언어는 순간적이고, 일회적인 특성을 가진다. 인간이 정리된 생각을 발음기관을 통해 표현했을 때의 언어를 음성언어라고 한다면, 이 경우의 언어는 생성되는 순간에 소멸하고 만다. 그러므로 이런 특징을 갖는 음성언어를 수단으로 하는 말하기는 그 나름대로 글쓰기와 많은 차이점을 가지고 있다.

이와 같이 문자언어는 지속적이고 반복적인 특성을 가지므로 단 한 줄의 문장이라도 수십 번 반복해서 읽을 수 있고, 문법적인 면이나 의미를 되새기며 따질 수가 있다. 이러한 문자언어의 특성을 바탕으로 하는 글쓰기는 그래서 말하기보다 많은 주의를 요한다. 흔히 말하기는 「말 바꾸기」도 가능하고 「그런 말을 하지 않았다고 우기기」도 가능하다면, 글쓰기는 그런 것이 전혀 불가능하다. 법적인 효력을 따지더라도 문자언어로 기록된 문서를 음성언어로 된 약속보다 더 중요하게 여기는 경향이 있음을 상기할 수 있다. 많은 사람들이 말하기는 좋아하면서도 글쓰기는 꺼리는 경향이 있다. 그것은 말하기의 편리함에 비해 글쓰기의 복잡함 때문이기도 하겠지만, 글쓰기는 말하기보다 책임져야 할 부분이 훨씬 더 분명하고 영구적이기 때문이다.

나. 사용하는 장소와 대상이 다르다. 대부분의 경우 화자와 청자가 한 장소에 있어야 함을 전제로 한다. 예를 들어 토론이나 대담 등의 경우에는 화자의 말하기에 동시적으로 반응하는 청자가 언제나 마주하고 있다. 이 경우 청자의 반응은 화자의 말하기에 많은 영향을 준다. 그러므로 질의 토론에서 화자가 말하기를 잘하려면, 역으로 청자의 반응을 잘 살펴야 한다. 글쓰기에 있어서 독자가 반응할 수 있는 시간적 여유를 감안한다면, 말하기에 있어서 청자가 반응할 수 있는 시간적 여유는 매우 짧다. 그래서 글쓰기의 경우와 비교했을 때 말하기는 논쟁을 불러오고, 인신공격으로 상대를 자극하여 돌이킬 수 없는 지경에까지 이르게 한다.

글쓰기의 경우는 필자와 독자는 일정한 공간적 거리를 두고 있으며, 쓰고 읽는 사이에도 시간적 거리가 있기 때문에 독자가 반응하는 시간적 여유도 길다. 그래서 말하기의 경우보다, 글쓰기의 경우는 보다 사색적이고 이지적일 수 있다. 우리가 감정적인 문제를 해결하기 위해 상대와 말하기로서 토론하기보다는 글쓰기로서 차근차근 설득하는 편이 훨씬 효과적일 수 있는 것도 이런 까닭이다.

다. 말하기 능력은 사람이 일정한 기간 동안 모국어 言衆과 함께 생활하다 보면 자연스럽게 터득하게 되므로 생득적이지만, 글쓰기 능력은 별도로 학습하지 않으면 생성되지 않으므로 후천적이다. 예를 들어 일정한 기간 동안 어떤 언어권에서 함께 생활한 언중들 중에서 모국어를 구사할 줄 모르는 사람은 한 사람도 없지만, 같은 언어권에서 생활했다 하더라도 문자언어 생활을 영위하지 못하는 사람은 얼마든지 있다. 이는 곧 글쓰기가 말하기보다 한 단계 고차원적인 정신활동임을 의미하기도 한다. 말하기와 글쓰기의 이러한 차이점을 우리가 정확히 이해할 때, 그 장단점을 잘 활용함으로써 극적인 효과를 도모할 수도 있을 것이다.[4]

---

②-1 토론과 글쓰기

토론과 글쓰기를 결합시키는 것은 표현력과 사고력을 키우는 효과적인 방안이다. 토론과 글쓰기의 연계는 토론의 장점과 글쓰기의 장점을 고루 취할 수 있도록 해 준다. 토론은 다양한 의견들을 접함으로써 자신의 생각을 보다 합리적으로 조정할 수 있도록 해 주며, 글쓰기는 자신의 생각을 심화시켜 논리적 완결성을 높여준다. 따라서 토론을 하고 그 결과를 글쓰기로 정리하면 합리적이면서도 완결된 논리를 만들어낼 수 있다.

토론은 의견의 공방으로 진행되기 때문에 자신의 생각이 다른 사람의 시각에서 비판적으로 검증받게 된다. 그러므로 토론 과정을 거치면서 자신의 논리에 담겨 있는 문제점이라든가, 결함 같은 것들을 자연스럽게 교정할 수 있다. 이것이 토론의 장점이다. 반면에 토론은 자신의 생각을 일관되게 밀고나가면서 심화시키기 어려운 경우가 많다. 상대방의 개입으로 사고의 맥이 끊기거나, 하나의 생각이 완결되기 전에 다른 논제로 넘어가곤 하기 때문이다.

이에 비해 글쓰기는 자신의 생각을 일관되게 밀고나갈 수 있으므로 토론에 비해, 아무래도 논리의 완결성이 높다. 그러나 글쓰기에서는 자신의 생각을 타자의 시각에서 객관적으로 바라보기가 대단히 힘들다. 글쓰기의 특성 상 논리의 일관성이나 완결성에 집중하다 보면, 자기의 생각에만 폐쇄되기 쉽기 때문이다.

따라서 토론과 글쓰기의 연계는 서로의 장점은 극대화하고, 서로의 단점은 최소화시킬 수 있는 좋은 방안이 된다. 토론은 글쓰기를 통해 논리적 완결성을, 글쓰기는 토론을 통해 객관적 검증을 보완할 수 있는 것이다.

글쓰기 측면에서 보면, 토론은 구상과 개요의 단계에 해당한다. 논제에 대한 기본 입장과 주요 명제들을 토론 과정에서 정립하게 된다는 점에서 그러하다. 구상과 개요는 글쓰기의 절반이라 해도 과언이 아니다. 토론은 그 구상과 개요를 완벽하게 처리해줄 수 있는 해결책이다.

4: 글쓰기 교과과정 연구위원회 편, 글쓰기, 도서출판 박이정, 2009. 2, pp.15-18 참조.

그런 점에서 토론 과정을 한 번 거치면 객관적 설득력을 갖춘 글이 나올 가능성이 훨씬 커진다고 할 수 있다.

토론 측면에서 보면, 글쓰기는 자신의 생각을 일관되고도 완결된 논리로 완성시켜 주는 마무리에 해당한다. 토론 과정에서는 다양한 의견과 주장들이 제기되기 때문에 그것들을 체계화하기 힘들다. 따라서 토론이 토론에서 그칠 경우 이런저런 생각들이 산재된 상태에 머무르기 십상이다. 사유의 심화와 종합을 기대하기 어렵다는 말이다. 글쓰기는 토론 과정에서 나온 생각들을 종합하고, 체계화시켜 준다. 토론을 글쓰기로 마무리해야 하는 것은 그래서이다.

토론을 글쓰기로 연결시킬 때, 제일 먼저 해야 할 일은 토론 과정에서 제기된 주장들을 정리하고, 그에 대한 자신의 입장을 분명히 하는 것이다. 이는 글쓰기의 구상 단계에 해당한다. 다음으로는 그것들을 논제와 쟁점별로 세목화하고, 요지를 간략하게 작성해야 한다. 이는 글쓰기의 개요에 해당한다. 그리고 나서 글쓰기로 들어가면 되는데, 이때의 글쓰기는 토론의 마무리라 할 수 있다. 요컨대 이 과정에서 토론의 심화와 완성이 이루어지는 것이다. 뿐만 아니라 그것은 토론을 통해 비판적 검증을 거친 연후의 글쓰기이기 때문에 아무래도 통상적인 글쓰기에 비해, 객관적 설득력이 높을 가능성이 크다. 글쓰기를 할 때도 지속적으로 토론 과정에서의 논의 내용에 유념하면서 논지를 다듬어야 함은 물론이다.[5]

③ 글쓰기와 사고·체험

글을 쓸 때는 독서를 통해 얻은 지식과 정보가 일차적으로 바탕이 되지만, 이차적으로는 자신의 생각이나 체험을 바탕으로 글을 써야 쉽다. 그러므로 평소에 풍부한 독서를 통하여 아무리 많은 지식이나 정보를 보유하고 있다 하더라도 창의적 사고와 살아 있는 체험이 없다면 글을 쓸 때 어려움에 직면하게 된다.

글을 쓸 때는 창의적 사고를 통하여 자신의 머릿속에 저장되어 있는 지식과 정보를 최대한으로 활용해야 한다. 이것에는 쓰려는 글의 주제와 관련하여 머릿속에 떠오르는 생각을 그대로 종이 위에 옮겨 적는 자유연상법도 있고, 머릿속에 떠오르는 생각을 일정한 유형으로 묶어가면서 적는 유형적 사고법도 있다. 현실의 모순이나 불합리한 점 등을 보고 합리적인 사고를 통해 합당한 해결 방안을 제시하는 경우도 있고, 공상과 같이 종잡을 수 없는 연상을 통해

5: 자기표현과 글쓰기 편찬위원회편, 자기표현과 글쓰기, 도서출판 경진문화, 2009. 8, pp.274−275 참조.

비현실적인 사고를 하는 경우도 있다. 글을 쓸 때는 논리의 틀이나 기존의 지식, 고정관념, 선입견 등에 얽매이지 말고, 자유분방하게 연상을 한 뒤에 때로는 남에게 황당해 보이거나, 엽기적으로 보일 수도 있는 사고를 해 볼 필요도 있다.

따라서 글을 쓸 때는 창의적인 사고와 함께 살아있는 체험이 그 바탕이 되기도 한다. 체험이란 자기가 실지로 경험하는 일 또는 그 경험을 말한다. 체험은 주관적·개인적·정의적이어서 객관적·지적인 경험과는 구별된다. 세상을 살아가면서 자기만이 겪은 특이한 체험을 글로 써 남기거나, 남들에게 알리려는 욕구와 충동이 강렬하게 일어날 때 사람들은 어떤 형태로든 글을 쓰게 된다. 전문적 또는 직업적으로 글을 쓰는 작가들은 한 편의 작품을 쓸 거리를 얻기 위해 때로는 이상야릇한 체험을 일부러 해 보기도 한다.

그러나 체험을 해 보지 않고도 이를 테면 『적과 흑』을 쓴 프랑스의 작가 스탕달처럼 평생토록 연애 한 번 해 보지 못했지만 연애에 대한 사고를 많이 해서 『연애론』이란 역작을 쓴 경우도 있다. 어쨌든 독서 다음으로 창의적인 사고를 많이 하고 살아 있는 체험이 많아야 좋은 글을 쓸 수 있다. 글쓰기의 이론서를 볼 시간이 있으면 차라리 그 시간에 독창적인 사고를 하고, 생생한 체험을 많이 하는 것이 더 유용한지도 모른다.[6]

2) 글쓰기의 범주

글쓰기의 정의로부터 글쓰기의 범주를 규정하는 준거가 되는 개념을 도출할 수 있는데, 자아·대상의 의미·의미의 문자화·독자 등이 그것이다. 그런데 이 중에서 자아와 독자는 인격적인 존재라는 기본 조건만 갖추면 더 이상의 논란이 제기될 수 없는 개념이기 때문에 글쓰기의 범주를 규정하는 준거가 될 수 없다. 이에 반해 대상의 의미와 의미의 문자화는 관점과 입장에 따라 다양하게 이해될 수 있다. 따라서 글쓰기의 범주 규정에 대한 논의는 이들을 대상으로 하여 전개된다.

우선 대상에 대해 살펴보면, 우리를 둘러싸고 있는 이 실제 세계에서는 수많은 사물·사건·현상이 존재하는데, 이들을 통칭하여 事象이라 한다. 글쓰기의 대상은 사상 중에서 특별히 글쓰기의 객체로 선택된 것을 가리킨다.

가상 세계는 컴퓨터의 등장과 함께 우리에게 다가든 세계이다. 물론 가상 세계는 일정한 범위 내에서 실제 세계로부터 통제를 받는다. 가상 세계는 컴퓨터의 전자망 속에 자리를 잡고

6: 이재춘, 대학작문 창의적인 글쓰기, 북랜드, 2008. 2, pp.22-24 참조.

있는데, 그 전자망이 실제 세계 내에 존재하기 때문이다. 그러나 가상 세계 내부에서는 실제 세계와는 전혀 다른 삶의 논리가 성립한다. 삶의 논리란 물리적 환경에 의해서 생성·발전·쇠퇴하기 마련인데, 가상 세계와 실제 세계의 물리적 환경은 너무나 판이하다. 따라서 가상 세계는 실제 세계의 부분이면서 스스로 하나의 전체를 형성할 만큼 그 자체의 독자성을 획득하고 있는 제3의 세계라고 할 수 있다.

가상 세계가 실제 세계 내부에서 부분의 독자성을 유지하는 세계라면, 허구 세계는 실제 세계로부터 유추된 세계이다. 허구 세계는 실제 세계의 내부에 존재하는 세계는 아니다. 그러나 존재할 수도 있을 것 같은 개연성을 지닌 세계이다. 이 이외에도 환상 세계라는 것을 생각해 볼 수 있다. 환상 세계는 실제 세계의 부분으로 존재하지도 않으며, 실제 세계로부터 유추되지도 않는다. 환상 세계는 그 나름의 고유한 물리적 환경을 가진다는 점에서 가상 세계와 유사하다.

이와 같이 우리가 상상할 수 있는 세계는 실제 세계·가상 세계·허구 세계, 그리고 환상 세계이다. 그리고 그 각각의 세계를 구성하고 있는 사상들은 모두 글쓰기의 대상이 될 수 있다. 실제 세계와 가상 세계는 현실적으로 접근 가능한 세계이기 때문에, 그것을 구성하고 있는 사상을 글쓰기의 대상으로 채택하는 것은 어려운 일이 아니다. 그러나 허구 세계나 환상 세계는 사정이 전혀 다르다. 의미 있는 허구 세계나 환상 세계를 구성할 수 있는 개별 사상을 창안하여야 한다. 바로 그것이 허구 세계나 환상 세계에 대한 글쓰기이다. 그런데 허구 세계나 환상 세계의 사상은 어떻게 창안하는가. 그것은 실제 세계의 가상 세계의 사상을 바탕으로 할 수밖에 없다. 이 지점에서 실제 세계, 가상 세계, 허구 세계 그리고 환상 세계에 대한 글쓰기는 하나로 통합되는 것이다.

한편, 글쓰기 범주 획정과 관련하여 짚고 넘어가야 할 것이 대상의 의미이다. 글쓰기는 기본적으로 대상의 새 의미를 탐색하는 것이다. 전통적으로 대상의 의미는 대상 자체의 내재적 의미를 가리켰다. 대상 자체에 내포되어 있는 의미이지만, 아무도 도출해 내지 못한 의미가 있다면 그것은 대상의 새 의미가 된다. 이는 글쓰기 주체가 대상으로부터 창의적으로 구성해야 하는 의미이다. 글쓰기에서 일차적으로 추구하는 대상의 새 의미란 결국 대상의 새로운 구성적 의미이다. 그런데 많은 사람이 이미 알고 있는 기존 의미라 할지라도 특정의 의사소통 상황, 즉 그것이 기존 의미임을 알지 못하는 수신자가 존재하는 의사소통 상황에서는 새 의미와 진배없는 효용성을 평가받는다. 이를 새로운 소통적 의미라라고 할 수 있다. 즉 글쓰기의 범주에 귀속되기 위해서라면 반드시 대상의 새 의미를 창출하는 것이어야 한다. 그러나 그것은 구성적 차원의 새 의미에 제한되지 않고, 소통적 차원의 새 의미로 확장된다. 소통을 전제로 하지 않는 글쓰기는 더 이상 글쓰기는 아니다. 구성적 차원의 새 의미가 소통적 차원의 새 의미로 이어지는 글쓰기가 가장 바람직하다.

글쓰기의 범주를 규정하는 또 다른 준거의 의미의 문자화이다. 문자화 그 자체에 대해서는 별다른 논란이 있을 수 없다. 문자로 표기하지 않은 글이란 글일 수가 없기 때문이다. 그런데 문자화 과정에서 문자가 아닌 것을 활용할 수가 있다. 기호, 도표 그리고 그림 등이 그 예가 된다. 기호나 도표는 글의 내용을 일목요연하게 정리하여 제시하는 데에 주로 쓰이므로 편의적인 것이라 할 수 있다. 그림 또한 글의 내용을 시각화하여 독자의 이해를 돕기 위해서 사용하는 경우가 대부분이다. 글쓰기의 범주에서 그림의 문제가 새삼스럽게 대두된 것은 pc 통신과 인터넷의 등장 이후이다. pc 통신의 글쓰기에서는 그림의 일종인 스마일리(작가 자신의 감정 상태를 문자로 조합한 특수한 그림으로 나타내는 것)가 흔히 쓰이고, 인터넷 홈페이지의 글쓰기에서는 문자마저도 그림처럼 인식하여 그것의 크기, 색채, 모양에 크게 신경을 쓴다. 그림 그 자체를 자유롭게 활용하는 것은 말할 것도 없다.[7]

2. 글쓰기의 특징 및 의의

1) 글쓰기의 특징

글은 인간의 의식을 보여준다. 우리는 말과 글을 통해 상대방과 의사소통하며, 나를 표현하고, 상대방을 이해한다. 이런 관점에서 만일 자신이 글쓰기에 두려움을 가지고 있다거나, 자신이 원하는 바를 효과적으로 전달하지 못한다면 다른 사람과의 의사 통에 상당한 어려움을 갖게 된다. 이러한 어려움은 그대로 끝나지 않고, 결국 상호 갈등의 요인이 되고 만다. 이렇게 볼 때 자신의 생각을 제대로 표현하는 일은 타인과 의사소통이 가능하다는 것을 의미하며, 이것은 타인과의 갈등을 줄여 자신을 행복하게 해 주는 한 방편이 될 수 있다는 것과도 연결된다.

글쓰기의 특징은 다음과 같다.

7: 이지호, 글쓰기와 글쓰기 교육, 서울대학교출판부, 2004. 3, pp.20-21 참조.

가. 글쓰기는 훨씬 까다로운 문법성을 요구한다. 문자언어는 지속적이고 반복적인 특성을 가지므로, 단 한 줄의 문장이라도 수 십 번 반복해서 읽을 수 있고, 문법적인 면이나 의미를 되새기며 따질 수가 있다. 이러한 문자언어의 특성을 바탕으로 하는 글쓰기는 그래서 말하기보다 많은 주의를 요한다.

나. 글쓰기에 있어서 독자가 반응할 수 있는 시간적 여유를 감안해야 한다. 필자와 독자가 일정한 공간적 거리를 두고 있으며, 쓰고 읽는 사이에도 시간적 거리가 있기 때문에 독자가 반응하는 시간적 여유도 길다. 그래서 보다 사색적이고 이지적일 수 있다. 우리가 감정적인 문제를 해결하기 위해 글쓰기로서 차근차근 설득하는 편이 훨씬 효과적일 수 있는 것도 이런 까닭에서다.

다. 글쓰기는 별도로 학습하지 않으면 생성되지 않으므로 후천적이다. 예를 들어 일정한 기간 동안 어떤 언어권에서 함께 생활한 言衆들 중에서 모국어를 구사할 줄 모르는 사람은 한 사람도 없지만, 같은 언어권에서 함께 생활했다 하더라도 문자언어 생활을 영위하지 못하는 사람은 얼마든지 있다. 이는 곧 글쓰기가 한 단계 더 고차원적인 정신활동임을 의미하기도 한다.[8]

2) 글쓰기의 의의

글쓰기의 의의는 물론 대상의 새 의미 구성 자체에서 먼저 찾아야 한다. 그 다음에는 그로 인한 자아의 성장을 글쓰기의 의의를 들 수 있다. 자아의 성장이란 과거의 자아와 현재의 자아가 차이를 드러내고, 그 차이가 긍정적인 변화를 뜻하는 것을 말한다. 이 자아의 성장은 자아 스스로도 감지할 수 없다. 그러나 이를 최종적으로 확인해 주는 것은 타자이다. 그런데 고양된 자아는 고양된 타자가 아니면 이해할 수가 없다. 동시대의 타자로부터 인정받지 못하고, 후세의 타자로부터 뒤늦게 인정받는 자아의 비애를 우리는 잘 안다. 따라서 자아의 성장을 지향하는 글쓰기라면 먼저 타자의 성장을 도와야 한다. 그러기 위해서는 글쓰기에서 자아 중심적인 태도를 취하기보다는 타자 중심적인 태도를 취할 필요가 있다.[9]

말하자면 글을 쓰는 목적이 나의 의사를 상대방에게 정확하게 전달함으로써 상대방을 이해시키고 설득하는 데 있다. 그러기 위해서는 우리는 부단한 노력으로 글쓰기의 능력을 길러야

8: 글쓰기 교과과정 연구위원회 편, 글쓰기, 도서출판 박이정, 2009. 2, pp.15−18 참조.
9: 이지호, 글쓰기와 글쓰기 교육, 서울대학교출판부, 2004. 3, pp.12−13 참조.

하며, 이러한 과정 속에서 우리는 인격을 수양하고 창조적인 사고능력도 함께 신장시킬 수 있을 것이다.

　가. 글쓰기는 의사소통 방식 중 하나이다. 그러나 대부분의 사람들은 글쓰기를 자신의 심경을 피력하는 독백의 일종이라고 생각한다. 이 둘은 많은 차이를 불러일으킨다. 글쓰기를 의사소통의 일환이라고 생각하는 경우에는 반드시 글을 읽는 독자를 염두에 둔다는 의미이고, 후자는 그렇지 않다는 것을 의미한다. 글쓰기를 의사소통의 일환으로 생각하면서 글을 쓰게 되면 먼저 글의 목표와 방식이 분명해진다. 또한 자신의 주장만을 무리하게 고집하지 않을 것이며, 독자들에게 유용한 정보를 주기 위해서 여러 가지 배려를 하게 된다. 우선 의사소통의 차원에서 글쓰기를 한다면 다음과 같은 것을 미리 고려해야 한다. 먼저, 독자를 위해 왜 이 글을 쓰려고 하는가? 다음 이 글은 그들에게 어떤 도움을 줄 수 있는가? 또한 그 다음은 독자가 쉽게 이해할 수 있도록 쓰기 위해 무엇을 해야 하는가?

　나. 글을 쓰는 본질적인 목적 중 일반적인 경우가 자기주장을 하기 위한 것이다. 대부분의 경우는 자기 생각을 남에게 전달하여 그들을 설득하기 위한 것들이다. 사실 글쓰기를 광범위하게 정의한다면, 모든 글이 남을 설득하기 위한 것이라 해도 과언이 아니다. 머릿속의 생각을 끄집어내어 그것을 글로 옮기고, 또 그것을 남에게 보여주고자 하는 행위는 결국 남의 생각을 남에게 보여줘서 남도 나와 똑 같은 생각을 하게 만들려고 노력하는 일이라고 할 수 있는 것이다. 따라서 글쓰기는 다음과 같은 장점을 기대할 수 있다. 먼저, 글은 자신의 주장을 한꺼번에 많은 사람에게 알릴 수 있으며, 반영구적으로 그것을 보존할 수 있다. 그리고 글은 자신의 주장을 가장 정제된 방식으로 설득력 있게 전달할 수 있다. 또한 글은 음성을 통한 주장보다 더 이성적인 논조를 유지할 수 있다. 또한 독자들은 필자의 주장을 되풀이해서 읽을 수 있으므로 보다 정확하게 정보를 이해할 수 있다.

　다. 미적 표현 방식으로서의 글쓰기이다. 언어는 여러 가지 기능을 수행하는데, 그 중에 인간의 본성 중 하나인 아름다움을 추구하는 기능을 수행하기도 한다. 이것을 언어의 미적 기능이라고 하는데, 대표적인 것이 문학의 형태로 나타난다. 그러나 언어의 미적 기능은 단지 문학의 범주에서만 나타나는 것이 아니라 일상생활에서도 빈번하게 나타나는 것 중의 하나이다. 자기 생각을 남에게 효과적으로 전달하기 위해서는 직설적인 표현보다는 비유적인 표현을 사용하는 것이 더 나을 때가 있으며, 각종 글의 성격에 따라 문체를 달리 하는 것도 미적 표현 방식의 일종이라 할 수 있다.[10]

그와 반면에 대학의 경우는 왜 글쓰기를 하느냐에 대해서 생각해 보자.

가. 여러분이 쓴 모든 문장은 여러분에게 스스로 질문하도록 강요한다. 무엇을 말하려고 하는가? 이것이 올바른 개념인가? 이런저런 진술이나 이론을 제대로 이해했는가? 이런저런 연구 성과를 어떻게 정리할 것인가? 이 사실을 주어진 사실로 가정할 수 있는가? 사람들이 내 분야에서 이러한 맥락을 놓고 어떻게 논증할까? 글쓰기란 떨어져 있는 지식을 정리하는 것을 말한다. 지식을 정리하고 능동적으로 처리함으로써 학습자는 설 수 있다. 이렇게 함으로써 생각을 독창적으로 만들 수 있고, 지식을 확고하게 세울 수 있다는 말이다.

나. 글쓰기는 지식을 스스로 숙고하고, 독창적인 언어로 표현할 것을 요구한다. 여러분은 사람들이 옳다고 가정하는 것을 확신하고 있어야 한다. 대학에서의 글쓰기는 지식을 단순히 언어화하는 것이 아니라 정보, 아이디어, 사실, 의견 그리고 경험을 능동적으로 가공하여 전문 지식으로 만드는 것을 말한다.

다. 대학생들은 세미나 형식의 글쓰기를 통해 이러한 담론 방식을 배운다. 여기에서 중요한 것은 이미 존재하는 지식을 새로운 텍스트로 압축하고, 촘촘히 연결하는 일이다. 오늘날까지 대학의 학술적 글쓰기는 논증적 글쓰기를 도입하고 있다. 이 글쓰기는 총체적으로 얻은 지식을 촘촘하게 연결해서 묘사하는 것으로 글쓰기를 간주할 경우에만 의미를 갖는다.

라. 사회과학과 인문학 전공 분야와는 달리, 기술과학 분야에서는 학기말 리포트나 졸업논문을 위한 주제와 그 연구를 행하는 방법도 대개 교수가 정한다. 이 경우에 글쓰기는 대부분 사실과 연구 결과를 「짜깁기하여 작성」하는 기능을 띤다. 글쓰기는 이 경우에도 일련의 지식을 요구한다. 특히 기술 과학적 맥락에서 쓰는 보고서는 어떠한 기능을 갖고 있는지 그리고 이 보고서를 보고하기 위해 언어적으로 어떠한 형태를 취해야 하는지를 알아야 한다.[11]

10: 성환갑·이주행·이찬규 공저, 현대인을 위한 글쓰기의 이론과 활용, 도서출판 동인, 2001. 2, pp.13
　　-19 참조.
11: 오토 크루제 저(김종영 역), 공포를 날려버리는 학술적 글쓰기, 커뮤니케이션북스(주), 2009. 12, pp.5
　　-9 참조.

3. 글쓰기의 문제점 및 과제

1) 좋은 글의 요건

좋은 글은 어떤 글일까? 훌륭한 문장가들의 글을 보면 질서 정연함과 함께 감동이 느껴지는데, 그렇게 느껴지는 데는 필시 그럴 만한 요인이 내재되어 있을 것이다. 그러한 글 속에는 사람의 마음을 움직일 수 있는 몇 가지 의도된 장치들이 있는데, 이러한 장치들이 바로 좋은 글을 이루는 요체라고 할 수 있다. 좋은 글의 요건은 다음과 같은 조건이 합치되어야 한다.

① 독창성이 있어야 한다.

나만의 것으로 표현해야 한다. 이것은 글을 쓰는 목적과도 관련이 있다. 좋은 글이 되기 위한 요건은 여러 가지 있겠지만 그 중에서도 이 창의성이 요체라 할 수 있다. 독창성은 글의 구성 요소 중 여러 면에서 살펴 볼 수 있는데, 독창적인 주제나 독창적인 구성방식, 독특한 문체 등 읽는 이로 하여금 신선함을 불러일으킬 수 있는 있는 모든 요소이다. 창조에는 두 가지 관점이 있는데, 세상에 존재하지 않는 것을 만들어 내는 것과 이미 존재하는 것을 재해석하는 것이다.

모든 사람들이 상식처럼 알고 있는 주제에 대해서 글을 쓰더라도 새로운 관점에서 그것을 재해석해 낸다면 그것 또한 독창적인 글이라 할 수 있다. 읽는 이로 하여금 독창적이라는 인상을 주는데 가장 효과적인 방법은 참신한 소재를 선택하는 것이다. 그럼 어떤 글이 독창성이 있다고 말할 수 있는가는 먼저 소재가 독창적이어야 한다. 다음은 視覺이 독창적이어야 한다. 즉 개성적 통찰, 새로운 시각은 새로운 표현이 나온다. 시각의 독창성이 소재의 독창성과 표현의 독창성까지도 결정한다. 표현이 독창적이어야 한다. 참신하고 개성적 표현이라 할 수 있다.

② 주장과 논점이 분명한 글이어야 한다.

글은 자기의 생각이나 말하고자 하는 바를 정확하게 전달하는 것이 목적이기 때문에 무엇보다도 주장이나 설명하고자 하는 바를 글에 분명히 나타내야 한다. 사실 한 편의 글이란 주제를 분명히 하기 위한 여러 가지 장치를 연결하는 것이라고도 말할 수 있다. 주장과 논점을 분명히 하기 위해서는 글의 소재와 제재도 주제와 밀접한 관련이 있는 것들을 선정해야 하며, 주제를 뒷받침할 수 없는 소재를 선택하면 주제와 소재가 연결성이 없어 글의 초점이 흐려지는 결과를 낳는다.

③ 논리적 근거가 분명한 글이어야 한다.

인간은 보편적으로 논리성을 추구한다. 결과가 도출되는 과정에서 그 원인이나 조건 등을 적절히 제시할 때 그 주제에 대하여 공감할 수 있지만, 주제나 결과만을 중언부언하게 되면 독단적인 글이 되어 흥미를 반감시키며, 심지어는 그러한 글을 읽을 필요를 느끼지 못하게 된다. 필자는 독자들이 글을 읽을 필요를 느끼도록 동기를 부여해야 하는데, 이것은 여러 가지 방법으로 독자들을 글 속으로 끌어들여야 한다는 것을 의미한다. 그 중에서도 특이 이 논리성이야말로 독자들로 하여금 긴장을 유발시키고 이 긴장을 풀어나가면서 쾌감을 느끼게 하는 가장 적극적인 동기라고 할 수 있다.

④ 통일성이 있는 글이어야 한다.

내용의 통일성은 글을 이해하는 데 중요한 요소 중 하나이다. 글은 건축물과 같아서 내용이 전체적으로 통일되어 있지 않으면, 독자는 마치 미로를 헤매는 것과 같은 혼란에 빠지게 된다. 전체적인 글의 내용이 통일되어 있어야만 필자가 말하고자 하는 바를 효과적으로 전달할 수 있다. 하나의 글은 하나의 주제를 집약적으로 표현해야 한다. 주제를 뒷받침하는 논거들도 서로 연결되어 긴밀성을 가질 때 글이 힘을 갖게 되는 것이다. 한 편의 글에서 전체적인 연결 관계는 중요하다. 이 연결 관계에는 구조의 논리성이나 유연한 맥락 관계, 적절한 구성 비율 등이 포함된다. 원인과 결과, 조건과 반응, 적절한 논거에 의한 귀결·유추 등에 의해 논리적으로 전개된 글은 읽는 이로 하여금 질서 정연한 사고를 유도하여 공감과 감동을 가능케 하는 초석이 된다.

⑤ 적절한 문체이다.

글의 주제를 부각시키는 또 하나의 장치는 문체이다. 문체는 주제에 대해 어떠한 태도를 가지고 있는가를 단적으로 드러내 주는 수단이다. 때문에 글의 성격에 따라 적절한 문체를 선택하지 못하면 어조가 분명치 못한 글이 되어 흔히 말하듯 색깔이 없는 글이 될 수밖에 없다. 문체는 주제를 부각시키는 수단이 될 뿐만이 아니라 미적 기능도 동시에 수행한다. 간결미, 우아미, 悠長美 등이 문체를 통해서 나타나는데, 이러한 미적 기능은 독자에게 심미적인 감동을 불러일으켜 글의 주제를 쉽게 받아들이도록 하는 역할을 한다.

⑥ 언어적으로 정확한 글이어야 한다.

사람들마다 제 나름대로의 문체를 가지고 있지만 그것이 형식의 파괴를 의미하는 것은 아니다. 한 언어 체계 내에서 허용된 문장의 구성 방식 속에서 창조력을 발휘하는 것이다. 문장의 많은 요소들이 어떠한 방식으로 결합하느냐에 따라 글의 느낌이 달라지기 때문에 실상 하나의 의미를 표현하는 문장 방식은 수없이 많으며, 이 문장과 문장을 연결하는 독창적인 방법까지 감안한다면 「문체가 곧 사람이다」라고 말한 뷔퐁의 말이 실감난다. 글에서 정확한 문장이 차지하는 위치는 거의 절대적이라 할 수 있다. 글쓰기에 서투른 사람들은 「전달하고자 하는 의도만 전달되면 되지 무엇이 문제냐」, 「형식보다는 내용이 중요하다」고 말하기도 하지만, 그 글이 공식적인 자리에서 객관적으로 평가를 받아야 하는 경우에 가장 일차적인 평가 기준이 되는 것이 바로 정확한 문장임에 두말할 나위가 없다.[12]

⑦ 경제성을 고려해야 한다.

최소한의 표현으로 최대한의 의미를 전달한다. 표현이 길거나 의미가 같은 말의 되풀이는 피한다. 산만함과 지루함을 주게 된다. 불필요한 수식어나 완곡어법은 피한다. 수식어를 쓰는 이유는 의미를 좀 더 세련된 표현으로 전달하기 위해서 이다. 직설적 표현은 단조로움을 주기 때문이다. 그러므로 적절하게 활용해야 한다. 하지만 핵심적 내용은 짧고 분명하게 해야 한다.

⑧ 그 외에 논자에 따라 다음과 같은 것을 들기도 한다.

진실성과 성실성－내면의 진실, 성실성을 말한다.

12: 성환갑·이주행·이찬규 공저, 현대인을 위한 글쓰기의 이론과 활용, 2001. 2 pp24－40 참조

명료성-의미가 평이하고 간결하면서도 명확하게 드러나야 한다.

정확성-논리에 맞는 문장 : 곧 내용에 논리적 모순이 없어야 하고, 어법에 맞는 문장이어야 한다.

정직성-남의 글을 인용할 때는 출처를 분명히 밝혀야 한다. 그렇지 않으면 표절 시비에 휘말린다. 작자의 도덕성 문제가 따른다, 등을 넣어도 무방하다.

2) 글쓰기의 문제점

많은 대학생들은 처음에 글쓰기를 사람들이 꼭 배워야 하는 과제가 아니라, 단순히 학교 숙제를 해결하기 위한 수단쯤으로 여긴다. 그들은 도서관에서 읽은 매끄러운 문장의 저작물을 쓴 학자처럼 단번에 잘 쓸 수 있을 것이라고 생각한다. 그래서 그들은 누군가가 유려한 학술적 논문을 쓸 수 있기까지 얼마나 많은 학습 단계가 필요하고, 학술적 연구를 출판 준비하기 위해 얼마나 많은 작업 단계가 필요한지 전혀 의식하지 못한다. 글쓰기를 위해 필요한 첫 단계는 역설적이게도 이 글쓰기가 복잡하다는 것을 의식하는 일이다. 너무 일찍 완벽하게 쓸 것을 자신에게 요구하는 사람은 학습 능력을 잃는다.

① 사람들은 자기가 쓴 문장을 읽고 그것이 쓰고 싶어 한 것과 다르고, 어쩐지 효과가 없고 부정확하거나 무의미하다고 단언한다. 작성 기준과 언어미학이 있지만 처음엔 이런 것을 잘 활용하지 못한다. 학술어를 모방하려고 하면 비록 학술어가 어떠해야 한다는 사실을 안다고 할지라도 제대로 할 수 없다.

② 글쓰기의 또 하나의 근원적인 경험은 시작 상황이다. 그러니까 비어 있는 종이와 「나를 채워줘!」라고 말하는 그 종이의 조용한 요구를 말한다. 이러한 요구는 머릿속에서 큰 소용돌이를 불러일으킬 수 있다. 시작 문장을 만들라고 요구하는 것은 차치하고라도 확실한 윤곽도 없는 생각과 감정이 서로 뒤쫓고 있다.

③ 뒤로 미루는 것은 글쓰기의 심리적 압박과 쌍둥이이다. 글쓰기를 잘못하는 사람은 글쓰기를 피하고 본다. 많은 사람들은 자신이 바보라고 생각하고, 연습을 하지 않는다. 이 사람들은 글쓰기를 피할 수 있다고 믿는다. 사람들이 글쓰기 과제를 해결하는 일보다 쓰지 않는 일에 훨씬 더 많은 시간을 소비하면서 걱정하고 있다.

④ 글쓰기를 뒤로 미루는 가장 빈번한 원인은 글 쓰는 사람들이 스스로에게 해결 불가능한

주문을 한다는 데 있다. 글 쓰는 사람들은 갑자기 너무 많은 말을 하려고 하거나, 많은 수신인을 동시에 만족시키려고 한다.

⑤ 신입생에게 있어 학업 내용의 호기심과 지식을 얻는 기쁨은 금세 무지를 감추어야 하고, 정보를 갖고 있다는 것을 그럴싸하게 보이게 해야 하는 총명한 표정 뒤로 숨어버린다. 이 때 자신이 쓴 텍스트 때문에 웃음거리가 되거나, 자신의 무지가 탄로 날까 봐 걱정이 생긴다.

⑥ 글쓰기는 언제나 사람들이 실제로 말하고 싶어 하는 것이나, 말해야 하는 것에 가까이 다가가는 과정이다. 많은 사람들이 자신의 생각을 언어로 구체화시키지 못하고, 완전히 다른 말을 하는 텍스트를 만들어 낼까 두려워하고 있다. 이것은 사람들이 새로운 주제에 접근할 때 늘 나타나는 현상으로, 글쓰기의 기본적인 두려움이다. 이런 걱정이 들면 용기를 내어 연습해야 한다.

다른 한편의 문제점으로 우리 국민의 글쓰기 실태는 고차원적인 글쓰기 능력의 수준과는 현실적으로 상당한 거리가 있음이 확인될 뿐만 아니라 많은 문제점을 드러내고 있다.

따라서 여기에서는 우리 국민의 글쓰기에 나타나는 이러한 여러 문제점들의 원인을 크게 문법적 면, 지식적 면, 인지적 면, 정의적 면, 교육적 면의 다섯 가지 면에서 정리해 봄으로써 바람직한 글쓰기 지도 방향을 탐색하는 기초로 삼기로 한다.

① 문법적 면

우리 국민의 글쓰기에 나타나는 띄어쓰기, 맞춤법 문제, 부적절한 어휘 사용, 주어와 서술어의 호응 문제, 주어가 없는 문제, 필수 성분의 생략, 평행 구조의 오용, 피사동의 문제, 조사 오용 등의 오류 등은 대개 우리 문법에 대한 지식이 없기 때문에 발생하는 것들이다. 우리말과 글에 대한 문법적 지식은 올바르고 정확한 문장을 쓸 수 있게 해 주는 도구로 작용한다는 점에서 문법적 면은 글쓰기 교육에서 결코 간과해서는 안 될 부문이다.

② 지식적 면

단락 의식이 없는 글, 논리적으로 구성되지 못한 글, 독자에게 읽히지 않는 글 등은 대개 언어 기호를 어떻게 배열하고 조직해야 하는 가에 대한 지식이 부족하기 때문에 발생하는 것들이다. 대부분의 사람들이 글을 쓸 때 가장 어려움을 겪는 점은 '무엇을', '어떻게' 쓸 것인가 하는 것이다. '무엇을', '어떻게' 쓸 것인가 하는 문제는 결국 글쓰기에 필요한 지식의 문제라고 볼 수 있다.

③ 인지적 면

내용적·형식적 면에서 만족스럽지 못한 글, 독자에게 영향 미치지 못하는 글, 전혀 의미가 전달되지 않는 글은 대개 필자의 인지적 면과 관련되는 문제를 지니고 있다. 즉 필자가 일련의 사고 과정인 글쓰기 과정을 운용하고 평가하는 조정하는 상위 인지능력이나 글쓰기의 수사적 맥락을 고려하면서 독자 중심의 글을 쓸 수 있는 인지 능력이 부족하기 때문에 위와 같은 문제성이 있는 글들이 생산된다고 보아야 한다.

④ 정의적 면

어법에 맞지 않는 글, 여과되지 않는 비속어 등을 남발하는 글, 독자를 고려하지 않고 자기 중심적으로 쓴 글 등은 다분히 필자의 정의적인 글쓰기 태도와 관련이 있다. 이러한 정의적 면과 관련된 글쓰기 문제들을 학습자들에게 글쓰기에 대한 긍정적인 태도를 갖게 해주는 방향에서 글쓰기 교육을 할 필요가 있음을 시사해준다.

⑤ 교육적 면

글쓰기에 어려움을 겪는 대부분의 직장인이나 일반인들이 한결같이 하는 말은 '한 번도 제대로 글쓰기 교육을 받아 본 적이 없다'는 것이다. 이들이 국가 교육과정에 따라 국어 교과의 하나로 글쓰기 과목을 초등학교 1학년부터 고등학교 3학년까지 12년간이나 배우고, 대학에서까지 교양작문을 이수한 사람들이라는 점을 감안한다면 우리 국어 교육이 내용이나 방법 면에서 적지 않은 문제점이 있다고 보아야 할 것이다.

3) 글쓰기의 과제

만일 상기의 글쓰기의 문제점으로부터 빠져나오려고 결심한다면 이미 글쓰기를 스스로 배우는 데 가장 중요한 단계를 실행하고 있는 셈이다. 따라서 꾸준히 글쓰기 학습을 해나가야 한다. 여기서는 우선적으로 무엇을 할 수 있는지 몇 가지 제시하고자 한다.

① 글쓰기 일지를 준비하라.

이것을 컴퓨터 안에 들어 있는 자료일 수 있다. 하지만 언제나 갖고 다니면서 기록할 수 있는 공책이나 작은 필기장을 이용할 것을 권한다. 배운 것을 기록하고 생각한 것을 성찰하며 장차 주목하고자 하는 것을 포착하는 데 글쓰기 일지를 이용하라. 글쓰기 일지는 장차 대학에서 공부할 때 학문적으로 성찰하는 능력을 기르는 데 도움을 줄 수 있을 것이다.

② 함께 공부하는 사람들이나 교수들과 글쓰기에 대해 논쟁하라.

세미나 리포트를 쓸 때 서로 도와라. 처음에 쓴 것과 중간에 쓴 것을 논의함으로써 간단하게 서로 도울 수 있다.

③ 전통적인 글쓰기 교수법에서는 주제를 정하면 바로 글을 쓰면서 납득할 만한 텍스트를 만들 수 있다고 한다.

이것은 효과적이지 못하다. 왜냐하면 글쓰기의 장점은 바로 적어놓은 생각을 다시 관찰하고, 거기에 새로운 생각을 더하는 시간을 천천히 가질 수 있는 데에서 찾을 수 있기 때문이다. 텍스트는 합리적인 절차를 거쳐서 생겨난다. 그러니까 우선 아이디어를 모으거나, 이 아이디어 가운데 텍스트로 사용하고 싶은 것을 선택한 다음, 텍스트의 요점을 정리하고 독자를 결정한다. 그리고 나서 문제를 제기하고 논제를 확인한 다음, 자료를 목차에 따라 정돈하고 초고를 완성한다. 초고는 나중에 최소한 두 번의 가공 단계를 거쳐야 한다. 처음에는 내용적인 관점을 살피고, 그 다음에는 언어적인 면을 살핀다. 끝에 가서 텍스트를 형식적인 준거에 따라 검토하고, 정리하는 또 한 번의 가필 과정이 필요하다. 글쓰기 과정을 설계하는 것은 효과적인 글쓰기를 위해 가장 중요한 일이다.

이러한 방법을 소위 문제 해결적 접근 방법이라 할 수 있다. 글쓰기 과정에서 접하는 글쓰기의 어려움을 극복할 수 있는 효율적인 쓰기 전략을 익혀서 적절하게 활용할 수만 있다면 누구나 일정 수준 이상의 글쓰기 능력을 갖게 된다는 입장을 취한다. 효율적인 글쓰기 방법인 문제 해결 전략을 각 쓰기 단계별-계획하기, 아이디어 생성하기, 아이디어 조직하기, 표현하기, 고쳐 쓰기-로 나누어 제시하면 다음과 같다.

1) 계획하기 단계의 문제 해결 전략

가. 수사적 맥락을 탐구하라.

나. 시행 중심 계획과 내용 중심 계획을 세워라.

다. 목표를 조작 가능하게 만들라.

라. 직관의 소리에 귀를 기울여라.

마. '협조적 계획하기'를 이용하라.

바. 내용 중심 계획을 시행 중심 계획으로 전환하라.

2) 아이디어 생성하기 단계의 문제 해결 전략

가. 브레인스토밍(발상 모으기)을 하라.

나. 자신의 생각을 자기화된 말로 이야기해 보라.

다. 체계를 세워 주제를 탐색하라.

3) 아이디어 조직하기 단계의 문제 해결 전략

가. 생각의 요지를 드러내는 핵심 어휘를 확정하라.

나. 아이디어를 요약해서 이해하기 쉽게 설명해 보라.

다. 개념 구조도를 작성해 보라.

4) 표현하기 단계의 문제 해결 전략

가. 예상 독자의 지식, 태도, 요구 등을 분석하라.

나. 독자의 반응을 예상하라.

다. 독자와 공유할 수 있는 목표를 설정하라.

라. 독자 중심의 글 구조를 개발하라.

마. 독자의 이해를 돕는 실마리를 제공하라.

바. 설득력 있는 논거를 발전시키라.

5) 고쳐 쓰기 단계의 문제 해결 전략

가. 글과 글쓰기 목적을 재검토하라.

나. 문제점을 찾아서 진단하고 교정하라.

다. 경제성 면에서 글을 평가하고 수정하라.

라. 강력한 문체로 편집하라.

마. 명확한 글 구성이 되도록 일관성 있게 편집하라.

바. 단락을 통해 글의 내적 논리를 드러내라.

이러한 문제 해결 전략들은 개별 전략을 중심으로 지도하기보다는 교사의 비계 지원(scaffolding) 하에 학습자들이 모둠 활동 등을 통해서 실제 글쓰기 수행을 중심으로 한 글쓰기 과정에 적극적으로 참여함으로써 결과물인 글을 생산해 낼 수 있도록 워크숍 형태로 지도하는 것이 바람직하다.

④ 대학생들은 종종 자신이 무엇을 할 수 있는지 잘 모르고 글쓰기 과제를 떠맡는다.

글쓰기 상담자들은 이런 현상을 늘 반복해서 확인한다. 다음의 관점에 대한 준비가 명확하게 되어 있어야 한다.

가. 텍스트를 언제까지 완성해야 하는가?

나. 텍스트는 몇 쪽을 써야 하는가?

다. 텍스트 질은 어느 정도로 기대하는가?

라. 참고문헌은 얼마나 많이 다룰 수 있는가?

마. 참고문헌은 충분한가?

바. 텍스트는 어떠한 형식을 취해야 하는가?

사. 텍스트는 어떻게 제출할 것인가?

아. 도움을 받을 수 있는가?

자. 주제를 어떻게 하면 의미 있게 한정할 수 있는가?

⑤ 텍스트의 내용뿐만 아니라 언어적 형식도 아주 꼼꼼하게 읽으라.

읽은 텍스트는 학술적 텍스트가 어떻게 유도하고 어떻게 구조화하고 있는지. 그리고 저자가 문제를 어떻게 규정하고 있고, 더 나아가서 어떠한 문제 제기를 하고 있는지 등에 이용할 수 있다. 저자가 자신을 어떻게 표기하고, 얼마나 자주 끌어들이는지를 보라. 그리고 저자가 어떠한 시제를 선택하고 독자를 어떻게 지칭하는지를 살펴라. 더 나아가서 저자가 어떻게 인용하는지 그리고 다른 저자들의 생각에 동의하고 있는지를 봐라. 문장이 얼마나 긴지, 종속문장이 얼마나 많이 들어 있는지 그리고 텍스트가 얼마나 명료한지를 섬토하라. 그래프와 도표를 어떻게 이용하고 있는지 분석하라. 저자가 텍스트의 신뢰도를 높이고, 권위를 부여하기 위해 어떠한 언어적 수단을 이용하고 있는지를 관찰하라.

⑥ 글쓰기는 통일적인 것이 아니라 전공에 따라 아주 특수한 형식을 띠고 있다는 사실을 알아야 한다.

우리가 오늘날 알고 있는 글쓰기는 전공에 따라 세분화된 문제를 다루고 해결하며 커뮤니케이션하기 위한 수단이다. 이를 위해 전공분야의 논문을 보다 자세하게 관찰할 필요가 있다.

⑦ 전공분야의 학술적 텍스트가 어떠한 특징이 있는지를 학과 교수에게 물어볼 수 있다.

그리고 교수가 쓴 텍스트를 읽으면 그가 어떠한 성향이 있는지도 알 수 있다. 마찬가지로 여러분의 전공 분야의 학회에 가보는 것도 유익하다. 그것은 전공 내부 사람들 안에서 새롭게 생산된 지식이 어떻게 발표되고 있는지를 체험할 것이다.

⑧ 써놓은 글을 바로 읽어야 한다.

그러면 글쓰기에 더욱 몰두할 수 있고, 상황을 보다 정확하게 인식할 수 있다. 이 기회를 반성하는 시간으로만 이용하지 말고, 글로 기록해 두어야 한다. 글쓰기 계획을 세우고 가장 중요한 지식을 포착하여 그 지식을 장차 유효하게 만들 수 있는 계획을 세워야 한다. 읽기는 단지 분석적 사고만을 강화시킬 뿐이지 창조적 능력을 강화시켜 주지는 않는다. 이러한 창조적 능력은 적극적으로 언어와 씨름하는 가운데 생겨난다.[13]

⑨ 비판적 글쓰기를 해야 한다는 것이다.

비판적 글쓰기란 정해진 사안에 대해 논쟁이 되는 주장들을 면밀히 살펴본 후 균형 감각을 지닌 상태에서 자신의 관점에 따라 주장을 하는 글쓰기 방법을 말한다. 비판적 글쓰기는 대개 사회적으로 쟁점이 되는 사회적으로 쟁점이 되는 사안에 대해 이루어지는 경우가 많으므로 사회 발전에 기여하는 측면에서 적절한 대안을 제시할 수 있도록 쓰는 것이 바람직하다. 우리는 논쟁이 되는 문제를 대할 때 양비론이나 양시론에 빠지기 쉽다. 그러나 「어정쩡한 절충」은 문제를 대하는 자신의 사고가 대단히 빈약하다는 것을 보여주는 증거가 할 수 있다. 자신의 가치관이나 세계관이 분명한 사람은 어떤 문제가 발생했을 때, 자신의 입장을 분명히 밝힘으로써 토론에 생산적으로 기여할 수 있다. 이 때 중요한 것은 균형 감각이다. 자신과 다른 생각을 가진 사람들을 존중할 줄 알아야 하며, 반대되는 의견을 비판할 때는 충분한 근거를 제시해야 설득력을 얻을 수 있다.[14]

4. 글쓰기 교육의 방향

글쓰기 이론의 관점에서 글쓰기 본질을 정리해 보면 다음과 같다. 형식주의 글쓰기 이론의 관점에서 따르면 쓰기란 교사가 제시하는 글쓰기 규칙의 학습과 반복적인 연습으로 형성되는 결과적인 것이다. 이에 비해 인지주의 글쓰기 이론의 관점에 따르면 쓰기란 개인의 인지 과정을 바탕으로 하여 성립되는 과정적인 것이다. 또한 사회 구성주의 글쓰기 이론의 관점에 따르면 담화 공동체 안에서 이루어지는 사회 구성원들 간의 상호 작용적인 의미 형성 과정을 바탕

13: 오토 크루제 저(김종영 역), 공포를 날려버리는 학술적 글쓰기, 커뮤니케이션북스(주), 2009. 12, pp.15-24 참조.
14: 자기표현과 글쓰기 편찬위원회편, 자기표현과 글쓰기, 도서출판 경진문화, 2009. 8, pp.64-65 참조.

으로 하는 사회적인 행위라고 볼 수 있다.

이 세 가지 관점은 현실적으로 우리가 조화롭게 추구해 나가야 할 매우 유용한 글쓰기 교육의 방향을 다음과 같이 제시해 준다.

가. 글쓰기의 궁극적 목적이 어법에 맞게 올바른 문장, 독자에게 소통될 수 있는 결과물인 글을 생산해 내는 것이라는 점에서 '결과물인 글을 중심으로 글쓰기를 지도하는 일'이 반드시 필요하다는 관점이다. 맞춤법·띄어쓰기를 비롯한 규범적인 문법 지식, 글 구성 원리, 텍스트의 관습적 규약 등을 올바른 글을 쓰는 기본기 차원에서 반드시 비중 있게 교육해야 한다.

나. 글쓰기 행위는 개인의 인지적 활동임과 동시에, 구체적인 사회 문화적 상황, 상황 맥락 안에서 펼쳐지는 사회 인지적 활동이라는 차원에서 이해해야 한다는 관점이다. 사회 인지적 관점에서 글쓰기란 필자가 구체적인 사회 문화적 맥락 안에서 여러 가지 문제들을 해결해 나가는 일련의 목표 지향적인 문제 해결 과정이기 때문에 글쓰기 교육 역시 이 과정에서 요구되는 구체적인 문제 해결 전략이라는 용어는 흔히 어떤 목표를 효율적으로 달성하기 위한 총체적 방법적, 선택성 등의 개념적 요소가 포함된다.

다. 글쓰기를 담화 공동체 안에서 펼쳐지는 사회적인 의사소통 행위로 간주하고, 성공적인 직장생활을 하는 데에 꼭 필요한 실무 중심의 업무 보고서, 학문적 담화 공동체 안에서 요구되는 연구 보고서나 논문 쓰기 등 실무 중심의 글쓰기 교육을 베풀어야 한다는 관점이다. 이러한 글쓰기 교육 국면에서는 해당 담화 공동체 안에서 요구되는 각 글쓰기 유형의 내재적인 담화 규칙, 텍스트의 관습적 규약과 함께, 소통되는 글이 되기 위한 독자 중심의 글쓰기 방법에 중점을 두어 지도해야 할 것이다.

라. 바람직한 글쓰기 교육은 글쓰기 과정뿐만 아니라 결과물인 글도 함께 강조하는 형태, '과정과 결과가 균형이 잡힌 워크숍' 형태로 되어야 한다는 점이다. 실제적이고 유목적적인 쓰기 과제를 중심으로 학습자들이 교사의 안내와 지도에 따라 일련의 쓰기 과정을 통해서 완성도 높은 글을 생산해 낼 수 있도록 하는 워크숍 중심의 글쓰기 교육의 글쓰기 과정과 결과를 함께 충실하게 할 수 있는 현실적인 교육적 대안이 될 수 있을 것이다.

5. 미래의 글쓰기 방향 ▐

우리는 이제까지 글을 쓸 때는 글은 아름다워야 하고, 읽는 사람의 마음을 움직일 수 있어야 한다고 생각하였다. 즉 글은 재미가 있어야 한다는 고정 관념이 있었다. 이런 문학적인 글은 기-승-전-결로 이루어지기에 결론이 제일 나중에 나온다. 그러나 기술자가 사무적으로 쓰는 글은 감정에 호소하여 느낌을 전달하는 것이 아니므로 약도 그리듯이 간결하게 기술하면 된다.

따라서 특히 학술적인 글쓰기보다는 미래의 실용적인 글쓰기 차원에서 중심으로 알아보고자 한다. 이를 위하여 세 가지 원칙이 적용된다.

> 원칙1 : 읽는 사람을 고려한 글쓰기
> 원칙2 : 논리적인 틀이 있는 글쓰기
> 원칙3 : 간결하고 명확한 글쓰기

1) 읽는 사람을 고려한 글쓰기

글을 쓸 때는 내가 하고 싶은 이야기를 쓰면 안 된다. 철저하게 읽는 사람에게 방향을 맞추어야 한다.

① 읽는 사람에 따라 글이 달라져야 한다.

글을 읽는 사람이 누구냐에 따라 그 내용이 달라야 한다. 읽는 사람의 지위에 따라 관심사가 틀리기 때문에 거기에 맞추어야 하고, 읽는 사람이 가지고 있는 지식의 배경이나 개인적 성향에 따라서도 글이 바뀌어야 하는 것이다.

② 결재권자는 결론에 관심이 있다.

실무자·중간관리자 및 결재권자는 각기 관심사항이 다르다. 높은 관리자일수록 결론, 전체적인 경향·가격이나 민심에 관심이 많은데 비하여, 대부분의 실무자는 자신이 한 일을 시간순으로만 작성한다. 첫 번째 문장에 가장 중요한 정보가 들어 있다. 다음 문장에 그 다음 문장에 중요한 정보가 있고, 마지막은 보완 설명이다.

③ 자신의 노력이나 생각을 장황설로 늘어놓지 말자.

업무와 관련된 글은 상대에게 필요한 정보를 알리기 위함이지, 자신의 고생이나 박식함을 드러내기 위해 쓰는 것이 아니다. 똑똑한 사람은 상대가 원하는 정보에 치중한다. 글을 쓸 때는 항상 읽을 사람부터 생각하고, 자신이 왜 글을 쓰는지에 대해 글의 효용성에 대해 끊임없이 되 뇌이면서 경제적인 글을 쓸 수 있도록 고삐를 늦춰서는 안 된다.

④ 어려운 전문용어는 쓰지 말자.

가장 어려운 것이 전문가가 하는 비전문가에 대한 의사소통일 것이다. 특히 불특정 다수의 일반인을 대상으로 하는 언론에 낼 보도 자료나 제품의 사용설명서를 적는 것은 쉽지 않는 일이다. 특히 보고 받는 자의 학력이 아무리 높아도 자신의 전공과 다를 경우에는 알아듣는 사람이 몇 명 되지 않는다는 것이다. 그러므로 전문용어나 어려운 기술적인 용어는 그들이 알아들을 수 있는 말로 변환하는 노력이 필요하다.

⑤ 읽는 사람을 궁금하게 만들지 말자.

우리는 매일 신문을 읽지만 궁금증을 유발하는 기사를 읽는 경우는 매우 드물다. 그러나 기술자가 쓴 글을 읽으면 궁금한 내용이 의외로 많다. 논리가 비약하거나, 또는 배경 설명이 충분하지 않기 때문이다. 따라서 아무리 읽는 사람이 똑똑하다 하더라도 배경지식이 없는 경우에는 초보자로 간주하고, 글을 써야 한다.

⑥ 주어 없는 문장은 얼굴 없는 사람이다.

말을 할 때는 주어를 생략해도 얼굴 표정이나 몸짓으로 추가적인 의사소통이 되기 때문에 문제가 없다. 그러나 글을 쓸 때 주어를 생략하면, 읽는 사람이 앞 뒤 문맥이나 상황을 일일이

고려해야만 문장을 이해할 수 있다.

한글은 영어와 달리 주어를 생략해도 문장이 되기 때문에 주어 없는 문장이 많다. 그러나 주어가 없으면 행위의 주체가 누구인지 몰라 읽는 사람이 헷갈리게 된다. 쉬운 내용이나 이미 알고 있는 내용은 핵심 단어 하나로 전체 내용을 알 수 있기 때문에 아무렇게나 쓰인 글도 이해할 수 있다. 그러나 복잡하거나 새로운 내용이 들어 있는 글은 주어가 있어야 의미가 보다 분명해진다. 따라서 문장에 의식적으로 주어를 넣는 습관을 길러야 한다.

또한 기술자가 쓴 글은 주어가 있어도 사물을 주어로 한 수동태의 문장이 대부분이다. 이런 문장도 「누가」한 것인지를 알 수 없기 때문에 주어가 없는 것과 마찬가지이다. 또 주어가 있어도 주어와 서술어가 호응을 하지 않으면 주어가 없는 것과 같다.

그 방법으로는 다음과 같은 것을 들 수가 있다.

가. 능동태로 쓰자.

무생물을 주어로 사용하는 경우에는 문장이 수동태가 되기 쉽다. 특히 기술자는 습관적으로 수동태 문장을 많이 쓴다. 목적어로 주어로 사용하면 원래의 주어를 생략할 수 있으므로 원래의 주어가 가지는 글자 수만큼 그 수를 줄일 수 있는 장점이라고 생각한다.

나. 인칭주어를 사용하자.

생물과 무생물이 서로 관련된 내용을 표시할 때, 영어는 무생물을 주어로 사용하는 경우가 많으나 우리글은 생물을 우선한다. 그러나 무생물을 주어로 하는 것이 반드시 나쁜 것은 아니다. 다만 되도록 무생물보다는 생물을 주어로 사용하자. 그러면 한결 자연스러운 문장이 된다.

다. 생략 주어도 용도에 맞게 사용하자.

문장에 반드시 주어를 넣어야 하는데, 「우리」또는 「사람」과 같은 불특정한 일반인을 주어로 하거나, 앞에서 한 번 사용된 주어일 경우에는 생략하는 것이 오히려 좋다. 그러나 주어가 생략되어야 좋은 글이 되기 때문에 주어를 생략하는 것이 아니고, 습관적으로 주어를 생략하는 것이 문제다.

라. 주어와 서술어가 서로 호응해야 한다.

주어를 빠트리지 않게 되면 그 다음에 신경을 써야 하는 것이 주어와 서술어의 호응이다.

주어와 술어가 호응을 이루지 못하면 비정상적인 문장, 즉 비문이 된다. 이러한 비문은 글의 신뢰성을 손상시킨다.

마. 주어와 서술어의 간격을 최소화하라.

문장에서 가장 핵심이 되는 정보는 서술어에 들어 있다. 중요한 정보는 되도록 빨리 제시해야 한다. 한글은 영어와는 다르게 주어와 서술어 사이에 다른 성분이 많이 들어 있어 중요한 정보가 빨리 제시되지 못하는 구조를 가지고 있다. 이러한 제약을 극복하는 길은 주어와 서술어의 간격을 최소화하는 것이다.

2) 논리적인 틀이 있는 글쓰기

글쓰기는 좁은 문으로 한 번에 한 사람씩 통과시키는 과정에 비유되기도 한다. 글쓰기는 본질적으로 이러한 제약을 가지고 있기에 글은 논리적인 내용이 일정한 글의 틀에 담겨 있어야 한다.

약도에서 방향을 정하면 다음은 길의 구도를 잡는다. 먼저 목표를 명확히 하고, 출발지에서 목표까지 헷갈리지 않고 쉽게 찾을 수 있도록 가는 길을 결정한다. 그리고는 큰 길 몇 개로 구도를 잡는다. 글도 마찬가지이다. 먼저 주제를 정하고, 이 주제에 도달하기 위한 논리 전개 방식을 결정한다. 그리고는 문단 몇 개로 글의 틀을 짠다.

① 주제는 명확하고 구체적이어야 한다.

주제를 잡을 때나 주제를 대표하는 제목을 붙일 때 우리는 무의식적으로 범위를 크게 잡는 경향이 있다. 포괄적인 주제는 글의 명확성을 흐리게 한다. 글을 쓰는 사람의 의도가 읽는 사람에게 분명하게 전달될 수 있도록 주제는 명확하고 구체적이어야 한다. 그러자면 주제의 범위를 가급적 좁게 한정해야 한다. 주제가 결정되면 하나의 완결된 문장으로 주제문을 작성해 보는 것이 좋다. 주제문은 전체 글을 한 문장으로 표현하는 것이므로 글의 전개방향을 결정하는 것이다.

그 방법의 하나는 주제는 하나여야 한다. 주제가 둘 이상이거나 주제에 초점이 맞추어지지 않으면 횡설수설하는 글이 된다. 그러므로 주제는 하나여야 한다.

② 글을 구상하기

글을 찾기 위해서는 약도에 표시된 길을 따라 가듯이 글도 순서대로 전개해 나가는 방식을 잡아야 하는데, 이를 글의 구상이라 한다. 구상을 하기 위해서는 먼저 주제를 설득력 있게 뒷받침하는 글의 재료, 즉 제재를 수집해야 한다. 제재는 확실한 근거를 가진 것을 풍부하게 수집해야 한다. 이렇게 수집된 제재를 성격별로 분류하여 정리하여 놓으면 글을 쓸 때 유용하게 활용할 수 있다. 분류된 제재 중에서 필요한 부분을 골라 순서대로 전개해 나가는 것을 구상이라 한다.

③ 글의 윤곽 잡기

글의 전체 윤곽을 잡는 거시적 구상은 3단 구성법으로 잡는다. '서론-본론-결론'이나 '도입-전개-정리'로 나누어진다. 사안의 인과관계를 논리적인 관점에서 서술하기 때문에 논문은 이 형식을 채택한다. 3단 구성법은 논문 작성법의 기본이며, 4단이나 5단 구성법은 3단 구성법을 기본으로 확대 적용한 것에 지나지 않는다(구체적인 내용에 대해서는 「글쓰기의 절차」 항목에 할애했다).

④ 논리 흐름을 개요도로 작성하기

글의 전체와 부분을 개략적으로 나타내는 구상이 끝나면 이를 개요도로 작성한다. 아무리 구상을 잘하더라도 글을 써내려 가는 동안 중요한 부분을 빠트리거나, 논리성을 잃고 헤맬 수도 있다. 또 글의 전체와 부분, 부분과 부분 사이의 균형을 잃어버릴 수 있다. 이러한 잘못을 방지하기 위하여 개요도를 작성해야 한다. 개요도는 건물의 설계도에 해당한다.

그 방법으로서는 다음과 같은 것이 있다.

가. '문단-문장-단어'의 구조를 갖추자.

글을 이루는 최소의 단위는 단어이다. 단어가 모여 문장이 되고, 문장이 모여 문단이 된다. 단어는 뜻을 나타내며 하나의 단어는 문맥에 따라 하나의 뜻을 가지는 一物一語의 법칙이 적용된다. 문장은 단편적인 생각을 나타내며 하나의 문장은 하나의 개념을 나타낸다. 문단은 중심생각을 나타내며 하나의 문단은 하나의 소주제를 나타낸다.

나. 문단은 소주제문과 뒷받침문장으로 구성한다.

글 전체가 하나의 주제 아래 이루어진 큰 덩어리의 생각이라면, 문단은 이를 이루는 작은 덩어리의 생각이다. 한 문단은 이러한 작은 덩어리의 중심생각을 압축하여 표현하는 소주제문과 이를 뒷받침하는 몇 개의 뒷받침문장들로 구성된다. 이를 문단의 연결성이라고 부르며, 주제문만 있고 뒷받침문장이 없으면 주장만 있고 근거가 없는 글이 된다. 이 때 중요한 것은 한 문단은 하나의 중심사상만을 다루어 통일성을 갖추어야 한다는 것이다.

3) 간결하고 명확한 글쓰기

위대한 사람일수록 말과 글이 간결하다. 기술자가 사무적으로 쓰는 글은 감정에 호소하여 느낌을 전달하는 것이 아니므로 약도 그리듯이 「주요 사실을 알기 쉽고 간결하게」 기술하면 된다. 약도는 한눈에 알아 볼 수 있도록 그려야 하듯이 글도 핵심 내용이 한눈에 전달될 수 있도록 써야 한다. 현대인은 바쁘고 취급하는 정보의 양도 날로 늘어나고 있다. 그렇기 때문에 문자 매체보다는 정보의 전달 능력이 탁월한 영상 매체를 선호한다. 문자 매체의 경쟁력이 약화되는 가운데 읽어야 할 글도 많다. 그러므로 글을 아주 선택적으로 읽는다. 시각적으로 조금만 보기가 어렵거나, 읽어도 무슨 내용인지 모르는 장황한 글은 금방 외면당한다. 그렇기 때문에 간결하고 명확한 글만이 살아남는다.

① 핵심은 짧게 하라.

핵심내용은 가장 먼저 눈에 들어와야 한다. 신문 기사의 경우 제목과 부제만 보아도 내용의 절반은 짐작할 수가 있고, 첫 문단을 읽으면 내용의 80% 정도까지 알 수가 있다. 마찬가지로 보고서나 연구논문을 쓸 때, 제목과 소제목에 핵심내용을 담아 읽는 사람이 이것만 보고도 많은 정보를 얻을 수 있도록 해야 한다.

그 방법으로서는 다음과 같은 것이 있다.

가. KISS의 법칙이 있다.

위대한 연설가들이 공통적으로 지킨 원칙을 정리한 말이 'KISS'이다. 이는 "Keep It Simple, Stupid(단순하게, 그리고 머리 나쁜 사람도 알아듣게 하라)"는 말을 축약한 것이다. 세계적 지도자들의 연설에는 진부한 표현, 과장된 문장, 전문 용어, 유행어들이 전혀 들어 있지 않다. 평이하고, 단순한 표현으로 감동적인 연설을 할 수 있는 것이다. KISS의 마지막 단어를 'Stupid 대신에 Short'를 써서 간결을 강조하기도 한다.

짧은 시간에 상대를 설득하기 위해서는 절제된 언어가 가장 강력한 무기가 된다. 글도 말과 마찬가지로 간결함을 으뜸으로 친다. 글을 쓸 때의 교훈으로 '버리는 데 용감해라'는 말이 있다. 간결은 겸손과도 통한다. 자신의 업적을 절제해서 표현할수록 힘 있는 글이 되어 영향력을 발휘하게 된다. 그렇기 때문에 간결과 겸손을 염두에 두면 진부하거나, 과장된 표현은 쓸 수가 없다.

나. 형용사와 부사, 비유가 적을수록 좋은 글이 된다.

간결한 글을 쓰자면 명사나 동사를 많이 쓰게 되고, 이를 수식하는 형용사나 부사는 될 수록 줄여야 한다. 형용사나 부사는 문장을 불필요하게 놀리는 군더더기 역할을 하기 때문이다. 주어와 술어만으로써 실체를 진실하게 나타낼 수 있으면 좋은 글이 된다.

② 산뜻한 글이 좋다.

만남에서 중요한 역할을 하는 것이 첫 인상이다. 글에서의 첫 인상은 산뜻함인데 글자 크기, 여백 및 사용 색깔의 수와 관계가 많다. 글자의 크기는 읽는 사람의 나이에 비례해야 한다. 상사는 대부분 잔글씨를 잘 보지 못함으로 다소 큰 글씨로 써야 한다.

중요한 단어를 진하게 표시하는 것도 읽는 사람에게 도움을 준다. 그러나 너무 많으면 오히려 산만하여 보일 수 있다. 한 장의 보고서에 너무 많은 내용을 담으면 읽는 사람은 보기도 전에 질려버린다. 또 행간의 간격도 너무 좁지 않도록 한다. 상하와 좌우의 여백도 넉넉하게 둔다. 색깔의 사용도 절제를 요한다. 많은 색깔은 오히려 산만하게 보일 수 있다.

그 방법으로서는 다음과 같은 것이 있다.

가. 어려운 내용은 그림이나 도표 활용을 한다.

사람은 시각에 통하여 사물을 빠르게 인지하기 때문에 한 장의 그림이 수만 마디의 단어보다 더 많은 정보를 전달할 수 있다. 현대사회가 정보화 사회로 옮겨가면서 전달하는 정보량이 워낙 많기 때문에 문자보다 되도록 영상 정보를 많이 활용하는 것은 자연스러운 추세이다.

한편 도표는 복잡한 상관관계를 일목요연하게 보여준다. 크기를 서로 비교하거나, 시간에 따라 내용이 변화하여 가는 사항을 표시할 수 있어서 전통적으로 기술자와 과학자가 자주 활용해 왔다.

나. 모호한 것은 죄악이다.

간결한 문체라도 의미가 모호하면 읽는 사람이 자기 나름대로 해석하여 글이 가지는 논리의 흐름에서 벗어나게 된다. 간결을 위해 정확한 의미 전달을 희생해서는 안 된다. 수식어의 위치가 피수식어에 접근하지 않아서 생기는 혼란도 방지해야 한다. 모호함은 상대를 더 헷갈리게 하기 때문에 틀리는 것보다 더 나쁘다. 구조적으로 이중성을 띤 문장도 있어 주의를 요한다.

다. 조사를 정확하게 사용하자.

우리글은 접속어뿐만 아니라 조사도 문장의 의미를 결정한다. 「이번에 서운하다」는 한 번에 국한되지만 「이번에도 서운하다」는 여러 번 연속해서 그렇다는 뜻으로 조사 하나에 문장 의미가 크게 차이가 난다.

라. 계략적인 표현대신 구체적인 수치를 제시해야 한다.

기술문서에서 개략적인 표현은 삼가야 한다. 구체성을 결여한 완곡한 표현은 의사 전달에 장애가 되기 때문에 구체적인 수치가 제시되어야 한다.

마. 명칭을 구체적이고 일관되게 사용하자.

명칭을 제대로 사용하지 않으면 읽는 사람의 생각을 흔들어 놓을 때가 많다. 명칭이 아니고 동사, 형용사 및 부사일 경우에는 다양한 것이 좋다. 한 가지 단어를 중복하여 사용하면 금방 싫증이 나기 때문이다.

바. 괄호 사용 시 주의해야 한다.

글을 쓸 때 보완해서 설명할 것이 나오면 별 생각 없이 그 내용을 괄호 안에 넣는 경우가 많다. 괄호는 단어 설명과 같은 보완설명에 국한하여야 한다. 괄호 사용이 가장 잘못된 것은 반대되는 개념을 편의상 괄호 안에 집어넣는 것이나 본문에 포함될 내용을 괄호 안에 넣는 것이다.

사. 같은 의미의 단어를 반복 사용하면 안 된다.

같은 의미를 가진 단어를 사용하게 되면 글의 품위를 훼손한다. '역전 앞'과 같은 표현이 되지 않도록 주의를 기울여야 한다.

아. 진부하거나 과장된 표현은 삼가자.

보고문에서 진부하거나 과장된 표현은 금물이다. 이러한 글을 쓰는 이의 진실성을 손상시키기 쉬우며, 자기가 고생한 내용을 언급하는 것과 같이 부정적인 효과를 가져온다. 필요 없는 것을 넣을수록 힘없는 글이 되는 것을 명심해야 한다.

자. 〈의〉의 남용을 자제하자.

100여 년 전만 해도 우리말에는 <의>가 없었다. 일본어의 영향으로 이제는 우리글에 너무 많이 <의>가 들어간다. 문장을 간결하게 압축하게 보면 명사만 여러 개 나열하거나, <의>를 명사 사이에 집어넣게 되는 경우가 많다. 이럴 경우에는 문장 형태를 바꾸면 부드러운 글이 된다.

차. 복수의 남용도 자제하자.

우리글은 영어와 달리 복수를 쓰지 않는 것이 자연스럽다. 영어식 표현으로 문장이 어색해지지 않도록 한다.

카. 긍정문을 사용하자.

때로는 강조를 위해서 부정문을 쓰는 경우가 많다. 그러나 이러한 부정적 표현은 글을 혼란스럽게 하기 십상이다. 또 쓸데없이 글의 길이만 늘이는 게 된다. 따라서 가급적 긍정문을 사용해 글을 표현하는 습관을 기르는 것이 좋다.

MEMO

글·쓰·기·이·론·과·실·제

제2부

글쓰기의 이론

글쓰기는 「나」가 하는 것이다. 이 「나」는 인칭 개념이 아니다. 너도 아니고 그도 아닌 바로 나 자신으로서의 나를 자각하는 자아 개념이다. 이를 「나―의식」, 또는 「주체 의식」으로 바꾸어 말해도 좋다. 이러한 「나」만이 「나의 글」을 쓸 수 있다. 이른바 「나의 생각과 느낌」을 담고 있는 글이 「나의 글」이다.

글·쓰·기·이·론·과·실·제

글·쓰·기·이·론·과·실·제

글쓰기의 이론

1. 글쓰기의 관여 요소

1) 自我

① 對他 의식으로서의 자아

글쓰기는 「나」가 하는 것이다. 이 「나」는 인칭 개념이 아니다. 너도 아니고 그도 아닌 바로 나 자신으로서의 나를 자각하는 자아 개념이다. 이를 「나-의식」 또는 「주체 의식」으로 바꾸어 말해도 좋다. 이러한 「나」만이 「나의 글」을 쓸 수 있다. 이른바 「나의 생각과 느낌」을 담고 있는 글이 「나의 글」이다.

그런데 「나로서의 나」, 즉 남과는 뚜렷하게 구별되는 「나」를 형성한다는 것이 그리 쉬운 일이 아니다. 「나」의 형성은 우선 「나」를 「나」로 확인하는 데서부터 시작된다. 「나」라는 자아 개념은 남과 관련하여 형성된다는 것도 여기에 있는 것이다. 자아를 일종의 대타 의식이라고 부르는 이유도 여기에 있다. 대타 의식이란 타자에 대한 의식인데, 대타 의식으로서의 자아에 대한 진술은 두 가지 방향에서 구성할 수 있다. 「나」가 「너」가 아니기 때문에 「나」는 「나」라는 진술도 가능하고, 이와 반대로 「나」가 「너」이기 때문에 「나」는 「나」라는 진술도 가능하다. 이 두 가지 진술은 모순이 아니다. 「나」가 「나」임을 모른다는 것은 「나」와 「너」가 같은지 다른지를 모른다는 뜻이기 때문이다.

그런데 글쓰기에서의 자아는 타자와의 동일시가 아닌 차별화를 지향한다. 글쓰기에서의 자아란 글쓰기를 총괄적으로 주재하는 인격적 존재이다. 타자는 자아와 대립하는 인격적 존재로서 이는 선행의 글쓰기를 주재한 인격적 존재이거나, 아예 글쓰기를 하지 않는 인격적 존재이다. 이러한 타자와 동일시하는 자아라면 남의 글쓰기를 그대로 답습하거나 아예 글쓰기를 하지 않을 것이다.

② 자아의 정체성

우리는 어떤 문제를 앞에 두고 이렇게 할까 저렇게 할까 곧잘 갈등한다. 「이렇게 한다」가 그 하나이고, 「저렇게 한다」가 다른 하나이다. 우리는 여기에서 우리의 자아가 여러 개의 소자아로 구성되어 있으며, 그 사이에서 끊임없이 흔들리고 있음을 알 수 있다. 흔들리고 있는 자아는 자기 동일성이 없으므로 자아의 정체성이 결여되어 있다고 할 수 있다.

대부분의 경우 소자아는 하나의 자아로 통합되거나, 절대 우위의 다른 소자아에 억눌려 그 존재가 부각되지 않는다. 그러나 소자아 사이의 통합이 느슨하거나, 힘이 대등해질 때는 해체되거나, 억눌려 있던 소자아가 의식의 수면 위로 떠오를 수가 있다. 이 때 자아의 정체성은 크게 위협받는다. 가장 먼저 생각할 수 있는 것은 이 문제의 소자아를 재통합시키거나, 억압함으로써 기존의 자기 동일성으로 회귀하는 것이다. 물론 이것은 미봉책이다. 가장 좋은 방법은 자아를 구성하는 소자아 사이의 세력 변화를 인정하고, 그 자체를 새로운 전체 자아로 고양시키는 것이다. 이것이 바로 자아의 재형성이다.

③ 자아 형성과 글쓰기

「일필휘지식 글쓰기」의 첫 번째의 방법은 글쓰기 이전에 다른 사유 활동을 통하여 생성해 낸 내용을 글로 엮어 내는 것이 글쓰기인 것이다. 물론 그 내용은 남의 것과는 구분되는 「나」의 것일 터인데, 그렇다면 글쓰기 이전에 이미 자아의 정체성은 확보되어 있는 셈이다.

이른바 「일필휘지식 글쓰기」의 두 번째의 방법은 글제를 보자마자 순간적으로 그에 걸맞는 내용을 새로이 생성하는 것이다. 이와 함께 생각해 볼 수 있는 것은 「퇴고식 글쓰기」이다. 일반적으로 퇴고는 글쓰기의 마무리 단계에서 자구를 다듬는 사유 활동으로 평가된다. 이런 의미에서의 퇴고는 글쓰기 과정에서 발생하는 사유 활동의 오류를 전제로 하는 것이기 때문에 글쓰기에서는 그리 중시될 이유가 없다. 이 두 번째의 방법은 글쓰기 과정에서 새로이 글거리를 생성해 내는 것을 지향한다는 점에서 퇴고식 글쓰기와 동일한 범주에 놓인다.

퇴고식 글쓰기에서는 먼저 글제에 대응하여 자아가 분열한다. 이렇게 쓸까, 저렇게 쓸까 하는 것은 분열된 소자아의 대립과 갈등의 소치임은 말할 것도 없다. 우리는 자아의 분열을 통해서 역으로 분열 이전의 통합된 자아의 존재를 확인한다.

퇴고거리란 글의 내용에 관한 것이기 때문에 발상을 논의하는 자리에서 다루는 것이 바람직하다. 퇴고거리가 주어지면 어떠한 경로를 거치던 간에 선택할 것은 선택하고, 배제할 것은 배제하면 된다. 이것은 퇴고를 통해서 분열된 소자아가 하나의 자아로 재통합됨을 의미한다. 재통합된 자아는 이전의 자아와는 차원을 달리한다. 단순 논리로 말하더라도 새로운 글을 생산하지 못했던 자아와 새로운 글을 생산한 자아라는 차이점을 지적할 수 있다. 글쓰기 과정에서 새로운 글을 생산하는 퇴고식 글쓰기에서는 자아의 정체성을 확인할 수 있을 뿐만 아니라 그 정체성을 한 차원 높이 고양시킬 수 있다. 글쓰기는 자아의 정체성을 확보한 사람만이 수행할 수 있는 사유 활동이다.

이제 글쓰기에서 문제가 되는 것은 자아의 정체성이 아니다. 「나」가 남과 같은 존재인지 다른 존재인지 몰라도 된다는 것이다. 다만 그 「나」가 자신의 글쓰기를 하려고 하는가, 아니면 하지 않으려고 하는가만 분별하면 된다. 글쓰기를 주재하는 존재는 자아이다. 따라서 글쓰기의 성패를 가늠하는 것은 자아의 정체성이 아니라 자아의 의지이다.

2) 세계

① 세계 · 사상 · 대상

글쓰기란 「글」을 「쓰기」하는 것인데, 이는 어떤 「무엇」의 의미를 문자로 표상하는 것이다. 그 「무엇」이 될 수 있는 것의 최대 범주는 世界이다. 세계라는 한자어는 시간을 나타내는 <世>와 공간을 나타내는 <界>로 이루어져 있다. 즉, 세계는 시간축과 공간축으로 짜여진 상상 가능한 모든 영역과 그 영역에 포함되어 있는 모든 존재를 가리킨다.

자아가 세계를 의미화하기 위해서는 「세계」와 「세계 아닌 것」을 분별할 수 있어야 한다. 그런데 우리는 「세계가 아닌 것」을 알 수 없다. 그렇다면 「세계」 또한 알 수가 없는 것이다. 이러한 사실은 세계 그 자체를 의미화 대상으로 삼는 것이 불가능함을 말해 준다.

세계를 전체적으로 이해하는 것이 불가능하다면 세계를 부분적으로 이해하여 그 합을 통하여 간접적으로 이해하는 방법이 있다. 이러한 이유에서 글쓰기에서 구성하는 의미가 절대 진리가 될 수 없다. 세계의 부분을 事象이라 한다. 세계 내적 존재인 사물·사건·현상 등이 사상이다. 이 사상 중에서 자아가 글쓰기를 위해서 특별히 선택한 것이 대상이다. 그런데 과연 세계로부터 사상을 분리할 수 있을까. 이것은 물리적으로 가능하지 않다. 어떠한 사상이라도 시간축과 공간축을 가지고 있다. 그런데 시간의 흐름과 공간의 연장에는 단절이 없다. 시간과 공간은 그 시작과 끝을 알 수 없기 때문에 세계 전체를 대상화할 수 없다고 했다.

대상의 기본 의미는 우선 대상의 形象에서 마련된다. 대상의 형상은 우리의 감각 기관을 통해 직접적으로 인지할 수 있는, 즉 대상이 갖고 있는 모든 요소들을 말한다. 대상이 사물이나 현상이라면 그것의 형태·크기·색채·질감·운동 등이 형상이 된다. 그런데 대상 중에는 사물과 현상 이외에 사건도 있다. 사건의 서사적 단면 하나하나와 그 줄거리 역시 감각으로 인지할 수 있으므로 이 역시 형상이 될 수 있을 것이다.

형상뿐만 아니라 속성의 범주에서도 대상의 기본 의미를 구성할 수 있다. 형식 논리학에서는 사상의 성질과의 관계를 총괄해서 속성이라 한다. 여기서 사상의 본질로서의 속성보다는 성질로서의 속성, 즉 사상이 지니고 있는 물리·화학적 성질이나 심리·정서 상태 또는 구조적 특성을 가리키는 것으로 규정하기로 한다.

마지막으로 기능의 범주에서 대상의 기본 의미를 찾을 수도 있다. 기능은 상호 의존 관계에 있는 여러 부분에 의해서 성립된 전체 또는 器官이 맡은 역할 또는 이와 같은 각 인자의 협동 관계에 의한 전체적 활동 능력을 의미한다. 기능에 대립하는 것은 구조인데, 기능은 구조에 의미를 부여하고 구조는 기능을 생성한다.

이러한 범주에서 파악된 대상의 기본 의미는 그 대상으로부터 자아가 특별하게 구성하고자 하는 새 의미의 원천이 된다.

② 「자아-대상」 관계와 「대상-事象」

글쓰기에서 서로 다른 자아가 서로 다른 대상에 대해 의미를 구성한다면 그 결과가 서로 다르게 나타날 것으로 기대할 수 있다. 글쓰기와 자아와 대상은 각기 다양한 국면들을 가지고 있고, 양자가 관계를 설정할 때는 각각의 국면들이 선택적으로 결합한다는 것을 의미한다. 그렇다면 「자아-대상」의 관계 설정이라는 사유틀만으로는 대상 해석의 기저를 밝히기는 어렵다.

대상을 의미화하는 것은 대상의 알려진 의미로부터 알려지지 않은 의미를 이끌어 내는 것이라 했다. 대상 해석은 대상의 부분적 의미로부터 다른 부분적 의미를 구성해 내는 것이며, 우리는 이러한 과정을 거쳐서 대상의 전체적 의미를 모두 추론해 낼 수 있기를 기대한다. 대상의 부분적 의미를 전체적 의미로 일반화하거나, 전체적 이미지에 버금가는 지배적 의미로 격상시키는 것이다.

결국 동일한 자아가 동일한 대상에 대해 서로 다른 의미를 구성하는 것은 자아가 소자아로 분열하여 각각 대상의 특정 부분과 관계를 설정하기 때문이다. 그런데 이러한 개념틀은 자아와 대상 모두를 대상 해석의 변수로 규정하고 있기 때문에, 대상 해석의 방법론을 구안하는데 어려움을 가중시킨다. 따라서 변수를 단일화할 필요가 있다. 자아의 변수를 대상의 변수에 투영하는 방법도 있겠고, 대상의 변수를 자아의 변수에 투영하는 방법도 있겠다.

③ 대상의 의미와 글쓰기

글쓰기의 최대 관심사는 자아가 대상의 의미를 어떻게 구성하는가 하는 것이다. 물론 그것은 새로운 의미이어야 한다. 대상의 의미는 대상에 대한 자아의 특별한 체험을 통해서 구성되는데, 이 체험이 「나」에게 새로운 것일 때 「나에게만 새로운 의미」일 수도 있고, 「나에게도 새로운 의미」일 수도 있다.

「나에게만 새로운 의미」는 「나」가 구성한 대상의 의미가 다른 사람에게는 이미 상식에 속하는 의미라는 뜻이다. 이러한 의미를 대상의 기존 의미라 부를 수도 있다. 「나에게만 새로운 의미」라 할지라도 글쓰기에서는 매우 중요한 의의를 지닌다. 우선 「나의 글쓰기」를 추동하는 동인이 된다는 점이 주목된다. 글쓰기는 「나」가 하는 것이고, 「나」가 가치 있다고 판단하는 의미를 구성하는 것이다. 그래서 그것은 「나」의 정체성을 확인하는 증표가 된다.

한편 「나에게 새로운 의미」는 「나에게도 새로운 의미」일 수도 있다. 물론 이를 확인하기란 그리 쉬운 일이 아니다. 그러나 「나에게 새로운 의미」가 아니면 누구에게도 새로운 의미일 수가 없다. 그래서 이것은 「우리 모두에게 새로운 의미」의 근원이 된다. 「우리 모두에게 새로운 의미」를 완벽하게 구성할 수 있는 글쓰기란 글쓰기의 역사를 통틀어 보더라도 그다지 많지 않은 것이다.

「나에게 새로운 의미」가 있듯이 「너에게 새로운 의미」도 있다. 이것은 「나」를 제외한 특정인에게 새로운 의미를 말한다. 어떤 대상의 기존 의미를 설명해 주는 글은 바로 「너에게 새로운 의미」를 겨냥한다. 「우리 모두에게 새로운 의미」는 「나에게 새로운 의미」이면서 동시에 「너에게 새로운 의미」이다. 「너에게 새로운 의미」는 「너」로 지칭될 수 있는 특정인에게만 새로운 의미이다. 글쓰기에서는 대상의 새 의미를 구성하는 것을 지향한다. 그런데 그 새로움은 그 다음의 글쓰기에서 또 다른 의미를 구성하기 전까지 한시적으로만 유지된다. 「너에게 새로운 의미」를 구성하는 글쓰기는 「나」가 아닌 다른 사람이 구성한 대상의 의미에 전적으로 의지한다. 이러한 글쓰기라고 해서 남의 글을 그대로 복사하는 것은 아니다. 그렇다면 여기에서 「나」는 대상에 관하여 어떤 의미를 새로이 구성하는 것이 분명하다.

우리는 이 지점에서 대상의 의미를 이원화할 필요성을 느낀다. 즉 대상의 구성적 의미와 소통적 의미가 그것이다. 대상의 구성적 의미는 자아가 대상으로부터 직접 구성한 의미이다. 이것은 다시 둘로 나눌 수 있다. 구성적 의미에는 자아가 대상에서 발견해 내는 실재적 의미와 자아가 대상에 부여하는 정서적 의미가 있다. 실재적 의미는 대상 자체에 내재되어 있는 의미이기 때문에 누구에게나 납득될 수 있는 객관적인 의미가 된다. 이에 반해 정서적 의미는 실재적 의미에서 환기되는 의미이기 때문에 주관적인 의미라고 할 수 있다. 따라서 정서적 의미가 주관성을 극복하고 의미로서의 정합성을 획득하기 위해서는 독자적인 공감을 얻지 않으면 안 된다. 이 점에서 정서적 의미는 다시 실재적 의미와 변별된다.

한편, 작가와 독자 사이의 의사소통을 가능하게 하는 의미, 그것은 소통적 의미이다. 실재적 의미는 그 자체에 이미 어느 정도의 소통적 의미를 가지고 있다. 실재적 의미가 구성되는 과정이 논리적으로 이루어지기 때문이다. 그러나 극단적인 경우 그 논리가 매우 독특해서 아무도 이해하지 못할 수도 있다. 이 때는 소통적 의미가 전혀 없다고 해야 할 것이다. 그렇다고 해도 실재적 의미가 의미로서의 정합성을 상실하는 것은 아니다. 이에 반해 정서적 의미는 전적으로 소통적 의미에서 그 정합성 여부가 판정된다.

글쓰기의 시초에는 모든 것이 새로운 대상이었다. 모두가 이미 익숙하게 알고 있는 것이라고 하더라도 글쓰기의 대상으로 선택된 적이 없었다는 이유만으로도 그것은 새로운 대상이 될 수 있었다. 우리 주변에서도 새 대상을 찾기란 그리 어렵지 않겠지만, 그것으로부터 구성할 수 있는 새 의미는 가치 있는 의미가 아니었기에 여태 작가의 손을 타지 않은 것이라고 해도 무방하다. 이처럼 새 대상에 대한 체험은 한계가 있기 마련이다. 기존의 대상에 대한 새롭게 체험을 할 수 있는 방법, 그리하여 기존 의미와 변별되는 새 의미를 구성할 수 있는 방법, 그것이 글쓰기의 이론에서 지향해야 하는 목표 지점이다.

3) 언어와 대상

① 언어와 사유

사유는 언어를 수단으로 하기도 하고, 언어 이외의 다른 것을 수단으로 하기도 한다. 글쓰기에서는 일단 언어적 사유를 원칙으로 한다. 글쓰기는 세계에 대한 사유 내용을 최종적으로 언어로 표현하여야 하기 때문이다.

한편 사물과 사물을 비교한다는 것은 이것과 저것이 어떤 점에서 같고, 어떤 점에서는 다르다는 것을 알아낸다는 것이다. 즉 언어로 사물을 비교함으로써 사물 간에 동일자가 무엇이고, 타자가 무엇인지를 판별한다는 것이다. 자아가 대타 의식에 의해 규정되듯이 대상 역시 다른 대상에 의해 규정되는 것이다. 언어는 사물에 대한 지시와 비교를 통해서 마침내 사물에 이름을 부여하고, 이름만으로 부족할 때는 다른 것에 빗대어 이름을 보충하는 비유를 사용하기도 한다. 이러한 과정을 거쳐 언어는 사물과 사물을 분별해 낸다. 사물과 사물을 분별하기 위해서는 사물을 형용할 수가 있어야 한다. 사물들을 형용할 수 없으면 이 사물과 저 사물이 무엇이 같고, 무엇이 다른지를 말할 방도가 없기 때문이다. 그러나 그 형용도 작위적이어서는 안 된다. 반드시 근거를 가지고 있어야 한다.

언어가 조잡하면 그 의미를 드러내지 못하고, 언어가 정교하면 거짓 의미로 의심받는 것도 당연한 일이다. 그렇다고 해서 이를 피할 수 있는 것도 아니다. 이를 수행하지 않으면 대상을 구성하지 못하고, 그 의미를 드러내지 못하고, 이를 수행하자니 그 거짓됨을 두려워해야 한다. 바로 이것이 글쓰기의 딜레마이다.

글쓰기는 끊임없이 이루어져 왔고, 또 앞으로도 끊임없이 이루어질 것이다. 그것은 언어적 사유가 대상의 의미를 완전하게 구성한다면, 동일한 이 세계에 대한 동일한 글쓰기가 계속 반복될 이유가 없을 것이다. 언어적 사유의 딜레마를 극복하기 위해서는 언어적 사유를 버리는 것이 아니라, 그에 대응하는 또 다른 언어적 사유의 딜레마를 창출하여야 한다.

② 언어 구조와 사유 구조

언어적 사유에서는 언어의 구조는 사유의 구조로 간주된다. 이를 가장 쉽게 확인할 수 있는 것은 유의어이다. 유의어는 동일한 대상에 대하여 서로 다르게 명명하고 있는 단어들의 집합을 말한다. 공통적 의미에서는 지시된 대상을 확인할 수 있고, 부가적 의미에서는 지시된 대상에 대한 사유 구조를 포착할 수 있다. 이것은 단어 수준에서도 그것에 내재되어 있는 사유 구조를 파악할 수 있다.

단어 수준의 언어, 그 중에서도 단일어에서는 사유 구조가 겉으로 드러나지 않는다. 그래서 단어의 부가적 의미를 통해서 사유 구조를 재구성해야 한다. 단어 수준이라 하더라도 복합어의 경우에는 사유 구조가 명시적으로 드러난다. 복합어는 보통 하나의 단어로 취급하는 것이지만 실제로는 둘 이상의 단어가 결합되어 있는 것이다. 복합어의 언어 구조에서는 단어 사이의 결합 관계와 결합 순서가 중요하다.

이러한 결과 언어 구조의 차이가 선명하게 드러남을 확인했다. 이것은 언어에 따른 고유의 사유 방법을 상정할 수 있음을 의미한다. 글쓰기는 언어적 사유에 의지할 수밖에 없는데, 어떤 언어를 사용하느냐에 따라 대상의 의미를 구성하는 방법이 달라질 것을 예상할 수 있다. 우리의 글쓰기는 원칙적으로 우리말에 의해 이루어진다. 우리말은 지역어의 차이가 그다지 크지 않아서 이 문제가 그다지 심각하게 여겨지지 않는다. 다른 한편 우리말의 표준어와 사투리 사이에도 언어 구조의 차이가 존재하고, 그에 따른 사유 구조의 차이도 존재한다. 그러나 이 차이는 오히려 긍정적으로 받아들여야 한다. 표준어와 사투리는 도전과 응전의 구도를 형성하여 우리말을 역동적으로 발전하게 해 줄 것이다.

그러나 우리말과 외국어 사이에는 이러한 논리가 적용되지 않는다. 지나친 이질성은 상호 보완적으로 작용하기보다는 상호 적대적으로 작용하기 때문이다. 이러한 언어 구조에 내재되어 있는 사유 구조를 가지고 우리의 사유 구조를 확충할 수도 있다는 것이다. 문제는 우리가 영어와 같은 외국어를 일상적으로 접하다 보니, 우리말의 언어 구조와 영어의 언어 구조의 차이, 나아가서 우리말의 사유 구조와 영어의 사유 구조의 차이를 인식하지 못하는 지경에까지 이르렀다는 점이다.

이처럼 언어 구조와 사유 구조는 정확하게 일치하지 않는다. 그러나 사유 구조를 그 정도나마 표상할 수 있는 것은 언어 구조밖에 없다. 문장 구조는 문장 성분의 나열 구조라 할 수 있다. 언어 구조는 언어의 분절성과 선조성으로 인해 언어의 나열로 실현될 수밖에 없기 때문이다. 그런데 문장 성분의 나열 구조는 곧 사유 구조를 결정한다. 언어 구조와 사유 구조의 상관관계는 정확하게 1 대 1로 대응하는 것은 아니지만, 그렇다고 해서 양자의 상관관계를 부정할 정도의 불일치를 드러내는 것도 아니다. 그렇다면 관념적이어서 조작이 용이치 않은 사유 구조를 실제적이어서 조작이 가능한 언어 구조로 치환하는 것이 허용된다.

글쓰기란 자아가 대상의 의미를 구성하는 것이라고 했는데, 이것은 관념적인 진술일 뿐이다. 자아가 대상을 어떻게 처리하여야 대상의 의미를 구성할 수 있는 지에 대한 암시가 없었기 때문이다. 일단 대상을 언어적으로 표상하면 그 내적 구조가 파악된다. 그 언어 구조를 재조직하게 되면 대상의 새 의미를 구성할 수 있다.

언어의 사유에서는 언어가 곧 사유이다. 사유의 구조화는 언어의 구조화에 의해 추동되며, 사유의 내용은 언어의 구조적 의미로 실현된다. 이 때의 언어는 우리의 관념 속에 자리 잡고 있는 내적 언어이다. 내적 언어는 전적으로 우리의 의식 속에서만 활동하기 때문에 사유 언어라고 할 만하다. 이와 변별되는 언어가 표상 언어이다. 표상언어는 문자나 음성과 같이, 물질화된 언어로서 우리의 감각적 지각에 의해 인식되는 외적 언어이다.

글쓰기의 과정을 이원적으로 구성해야 할 필요성이 제기된다. 하나는 사유언어를 사용하여 대상의 의미를 구성하는 과정이고, 다른 하나는 대상의 의미를 담지하고 있는 사유언어를 표상언어로 번역하는 과정이다. 우리는 전자를 발상, 후자를 표현이라 한다. 발상 과정에서의 언어 구조는 사유 구조와 동일하다.

③ 언어적 명명과 글쓰기

글쓰기만큼 언어와 사유의 긴밀한 관계를 잘 드러내는 것도 드물 것이다. 쓰기는 언어로 사유하고, 그 결과를 언어로 드러내는 것이다. 언어로 사유하는 것이 발상이고, 언어로 드러내는 것이 표현이다. 대상의 인식과 의미 구성에 언어가 어떻게 작용하는가 살펴보자.

언어가 없어도 대상을 인식할 수는 있지만, 언어가 없으면 대상을 명료하게 규정할 수 없다. 세계로부터 특정의 사상을 물리적으로 분리하여 대상화하는 것은 불가능하다. 그러나 언어의 힘을 빌리면, 적어도 특정의 사상을 대상으로 인식하는 것은 가능하다. 그래서 언어적 명명은 세계로부터 사상을 분리하여 그것을 대상화하는 유일한 방법이 된다.

사실 대상의 인식은 이미 그 자체가 대상에 대한 해석이다. 대상의 인식이란 결국 대상과 사상의 관련 양상에 내재되어 있는 의미를 읽어내는 것이기 때문이다. 대상의 인식 과정에서 이루어지는 명명은 대상의 기존 의미를 확인시켜 주고, 그 의미를 생산해 내었던 기왕의 「대상-사상」의 관계 설정을 복원해 내어 새로운 관계 설정의 방향과 거기에서 구성할 수 있는 새 의미의 범주를 제시한다. 그렇다면 글쓰기는 「기존 의미에 의한 새 의미의 구성」으로 이해할 수도 있다.

마찬가지 논리로 대상의 새 의미는 「대상-사상」의 새로운 관계 설정에서 구성되고, 그것은 언어적 재명명으로 실현된다고 일컬을 수 있다. 그래서 명명은 글쓰기의 시작이면서 끝이라고 하는 것이다. 대상의 기존 의미가 명명으로 압축된다는 점에서 글쓰기의 시작이지만, 그 기존 의미를 바탕으로 하여 구성된 새 의미 또한 재명명으로 귀결된다는 점에서는 글쓰기의 끝인 것이다. 이것은 한편으로는 글쓰기의 딜레마를 낳기도 한다. 명명의 초점에서 벗어나는 것은 대상의 기본 의미에서 배제되고, 그에 따라서 대상의 새 의미 또한 그 범주가 제한될 수밖에 없다. 이것은 언어적 사유에 의지할 수밖에 없는 글쓰기가 피해갈 수 없는 딜레마이다.

대상의 새 의미가 대상을 언어적으로 재명명하는 데서 구체화되고, 언어적 재명명이 「대상-사상」의 기존 관계를 재설정하는 데서 이루어진다고 했다. 그러면 하나의 대상이 여러 가지 의미를 가지고 있다고 가정하고, 그것이 이웃하고 있는 사상과 관계를 설정하는 양상을 고찰해 보면 일단 두 가지 경우를 생각할 수 있다. 하나는 동일한 사상과 다수의 방법으로 관계를 설정하는 것이고, 다수의 사상과 각기 별개의 방법으로 관계를 설정하는 것이다. 여기에서 「대상-사상」 관계를 재설정하는 방법을 도출할 수 있다. 전자에서는 「대상-사상」 관계에서 설정 초점을 교체하는 것이고, 후자는 사상 자체를 교체하는 것이라 할 수 있다.[1]

2. 글쓰기의 기본 요소

인간은 언어를 가짐으로써 「호모 사피엔스(homo sapiens, 지혜로운 인간)」가 될 수 있었고, 언어를 통해 사회를 형성하고 발전시킬 수 있었으며, 문화를 창달하고 그것을 후대에 전할 수가 있었다. 그래서 인간을 「호모 로쿠엔스(homo loquens, 언어적 인간)」라고도 한다. 이렇게 볼 때 언어는 다른 존재와 구별되는 중요한 자질이 될 뿐 아니라, 찬란한 인류문화를 창달해 낸 원동력이 되는 것이다.

가. 글쓰기의 기초는 말(언어)과 글(문장)이다. 언어와 문장은 사고를 남에게 전하는 수단이다. 언어는 음성을 통하여 행해지는 전달 수단이고, 문장은 언어 기호를 통하여 행해지는 전달 수단으로 약간의 형식을 취한다. 언어보다 문장을 어렵다고 생각하는 이유는 언어는 자유스럽고 문장은 형식이나 요령을 요구하기 때문이다. 약간의 형식이나 글쓰는 요령을 익히고 보

1: 이지호, 글쓰기와 글쓰기 교육, 서울대학교 출판부, 2004. 3, pp.31-82 참조.

면, 문장으로 표현하는 것이 어려운 것은 아니다. 사실 말하기보다 더 쉬운 것이다. 그 예로서 사람들이 여러 사람들 앞에서 연설을 한다거나 자신의 의견을 발표할 때도 원고를 보고 읽거나 말하는 것을 볼 수 있다. 이로 미루어 볼 때 쓰기보다 말하는 것이 어렵다고 볼 수도 있다.

나. 말은 의사소통의 기본 매체이며, 사고의 바탕을 이루는 요소이다. 사고는 형체 없는 생각의 덩어리이다. 곧 사고는 星雲과 같은 것이다. 이 말은 밤하늘에 반짝이는 별이 새벽의 서광과 함께 사라져가고, 파란 하늘에 떠 있는 탐스런 뭉개구름도 바람과 함께 떠나버리는 것과 같이, 생각의 덩어리인 사고는 시간이 지나면서 머릿속에서 깡그리 없어질 수도 있다는 것이다. 그러므로 언어로 표현함으로써 우리의 사고는 분명해 진다. 더구나 복잡하고 추상적인 사고는 인간만이 할 수 있다. 왜냐하면 인간만이 언어를 가졌기 때문이다. 그러므로 인간은 만물의 영장으로서 인간을 언어적 인간이라 한다. 사고의 능력은 개인마다 다르다. 곧 개인이 가진 知와 情, 意의 가치에 따라 달라진다.

다. 언어의 능력에 대해 우리가 말할 때 외국어 능력이나 외래어가 잣대가 되는 것은 아니다. 모국어를 통하여 어휘력이 풍부해야 한다. 곧 적지 적소에 자연스러운 표현을 할 수 있어야 한다.

글을 이루는 최소의 단위는 단어이다. 단어가 모여 문장이 되고, 문장이 모여 문단이 된다.

1) 어휘

글쓰기에서 가장 기본적인 능력은 단어를 선택하고, 선택된 단어들을 어떻게 엮을 것인지를 아는 것이다. 단어의 의미를 정확히 알고, 단어들 간의 의미 관계를 폭넓게 알아야 좋은 문장을 쓸 수 있기 때문이다.

그런데 단어는 고정된 의미를 가지고 있는 것은 아니다. 단어는 문맥에 따라 그 의미가 달라진다. 그러므로 좋은 글은 쓰려면 문맥을 정확히 파악하여 그에 적절한 단어를 선택할 수 있는 눈을 길러야 한다. 어휘력이 풍부하다는 것은 많은 단어를 알고 있다는 것만을 의미하지는 않는다. 한 단어가 문맥에 따라 어떻게 의미를 확장할 수 있는지를 아는 것도 어휘력을 평가하는 데 있어서 중요한 요소이다. 평범한 단어라도 적절한 문맥에 사용되었을 때 독자에게 신선한 느낌을 줄 수 있는 것이다.

단어의 선택과 관련하여 염두에 둬야 할 것이 또 하나 있다. 좋은 글은 독자를 편안하게 한다는 사실이다. 글을 쓸 때에는 독자의 지식수준을 고려해서 글을 쓰라는 말이다. 이 때 가장 문제가 되는 것이 어휘의 선택이다. 독자가 알 만한 어휘를 사용하여 자신의 생각을 전달할 때 전달 효과는 최대화되기 때문이다. 그렇다고 무조건 쉬운 어휘만을 사용하라는 말은 아니다.

① 언어 규범과 관련한 문제

국어의 규범은 글을 쓸 때 반드시 지켜야 한다. 글의 내용이 훌륭하더라도 단순한 표기법의 오류 때문에 글의 수준이 떨어져 보일 수도 있다. 따라서 좋은 글을 쓰기 위해서는 우선 표기법을 비롯한 여러 어문 규범을 정확하게 이해해야 할 필요가 있다.

규범은 일단 정해지면 보수성을 지니는 경향이 있다. 따라서 지금 쓰는 대로 글을 쓰다 보면 사용한 단어가 표준어가 아니거나, 맞춤법에 어긋나는 경우가 종종 있다.

자식들이란 게 원래 부모 돈을 울궈내려고만 하지.

「찻잎을 뜨거운 물에 우려내다」라고 할 때는 「우려내다」라고 하는 사람도 「아버지에게서 돈을 울궈내다」라고 하는 경우가 많다. 이는 「우려내다」와 「울궈내다」가 별개의 단어라고 생각하기 때문일 것이다. 「남의 돈을 뺏는 행위」처럼 부정적인 의미는 뭔가 다른 단어로 표현해야 할 것이라고 생각하는 것이다.

가열차다→가열하다, 간지럽히다→간질이다, 팬시리→팬스레, 깡술→강술, 꼬시다→꼬이다, 끄적거리다→끼적거리다, 꾸물꾸물하다→끄물끄물하다, 두루뭉실하다→두루뭉술하다, 알아맞추다→알아맞히다, 얼만큼→얼마큼, 야멸차다→야멸치다

규범에 어긋나는 표현을 유형별로 나누어 보면, 왜 이런 오류 표현이 나오게 되었는지를 알 수 있게 될 것이다.

어떤 말들은 원래의 어형에 대한 인식이 약해져서 잘못 쓰이기도 한다. 아래 말들은 수많은

글쓰기 책에서 오류의 예로 여러 차례 지적된 바 있다.

   풍지박산→풍비박산, 산수갑산→삼수갑산, 야밤도주→야반도주, 절대절명→절체절명, 개발
새발→괴발개발, 개나리봇짐→괴나리봇짐, 복궐복→복불복, 아연질색→아연실색, 금새→금
세에

   다음의 예들은 표준어형에 군더더기 말이 덧붙이거나, 다른 음절이 개입하여 길어진 것이
다. 강조를 하거나, 명확하게 하려는 의도가 앞서다 보면 군더더기 말을 덧붙이기도 하는데,
군더더기가 붙은 일부 표현이 관습적으로 쓰이면서 혼란이 생기는 경우가 있다.

   개이다→개다, 그제서야→그제야, 꽤나→꽤, 늘상→늘, 되뇌이다→되뇌다, 마악→막, 삼가하
다→삼가다, 설레이다→설레다

   다음 예들은 사이시옷 및 관형형을 잘못 쓰면서 생긴 오류 표현이다.

   건너방→건넛방, 건넌마을→건넛마을, 쌀뜬물→쌀뜨물, 뒷처리→뒤처리, 오랜동안→오랫동
안, 오랫만→오랜만, 구렛나루→구레나룻

   다음 예들은 오히려 맞춤법 규정을 너무 의식하다 보면, 오류를 저지를 가능성이 높은 예들
이다. 된소리 표기, 겹받침 표기 등을 그러한 예로 들 수 있을 것이다.

   눈꼽→눈곱, 눈쌀→눈살, 객적다→객쩍다, 안스럽다→안쓰럽다, 멋적다→멋쩍다, 닥달하다→
닦달하다, 으름짱→으름장, 얇삽하다→얍삽하다

② 단어 용법의 문제

   가. 단어의 의미를 정확히 단어를 제대로 선택할 수 있다. 단어의 정확한 의미를 모르면
어울리지 않는 문맥에 단어를 사용하거나, 불필요한 말을 덧붙일 수 있다.

(ㄱ) 편안하게 잠을 자고 있는 와중에 아이들이 들이닥쳤다.

(ㄴ) 기차를 타고 고향으로 가는 와중에 초등학교 동창생을 만났다.

(ㄷ) 예산을 방만하게 운영하여 회사에 손해를 끼쳤다.

(ㄹ) 그는 바둑계에서 유명세를 떨쳤다.

「渦中」에는 소용돌이를 뜻하는 「渦」자가 사용된다. 「渦中」은 흐르는 물이 소용돌이치는 가운데라는 의미를 지니는 말이다. 일반적으로 조사 「-에」와 함께 「와중에」라는 형태로 쓰여서 「일이나 사건 따위가 시끄럽고 복잡하게 벌어지는 가운데」라는 의미를 나타낸다. 「전쟁의 와중에 가족을 잃었다」, 「총격의 와중에」, 「정신없는 와중에」 등의 형태로 쓸 수 있다.

「渦中」에는 대체로 소용돌이처럼 복잡하고 시끄러운 상황에 더 적절하게 어울리는 말이어서, 「소리없는 와중에」라든가, 「침묵의 와중에」 같은 표현은 침묵 가운데 일어나는 폭풍 전야와도 같은 긴장감을 비유적으로 뜻하는 경우가 아니라면 적절하지 않다고 할 수 있겠다. 이러한 경우는 「-중에」라고 쓰는 것이 적절하다.

「運營」은 조직이나 기구, 사업체 따위를 운용하고 있는 경영하는 일을 말한다. 「기업, 고아원, 서점, 회사」 등이 운영의 대상이 된다. 運用은 무엇을 움직이게 하거나, 부리어 쓴다는 의미를 가지고 있는데, 「자본, 법, 사법 제도」 등이 운용의 대상이다. 따라서 예산은 운영하기보다는 운용하는 것이 더 적절하다.

「유명세를 떨쳤다」는 어색한 표현이다. 「떨치다」에 어울리는 것은 「이름」이다. 「유명세」와 「이름」이 의미적으로 관련되기 때문에 주의하지 않으면 이러한 오류를 저지를 수 있다.

어미도 그 의미가 있고, 쓰임의 조건이 분명하기 때문에 어미에 대해서도 정확하게 알 필요가 있다.

그는 믿음으로써 그 시기를 견뎠다.

연결 어미 「-(으)므로」와 가장 많이 혼동하는 표현은 「-(으)ㅁ으로(써)」이다. 「-(으)ㅁ으로(써)」는 「-(으)ㅁ」이라는 명사형 어미와 수단이 되는 도구를 나타내는 조사 「-으로써」가 합쳐진 말이다. 여기서 「써」는 생략되기도 한다. 「-(으)ㅁ으로(써)」는 「-을 가지고」라는 의미를 가진다. 「-(으)ㅁ으로(써)」를 사용해서 위의 문장을 고치면 「그는 믿음으로써 그 시기를 견뎠다」가 된다. 이 문장은 「그는 믿음을 가지고 그 시기를 견뎠다」는 의미가 되므로 맞는 표현이다. 「-(으)ㅁ으로」와 「-(으)ㅁ으로(써)」를 혼동하지 않으려면 각각 이유를 나타내는 「-아/어서」와 수단을 나타내는 「-을 가지고」로 바꾸어 보는 것이 좋다. 자연스럽게 문장이 연결되는 표현을 골라 쓰면 틀리지 않고, 정확한 표현을 쓸 수 있을 것이다.

다음은 단어의 의미를 정확히 알지 못해 불필요한 말을 덧붙인 경우이다.

(ㄱ) 일본 총리가 신사참배를 하겠다고 해서 두 나라 간의 외교 현안 문제가 되고 있다.
(ㄴ) 문가에서 인기척 소리가 났다.
(ㄷ) 돌이켜 회고해 보건대 형극의 가시밭길을 우리는 걸어왔습니다.
(ㄹ) 제일 먼저 중요한 것이 돈이 안 들어가는 정치 제도로 개혁하는 일이다.

위의 예에서 「懸案」은 「이전부터 의논하여 오면서도 아직 해결되지 않은 채 남아 있는 문제나 의안」이란 뜻의 단어이다. 그러므로 「현안」 뒤에 「문제」를 결합하여 쓰면 의미상 중복이 되는 것이다.

인기척은 「기척」이라는 명사 앞에 「人」을 붙인 형태의 조어로, 사람이 있음을 알 수 있게 하는 소리나 기색을 뜻하는 말이다. 「인기척」이라는 말에 이미 소리라는 뜻이 들어 있으므로 「인기척 소리」라는 표현은 뜻이 중복되는 말이라고 할 수 있다. 그러므로 「인기척 소리가 났다」 대신에 「인기척이 났다」라고 쓰는 것이 더 바람직한 표현이다.

마찬가지로 「회고하다」는 「옛 자취를 돌이켜 생각하다」라는 의미를 나타낸다. 따라서 앞서 나온 「돌이켜」와 의미가 중복된다. 「형극」도 「나무의 온갖 가시」를 이르는 말이기 때문에 「형극의 가시밭길」이라고 하면 「가시」가 중복된다.

또한 「第一」은 여럿 가운데서 첫째 가는 것을 이르는 명사이다. 「먼저」는 「시간적으로나 순서상으로나 앞서」라는 뜻을 지닌 부사이다. 「제일」과 「먼저」가 의미상으로 중복이 되는 것에도 문제가 있지만, 「먼저 먹어라, 먼저 씻어라」처럼 「먼저」라는 부사는 동사를 수식해야 하는데, 위의 예문에서는 형용사인 「중요하다」를 수식하고 있어 비문법적이다. 따라서 「먼저」를 삭제해야 한다.

나. 피동과 사동 표현을 사용할 때의 주의점이다. 국어의 피동 구문은 동사에 피동접미사

「-이, -히, -리, -기」 등이 결합되어 이루어지는 경우도 있고, 「되다, 지다, 당하다」 등의 피동성 어휘로 구성되는 경우도 있다. 현재 우리말에서 피동 표현은 상당히 일반화되어 있으며, 이제는 능동 표현의 의미기능과 피동 표현의 의미 기능이 확연히 다르기 때문에 어느 것이 좋다 나쁘다고 말하기는 힘들다. 따라서 피동 표현을 써야 하느냐 말아야 하느냐를 이야기하기보다는 이 문맥이 피동 표현을 쓰기에 적절한지 아닌지를 판단하는 게 적절할 것이다.

피동 형식을 중복하여 사용할 때에는 이해를 혼란스럽게 하기 때문에 주의해야 한다. 아래의 예는 피동 형식이 중복되어 사용된 예이다.

(ㄱ) 부동산 가격이 급등할 것으로 보여집니다.

(ㄴ) 그가 잠겨진 문을 열었다.

(ㄷ) 그는 이 회사에서 황태자라고 불리어진다.

(ㄹ) 이미 황폐화되어져 버린 이곳을 복구하기 위해 나섰다.

(ㅁ) 잊혀졌던 소리가 다시 들려온다.

(ㅂ) 그 약은 군살을 빼는 데 애용되어져 왔다.

「보여집니다」는 이중의 피동이기 때문에 「보입니다」로 써야 한다. 「잠겨지다」는 「잠기다」가 피동형이므로 「-지다」가 불필요하다. 「불리워지다」는 피동형 「부르다」에 불필요하게 「-우-」가 덧붙은 「불리우다」라는 잘못된 어형에 다시 「-지다」가 붙은 것이다. 「-되어지다」는 잘못이며 「되다」로 써야 옳다. 따라서 「황폐화되어져 버린」은 「황폐화된」으로 고쳐 써야 한다. 「잊혀지다」도 자주 보이는 잘못으로 「잊히다」로 충분하다.

③ 독자의 수준에 맞는 어휘를 사용하는 문제이다.

가. 외래어 및 외국어 표현을 많이 사용한 경우이다. 일반적으로 통용되는 외래어가 아닌 이상, 불필요한 외래어나 외국어 표현을 쓰는 것은 되도록 피해야 한다. 그리고 이를 불가피하게 쓸 경우에는 이에 대한 간략한 설명을 첨부해 주는 것이 좋다. 외래어나 외국어 표현인 나름의 문체적 효과를 갖는 경우도 있지만 지나친 사용은 독자들의 거부감을 불러일으키기 쉽다.

나. 잘 쓰이지 않는 생소한 한자어를 사용한 경우이다.

    (ㄱ) 규격 이외의 사양을 정착하게 되면 고속주행시 핸들 떨림 등으로 인해 타이어 편마모
        가 발생될 수 있습니다.
    (ㄴ) 일반적인 투여 개시량으로는 25~100㎎이며 유지량으로는 100~400㎎을 경구 투여합
        니다.

   위의 문장 중 「사양」은 일본식 한자어로 위의 문맥의 경우에는 「부품」이라고 고치는 게
좋다. 「편마모」 또한 자주 사용되는 한자어가 아니므로 「한쪽만 닳음」 또는 「한쪽으로만 치
우쳐서 닳음」과 같이 쉬운 말로 바꾸는 것이 좋다. 아래의 경우도 「투여 개시량」은 「첫 회
복용량」으로, 「유지량」은 「두 번째 이후의 복용량」으로 바꾸는 게 좋으며, 「경구투여」는
「복용」에 그 의미가 함축되어 있으므로 「복용」을 사용했다면 굳이 「경구 투여」란 생소한
말을 쓰지 않아도 된다.[2]

2) 문장

   세계의 모든 물질과 사건은 자신 내부에 복잡하지만 질서 있는 구조를 가지고 있다. 이는
인간생활을 고도로 추상화시켜 반영하는 언어의 경우에도 마찬가지이다. 언어는 실현 방법에
따라 말과 글로 나뉘며, 이들을 일정한 규칙에 의하여 조직된다.

   언어라는 말에는 여러 가지 다양한 정의가 있다. 대개 「뜻을 지닌 소리」라는 공통의 정의
를 포함하고 있는데, 이러한 언어가 조직체를 이루어 나가는 데는 여러 단위의 형식이 있을
수 있다. 언어의 형식에는 익히 알고 있는 형태소, 단어, 어절, 문장 등이 있다. 이 중 문장은
언어학이 다루는 가장 큰 범주의 언어형식이다. 문장에 대한 정의 역시 분분한데, 대체로 「하
나의 사상과 감정을 표현하고 < . ? !>와 같은 문의 마무리 부호로 끝맺는 구조체」라고 정의되
고 있다.

   글의 기본 단위는 문장이다. 문장은 문법적으로는 문형성 규칙을 통해 얻어진 출력형이며,
의미적으로는 하나의 정보를 담은 형식이다. 문장은 글을 구성하는 가장 작은 정보 단위가

2: 자기표현과 글쓰기 편찬위원회편, 자기표현과 글쓰기, 도서출판 경진문화, 2009. 8, pp.29-38 참조.

된다. 한 편의 글에는 온갖 삼라만상의 이야기가 담겨 있지만, 그 이야기의 시작은 하나의 문장에서 비롯되는 것이다. 그러므로 글쓰기의 출발은 문장 쓰기에서 시작한다고 할 수 있다.

우리가 문장에 관심을 기울이는 것은 문장의 문법적 구조를 파헤치기 위함이 아니다. 다만 하나의 이야기를 이루는 작은 정보를 어떻게 문장으로 바르게 실현시킬 것인가에 대한 목표에 도달하기 위해 문장을 이해하려는 것이다. 이런 측면에서 국어 문장의 구조적 특징을 이해하는 것은 바른 문장을 쓰는 데에 도움을 줄 수 있다. 간혹 글쓰기하는 사람들이 자신이 갖고 있는 문법적 직관만을 믿고 문장 쓰기의 중요성을 간과하는 경우를 볼 수 있는데, 문장은 생성적인 측면에서 볼 때 화자의 머릿속에 저장된 상태로 존재하는 것이 아니라 끊임없이 생성 과정을 통해 만들어지는 것이기 때문에, 자신의 객관만을 믿다가는 문법적 오류를 범하기 쉽상이다. 그러므로 자신의 문법적 직관이 비교적 정형성을 갖추었을지라도 쓰인 문장이 적절하게 구성되었는지를 평가하는 습관이 중요하다. 이러한 과정을 통해 문법적 오류를 줄일 수 있다.

① 한국어 문장의 구조적 특성과 기본형식

문장은 일정한 수의 문형이 바탕이 되어 그것들이 연쇄체를 이루거나, 연합하는 방식을 취하여 의사전달의 기능을 수행한다. 완결된 구조로서 문장이 가지는 특성은 한 마디로 「주술관계에 의한 서술성」이라고 정의할 수 있다. 서술성은 주어와 서술어의 통어관계에 서법이 작용하는 표현이 함께 하여야 함을 뜻한다. 논리적으로 문장은 완결된 판단의 형식인데, 여기서 판단은 반드시 말하는 이를 전제하여야 한다. 한국어에서 서술성은 「서법 의미」를 통해서 실현되며, 서법어미는 말하는 이의 숨결을 담고 있다. 한국어는 문법적 기능을 실현하기 위한 언어형식을 따로 가지고 있는데, 그것이 바로 조사와 어미이다.

문장의 기본골격은 「주어구+서술어구」이며, 주어구의 중심은 명사류이고, 서술어구의 중심은 용언류의 서술형이다. 하나의 문장은 반드시 서술로 끝맺는 형식이다. 그러므로 서술어를 전제로 하지 않는 文이란 있을 수 없다. 그런데 서술어는 판단과 관련한 두 가지 정보를 포함하고 있다. 하나는 서술어미로 실현되는 판단의 형식이고, 다른 하나는 서술어간으로 실현되는 판단의 내용이다. 판단의 내용은 문장으로 구조화되는 과정에서 그 내용의 주체를 반드시 필요로 하며, 이 주체가 바로 주어가 된다.

한국어의 모든 문장은 5가지 기본형식에서 수의성분인 관형어, 부사어, 독립성분이 독립어를 첨가시킨 살을 덧붙여 나갈 수 있다. 수식어를 이용하여 문장을 다채롭게 만드는 것을 문장 내적 확대라고 할 수 있는데, 이런 내적 확대에는 구절의 사용을 통한 확대의 방법이 폭넓게 쓰인다. 구절은 곧 성분구절로서 문장성분과 동일한 지위를 획득한다. 즉 주어구절, 서술어구절, 목적어구절, 보어구절, 관형어구절, 부사어구절, 독립어구절이 만들어 질 수 있다. 문장 내 성분구절로 용언이 사용될 때는 서술어로 용언이 사용되는 경우와 다르게 필수성분 없이 나타나는 경우가 흔하다. 하나 이상의 문장이 연쇄체를 이루는 경우를 문장 외적 확대라 하며, 서법어미 중 연결서술어미를 이용하여 연쇄체를 만든다. 문장의 외적 확대에는 대등과 주종 연결의 방법이 있다. 이 경우 연결 서술 어미는 종결 서술 어미와 「그리고」 등과 같은 대용부사로 교체될 수 있다.

② 정확하고 효과적인 단어 선택

단어 선택은 문장쓰기의 가장 기본적 입장이다. 하나의 문장은 그 문장에 필요한 여러 가지 단어의 조합이라고 정의할 수 있다. 또한 단어의 선택은 문장을 쓰기 위한 가장 수고스러운 작업이기도 하다.

가. 일관성을 유지하는 단어를 선택한다. 좋은 글을 쓰기 위해서는 주제와 소재, 제재의 선택이 잘 되어야 한다. 정확한 단어 선택의 첫째 원칙은 구상한 주제와 소재, 제재에 어울리는 어휘를 찾아내는 것이며, 쓰고 있는 글의 목적과 대상을 고려하여 일관된 어휘를 선택하는 것이다.

나. 대화를 할 때 어휘의 어미를 잘 모르고 사용하였다면 바로 수정할 기회를 얻는다. 그러나 글을 쓸 경우 그런 일이 일어난다면 쉽게 고칠 수 없다. 사용하고자 하는 어휘의 의미를 잘 모르는 경우에는 반드시 사전을 찾아보도록 하여야 한다.

다. 동어 반복을 피한다. 같은 말을 반복하는 것은 경제적 글쓰기를 방해하고 독자에게 지루함을 준다.

라. 공적인 글에서는 표준어를 사용한다. 표준어는 정확한 의사소통과 품위 있는 언어생활을 위하여 만들어 졌다. 모든 공적인 글에는 표준어를 사용하여야 한다. 표준어를 익히고 습득하는 일은 현대를 살아가는 교양인의 의무이다. 다만 사적인 문예문에서 사용되는 방언은 지역적 정감을 다채롭게 표현하는 좋은 도구가 된다.

③ 구성 요소 간의 호응

호응은 문장 외적인 호응과 문장 내적인 호응으로 나눌 수 있는데, 문장 외적인 호응은 단락의 연결 관계에서 지켜져야 하는 것이고, 문장 내적인 호응은 문장을 구성하는 구성 요소들 간에 지켜져야 하는 것이다.

가. 주어와 서술어의 호응이다. 문장의 기본 골간이 되는 두 성분이 바로 주어와 서술어이다. 이 두 성분은 몇 가지 예외적인 경우를 제외하고는 반드시 문장에 등장하여야 한다.

나. 목적어와 서술어의 호응이다. 목적어는 타동사와 호응하는데 타동사가 서술어로 쓰이지 않는 경우에는 그 호응의 강도가 떨어진다.

다. 부사어와 서술어의 호응이다. 국어의 부사어에는 특정한 표현 형태의 서법하고만 호응하는 것들이 있다. 다만 문장의 상투적 표현을 피하기 위해서 호응되는 부사어는 종종 생략하기도 한다.

라. 對偶法上의 호응이다. 구성 요소의 조직과는 직접관계는 없지만 한국어에서는 화자와 청자 그리고 제삼자의 대우법 관계가 분명히 문장에 드러난다. 대우법은 단어의 선택과 조사 및 어미의 선택에 일관되게 나타나야 한다.

④ 同語 반복의 회피

문장을 작성할 때 주장을 강조하기 위해 같은 내용의 문장을 이어 쓸 수 있고, 하나의 문장 안에서도 같은 뜻을 지닌 단어를 반복해서 쓸 수 없다.

⑤ 조사의 의미

조사와 어미는 첨가어로 한국어를 특정 짓는 가장 중요한 요소이다. 영어 등의 언어와는 달리 한국어는 문법적 기능의 실현을 조사와 어미에 기대어 하고 있다.

가. 격조사를 정확히 쓰자. 한국어의 조사 체계는 크게 세 가지로 나눌 수 있다. 문장에서 차지하는 격을 지정하는 격조사와 섬세한 의미 표현을 위한 보조조사, 그리고 두 요소를 대등

하게 이어주는 기능만을 가진 연결조사가 그 세 가지이다.

나. 보조조사의 의미를 정확히 알자. 보조조사는 격조사와 달리 특정한 의미를 지니고 있다. 격조사를 잘못 사용하면서 아예 문장이 되지 않거나 어색해지기 때문에 오해의 여지가 많지 않지만, 보조조사는 상당한 어감의 차이를 주기 때문에 의미를 크게 왜곡시켜 전달하는 잘못을 저지르게 된다.

다. 어미의 활용에 유의하자. 어미는 조사와 더불어 국어 문장조직의 근간이 되는 것으로 오용하는 경우는 그리 많지 않다. 다만 형용사를 활용하는 경우 명령형, 응낙형, 청유형 어미의 결합능력이 동사에 비하여 떨어진다. 과거에는 전혀 쓰지 않았지만 현대에는 어느 정도 용인되고 있다.

⑥ 논리적인 문장

문장에 논리를 갖추는 것은 오해를 피하고, 정확한 의사전달을 하기 위한 행위이다. 논리성은 단락과 완성된 글 전체에도 필요한 것이지만 그 기본 구성단위인 개개의 문장에도 필요하다. 문장의 논리성이 결여되는 경우를 살펴보면, 긴 문장의 경우 주술 관계가 여러 번 반복되어 주어와 서술어의 호응을 정확히 일치시키지 못하는 경우가 많다.

다음은 주변의 글에서 쉽게 볼 수 있는 비문법적인 사례들을 관찰하면서 바른 문장들을 쓰는 데 주의할 내용들을 정리하여 보기로 한다.

가. 국어에서 문장을 구성할 때는 문장 성분들의 순서에 주의할 필요가 있다. 한 예로 주어와 서술어, 목적어와 서술어, 수식어와 수식을 받는 말 등이 서로 떨어지게 되면 의미 파악이 어려운 문장이 될 수 있다.

　(ㄱ) 사회의 상류층 사람들은 여전히 지나친 소비와 낭비로 상대적인 빈곤감을 더욱더 느끼게 하곤 하였다.
　(ㄴ) 검소함이라는 것은 물건을 남용하지 않은 것이지 필요함에도 불구하고 단념해 버리는 것이 아니라는 사실이다.
　(ㄷ) 이 집에는 치매 노인 9명이 가정적 생활을 영위하고 있으며 회색 표범 운동의 영도자

73세의 트루데 운루 할머니의 본거지다.

　(ㄹ) 본격적인 공사가 언제부터 시작되고, 언제 개통될지는 불투명하다.

　위 문장들은 주어가 빠져 의미 전달이 쉽게 되지 않는다. (ㄱ)은 빈곤함을 느끼는 주어가 누구인지 나타나 있지 않다. 「서민층으로 하여금」 정도가 들어가 주어가 무엇인지 나타내 주어야 한다. (ㄴ) 역시 서술어 「사실이다」에 호응하는 주어가 없다. 그러나 이 문장은 「사실이다」라는 서술어가 불필요한 경우이므로 주어를 새로 넣을 것이 아니라, 「아니라는 사실이다 →아니다」처럼 서술어를 고치는 것이 좋다. (ㄷ)에는 「본거지이다」에 호응하는 주어가 없다. 그런데 그 주어 「이 집」이 文頭에 부사어로 제시되어 있어 주어를 따로 넣는다고 해결되지는 않는다. (ㄹ)에는 서술어 「개통되다」에 대응하는 주어가 없기 때문에 이 문장들을 있는 그대로 해석한다면 「공사가 개통된다」는 내용이 된다. 따라서 상황에 맞는 적절한 주어를 넣어 「본격적인 공사가 언제부터 시작되고, 다리가 언제 개통될지는 불투명하다」와 같이 고쳐야 한다.

　나. 문장 성분의 순서를 잘 지켜야 한다. 국어는 문장 구성 성분들의 순서가 비교적 자유로운 언어로 분류되고 있다. 그러나 국어에서도 문장 성분들의 순서가 바른 문장 구성에 중요한 기능을 한다. 한 예로 주어와 서술어, 목적어와 서술어, 수식어와 수식을 받는 말이 서로 떨어지게 되면, 의미 파악이 어려운 문장이 될 수 있다.

　(ㄱ) 우리는 한국군이며 지금 막 감금되어 있던 포로수용소에서 탈출한 처지라고 했다.
　(ㄴ) 일이 그런 식으로 몰려와서 항의한다고 풀어지는 것도 아니어서, 일단 타일러서 돌려
　　　보냈다.

　(ㄱ)은 부사어 「지금」, 「막」과 그 부사어의 수식을 받는 서술어 「탈출한」과 너무 떨어져 있어 문제가 생긴 경우이다. 「지금 막」을 「탈출한」의 앞으로 옮기면 내용을 쉽게 파악할 수 있을 것이다. (ㄴ)은 주어와 서술어가 너무 멀리 떨어져 있어 내용을 이해하는 데 어려움이 있다. 이 경우 「그런 식으로 몰려와서 항의한다고 일이 풀어지는 것도 아니어서,」와 같이 주어 「일이」를 서술어 「풀어지다」 앞에 놓으면 내용을 쉽게 파악할 수 있을 것이다. 한국어의 어순은 영어에 비해 자유로운 편이지만, 의미 파악이 가능한 범위 내에서 자유롭다는 것을 명심해야

한다.

다. 문장 성분 사이의 의미 호응이 잘 이루어져야 한다. 문장의 주어와 서술어, 또는 목적어와 서술어 사이에 의미적인 호응이 이루어지지 않으면, 문장은 자연스럽지 못하거나, 비문법적이 되어 버렸다.

　(ㄱ) 적자는 당분간 더 나빠질 가능성이 많다.
　(ㄴ) 문제는 그가 계층적으로 조선의 기층세력이었을 뿐만 아니라 식민지에서도 여전히
　　　유사한 특권을 이어받았다는 점을 지적해야 할 것 같다.

　(ㄱ)의 주어 「적자」와 서술어 「나쁘지다」는 의미적으로 호응이 되지 않는다. 이 경우는 「나빠질」을 「늘어날」로 고쳐야 호응이 자연스러워진다. (ㄴ)의 「문제」와 「점을 지적해야 할 것 같다」도 의미적으로 적절히 호응하지 못하고 있다. 이 경우는 「점을 지적해야 할 것 같다」를 「것이다」로 바꾸면 자연스러워진다.

라. 접속의 형평성을 고려해야 한다.

　(ㄱ) 항공법 제77조 제2항 및 동법 시행규칙 제232조의 규정에 의하여 다음과 같이 예천공
　　　항 계기 착륙시설을 신설하여 사용 개시를 고시합니다.
　(ㄴ) 전 해상에서 바람이 강하게 불고, 높은 파고가 예상되니

　(ㄱ)에서 연결어미 「-어」를 경계로 앞부분은 목적어와 서술어를 가진 「절」의 형태로 되어 있고, 뒷부분은 「사용개시」라는 명사구로 되어 있어 접속의 형평성이 깨졌다. 대등 접속문 뿐만 아니라, 종속 접속문에서도 접속 단위의 형평성이 요구된다. 따라서 「계기착륙시설을 신설하여 사용을 개시하게 된 것을 고시합니다」와 같이 바꿔 주어야 한다. (ㄴ)에서도 마찬가지로 「바람이 강하게 불고, 파도가 높이 일 것으로 예상되니」로 바꾸면 연결어미 앞뒤 절 사이의 형평성이 지켜질 수 있다.

마. 조사와 어미를 바르게 사용해야 한다. 주격 조사의 선택 문제를 보자.

(ㄱ) 한여름에 우는 매미 소리는 도시에서 듣는 것과 한적한 시골에서 듣는 것은 다르다.

(ㄴ) 이 기념비는 동포들의 망향의 마음을 달래고 국제친선과 문화교류의 상징이 되기를 바라마지 않는 바이다.

한국인이라면 (ㄱ)은 「듣는 것」을 「듣는 것이」로, (ㄴ)은 「이 기념비는」을 「이 기념비가」로 고치는 것이 자연스럽다는 것을 안다. 주격 조사의 쓰임에 대해 이해할 필요가 있다. 「이/가」는 앞말에 의미를 더하는 기능이 없는 격조사이고, 「은/는」은 의미를 더하는 「보조사」라는 근본적인 차이점이 있다.

바. 문장은 명료하게 쓰자. 문법적으로 맞는 글을 썼는데도 문장이 이해하기 어렵거나, 내용이 분명히 드러나지 않는 경우가 있다. 또는 무슨 내용을 나타내려고 하는지를 짐작하기 어려울 만큼 이해하기 어려운 문장도 있다. 문장의 의미를 명료하게 드러내기 위해서는 중의적인 구조를 피해야 한다.

(ㄱ) 나는 당신의 아름다운 정신과 육체를 사랑합니다.

(ㄴ) 얼마 전 사라진 그 책의 저자에 대해 이야기를 했다.

(ㄱ)에서 「아름다운」이 「정신」만을 수식하는 것인지, 「정신」과 「육체」를 모두 수식하는 것인지 분명치 않다. (ㄴ)에서도 「사라진」이 「그 책」을 수식하는지 「저자」를 수식하는지 분명치 않다.

사. 한 문장에 너무 많은 내용을 담으려 하지 말자. 하나의 문장 안에 지나치게 많은 내용을 담고자 하여 부자연스러운 문장이 되기도 한다.

(ㄱ) 가족을 돌보면서 언제나 나의 마음 한구석에 자리하고 있는 새어머니에 대한 죄송스러움은 언제나 씻을 수 있을까?

(ㄴ) 예전부터 시민들은 자기가 속해 있는 나라에서 어떤 일이 일어나고 있는지 알기 위해 정치에 참여할 수 있는 참정권을 얻기 위해 동서양을 막론하고 치열한 투쟁을 벌였다.

위의 문장을 (ㄱ)의 경우는 「가족을 돌보면서도 언제나 나의 마음 한구석에 새어머니에 대한 죄송스러움이 자리하고 있었다. 언제나 그 죄송스러움을 씻을 수 있을까?」로, (ㄴ)의 경우는 「예전부터 시민들은 자기가 속해 있는 나라에서 어떤 일이 일어나고 있는지 알고 싶어 했다. 그래서 정치에 참여할 수 있는 참정권을 얻기 위해 동서양을 막론하고 치열한 투쟁을 벌였다.」로 바꾸는 것이 적절하다.

아. 앞뒤 단어의 성격을 잘 파악해야 한다. 단어의 구조를 정확히 이해하지 못하고 의미에 이끌려 수식어를 잘못 선택하는 경우가 있다.

나보다 윗사람, 가장 적임자, 최다 득표율, 프로출범 17년 통산 세 번째 장거리 슈팅 골

위 예에서 「윗사람, 적임자, 득표율」은 한 단어이다. 이들은 형태적으로 분리될 수 없고 따라서 「위, 적임, 득표」가 따로 수식을 따로 받을 수 없다. 그런데 지금 「나보다, 가장, 최다」 등은 마치 「나보다 위인 사람, 가장 적임한 자, 최다 득표한 비율」과 같은 잘못된 구조 분석에 바탕을 두고 쓰이고 있다. 마지막 예는 구조상 「세 번째」가 「장거리 슈팅 골」을 수식하는 것이다. 그러나 의미적으로 「세 번째」는 「장거리」만을 수식하는 것이므로 이는 의미와 통사 구조가 서로 일치하지 않는 잘못된 예이다. 구조 그대로만 해석되면 「장거리 슈팅 골」이 17년 동안 세 번 나왔다는 뜻이 되고 만다.[3]

3) 단락

단락이란 하나의 중심사상을 표현하기 위하여 여러 문장들을 모아 놓은 것이다. 따라서 단락은 그 자체로 하나의 완결된 의미를 나타낸다. 그러나 한 편의 글 속에서 전체에 기여하는 부분의 역할을 하는 것이 또한 단락이다. 각각의 의미 있는 단락을 이루기 위해서는 각각의 문장들이 논리적인 연속성을 가지면서 단일한 주제에 의해서 통일되어 있어야 하고, 내용 역시 일관성을 지니고 있어야 한다. 뿐만 아니라 하나의 단락은 다른 단락과 유기적으로 연결될 수 있어야 한다. 이렇게 문장과 문장의 논리적 연결에 의해서 단일하고 일관된 주제를 표현하

3: 자기표현과 글쓰기 편찬위원회편, 자기표현과 글쓰기, 도서출판 경진문화, 2009. 8, pp.40-52 참조.

면서, 동시에 글 전체의 일부로서 유기적으로 통합될 수 있는 단락을 만드는 일은 글쓰기에서 중요한 의미를 지닌다.

단락은 지면에서 식별하기가 용이하다. 단락이 시작될 때는 일반적으로 「들여쓰기」를 한다. 단락이 시작될 때는 일반적으로 「들여쓰기」를 한다. 이러한 들여쓰기는 독자에게 단락이 시작됨을 알려주는 동시에, 하나의 생각이나 사상이 펼쳐짐을 알려주는 계기도 된다.

① 단락의 구성 요건

모든 단락은 하나의 기본적인 목적을 지닌다. 그것은 단일한 생각을 명료하고 효과적으로 전달하겠다는 목적이다. 그러나 모든 단락이 동일한 방식으로 조직되는 것이 아니다. 어떻게 전달할 것인가 하는 문제는 무엇을 표현하고자 하는가에 달려 있다. 따라서 전달하려는 내용 여하에 따라 다양한 전달방식들이 나타난다. 비록 모든 단락의 전달 방식이 서로 다르다고는 해도, 모든 단락이 공통적으로 지니는 요소에는 다음과 같은 네 가지가 있다.

가. 단락은 반드시 하나의 중심 사상만을 내포한다.
나. 단락은 통일성을 나타내어야 한다.
다. 단락은 연결성과 유연성을 나타내어야 한다.
라. 단락은 적절하게 발전되어야 한다.

② 단락의 구조

②-1 소주제문과 뒷받침문

전체 글의 주제는 상당히 포괄적인 것이다. 따라서 이를 자세히 독자에게 이해시키기 위해서는 이를 좀 더 작은 여러 개의 하위항목으로 나누어 설명하는 것이 효과적일 것이다. 주제를 세분화한 여러 하위항목들은 각기 하나, 혹은 여러 개의 단락을 구성한다. 각각의 단락은 하나의 중심사상을 갖는다고 말했다. 이를 일러 소주제라 한다. 그렇다면 소주제는 혼자서, 또는 여럿이서 모여, 주제를 좀 더 세분화한 각각의 하위항목을 구성하는 단위가 된다.

②-2 추상적 진술과 구체적 진술

추상적 진술이란 상대적으로 포괄적이며 일반적인 진술을 말한다. 즉 상대적으로 집약적이고 전체적이다. 따라서 보다 경험하거나 감각하기 쉬운 내용을 담고 있는 진술이다. 구체적 진술이란 상대적으로 세부적이며 특수한 진술을 말한다. 즉 상대적으로 분석적이고 단편적이며, 따라서 좀 더 감각하거나 경험하기 쉬운 내용을 담고 있는 진술이다.

②-3 소주제문의 요건

단락의 소주제를 뚜렷이 드러내기 위해서는 이를 집약적으로 표현하고 있는 문장, 즉 소주제문을 단락 안에 배치하는 것 이상으로 좋은 방법이 없다. 소주제문이 지니는 중심의 효과를 보다 분명히 하려면, 소주제문을 단락의 첫 부분에 배치하는 두괄식의 단락을 쓰는 것이 좋다. 따라서 주제문의 요건과 구별되는 요건과 소주제문의 특별한 요건 몇 가지에 대해서만 집중적으로 살펴보면 적절한 범주의 추상적 진술이어야 한다. 다음 단일한 내용이어야 한다. 또한 명료하고 간결해야 한다.

②-4 구체화의 방법

뒷받침문은 소주제문의 내용을 보다 구체화시켜 해명하는 문장이다. 소주제문을 구체화하는 방법으로는 크게 세 가지를 들 수 있다. 첫째는 상세화, 둘째는 합리화, 셋째는 예시 또는 예증이다.

③ 단락의 전개

단락은 적절하게 전개되어야 한다. 우선 단락을 전개함에 있어 어디까지 써 나갈 것이냐 하는 문제는 그 단락의 목적이나 목표에 따라 정해진다. 대부분의 단락은 서두, 논의, 결어의 세 부분으로 이루어진다. 서두에서는 소주제문, 단락의 소주제를 문장 형식으로 진술한 중심 문장을 제시함으로써 단락에서 말하고자 하는 요지를 명료하게 언급한다. 논의에서는 소주제에 대해서 충실히 논의하고, 결어에서는 중간 논의를 완성하고 처음에 진술한 주요점을 다시 언급한다. 가끔 결어에서 단락의 중심 생각을 다시 요약해서 진술하기도 한다.

가. 단락 전개에 있어서의 통일성은 주로 주제와 관련된 소재들의 성격이 일관성을 가져야 한다는 것을 뜻한다.

나. 단락의 전개에서는 또한 긴밀성이 문제가 된다. 긴밀성은 소재들이 조직·배열되는 방법에는 주로 관련된다. 단락의 전개는 언제나 주제가 전후 일관되어 발전해 나아가는 길을 따라 이루어져야 한다는 것이 그 대전제이므로 소재가 긴밀하게 구성되어야 하는 것이다.

③-1 서두의 소주제문

서두에서 제시되는 소주제문은 단락 전개의 초점 혹은 등뼈 구실을 한다고 볼 수 있다. 따라서 그것은 다음 몇 가지 요건을 고려하여 작성되어야 한다.

가. 소주제문은 완전한 문자이어야 한다.
나. 소주제문은 명료해야 한다.
다. 소주제문은 구체적이어야 한다.

③-2 소주제문의 위치

소주제문은 단락의 어느 부분에 두어야 한다. 제한은 없다. 단락의 소주제문은 대개 단락의 첫머리에 놓인다. 이와 같은 방식을 두괄식 단락이라 한다. 단락을 두괄식으로 작성하게 되면 문제의 핵심을 처음부터 명백히 할 수 있어서 독자의 관심을 집중시킬 수 있다. 글쓰기에 능숙하지 못한 초보자는 단락에서 독자에게 말하고자 하는 화제(소주제)가 무엇인지를 먼저 알리고, 필자 자신 또한 그 화제를 두고 글을 써 나갈 수 있도록 소주제문을 단락의 첫머리에 배치해서 단락을 전개해 나가는 연습과 수련을 쌓는 것이 바람직하다.

④ 단락의 비율

단락이 적절하게 전개되기 위해서는 서두·논의·결말의 이 세 부분이 적절한 비율로 짜여 있어야 한다.

⑤ 단락의 유형

어떤 종류의 글이든지 조직적 질서를 가지게 마련이므로 체제의 기본원리라고 할 만한 것이 있다. 예를 들면 희곡은 제시−분규−대단원 등의 과정으로 구성된다. 서사문은 도입−중간−결말 등의 질서로 구성된다. 이와 같은 질서를 부여하는 이유는 모든 내용이나 단락이 유기적으로 엮어져 하나의 초점에 집약되도록 하기 위해서이다.

조성(Texture)은 전체의 조직에 관련된 것이 아니라 세부의 문제, 구체적인 관계 등에 관련된다.

체제는 문장 전체를 이끌고 나아가는 커다란 줄기, 즉 뼈대라 할 수 있으며 조성은 그 줄기에 달려 있는 잎사귀, 즉 살이라 할 수 있다. 글의 뼈대를 결정한 다음에 거기에 여러 가지 살을 붙여 나아가는 것이 글 쓰는 과정인 한 체제와 조성은 밀접한 관계에 놓인다.

⑤−1 기본 단락과 보조 단락

단락에는 전체 문장의 모주제와 긴밀하게 관계되어 있는 단락이 있는가 하면, 단락끼리의 연결을 도와주기 위해 들어간 연결 단락 혹은 강조나 예시를 위해 삽입된 단락 등이 있다. 모주제와 긴밀한 관계를 맺는 단락은 전체 문장의 뼈대를 이루는 주요 단락이므로, 이를 기본 단락이라 부르기도 한다. 그리고 문장의 뼈대가 아닌 단락은 보조 단락이라 부르기도 한다.

도입 단락은 글 쓰는 목적이나 전제를 간단히 언급하여 출발점을 마련하는 단락이다. 도입 단락에는 필자가 얘기하고자 하는 논점이 포함되어 있는 것이 일반적이다. 또한 글이 진행되어 나갈 방향을 독자들에게 제시하고 그 방향이 바람직함을 설득하기도 한다.

글의 보조 단락은 글의 뼈대를 이루지 못하는 단락이다. 그렇지만 기본 단락만으로 구성된 글은 단락의 전개가 너무 급작스럽고 빨라지게 되므로 부자연스러워질 수가 있다. 이러한 부자연스러움을 덜어 주기 위하여 연결 단락, 보충 단락, 강조 단락, 대비 단락, 예시 단락, 인용 단락, 비유 단락 등의 보조 단락을 흔히 사용한다.[4]

4: 성환갑 · 이주행 · 이찬규 공저, 현대인을 위한 글쓰기의 이론과 활용, 도서출판 동인, 2001. 2, pp.44−115 참조.

⑥ 단락의 연계

하나의 단락은 원칙적으로 하나의 소주제에 의해 제어되고, 그 자체로서 완결성을 지니고 있어야 하지만, 동시에 한 편의 글 전체와의 관계에서 볼 때 글 전체의 한 부분으로 글 전체와 유기적인 연관성을 가지고 있어야 한다. 이러한 연관성에 의해 단락들이 이어지는 것을 단락의 연계라고 한다.

단락의 연계에 있어서도 하나의 단락을 구성하는데 적용되는 원리들이 적용되어야 한다. 즉 글 전체의 중심인 주제가 발전해 나가는 데에 따라 통일성 있게 단락들이 짜여야 하고, 또한 단락들은 그 주제들은 효과적으로 드러낼 수 있게 적재적소에 배치되어야 하며, 매끄럽게 연결되어야 한다.[5]

5: 김용구 외 6인 공저, 글쓰기의 원리와 실제, 북스힐, 2003. 3, pp.64-77 참조.

3. 글쓰기의 발상 ▌

1) 대상의 선정

① 세계의 구획과 분리

글쓰기는 주제를 먼저 설정해 놓고 그에 부합하는 제재를 수집할 수도 있고, 이와 반대로 어떤 제재를 앞에 놓고는 그것에 걸 맞는 주제를 도출해 낼 수도 있다. 우리의 논의는 오로지 후자에 집중된다. 그런데 제재와 대상은 명백하게 구분된다. 글쓰기가 「A와 관련하여 B의 의미를 구성하는 것」이라고 할 때, A는 제재이고, B는 대상이다. 제재는 해석하여야 할 대상과 관련한 그 어떤 것일 뿐이다. 물론 제재와 대상이 일치할 수는 있다. 그러나 제재의 선정 주제와 대상의 선정 주체가 서로 다른 글쓰기에서라면 양자의 일치를 기대하기는 어렵다. 따라서 글쓰기의 대상은 결코 대상은 타자에 의해 주어질 수 없다. 오로지 자신만이 선정할 수 있을 뿐이다.

그럼 대상의 선정이 무엇을 뜻하는지를 먼저 살펴보기로 한다. 어떤 대상을 해석 주체인 자아와 일정한 거리를 두어야 할 뿐만 아니라, 또 다른 사상으로부터 분리하여야 한다는 것이다. 자아와 대상의 거리를 일정 정도 유지하게 되면, 대상이 자아의 생각이나 느낌의 투영물이 되는 것을 방지할 수 있다. 대상 해석의 한 양상이 이른바 「감정 이입」인데, 이것은 자아가 자기 자신에 대해 의미를 부여하는 해석 행위이다. 이때의 대상은 단지 자아를 具象物로 만들어 주는 그릇에 지나지 않는다.

해석의 객체가 되는 대상과 그렇지 않은 사상을 분리하여야 한다는 것은 해석 대상의 범주 획정과 관련된다. 어떤 대상이든 시공간적 좌표로부터 무중력 상태에 놓이는 것은 없다. 그래서 언제나 다른 대상과 유기적이고 圓環的으로 연계되어 있다고 말하는 것이다.

그럼 이와 같은 세계의 구획과 분리에 의해 해석의 대상을 선정하는 것이 구체적으로 대상의 의미를 구성하는 데 어떠한 영향을 미치는가. 해석 대상의 선정 그 자체가 곧 해석의 방향을 제시할 뿐만 아니라 해석 내용의 구성에도 직접 관여한다는 사실이다.

② 대상의 세계 내적 좌표

원래 이 세계는 시·공간적으로 끊임없이 이어져 있어서 그 처음과 끝도 알 수가 없을 뿐만 아니라, 그것을 구성하고 있는 사상들 사이의 경계선도 획정할 수 없는 것이다. 그런데 우리는 언어의 힘을 빌려 그것을 강제적으로 분리하여 인식할 수 있었다.

그러나 이러한 강제적 분리는 두 가지 문제점을 야기한다. 그 하나는 분리된 대상은 그 해석의 기준이 되는 세계를 상실하기 때문에, 그에 대한 해석이 주관적으로 이루어지게 된다는 것이다. 우리는 이미 알고 있는 것을 바탕으로 하여 모르는 것을 알게 되는 법이다. 우리가 만일 아는 것이 하나도 없다면, 앞으로 알 수 있는 것도 하나도 없게 된다. 아는 것이 없다는 것은 아는 것이 무엇인지를 모른다는 것이다. 아는 것이 무엇인지를 모른다면, 내가 새로운 것을 안다 하더라도 그것이 아는 것인지를 판단할 수는 없는 것이다. 그래서 우리는 대상에 대한 인식이나 해석은 언제나 먼저 알고 있는 것을 바탕으로 하게 된다. 즉 대상과 그것을 포괄하고 있는 세계를 대응시킬 때, 대상의 일부에 현혹되지 않고 대상 전체에 대한 해석이 제대로 이루어진다.

세계에서 강제로 대상을 분리할 때 생기는 또 다른 문제점은 분리된 대상은 이미 원래의 그 대상과는 다른 것이 된다는 것이다. 세계와 융합되어 있을 때의 性狀과 세계와 분리되어 있을 때의 성상이 다르기 때문이다. 이것은 앞서 말한 해석의 기준의 상실 또는 교체에 의해 일어나는 것이다.

글쓰기 주체로서의 자아의 입장에서 볼 때, 과거의 공간에 속하는 대상과 현재의 공간에 속하는 대상은 분명히 이질적이다. 이처럼 원래는 동일한 대상이라 하더라도 그것이 소속되어 있는 세계가 달라지면, 그 대상의 性狀은 달라지게 된다. 즉 세계로부터 분리된 대상은 세계 내적 존재로서의 대상과는 구분된다는 것이다. 시간적 좌표의 변화 못지않게 공간적 좌표의 변화도 대상의 性狀을 변화시킨다. 자아의 공간적 좌표가 달라지면 대상의 공간적 좌표도 달라진다.

실제의 대상의 괴리는 필연적으로 해석의 정합성을 해치게 된다. 이 문제를 해결하는 근원적인 방법은 존재하지 않는다. 해석의 오류의 가능성은 해석 그 자체에서 필연적으로 배태되는 것이기 때문이다. 그래서 우리가 할 수 있는 일이란 단지 오류의 확률을 최소화하는 노력뿐이다. 그것은 세계로부터 분리된 대상을 가능한 한 원래의 세계로 다시 환원시키는 것이다. 그러나 그것은 곧 대상의 해석을 포기하는 것과 마찬가지이다. 그래서 환원시키지 않으면서 환원의 효과를 가져 올 수 있는 방법을 찾아야 한다. 그것은 세계로부터 분리된 대상이 원래의 세계에서 가지고 있던 시·공간적 좌표를 확인하는 것이다. 그리고 그 대상을 해석할 때 그것의 애초의 시·공간적 좌표를 충분히 고려하는 것이다. 이것은 대상에 대한 상대적 해석이다.

대상에 대한 상대적 해석이란 대상을 固形化하는 것이 아니라 그것이 놓여 있는 시·공간적 좌표에 따라 유동적으로 해석하는 것이다. 이것에 반해 대상에 대한 절대적 해석은 대상에서 세계 내적 좌표를 제거해 버림으로써 대상을 고형화하여 해석하는 것이다.

자아와 대상의 거리가 너무 가깝거나 너무 멀면 대상에 대한 자아의 해석이 불가능하다는 것이다. 대상이 너무 가까이 있으면 보이는 것은 대상뿐이고, 바로 그 대상이 그것과 비교·대조할 다른 사상을 가려 버린다. 반면에 대상이 너무 멀리 있으면 대상과 그것의 비교·대조할 다른 사상을 모두 볼 수 있지만 양자의 차이를 변별할 수 없다.

이처럼 대상에 대한 해석은 그 대상이 소속되어 있는 세계의 시·공간적 좌표를 조정할 수도 있는데, 이렇게 되면 그 대상에 대한 해석 내용이 확연히 달라진다. 이 경우에 해석의 정합성 문제가 대두되는 것은 필연이다. 이 경우 판단의 관건은 그 시·공간적 좌표의 인위적인 조정이 당대인의 공준을 획득한 것이냐 그렇지 않느냐 하는 것이다.

2) 대상의 초점화

대상을 선정한다는 것은 세계로부터 어느 특정 사상을 분리하여 그것을 이웃하고 있는 다른 사상과 변별하여 인식한다는 것인데, 이것은 곧 그 특정 사상의 세계 내적 좌표를 통해서 그것의 형상·속성·기능을 확인한다는 것이다. 대상의 형상·속성·기능은 그 대상이 이웃하고 있는 다른 사상의 그것들과 비교하거나 대조함으로써 확인하게 되는데, 이 때 동원하는 사유 원리가 유사성의 원리와 인접성의 원리이다.

유사성의 원리란 유사 관계를 지향하는 원리이다. 유사 관계는 동의어로서의 등가성 혹은 반의어로서의 공통성을 공유하는 관계이다. 유의 관계는 의미의 상당 부분을 공유하는 관계이지만 이질적 의미도 적지 않게 드러난다. 한편 인접성의 원리는 인접 관계를 지향하는 원리이다. 인접 관계란 시·공간적 인접 관계보다는 논리적 인접 관계가 더 중요하다. 시·공간적 인접 관계의 기본 요건일 뿐이다.

이 유사성의 원리와 인접성의 원리는 사유의 보편 원리이다. 이와 반대로 연합 관계는 잠재적인 기억의 계열 속에 있는 부재적 사항들을 결합시킨다.

이와 같이 대상을 초점화한다는 것은 유사성의 원리와 인접성의 원리에 따라 대상의 형상·속성·기능을 확인한 다음, 그 중의 어느 하나를 의도적으로 선택한다는 것을 의미한다. 글쓰기 주체인 자아가 대상의 무엇을 선택하느냐 하는 것은 전적으로 자아가 대상의 전체적 의미 또는 지배적 의미를 무엇으로 규정하느냐에 달려 있다. 대상의 전체적 의미 또는 지배적 의미를 가장 잘 드러낼 수 있도록 대상의 특정 부분을 초점화하는 것, 그것이 대상 해석의 일차적인 관건이 된다.

① 유사성·차이점에 의한 형상·속성의 초점화

대상의 선정은 「대상-사상」의 관계 양상을 통해서 또는 대상의 세계 내적 시·공간적 좌표를 통해서 대상의 형상·속성·기능을 인식하는 것이다. 이것은 또한 대상의 선정 과정에서 인식 준거로 채택된 형상·속성·기능은 그 대상의 새 의미를 구성하기 위한 해석 초점이 되기도 한다. 그럼 해석 초점이 어떻게 해서 선택되며, 또한 선택된 해석 초점이 어떻게 대상의 의미를 규정하는 지에 대해 알아보자.

세계와 대상이 서로 다른 것이 명백할 때는 굳이 그 차이성을 밝힐 필요가 없다. 오히려 그 차이성 가운데 유사성을 발견하려고 애를 쓸 것이다. 동일한 대상이라 하더라도 그것을 해석하는 초점에 따라, 자아에 따라 다르다는 것이다. 그러니 대상의 새 의미가 달리 구성되는 것은 당연하다. 세계와 대상이 애초부터 유기적으로 통합되어 있으면 양자를 변별해 줄 수 있는 차이점이 조금이라도 있다면, 바로 거기에서 해석 초점을 하게 된다. 반면에 세계와 대상이 폭력적으로 결합되면 원초적으로 두드러지게 마련이다. 이 때 차이점의 인식으로 만족하는 경우도 있고, 거기에서 더 나아가 차이점 가운데 유사점을 찾아내기도 한다.

이상의 결과를 정리하면 하나, 대상의 해석 초점은 대상의 기능·형상·속성 그리고 그것의 조합이다. 둘, 해석 초점의 선택 준거는 대상과 세계의 차이성과 유사성이다.

자아가 대상을 해석하려고 할 때는 그 대상의 세계 내적 좌표를 파악하는 것부터 시작해야 한다. 물론 이 시·공간적 좌표는 그로 인하여 자연스레 형성되는 인식론적 좌표까지 포괄하는 것이다. 시대 이념이나 향토적 분위기 같은 것이 이 인식론적 좌표에 속한다. 어차피 이 세계에는 완전무결하게 동일한 사상은 존재하지 않는다. 그렇지만 또한 완전무결하게 이질적인 사상도 존재하지 않는다. 사상 상호간에는 유사한 점도 있고, 상이한 점도 있는 법이다.

어떤 대상을 해석하고자 할 때 그것과 그것을 둘러싸고 있는 세계를 비교 · 대조함으로써 그 대상의 의미를 구성할 수 있다고 했다. 이것은 세계와 대상이 서로 유사하거나 서로 다르다는 것이 명백할 때 선택되는 방법이다. 그런데 이 경우에는 세계와 대상을 단지 서로 비교 · 대조만 할 뿐, 어떤 연결고리에 의해서 관계가 설정된다는 것까지는 고려하지 않는다. 그러나 이와는 달리, 세계와 대상의 실제적인 관계에 주목하여 그 대상의 의미를 규정할 수도 있다. 물론 그 관계는 시간적 계기나 공간적 인접에 의해 마련된다.

그러나 계기성과 인접성만으로 대상을 해석할 수 있는 것은 아니다. 이것은 단순히 시간적 선후나 공간적 병치만을 의미할 수도 있기 때문이다. 대상과 사상을 동시에 인식하였다고 하더라도 양자 사이의 유사성과 차이성이 절로 드러나지 않는 것과 같은 이치이다. 유사성과 차이성을 발견하기 위해서는 비교 · 대조라는 별도의 사유 작용이 필요하듯이 계기성과 인접성 역시 그에 적절한 사유 작용이 요구된다.

이상에서 계기성과 인접성 역시 해석 초점을 선택할 수 있는 준거가 됨을 알 수 있다. 그런데 이 준거는 대상과 세계의 시 · 공간적 병치뿐만 아니라 양자의 의도적 통합까지 요구한다. 바로 이러한 이유에서 이러한 해석 초점은 대상 해석의 초기 단계에서는 선택되지 않고, 대상과 세계의 유사성과 차이성에 의한 해석 초점 설정이 여의치 않을 때 비로소 모색된다.

3) 대상의 의미화

대상의 의미화는 대상의 해석 초점을 통하여 대상의 새 의미를 발견하거나, 대상에 새 의미를 부여하는 것을 말한다. 해석 초점은 형상 · 속성 · 기능이다. 그런데 이들의 해석 초점이 될 수 있었던 것은 이들이 대상에서 기본적으로 확인할 수 있었던 의미이기 때문이다. 이는 해석 초점의 의미 범주가 곧 대상에서 새로이 구성할 의미 범주임을 말하는 것이다. 그렇다면 대상의 의미화란 이미 알고 있는 형상 · 속성 · 기능을 통하여 아직 모르고 있는 형상 · 속성 · 기능을 추론하는 것이라 할 수 있다.

우리가 대상에 대해서 감각적으로 쉽게 알 수 있는 것은 형상이다. 그래서 형상의 의미화는 대상 해석의 기본이 된다. 이 형상에서 일차적으로 추론할 수 있는 것은 속성이다. 한편 형상에서 기능을 추론할 수 있다. 기능은 대상의 형상에서 발현되는 것이 아니라, 속성에서 발현되기 때문이다.

대상의 속성을 해석 초점으로 설정하면, 대상의 기능을 추론할 수가 있다. 기능은 대상이 아닌 다른 사상에 대해서 행사하는 영향력인데, 이는 속성의 범주에서 유도되는 것이다. 해석 초점을 대상의 기능에서 설정할 수 있다. 대상의 기능이란 이웃하고 있는 다른 사상에 미치는 영향력이다. 이것은 기능이 대상 자체에 내재되어 있는 의미가 아니라, 사상과의 연결 지점에서 생성되는 의미임을 말한다. 따라서 대상의 기능으로부터 대상에 내재되어 있는 형상이나 속성의 추론은 정확성보다는 가능성에 의존하게 된다. 기능의 의미화는 기능의 재구조화를 지향한다고 할 수 있다.

① 형상의 의미화

대상의 형상은 우리의 감각 기관을 통해 수집된 정보를 재구성함으로써 지각하게 된다. 이러한 이유로 해서 형상의 지각에는 상상과 추리가 동원되어야 한다. 형상 중에서 형태를 중심으로 하여 살펴보자. 우리가 대상의 입체상을 감각으로 지각할 수 없음에도 불구하고 그것을 머릿속에 그릴 수 있는 것도 바로 상상과 추리가 동원되기 때문이다. 형태에 대한 지각은 형태를 구성하고 있는 세부 요소들에 대해 관계성을 부여함으로써 이루어지게 된다.

형상의 의미화는 결국 부분 형상의 의미화일 수밖에 없는데, 이는 두 가지 방향에서 모색될 수 밖에 없다. 하나는 기존의 부분 형상을 그대로 두고 그것을 해석하는 방법을 새로이 창안하는 것이고, 다른 하나는 기존의 부분 형상을 아예 새로운 부분 형상으로 교체하는 것이다. 형상의 의미화는 「형상→속성」 및 「형상→속성→기능」의 기존 도식을 가지고 그것과 유사 관계 또는 인접 관계에 있는 새 도식을 창안하는 것이라 할 수 있다.

② 속성의 의미화

하나의 대상이 여러 가지의 부분 형상을 가진다면, 거기에서 추론할 수 있는 속성 또한 다양할 것이다. 따라서 속성의 의미화를 위해서는 대상이 가지고 있는 속성을 가능한 한 모두 파악하도록 노력해야 한다. 파악하고 있는 속성이 다양할수록 해석 초점에 대한 선택의 폭이 넓어지고, 그만큼 대상에 대하여 새로운 해석이면서도 정합성을 띠는 해석을 하게 될 가능성이 많아진다.

형상에서는 부분 형상을 모두 종합하여 전체 형상을 추론할 수 있었다. 속성의 경우에는 이것이 훨씬 수월하다. 속성 상호간에는 내적으로 긴밀한 상관성을 가지기 때문이다. 속성의 의미화는 일단 하나의 속성으로부터 또 다른 속성을 추론하는 것을 뜻하게 된다. 그것은 「主屬性→副屬性」의 의미일 수도 있고, 「부분 속성→전체 속성」의 의미화일 수도 있다. 속성의 의미화를 기계적으로 세분하면, 「속성→속성」의 의미화, 「속성→형상」의 의미화, 「속성→기능」의 의미화를 거론할 수 있다. 그런데 「속성→형상」의 의미화는 그다지 개연성이 없다는 점에서 이미 제외할 수 있다. 그렇다면 남는 것은 「속성→기능」의 의미화이다. 사실 속성의 의미화라면 바로 「속성→기능」의 의미화를 겨냥한다고 말할 수 있다. 「속성→속성」의 의미화는 동일한 의미 범주 내에서 이루어지는 대상 해석이지만, 「속성→기능」의 의미화는 의미 범주를 넘나드는 대상 해석이기 때문에 창의성이 더 두드러진다. 따라서 속성의 의미화는 「속성의 기능화」로 요약하여도 무방하다.

③ 기능의 의미화

기능의 의미화는 이미 알고 있는 대상의 기능을 바탕으로 하여 대상의 形狀·屬性 및 또 다른 기능을 추론하는 것이다. 이를 도식화하면, 기능의 의미화는 「기능→속성→형상」의 의미화와 「기능→기능」의 의미화로 대별된다. 「기능→속성」의 의미화와 「기능→기능」의 의미화로 지칭하여도 무방할 것이다.

「기능→속성」의 의미화는 「속성→기능」의 의미화와 마찬가지의 형식 논리를 가진다. 「속성→기능」의 의미화는 대상의 속성이 대상과 인접하고 있는 특정 사상에 미치는 영향력을 추론하는 것이다. 그런데 대상의 기능 자체는 언제나 「대상-사상」 관계를 함축한다. 따라서 대상의 기능만 안다면, 대상의 속성을 추론하는 것은 그다지 어려운 일이 아니다.

한편 「기능→기능」의 의미화가 가능하기 위해서는 「대상-사상」 관계를 재설정하지 않으면 안 된다. 그런데 「대상-사상」 관계를 재설정하게 되면 대상의 속성이 달리 규정된다. 그런데 하나의 기능을 다른 하나의 기능으로 전환하기 위해서는 그 단서가 되는 속성을 재규정하지 않으면 안 된다. 왜냐하면 「기능→속성」과 「속성→기능」의 짝에서 속성을 동일한 것으로 가정한다면, 그 속성을 추론해 낸 기능이나 그 속성으로부터 추론하는 기능 또한 동일한 것으로 결론지을 수밖에 없기 때문이다. 그러므로 최종적으로 「기능→기능」의 의미화는 「기능→속성의 재규정→기능」으로 도식화하게 된다.

기능의 재구조화는 나름대로의 정합성을 지닌 기존의 기능에서 새로운 기능을 추론하는 것이다. 그런데 기능의 재구조화가 기존의 기능이 잘못 구성된 것을 바로잡는 방식으로 이루어질 수도 있다. 이들의 공통점은 대상의 기능을 원인으로 판단했는데, 알고 봤더니 그게 아니라는 것이다. 만일 대상이 이웃하고 있는 사상에 특정의 원인으로 작용하지 않는다면, 그 대상은 그 사상에 대해서 어떠한 기능도 수행하지 못한다고 봐야 한다. 「원인 오판」이나 「인과 도치」 그 자체를 지적하는 것은 대상의 기능을 올바르게 자리매김하는 일이다. 이것은 대상을 새로이 의미화하는 것이므로 글쓰기에서 아주 중요하게 취급되어야 한다.

대상의 기능을 인과 관계에서 파악하고자 할 때는 기존의 인과 관계와 구별되는 새로운 인과 관계를 설정하는 것도 생각해 볼 수 있다. 그러려면 동일한 대상과 사상 사이에 복수의 인과 관계를 설정하는 것이 가능해야만 한다. 그러나 이것은 이론적으로는 불가능하다. 그런데 느슨한 인과 관계를 긴밀한 인과 관계로 재조직하는 수준의 의미화라면 거기서 구성되는 대상의 새 의미는 별로 기대할 것이 못된다. 기껏해야 대상의 기존 의미보다 좀 더 정치해졌을 뿐이기 때문이다.

4) 의미의 설득적 구조화

① 정서적 설득의 구조

작가는 대상의 새 의미를 논리적으로 구성한다. 그리고 그 논리는 대상의 기존 의미를 전환하거나, 전도시키는 논리이기도 하다. 이러한 전환 또는 전도가 일상적이지 않기 때문에 아무나 할 수 있는 것은 아니다. 그러나 이러한 전환 또는 전도가 아니면 기존의 논리를 확충하거나 극복할 수 없기 때문에 누군가가 해야만 하는 것이다.

작가의 논리는 독자의 논리에 대한 도전으로 간주되고, 이 순간 독자는 정서적 긴장이 고조된다. 정서적 긴장은 일반적으로 고통을 유발한다. 이 고통을 해소하기 위해서는 정서적 긴장이 야기될 상황을 원천 봉쇄하는 것이다. 가장 간단한 방법은 작가의 논리를 회피하는 것이다. 즉 글 읽기를 포기하는 것이다. 물론 이것은 독자 자신도 바라는 바가 아니다. 정서적 긴장이 없는 데서 자아의 성장을 꾀할 수는 없기 때문이다. 그러나 그 고통을 감당할 자신이 없다. 여기서 심리적 방어 기제가 작동한다. 독자는 방관적 글 읽기를 시도한다. 작가의 논리를 접하기만 하되, 그것과 정면 대결하는 것을 피한다.

정서적 평형 상태에서는 고통도 없지만 쾌락도 없다. 그런데 외부 자극에 의해서 정서적 평형 상태의 균형이 깨어지게 되면 정서적 긴장 상태에 돌입하게 된다. 작가의 논리적 도전에 대하여 독자가 논리적 응전을 준비할 때가 그러하다. 이러한 독자는 능동적이고, 적극적인 글 읽기를 할 준비를 갖춘 독자이다. 이러한 독자는 가능하다면 작가의 논리에서 내적 모순을 찾아내어 논파함으로써 자신의 논리가 얼마나 튼튼한지를 과시하려 한다. 설사 그것이 여의치 않다 하더라도 실망하지는 않는다. 독자가 작가의 논리를 논파하거나, 아니면 그것을 자기 것으로 수용하는 순간 독자의 정서적 긴장은 이완된다. 정서적 긴장이 이완되는 순간 독자는 상당한 수준의 쾌락을 맛보게 된다.

이상과 같이 독자의 양극단을 알 수 있다. 정서적 긴장 자체를 아예 회피하기 위해서 방관적 글 읽기를 하는 독자가 있는가 하면, 이미 야기된 정서적 긴장을 적극적으로 이완시키기 위해서 應戰的 글 읽기를 하는 독자도 있다. 대부분의 독자는 이 둘의 중간 지점에 위치한다. 작가가 특별히 관심을 기울여야 하는 독자는 전자이다. 이러한 독자는 자신이 진정으로 원하는 것이 글 읽기에 몰입하는 것이 일반적이기 때문이다. 이것이 독자의 역설이다. 독자의 역설은 독자 자신이 그러나 독자가 글 읽기를 하지 않으면 작가가 글쓰기를 할 필요가 없다. 그래서 작가가 이 문제에 개입하지 않을 수 없는 것이다. 그렇다고 해서 작가가 독자에게 영합하여 작가 자신의 논리를 배제할 수는 없는 것이다. 대상의 새 의미를 제시하겠다는 애초의 글쓰기 목적을 포기할 수는 없다는 것이다.

작가는 독자를 예상하기는 한다. 그러나 그 독자는 특정의 계층, 신분, 지식, 연령을 지닌 독자가 아니라 작가 자신이 채택한 대상 해석에 대해서 거부감을 가지지 않는 임의의 독자일 뿐이다. 그래서 작가가 예상하는 독자는 포괄적이지 않을 수 없다. 이런 이유에서 독자 설득은 그 설득 과정에서는 그 적절성 여부가 판가름 나지는 않는다. 설득의 효과 또한 작가가 직접적으로 확인할 수 있는 것도 아니다. 대상 해석의 정합성에 대한 판단은 주체가 스스로 할수 있지만, 독자 설득의 적절성에 대한 판단은 독자에게 위임되어 있는 것이다.

특정의 독자는 작가가 그 정서적 성향을 알고 있는 독자이다. 그런데 그 정서적 성향이란 것은 그 자체가 시시각각 변할뿐더러 그 구조가 단일하지도 않다. 한편 임의의 독자는 작가가 그 정서적 성향에 대해서 아는 바가 전혀 없는 독자이다. 그러나 그 임의의 독자는 상황에 따라서는 어떠한 정서적 성향이라도 가질 수 있다. 따라서 작가는 자신의 정서적 설득 방법의 목록 중에서 어떤 것이라도 적극적으로 활용할 필요가 있다. 예기치도 않았던 설득효과를 얻을 수 있기 때문이다.

② 정서적 설득의 방향

가. 강화

어떤 독자들은 글 읽기에 돌입하자마자 정서적 긴장감에 휩싸이지만 대부분의 독자들은 그렇지가 않다. 한 편의 글이란 대상의 의미화를 위한 구조를 가지고 있고, 그 구조는 글쓰기가 의지하는 문자언어의 특성상 先祖的으로 조직된다. 따라서 한 편의 글을 모두 읽기 위해서는 상당한 시간이 소요된다. 문제는 이러한 상태에 도달하기 전에 독자가 글 읽기에 싫증을 낼 수 있다는 것이다. 이러한 독자에 대해서는 오히려 정서적 긴장감을 단계적으로 강화시켜 주는 쪽에서 독자 설득 발상을 강구하여야 한다.

이와 비슷한 것으로서 기존의 정서적 긴장을 새로운 정서적 긴장으로 상쇄해 버리는 독자 설득도 있다. 역시 전체적으로는 독자의 정서적 긴장은 강화되지만 독자가 느끼는 고통은 훨씬 약화된다.

나. 약화

글쓰기에서 추구하는 대상 해석은 그리 단순한 것도 아니고, 한꺼번에 미리 보여 줄 수 있는 것도 아니다. 그러나 대상 해석과 관련한 기본적인 정보를 요약적으로 제시할 수는 있다. 특히 대상 해석이 관습에서 매우 벗어나는 방식이라는 판단이 들 때는 이러한 방법으론 독자의 정서적 긴장감을 약화시킬 필요가 있다.

대상의 의미를 구성하는 글쓰기는 주로 실용적 지식을 생산한다. 그런데 독자에 따라 필요로 하는 실용적 지식이 다르다. 독자는 자신이 필요로 하는 실용적 지식이라면 그것을 획득하기 위해서 작가의 논리와 정면 대응한다. 그러나 자신에게 필요한 실용적 지식이 아니면 그것을 회피하는 경향이 있다. 이것은 독자 자신의 기존 논리가 논파되는 것을 두려워하는 방어적 글 읽기가 아니다. 작가는 특별히 방관적 글 읽기를 하는 독자를 위한 정서적 설득을 준비할 필요가 있는데, 그것은 쾌락적 유희를 제공하는 것이다. 그러면 독자는 쾌락적 유희를 위해서라도 글 읽기에 집중할 수가 있다. 그런데 작가가 제공하는 쾌락적 유희는 제한적이어야 한다. 만일 쾌락적 유희가 실용적 지식을 압도하게 되면 작가가 본래 가지고 있던 글쓰기 의도는 왜곡된다. 가급적이면 실용적 지식과 관련하여 쾌락적 유희를 구성하는 것이 바람직하다.[6]

6: 이지호, 글쓰기와 글쓰기교육, 서울대학교출판부, 2004. 3, pp.93-157 참조.

4. 글쓰기의 전략 ▌

글쓰기 전략을 극도로 세분화해서 분석했던 한스페터 오르터너(Hanspeter Omter)는 글쓰기 전략을 「획득한 진행 도식과 조직 도식」으로 지칭하고 있다. 특정 인물과 관련해 「구체적인 글쓰기 상황에서 특별한 글쓰기 계기와 잠재적인 글쓰기 어려움을 극복」하는 데 이 도식을 이용한다.

대부분의 글 쓰는 사람이 자기만의 독창적인 전략이 있는지는 분명하지 않다. 사실 글 쓰는 사람은 행한 것을 기술할 수 있지만 독창적인 방책을 위해 어떠한 대안이 있는지를 모르고 있다. 글쓰기는 창조적 과정이다. 따라서 모든 창조적인 것처럼 정확하게 계획할 수 없고, 임의로 만들 수 있다. 게다가 글쓰기 전략은 여러 가지에 달려 있다. 그러니까 사고, 인지, 그리고 글쓰기 과제, 물론 학교의 특징도 상대적으로 어떤 것을 더 선호하느냐에 달려 있다.

글쓰기를 시작할 때 우리는 대개 준비가 다 된 글도 처음 구절부터 작성한다. 하지만 언제나 그런 것은 아니다. 우리는 종종 글의 본문 어딘가에서 시작하고 서론은 맨 나중에 쓴다. 노련하게 글 쓰는 사람은 글쓰기에 앞서서 다른 행동을 취한다. 그러니까 아이디어를 수집하고 계획을 수립한다. 노련하게 글 쓰는 사람은 우선 생각을 정리하고 그런 다음에 비로소 쓰기 시작한다. 하향식 전략(먼저 계획을 먼저 세우고 그런 다음에 언어화한다)이나 상향식 전략(어딘가에서 시작하고 글을 쓰면서 아이디어를 만들어 내고 그런 다음 목차로 옮긴다) 둘다 자주 볼 수 있는 글쓰기 전략이다. 이 둘의 전략 가운데 어떤 것을 더 선호하느냐는 개인에 달려 있다. 하지만 글쓰기 프로젝트를 거듭해 감에 따라 바뀔 수 있다. 글쓰기는 언제나 좋은 계획과 즉흥적인 문장 작성 사이에서 적절한 전략과 타협점을 찾는다. 글쓰기 연구가 보여주고 있는 것처럼 올바른 길이 있는 게 아니라, 미리 계획하는 글쓰기와 발견해 나가는 글쓰기 사이의 연속선 위에서 뿌리를 내리는 글 쓰는 사람의 유형이 있는 것이다.

글 쓰는 사람은 자신이 무엇을 선호하고 있고, 무엇을 기피하고, 두려워하고 있는지 알아야 한다. 순수한 입안자들은 단순히 주제를 좇아가야만 할 때 불편한 심기를 느끼고 평가하고 싶어 안달이다. 그들은 효과적인 글쓰기는 명쾌한 구조와 정신적 제어력과 관련이 있다는 것을 알고 있다. 다른 한편 순수한 발견자들은 일찍 확정하는 것을 불편하게 느끼고, 텍스트 구조를 미리 깊이 숙고하는 것은 낭비라고 기피한다.

글쓰기 전략을 세울 때 사람들은 자신의 강점이 무엇이고 무엇을 꺼려하는지를 알아야 한다. 자기가 선호하는 것이 아니라고 하지 않아서는 안 된다. 하지만 글쓰기를 유연하게 하기 위해 그러니까 과제와 주어진 시간에 맞추어 조정할 수 있도록 하기 위해서 자신의 성향과 어느 정도 거슬러 가는 것도 종종 필요하다.[7]

1) 글쓰기에서 요구되는 능력

글쓰기를 위하여 우리에게 요구되는 능력으로는 비판적 읽기 능력, 창의적 문제해결 능력, 논리적 서술 능력 등이 있다.

① 비판적 읽기 능력

비판적으로 글을 읽는다는 것은 어떤 주제에 대하여 심도 있게 다각적으로 생각하면서 글을 읽는 것을 말한다. 여기에는 당연히 해당 주제를 이해하고, 분석하기 위한 여러 가지 의문들을 제기하면서 읽는 것을 포함한다.

비판적 사고는 효과적 의사소통, 창의적 문제해결, 합리적 의사결정 등 여러 영역들에 두루 적용되는 복합적인 능력이다.

② 창의적인 문제해결 능력

창의적 문제해결이란 주어진 문제를 상식적인 차원을 넘어선 참신하고, 개성적이며 독창적인 방식으로 해결하는 것을 뜻한다. 그럼에도 불구하고 「창의적인 문제해결」을 어떤 설명 없이 이와 같이 이해할 경우 창의성 개념에 대한 오해가 발생할 수 있다고 생각한다. 창의성은 무조건 상식을 뛰어넘거나, 자유분방하게 생각한다고 해서 주어지는 것이 아니다. 그것의 참된 의미는 바로 기존의 지식이나 관념의 문제점을 밝혀내고, 그것을 비판하고, 더 나은 대안을 모색하는 논리적이고도 합리적인 사고활동에 있는 것이기 때문이다.

수렴적 창의성은 기호적 사고, 분석적 사고, 추론적 사고, 종합적 사고, 대안적 사고를 기반으로 하는 창의적 사고를 말한다. 발산적 창의성은 발산적 사고와 상징적 사고를 기반으로 하는 창의적 사고를 말한다.

7: 오토 크루제 저(김종영 역), 공포를 날려버리는 학술적 글쓰기, 커뮤니케이션북스(주), 2009. 12, pp.31−35 참조.

수렴적 사고와 발산적 사고에 관한 이상의 범주적 구분으로부터 수렴적 사고는 대체로 논리적 사고를 지향하며, 발산적 사고는 대체로 비논리적, 상상적 사고를 지향하고 있음을 알 수 있다. 이러한 지향점의 차이는 양자 간에 건너기 어려운 간극을 갖는 각각의 사고의 특징들을 결과한다. 예컨대 수렴적 사고는 가능한 가장 훌륭한 접근을 추구하고 단지 합리적 대안들만을 고려함에 반해, 발산적 사고는 가능한 한 많은 대안들을 창안해 내려고 노력할 뿐, 그 대안들이 꼭 합리적일 필요는 없다. 이에 따라 수렴적 사고는 대안적 방법들을 찾는다 할지라도 합리성의 틀 안에서 논리적인 절차를 순차적으로 밟아 찾아가고, 발산적 사고는 우연성의 개입을 환영하며 비약을 허용하면서 나아간다. 또 수렴적인 사고는 논리에 의해 움직일 방향이 규정된 경우에만 움직이나, 발산적 사고는 영감이나 육감의 인도 아래 방향 자체를 산출하기 위해 움직인다. 따라서 수렴적 창의성이 의식적·논리적 질서를 강조하는 것이라면, 발산적 창의성은 무의식적·비약적 탈질서를 강조한다.

창의적 문제해결을 하기 위해 우리가 길러야 할 능력이 있다면 그것은 무엇일까. 그것은 다름 아닌 새로운 문제 영역과 그 문제 영역과 그 문제 영역에 적응 가능한 아이디어들을 제대로 이해·분석하고, 함축과 전제를 파악해 내고, 관련된 여러 요소들을 변형·결합·분석·종합해 보고, 어떤 가능한 발상 전환적 해결책이 가장 적절한 것인가를 평가해 낼 줄 아는 능력일 것이다.

③ 논리적 서술 능력

논리적 글쓰기를 위해 필요한 세 가지 능력들 가운데 나머지 하나는 논리적 근거를 통해서 자신의 주장을 설득력 있게 표현하는 능력, 즉 논리적 서술 능력이다. 논리적 글쓰기를 위해서 어느 정도의 논리학적 지식의 습득 및 연습이 필요하다. 그렇다고 해서 이것이 논리학의 학습으로 이해되어서는 안 된다. 논리학적 지식을 습득하려는 이유는 논리공학적 측면, 즉 구체적이고 실제적인 상황에 논리적인 기법을 응용하기 위하여 습득하려는 것이기 때문이다. 다시 말해 논리적 글쓰기는 논리공학 혹은 비판적 사고라는 관점에서 논리학적 지식을 필요로 한다고 할 수 있다. 이러한 지식에는 여러 가지 있지만, 그 중 특히 논증의 종류와 평가, 그리고 형식적 오류와 비형식적 오류 등에 대한 습득은 논리적 습득 능력의 기초 향상에 많은 도움이 될 것이다.[8]

8: 자기표현과 글쓰기 편찬위원회편, 도서출판 경진문화, 2009. 8, pp.82−85 참조.

2) 비판적 사고

비판적 사고의 9요소와 9기준은 주어진 글의 분석적 이해와 평가를 하는데 직접적으로 이용할 수 있는 유용한 도구가 된다. 비판적 사고의 9요소에는 목적, 문제, 개념, 전제, 정보, 결론, 관점, 함축, 맥락 등이 있다. 이를 주어진 글을 분석하는 데 실제로 적용할 경우 아래와 같이 물을 수 있다.

가. 이 글의 주요 목적은 무엇인가?

나. 핵심문제는 무엇인가?

다. 이 글을 이해하기 위한 중요 개념이나 중요 아이디어는 무엇인가?

라. 이 글의 중요한 전제는 무엇인가?

마. 이 글에서 매우 중요한 정보는 무엇인가?

바. 핵심 결론은 무엇인가?

사. 이 글의 주요 관점은 무엇인가?

아. 이 추론의 중요 함축은 무엇인가?

자. 이 글의 맥락은 무엇인가?

비판적 사고의 9기준에는 분명함, 정확함, 명료성, 적절성, 중요성, 논리성, 폭넓음, 깊이, 충분함 등이 있다. 이를 비판적 사고의 9요소에 의해서 분석된 글에 적용할 경우 아래와 같이 물을 수 있다.

가. 목적이 분명, 명료, 적절, 중요하며, 논리적 일관성이 있는가?

나. 문제가 분명, 명료하며, 설정한 목적의 달성과 해결에 적절한가?

다. 개념들이 분명, 명료하며, 맥락에 적절한가?

라. 전제들이 맥락에 적절하며, 중요하고 의미가 있으며, 논리적 일관성이 있는가?

마. 정보가 분명, 정확, 깊이, 적절, 논리적 일관성, 폭넓음, 충분함을 만족시키는가?

바. 결론이 논리적으로 정당화되며, 폭넓은 정보를 이용했으며, 사실에 정확히 일치하는가?

사. 다양한 관점을 고려하고 있으며, 맥락에 적절한 관점이며 논리적 일관성이 있는가?

아. 함축, 즉 귀결된 내용이 중요, 적절, 깊이가 있는가?

자. 맥락이나 배경이 중요하며 폭넓게 고려되었는가?

그런데 비판적 사고의 9요소에 대안을 추가하여 그것의 구성 요소를 10요소로 만들기도 한다. 그러나 먼저 제시문의 내용을 분석하고 평가한 연후에 대안을 마련하는 것이 보다 합리적이라는 생각이 든다. 이러한 능력의 진보는 곧 바로 좋은 논리적 글쓰기를 위한 초석을 마련해 줄 것이다.[9]

3) 글쓰기의 인지 방식

다음과 같은 방식으로 반복적으로 진행하는 것이 인간의 인지 방식에 더 적합하다고 보는 사람도 많다.

가. 주제를 정하고 자료 없이 거침없이 자기 생각을 써본다.
나. 다 쓴 내용을 토대로 다시 개요를 짜본다.
다. 개요에 따라 글을 계속 고쳐가면서 한 편의 글을 완성한다.
라. 글을 다시 읽어가면서 필요한 자료를 메모한다. 그것과 함께 논리적인 글인지 점검한다.
마. 수집한 자료를 적절히 글 속에 배치한다.
바. 글을 읽어가면서 글을 쓰려는 의도가 잘 나타나 있는지를 확인한다.
사. 문장은 읽어 나가기가 힘든지를 평가해 보고 거침없이 읽히지 않는다면 그 원인이 무엇인지 찾아서 수정한다.

글쓰기를 함에 있어서 먼저 다가오는 문제는 무엇에 대하여 쓸 것인가 이다. 그리고 왜 내가 이것을 쓰고자 하는가 이다. 이것이 분명해야만 쓰고자 하는 이유가 분명히 나타난다. 다음과 같은 방법으로 글쓰기의 소재를 찾아본다.

가. 선행자의 모범적인 글을 읽음으로써 간접 경험을 많이 쌓는다.
나. 자연을 아끼고 사랑한다. 관조의 대상으로 감정이입을 통하여 자연을 인격화하고 생명

9: 자기표현과 글쓰기 편찬위원회편, 도서출판 경진문화, 2009. 8, pp.112−117 참조.

을 부여하여 들풀, 들꽃, 나무, 하늘의 별, 달, 어둠 속에서 자연을 바라보며 그 미적 감정을 언어로 기호화함으로써 예술의 미로 승화시킨다.

다. 인생에 대하여, 자연에 대하여, 사회에 대하여 사색하고, 고민하고, 배우고, 익히는 과정을 통하여 자연스레 글쓰기의 소재를 찾는다.

라. 자신과 대화, 로고스와의 대화라고도 한다. 내면 깊숙이 자리 잡은 순수한 자아와의 대화이다. 그 속에서 울려 퍼지는 생명의 소리를 글로 표현하는 것이다.

마. 사물에 대해 애정을 갖고 관찰한다. 대상에 나의 인격을 이입시킴으로써 표면적인 내용보다 숨겨진 그 이면의 진실성을 표출할 수 있다.

바. 잘 쓴 글을 많이 읽는다. 모방하는 습작의 시기에서부터 시작하여 나만의 독창적인 창작이 이루어진다.

5. 글쓰기의 절차

여기서는 글을 쓰는 절차에 대해 각 단계별로 필요한 개념과 구체적인 내용을 설명하고자한다. 글쓰기의 절차에 일정한 규범이 있는 것은 아니나 대체로 다음 다섯 단계로 나누어 보는 것이 일반적이다.

가. 주제의 설정
나. 제재의 선택과 정리
다. 구상
라. 글의 記述
마. 퇴고

1) 주제의 설정

글을 쓰려고 하는 사람이 최초로 해야 할 것은 「무엇을 쓸 것이냐」를 결정하는 일이다. 이때 「무엇을」이라고 하는 것이 바로 글쓰기에서는 글의 주제를 이루는 부분이다. 우리는 가끔 초점이 없거나, 전체로서의 일관성이 없어 무엇을 말하려는 것인지 알 수 없는 글을 대하게 되는데, 이는 명확한 주제를 가지고 있지 않기 때문이다.

주제는 문장의 중심적인 내용, 혹은 필자가 말하고자 하는 참된 의도를 뜻하는 것이 보통이다. 주제란 말 대신에 중심사상이라는 말을 쓰기도 한다. 그런데 이 주제는 제재와는 별개의 것으로, 주제가 문장의 중심사상이라면 제재는 문장의 소재이다. 「사랑」에 대하여 글을 쓸 때 사랑은 주제요, 청춘 남녀라든가, 이성이라든가, 혹은 예수나 석가, 성춘향의 얘기가 나오는 것은 제재가 된다. 그러므로 주제의 알맞은 선택이 좋은 글을 쓰는 핵심이 된다.

① 주제의 선택

사람들은 여러 가지 방식으로 글쓰기 주제에 임한다. 주제를 선택하는 일은 모든 글쓰기 프로젝트의 쟁점 사항이다. 손수 선택한 주제는 불가피하게 더 포괄적이 된다.

그렇다면 명확한 주제를 가지기 위해서는 어떤 일이 필요할까. 그것은 바로 주제를 한정하는 일이다. 계획 단계에서 쟁점은 주제를 확정하고 주제를 한정시키는 일이다. 자기가 알고 있거나, 흥미를 가지고 있는 막연한 화제들을 명확한 주제로 좁혀 결정해야 하는 것이다. 크고 불명확한 화제를 그 일부분의 작은 문제로 한정하지 않고서는 생생하게 구체적인 말로 표현할 수가 없기 때문이다.

글의 핵심 내용인 주제는 글이라는 구성물의 기초를 이루며, 글의 내용과 효과뿐만 아니라 글을 쓰는 구체적인 작업 과정까지 영향을 미친다. 주제의 설정 방향에 따라 글의 내용이나 전개의 방향이 달라지고, 제재의 선택, 글의 짜임새 등도 영향을 받게 되며 주제를 어떻게 설정했느냐에 따라 독자들에게 흥미를 주거나, 주지 못할 수도 있게 된다.

글을 쓰기 위해 주제를 설정할 때에는 다음과 같은 점에 유의하여야 한다.

가. 주제는 글을 읽는 이들에게 흥미와 관심을 불러일으킬 수 있는 참신한 것이어야 한다. 글을 읽는 사람들은 일반적이고 평범한 생각이나 진부한 견해의 글을 읽게 되면 곧 싫증을 내게 된다. 따라서 주제를 설정할 때에는 「대상에 대한 새로운 인식」을 할 수 있도록 해 주는 참신한 주제를 설정하도록 하여야 한다.

나. 글 쓰는 이는 관심을 가지고 있는 잘 알고 있는 소재를 선택하여야 한다. 글을 쓰는 사람 자신이 잘 알지도 못하는 소재를 선택하여 글을 쓰게 되면 주제를 제대로 설정할 수 없을 뿐만 아니라, 내용의 전개도 불명확해져 알찬 글이 될 수 없다.

다. 원고의 분량에 따라 주제는 적절하게 한정되어야 한다. 범위를 너무 넓게 잡으면 짧은 글 속에 그 내용을 다 포괄하지 못하기 때문에 결국 피상적인 글이 되고 만다. 따라서 소재와 주제는 적절하게 한정된 범위 내에서 설정되어야 한다.

라. 주제는 글의 초점과 같은 것이기 때문에 한 편의 글에 여러 주제를 설정하여 초점이 흐려진 글이 되지 않도록 해야 한다. 전체 글은 하나의 주제로 집중되도록 하여야 한다.

그래서 일단 결정된 주제문을 앞에 놓고 글을 쓸 때에는 그것을 중심으로 하여 문장의 통일을 유지해 나가야 한다. 문학작품의 경우, 주제문은 문장 표면에 잘 나타나지 않고, 소설이면 소설이 지닌 고유의 속성에 의해 처리된다. 가령 소설에서는 주제문의 파악이 행동, 톤, 분위기, 무드, 상징 등에 의하여 가능해 진다.

일단 주제가 정해지면 이를 문면으로 드러내어 정리해 두어야 한다. 그렇게 하지 않을 경우 이후 단계에서 주제에 대한 집중이 흐려지면서 글이 산만해질 염려가 있기 때문에 정해진 주제를 함축하는 제목을 정하고 이를 한 개의 문장으로 정리해 주제문을 작성해야 한다. 간혹 제목의 경우 글을 다 쓴 후 다시 약간의 수정을 거칠 수도 있지만 앞으로 진행될 글쓰기의 과정의 통일성을 위해 일단 가제 형태로라도 정해 놓고, 다음 단계로 들어갈 필요가 있다. 10:

② 골격 준비하기

연구를 위한 외적 골격은 그것이 비록 세미나나 수업을 통해서 주어졌다 할지라도 종종 부정확하게 규정하거나, 아니면 전혀 규정되어 있지 않다. 이 때 다음의 문제를 제기해야 할 것이다.

가. 텍스트는 언제까지 완성하고 제출해야 하는가?

나. 텍스트는 어떠한 형태로 제출해야 하는가?

다. 정확한 주제는 무엇인가?

라. 페이지 수나 글자 수의 상한선이나 하한선이 있는가?

마. 어떠한 텍스트 유형을 요구하는가?

10: 자기표현과 글쓰기 편찬위원회편, 자기표현과 글쓰기, 도서출판 경진문화, 2009. 8, p.15 참조.

바. 참고문헌은 주어져 있는가?

사. 텍스트를 어떠한 준거에 따라 평가하는가?

바. 텍스트는 어떠한 형식적 준거를 충족해야 하는가?

아. 지도는 받을 수 있는가?

2) 제재의 선택과 정리

① 제재의 선택

주제가 설정된 다음에 그 주제를 전개시키기 위해 얘깃거리가 있어야 하는데, 이것을 소재 또는 제재라 한다. 소재란 예술 작품의 바탕이 되는 자료를 말하고, 제재란 글의 중심이 되는 재료를 말한다. 소설에서는 소재, 논문의 경우에는 자료, 문장 일반에서는 재료, 계산·실험상 에서는 데이터라 한다. 글을 쓸 재료 곧 글감인 소재는 자신이 정확히 알고 있으면서 독자에 게 관심을 끌 수 있는 것으로써 주제를 전달하기에 적합해야 하고, 풍부하면서도 다양해야 한다.

계획 단계가 끝나면 지식을 산출하는 본래의 연구 부분을 시작할 수 있다. 이 단계를 설명 하기란 그리 쉽지 않다. 왜냐하면 보통 전문 분야마다 아주 상이한 방법론이 있기 때문이다. 글쓰기는 실은 연구를 서술하기 위한 골격을 형성하고 있지만 그렇다고 해서 구체적인 방법 론을 스스로 매개할 수 있는 것은 아니다. 따라서 몇 가지로 한정하고자 한다.

가. 체계적으로 조사하기

나. 읽기와 발췌하기

다. 자료 수집하기

라. 데이터 가공하고 구성하고, 시각화하기

마. 목차 발견하기

바. 초고 쓰기

글을 쓰는 준비·계획 단계에서는 자료를 먼저 선택·정리하고 주제를 설정하는 경우도 있 고, 먼저 주제를 설정하고 그에 따라 필요한 자료를 조사하고 선택 정리하는 경우도 있으며,

제재의 선택과 주제의 설정이 거의 동시에 이루어지는 경우도 있다. 그러나 보통 글쓰기의 일반적인 순서를 밟을 경우 주제를 설정한 후 그 주제를 구현할 수 있는 제재를 선택하고 정리하는 단계로 나아간다. 제재에 대한 경험과 주제의 설정이 동시에 이루어진 경우라고 할지라도 그 제재만을 가지고는 한 편의 글을 완성할 수 없어서 더 많은 제재를 수집하여 보완하여야 할 필요가 있을 때도 있다.

그러면 주제가 설정되고 난 뒤 필요한 재료와 제재를 선택할 때 어떠한 점에 유의해야 하는지 살펴보면 다음과 같다.

가. 제재는 다양하고 풍부하게 선택되어야 한다. 제재는 주제를 구현하는 가장 핵심적인 재료가 되는 만큼 풍부하고 다양하게 제재를 선택하여야 주제를 명확하고 효율적으로 전달할 수 있게 된다.

나. 풍부하고 다양한 제재를 선택하되 통일성이 결여되어서는 안 된다. 제재를 통일하는 것은 주제를 뚜렷이 하고 글에 통일성을 부여하는 데에 반드시 필요하다.

다. 제재는 자신의 경험과 같이 구체적이고 독창적일 때 많은 효과를 거둘 수 있다는 점에 유의해야 한다. 더 나아가 선택한 제재들이 친근감, 긴장감, 극적 요소, 해학적 요소, 지혜로움 등을 갖추고 있으면 더욱 좋을 것이다.

라. 제재는 구체적이어야 하지만 너무 특수하여 합리성이나 보편성을 상실한 경우에는 글을 읽는 이들이 공감할 수 없다.

자료 수집의 원천으로는 경험·관찰·조사·실험·여행·독서·대화·청취·취미 생활 등을 들 수 있지만, 무엇보다도 깊고 다양한 생활과 사색이 바탕을 이루고 있어야 한다. 취재를 위해서는 평소에 메모를 해 두는 습관을 지니는 것도 필요하다.

글을 쓰는 데 익숙하지 않는 사람은 소재를 너무 넓게 잡는 경향이 있는데, 알맹이 있는 글을 쓰기 위해서는 소재를 한정해야 한다. 소재를 정리할 때는 동일한 사항과 동일한 논점의 것은 함께 모우고, 주요 논점이나 주요 사항이 되는 소재와 종속 사항이 되는 것은 구분한다.

② 자료의 수집과 정리

이상 네 가지 요건을 갖춘 제재가 모였으면 그 다음으로는 그것을 기술해 나갈 때 편하도록 정리를 해 놓아야 한다. 획득한 데이터를 나중에 텍스트에 끼워 넣기 위해 알아야 하는 만큼의 데이터 조사를 설명할 것이다. 데이터 조사에서 정확성과 방법론적으로 확정된 표준을 엄수하는 기초로 하여 결론이 나온다. 자료 조사의 정확성은 끌어낼 수 있는 결론의 타당성을 위해 중요하다.

가. 내용이 동일한 사정, 동일한 논점에 관한 것이냐, 그렇지 않은 것이냐에 따라 구분을 해 둔다.
나. 주요 사항, 주요 논점에 관한 것과 종속사항, 종속 논점에 관한 것으로 분류해 두어야 한다.

기행문이나 보고문 혹은 조사 기록 등에는 소재가 먼저 생기고 문장 전체의 구성에 대한 계획은 나중에 생기기 마련이지만, 논설문 등에 있어서는 계획이 먼저 서고 그 계획에 따라 자료를 정리하는 수가 있으니 이런 경우에는 그 계획 자체가 자료의 정리자 내지는 분류자가 되도록 감안하여 정리해야 할 것이다.

3) 구상의 방법

주제를 드러내기 위한 제재가 모였으면 이제는 제재들을 통일성 있게 조직해야 된다. 구상이란 제재를 어떻게 배열할 것인가를 결정하고, 문장 전체를 유기적으로 짜는 작업을 말한다. 즉 주제가 결정되고 그것을 말할 얘깃거리가 정해지면 얘깃거리를 어떻게 배열할 것인가를 결정하는 구상의 단계로 넘어온다. 구상은 문장에다 통일적인 맥락을 부여하는 일이다. 구상은 개요를 짜는 과정이요, 구상은 서술의 구체적 단계이다. 구상할 때는 중심이 없는 산만한 글이 안 되게 하고, 설득력 있는 글이 되게 하며, 필자의 의도가 변경되는 일이 없어야 한다.
　구상을 할 때에 주의해야 할 세 가지 기본원칙이 있다. 하나, 中, 둘, 要, 셋, 貫이라 하겠다. 中은 중심이 없는 산만한 글이 되지 않도록 한다는 말이고, 要는 씨가 먹히지 않은 지리한 글이 안 되게 하는 것이고, 貫은 처음 쓰고자 했던 바를 중도에서 변경시키는 일이 없도록 일관한다는 말이다.
　다음에 어떤 방식의 구상을 할 것이냐가 문제된다. 구상의 종류는 다음과 같이 분류된다.

① 구상의 종류

사건의 시간적 순서에 따라 제재를 배열하고 그것으로 문장의 구조로 삼는다. 장기간의 직접체험이나 기억을 재생하는 데 매우 적합한 방법이다. 역사, 행동의 기록, 회의의 결과 등 소위 서사문에도 좋고, 설명문에도 원용된다. 그러나 이 구상법은 문장에 악센트가 없어지기 쉬워 이른바 문장의 인상 내지 호소력이 매우 희박해지는 결점과 자칫 잘못하면 단위 사건 하나하나가 사건 전체의 맥락 속에서 파악되지 못한다는 결함을 지니고 있으므로 이 점에 유의해야 한다.

구상의 종류에는 전개적 구성과 종합적 구성으로 나눈다. 다시 전개적 구성에는 시간적 순서에 따른 구성과 공간적 질서에 따른 구성으로 나뉘고, 종합적 구성에는 단계적 구성과 포괄적 구성, 열거식 구성, 점층식 구성으로 나뉜다.

가. 전개적 구성

가-1 시간적 순서에 따른 구성

논리적 구성이 원인에서 결과로, 증거에서 결론으로 귀결을 맺는 데 비하여, 시간적 구성은 여러 개의 사건이나 사실들을 시간의 축을 이용하여 배열하는 방식이다. 우리가 흔히 마주치는 글에는 의외로 시간을 중심으로 한 사건 기술이 많다. 예를 들어 복잡한 소설의 심층에는 시간의 문제가 놓여 있는 경우가 많다. 그래서 시간은 모든 서술의 기본적 축이다. 이것은 사건의 시간적 순서에 따라 제재든 서술의 기본적 축이된다는 것이다.

이것은 사건의 시간적 순서에 따라 제재를 배열하고, 그것으로 문장의 구조를 삼는다. 시간적 순서에는 과거 현재 미래로 순행하는 방식, 미래 현재 과거로 역순하는 방식, 또 순행과 역순이 섞인 방식 등이 있을 수 있다. 이 방법은 직접 체험이나 기억을 재생하는 데 적합한 것이다. 따라서 여행기나 체험기, 회의록, 답사보고서, 서사문 등에서 일반적으로 쓰인다.

가-2 공간적 질서에 따른 구성

공간의 질서는 시간의 순서와 마찬가지로 우리가 살고 있는 세계를 지각하는 방법의 하나이다. 근경과 원경, 부분과 전체, 좌측과 우측 등의 기준을 가지고 배열할 수 있다. 눈을 이동했을 때 우리는 공간적인 질서에 따른 보다 미묘하고, 복잡한 유형을 보게 된다.[11] 생물의 형태나 지리적 상황, 건물이나 기계 등의 구조에 대한 기술에서 주로 사용되며, 인물의 외형 묘사나 자연 풍경 묘사, 사회적 기관이나 단체의 기구나 조직 등에 대한 기술이나 설명에서도 흔히 쓰인다.

나. 종합적 구성

나-1 단계적 구성

단계적 구성은 논리적 구성이라고도 한다. 논리란 사전적 의미로 이치를 생각하는 것을 의미한다. 이치를 생각하는 가운데는 사실과 관계를 특징지어 주는 질서가 있다. 그래서 하나의 사실은 다른 사실과 관련된다. 여기에서 우리는 원인과 결과, 증거와 결론을 생각해 볼 수 있다. 논리적 사유에는 반드시 이치를 따지는 데 명료성이 요구된다. 자신이 주장하는 명제가 사실이나 객관에 토대를 두지 않았을 때는 오류에 빠지기 쉽다. 따라서 논리적 사유에는 일반화나 유추, 판단에 있어서 오류가 없는지를 살펴보아야 한다.

나-1-1 三段 구성

단계식 구성에서 가장 간단한 형식이 3단 구상이다. 예부터 쓰이던 방법이다. 序-破-急이니, 도입-전개-정리니, 서론-본론-결론 등 삼분된 명칭으로 불려 왔다. 이 방법은 주제에 의해서 문장 전체를 긴밀하게 통제할 수 있다. 문장에 변화가 별로 없어서 비교적 단조롭다고 하겠으나, 주제를 재빨리 간결하게 전달하는 방법으로는 가장 손쉽고 기본적인 것이다. 문장에 변화가 별로 없어서 비교적 단조롭다고 하겠으나, 주제를 재빨리 간결하게 전달하는 방법으로는 가장 손쉽고, 기본적인 것이다. 결론이 제시되는 짧은 리포트를 작성하든지, 말하기에 있어서도 원탁 토의나 질의 등 간단한 言述에 효과적이다.[12:]

나-1-2 四段 구성

원래 漢詩의 절구나 율시의 작법에서 유래된 것으로 소위 기승전결로 사분된다. 三段 구성의 본론을 전개와 발전으로 양분하여 네 개의 구분으로 만들었다고 생각해도 된다. 변화를 추구하여 다채로운 효과를 노리는 구성법이다. 변화가 있으므로 흥미를 유발시키게 되며, 전

11: 김용구 외 6인 공저, 글쓰기의 원리와 실제, 북스힐, 2003. 3, pp.50-52 참조.
12: 김용구 외 6인 공저, 글쓰기의 원리와 실제, 북스힐, 2003. 3, pp.57-58 참조.

체의 통어를 이완시켰다가 응축시키는 멋이 있다.

나-1-3 五段 구성

이것은 일종의 誘導法이라 할 만한 것으로 독자로 하여금 사고의 기틀을 잡아서 그 사고를 발전시켜 나가다가 마침내는 소기의 행동에까지 이끌고 나가는 방법이다. 광고·보고·설득·논설 등의 문장에 쓰일 수 있겠으나 그렇게 자주 이용되는 구성법은 아니다. 이것을 三段 구상과 비교하면 다음과 같다.

> 서론-제1단 : 화제에 주의를 모으는 단계
> 　　　　제2단 : 흥미를 느낀 독자가 제시된 문제에 이끌리는 단계
> 본론-제3단 : 대두한 문제의 해결법을 제시하는 단계
> 　　　　제4단 : 해결법을 구체화하고 그 유효성을 실증하는 단계
> 결론-제5단 : 독자의 결심을 촉구하여 행동으로 유도하는 단계

나-2 포괄식 구성

이 구성법은 글의 중심 사상이나 감정을 나타내는 주제문을 전체 글의 도입, 전개, 정리 중 어느 한 부분에 포괄시켜 전개해 나가는 방법이다. 문장의 결론에 해당하는 부분이 文頭에 오느냐, 사례를 들고 논증을 한 부분의 앞뒤에 오느냐에 따라 頭括, 尾括, 雙括(양괄)로 나눈다. 이 방법은 문장 전체보다는 어느 부분에 적용하는 경우가 많다. 두괄식 구성은 문장의 앞에 주제를 제시한 후에 그 주제에 대해 시차로 세밀하게 설명하는 방법이어서, 바꾸어 말하면 결론이 앞서는 구성 방식이다. 미괄식 구성은 두괄식과는 반대로 주제를 문장의 마지막에 총괄하는 방법이다. 이 방법은 논설문이나 평론에 흔히 쓰인다. 그리고 쌍괄식 구성은 주제를 문장의 앞과 뒤에 각각 제시하는 방법이다. 즉 도입에서 먼저 주제를 제시하고, 다음에 설명이나 논증을 한 다음 마지막에 다시 주제를 총괄하는 방법이다.

나-3 열거식 구성

대등한 제재들을 나란히 나열하여 주제를 밝히는 방식이다. 의견을 간결하게 진술한다거나, 중요하다고 생각되는 문제를 특별히 몇 가지 밝힐 때 사용한다. 이 방법은 정통적인 단계식 구성과는 달리 파격적인 구조를 가진 것으로 이론이 정연한 長文의 글에서는 쓰기 어렵다.

의견을 간결하게 진술한다든가, 중요하다고 생각하는 문제를 특별히 몇 가지 밝힐 때 사용된다. 문제와 문제 사이의 관련이 긴밀한 필요 없고, 논리적 연관성이 반드시 필요한 것도 아니다. 그런 의미에서 카탈로그식의 구성이라고도 한다.

나-4 점층식 구성

중요성이 덜한 것에서부터 더한 것으로 점차 나아가는 방법인데, 가장 강조되거나 중시되는 부분이 말미에 온다. 이 방법은 독자들에게 큰 감동을 느끼게 하거나, 주제를 아주 인상 깊게 제시하고자 할 때 효과적이며, 주로 시나 소설·희곡 등 문예작품에 쓰인다. 이것 역시 전체 문장을 오직 이 방법에 의해 써 나가기 어렵다. 대개 문학작품에서 이 방법이 잘 쓰인다.

나-5 변증법적 구성

이 방법은 서로 모순되는 둘 이상의 논점을 정반합의 변증법적 논리에 따라 지양·통일시켜 전개하고 끝맺는 방법이다. 간혹 포괄식 구성에 넣기도 하나, 분리하여 독립적인 구성 방법으로 논의하는 것이 효과적이다.[13]

3)-1 개요 작성

글을 쓰기 위해 머릿속에 떠오른 주제의 알맹이로부터 점차 뼈대를 세우고 살을 붙여 나가는데, 이 뼈대와 살을 짜임새 있게 하기 위해 구상을 도식화하여 기술하는 것을 개요 작성이라 한다. 개요 작성은 크게는 두 가지로 나뉜다. 그 하나는 글 쓰는 이의 사고를 조직화·체계화하는 데 도움을 준다. 따라서 글 쓰는 이는 개요에 따라 논리적으로 단락을 구성해갈 수 있다. 또 하나는 독자로 하여금 글의 중심 내용과 구조를 파악하는 데 도와준다는 점이다. 독자는 글의 목차를 보고, 그 글에서 다룬 대강의 내용이나 글쓴이의 태도, 다루는 방법 등을 파악할 수 있다. 개요를 작성할 때는 다음과 같이 문제의 단계, 논점의 대소 및 상하 등 주종 관계에 따라서 부호 혹은 숫자는 첫머리에 붙인다. 이 때 부호나 숫자는 보통 다음의 경우에 따른다.[14]

글을 모두 몇 개의 장으로 구성할지 결정하고, 각 장의 중심내용을 작성하며 장 별로 하위

13: 자기표현과 글쓰기 편찬위원회편, 자기표현과 글쓰기, 도서출판 경진문화, 2009. 8, p.21 참조.
14: 김용구 외 6인 공저, 글쓰기의 원리와 실제, 북스힐, 2003. 3, pp.59-63참조.

층위에 속하는 절의 수와 내용을 정하고, 긴 글의 경우에는 그 하위 층위인 항과 목에 대해서도 생각해야 한다. 이를 테면 기호 식품에 속하는 음료인 커피나 녹차에 관한 글을 쓸 때, 자신이 좋아해서 마시는 것이 무엇이든 상관없이 그것이 건강에 미치는 좋은 점이 무엇이고, 좋지 않은 점이 무엇인지를 개요를 작성해 보고 글을 쓰든가, 아니면 다른 것과도 대비해서 다루면 좋을 것이다.[15]

개요에는 그 내용을 한 개의 완결된 문장 형태로 표시하는 문장식 개요와 제목과 같이 명사나 명사형으로 끝나는 형태로 표시하는 화제식 개요의 두 가지 종류가 있다. 개요를 작성할 때는 일반적으로 지켜야 하는 주의사항이 있는데, 이에 대해 알아두면 효과적으로 개요를 짜는 데 도움이 된다.

가. 상위 항목과 하위 항목의 관계가 선명하게 드러나도록 작성한다.
나. 각 항목에 사용되는 부호와 배열 순서를 통일한다.
다. 주제가 뚜렷하게 드러나도록 한다.
라. 하위 항목의 번호는 하위 항목이 둘 이상이 있을 때에 부여하며 하나밖에 없는 하위 항목에는 번호를 부여할 수 없다.
마. 동일 계통의 항목 번호를 가지는 항목들은 서로 대등한 관계를 유지해야 한다.
바. 모든 항목들의 표현 형식은 화제나 문장 중 어느 하나로 통일되어야 한다.[16]

4) 글의 記述 방식

정해진 주제에 대해 면밀한 구상을 끝내고 나서 실제로 글을 쓰는 단계에 들어가게 된다. 이 활동을 우리는 記述이라 일컫는 것이다. 그런데 기술은 그 동기 혹은 의도에 따라 그 양식을 조금씩 달리 한다. 흔히 산문에서의 記述 방식은 설명, 논증, 묘사, 서사 4종류로 분류된다.

가. 독자에게 대상의 개념을 이해시키고자 할 때 우리는 주로 설명 양식을 취하게 된다.
나. 대상의 진실을 증명하고자 할 때 논증 양식이 채택된다.
다. 대상의 이미지(생김새, 소리, 느낌 등)를 나타내고자 할 때 묘사 양식이 주로 쓰인다.

15: 이재춘, 대학작문 창의적인 글쓰기, 북랜드, 2008. 2, pp.29－30 참조.
16: 자기표현과 글쓰기 편찬위원회편, 자기표현과 글쓰기, 도서출판 경진문화, 2009. 8, p.16 참조.

라. 대상(주로 사건) 및 그 진행 과정을 실감나도록 쓰고자 할 때 서사 양식이 동원된다.

필자의 의도에 따라 글의 모양이 매우 달라지기 때문에 우리는 글쓰기의 記述 양식에 관심을 기울여야 하는 것이다. 실제의 글에서는 주된 의도에 따라 어느 양식이 우세하게 나타나게 되는데 다른 양식들은 그 양식을 도와주는 역할을 맡게 된다.

설명은 대상의 개념을 이해시키고자 하는 記述 방식이며, 논증은 대상의 진실을 증명하고자 하는 記述 방식이다. 설명이 이미 확정되고 공인된 지식을 전달하고, 독자로 하여금 그것을 수용하도록 이끄는 다소 소극적인 정신의 언어 행위인 데 비해, 논증은 새로운 인식과 판단을 도출하여 독자를 설득하여 그 인식과 판단을 변화시키고자 하는 보다 적극적인 정신의 언어행위인 것이다. 한편 묘사는 대상의 인상 즉 이미지를 나타내고자 하는 記述 방식이며, 서사는 대상 및 그 진행과정을 엮어내고자 하는 記述 방식이다. 묘사에서는 개성적인 표현이 중요성을 띤다면, 서사에서는 실감 있는 재현 여부가 관건이 된다.

한 편의 글이 위의 4가지 記述 방식 중 어느 하나를 우세하게 사용하고 있을 때, 설명문·묘사문·서사문 등으로 구분할 수 있다. 그러나 대부분의 산문은 위의 4가지 記述 방식의 전부 또는 그 몇몇을 혼용하고 있는 경우가 많다. 그럴 경우 어떤 글에 사용되는 記述 방식들은 기능면에서 주종 관계를 이루게 된다. 예를 들면 휴전선 지역 생태계의 특징을 알리려는 글이 여러 가지 구체적인 사례들에 대한 묘사로써 그 특징들을 효과적으로 이해시키고자 하는 양태로 기술될 수 있을 것이다. 그러한 글의 양태는 「묘사적 설명」이라고 규정되며, 이 때 「설명」과 「묘사」는 주종 관계─목적과 수단의 관계를 이루는 것이다.

설명과 논증을 하나로 묶어서 설명적 작문, 묘사와 서사를 다른 하나로 묶어 창작적 작문으로 구분할 수도 있는데, 전자에서는 객관성이 요구되고, 후자에서는 추관성이 폭넓게 허용된다. 대학생활을 통하여 보다 자주 요구되는 작문의 記述 방문은 설명적인 것이며, 위의 4가지 記述 방법을 학습하는 기본 목적도 결과적으로는 주로 설명적 작문을 가장 효과적으로 작성할 수 있도록 하기 위한 것이다.

① 설명

설명은 주제를 명확히 하는 記述 방법이다. 이 양식의 특색은 어디까지나 문제를 설명함으로 해서 독자의 이해력에 작용한다는 점이다. 설명이 추구하는 것은 독자에게 설정된 주제를 이해시키는 것이다. 즉 설명이란 주제에 대한 어떤 물음에 대답하는 記述 방법이라 할 수 있다. 필자의 주된 의도가 무엇인가, 어떤 생각을 가지고 있는가, 문제의 성격이나 상황은 어떤 것인가, 용어나 술어 등은 어떻게 정리되어야 하는가 등을 이해하고, 분석하고, 지침을 주는 것도 설명이다. 어떤 의문이나 질문에 대해 알기 쉽게 해답해 주는 설명 방법에는 정의, 예시, 비교와 대조, 유추, 분류와 구분, 분석 등이 있다.

가. 정의

정의란 어떤 술어에 대하여 필자가 의도하고 있는 뜻이 무엇인가를 설명하는 것이다. 어떤 일정한 대상의 속성을 해명하는 것으로 이를 테면 「사람은 사회적 동물이다」 등과 같은 것이다. 「무엇이냐?」는 물음에 대한 대답인 것은 지정과 공통되나, 지정이 필자가 가리키고 있는 대상의 확인 여부를 중요시하는 반면, 정의는 한 낱말이 지닌 정확한 의미나 용법에 초점을 맞춘다.

정의란 단어의 정확한 용법을 일러주고자 하는 것이므로 背面의 事象에 대한 지식이 없이는 그 단어를 올바르게 정의할 수 없다. 따라서 정의의 과정은 필연적으로 그런 지식에 의해 뒷받침되어야 한다.

정의는 정의되는 항(被定義項)과 정의하는 항(定義項)의 두 부분으로 구성되며, 그 두 항은 등식 관계에 놓여 있다. 정의는 사물을 대신하고 있는 술어에만 연관될 뿐이며, 그 술어가 지시하는 사물과는 무관하다. 정의는 특별한 표현 형식을 가진다. 정의는 피정의항(정의되는 항=술어)과 정의항(정의하는 항=술어에 대한 설명)으로 이루어진다. 정의항은 다시 「種差」와 「유개념」으로 이루어진다. 「종차」는 피정의항을 그 類나 범주 속의 다른 구성원을 구별시키는 특징이나 성질이고, 「유개념」은 피정의항이 속하는 類나 범주이다. 「사람」을 「사람은 이성적 동물이다」라고 정의할 때 「이성적」이라고 하는 것은 「사람」을 다른 동물과 구별시키는 종차 또는 하위개념이고, 동물은 「사람」이라는 종개념 또는 하위개념에 속하는 종개념 또는 하위개념이다.

정의를 내리는 데에 지켜야 할 세 가지 원칙은 다음과 같다.

(ㄱ) 피정의항은 정의항과 대등하여야 한다. 이는 정의의 등식으로 이루어진다는 사실을 두고 하는 말이다. 즉 피정의항의 범주는 정의항의 범주보다 커서도 작아서도 안 된다.

(ㄴ) 피정의항의 개념이 정의항에서 그대로 반복되어서는 안 된다. 문제가 되는 술어나 관

념을 그대로 정의항에서 반복하면 정의받아야 할 대상은 여전히 남기 마련이다.

(ㄷ) 특별한 경우가 아닌 한 정의항이 부정적이어서는 안 된다. 가령 「수라란 보통 사람이 먹는 밥이 아니다」라고 하였을 때 「아니다」가 보통 혹은 「밥」에 걸리느냐에 따라 그 의미가 달라지므로 애매모호하여 전달의 정확성을 기할 수 없다.

나. 指定

지정은 「무엇이냐?」, 「누구냐」 따위의 질문에 대하여 가장 간단히 대답하는 방법이다. 가령 「이것이 무엇이냐?」고 물으면 우리는 그 이름을 대거나, 용도를 간단히 말한다. 또 「그 사람이 누구냐?」고 물으면 그 사람의 이름을 대거나, 나와의 관계를 간단히 말한다. 이런 언어에 의한 간단한 대답이 바로 지정이다. 이 방법은 필자와 독자의 의사소통 과정에서 필자가 가리키는 바의 대상의 정체를 확인시키는 기능을 하며, 상대방의 궁금증을 최소한도로 풀어 주고자 한다.

글쓰기에서 지정은 대개 글의 서두에 나와 앞으로 전개할 주요 사항에 대해 먼저 그 윤곽을 소개하려는 데에 주로 쓰인다. 이 방법이 실제의 글에 적용될 때는 다른 설명의 방법, 예컨대 비교나 대조, 분류나 구분, 분석 등의 방법과 어울려 보다 높은 수준이 될 수 있다.[17]

다. 예시

예시는 예를 들어서 설명하는 記述 방법이다. 예시는 어떤 무리에 속하는 특정 개체를 보기로 들어 설명하는 것으로, 이를 테면 사회의 부조리를 설명하기 위해 뇌물의 성행을 예로 드는 것과 같은 것이다. 예시를 하면 추상적인 내용이 구체화되고 이해할 수 없던 것을 쉽게 이해할 수 있게 된다. 그러므로 예시되는 예는 독자가 잘 알 수 있는 것일수록 효과적이지만, 그렇다고 하여 지나치게 특수한 것은 적합하지 않다. 예시를 말하는 의도는 예시된 예문만 이해하도록 하자는 데 있지 않고, 예를 통해서 일반적인 설명을 하자는 데 있기에 예시된 예가 일반적인 의의를 가지지 않는다면 목적을 달성하기 어렵다.

이처럼 유형, 계층, 부류 같은 것을 설명하기 위하여 구체적인 것, 혹은 특수한 것을 예로 들어 추상적인 것, 일반적인 것을 설명하는 방식을 예시라고 한다. 그리하여 그 특수한 것은 그것이 포함되는 계층의 본질을 명백하게 하는 것이다.

17: 김용구 외 6인 공저, 글쓰기의 원리와 실제, 북스힐, 2003. 3, pp.101-104 참조.

라. 비교와 대조 유추

인간은 본능적으로 무엇이 비슷하고 무엇이 다른가를 알려고 한다. 이것은 바로 그것이 세상에 대한 우리의 경험을 적출해 내는 단순하고도 본질적인 방법이기 때문이다. 비교와 대조는 둘 이상의 대상들 간에 존재하는 유사점과 차이점을 드러내어 관계를 맺게 함으로써 성립되는 기술 방법인데, 비교는 대상들 간의 유사점을 강조하고, 대조는 차이점을 강조하는 점이 다르다. 그러나 비교는 유사점뿐만 아니라 차이점에도 관심을 가지므로 흔히 비교는 대조를 포함한다. 잘 알려져 있는 것을 통하여 잘 알려지지 않은 것을 설명하고자 할 때에 비교가 이용되므로 비교 대상들 중의 하나는 독자들이 이미 잘 알고 있는 것이어야 한다. 일반적으로 비교와 대조는 다음의 세 가지 방법에 의해 이루어진다.

(ㄱ) 한 사항을 설명하고자 할 때 그것을 이미 독자들에게 알려진 사항과 관련시킨다.

(ㄴ) 두 사항을 설명하고자 할 때 그것들을 먼저 그들 자체에도 적용시킬 수가 있고, 동시에 독자들에게 널리 알려진 일반 원리에 관련시킨다. 두 소설 작품을 소개할 때 그 어느 것도 독자들이 전혀 모른다면 우리는 독자들이 소설의 원리에 대해 알고 있을 것이라고 상정되는 특질에 따라서 비교·대조할 수 있다.

(ㄷ) 어떤 일반 원리나 관념을 설명하기 위하여 이미 알려진 여러 사항들을 비교·대조한다.

한편 비교와 대조는 체계적이어야 한다. 체계적이 되려면 비교와 대조하려는 그 사항에 대하여 공통의 관심을 가지고 있는 그러한 영역내의 둘 혹은 그 이상의 사항에 대하여 비교·대조의 의의를 인식하는 것으로부터 시작해야 한다. 또한 공통의 기반이 비교·대조되는 사물들 사이에서 인지될 때에만 의미를 가지게 된다.

비교문을 쓸 때는 다음 몇 가지 사실을 준수해야 한다. 하나, 비교 대상들은 서로 비교할 수 있는 것이어야 한다. 둘, 비교의 기준은 필자의 의도에 부합되는 것이어야 한다. 셋, 비교의 기준은 시간이나 공간이나 가치의 연속성에서 배열되어야 한다.

유추는 잘 알려지지 않은 것이 잘 알려져 있는 것과 비유는 매우 특별한 비교이다. 비교는 근본적으로 관련된 것들에 관심을 가진다. 그러나 유추에서는 어느 하나와 그것과는 전혀 다른 범주에 속하는 다른 하나가 비교된다. 물론 「다른 것」은 「어느 하나」와 형태나 행위에 결정적인 유사성을 가지고 있어야 한다. 유추의 목적은 알려진 것을 통하여 알려지지 않은 것을 설명하는 것이다.

마. 분류와 구분

원래 인간이란 혼돈보다는 질서를, 복잡한 것보다는 정리된 것을 좋아하는 경향이 있다. 이와 같은 심리는 문장 작성이나 분석에도 작용하여 잡다한 것을 손쉽게 파악할 수 있는 상태로 지향하고자 하는 것이 보통이다. 분류와 구분은 이와 같은 우리의 심리적 요구에 의해 이루어진 한 설명 방식이라 볼 수 있다.

한마디로 분류와 구분을 정의하면 둘 이상의 사물에서 종류를 가르는 작업이라 할 수 있을 것이다. 분류와 구분은 여러 대상을 일정한 원리에 따라 나누어 대상들 상호간의 관계나 각 대상이 전체에서 차지하는 위치를 드러내는 記述 방법이다. 여러 사물의 부류를 계층화하여 가르거나, 모우는 조직의 방식이다. 이 때 계층적인 부류 조직의 상위에서 하위로 이행하는 방식을 구분이라 하고, 그 반대의 경우를 분류라고 한다. 말하자면 전자가 종개념에서 유개념을 뽑아내는 것이며, 후자는 유개념에서 종개념으로 나누어지는 것이다.

분류문이나 구분문을 작성함에 있어서 다음 몇 가지 사실이 준수되어야 한다.

(ㄱ) 분류나 구분하려는 대상이 구성부분들이 전체를 위하여 기능하는 유기체인가, 둘 이상의 개체로 이루어진 혼합체인가, 아니면 하나 이상의 전체에 속하는 개체인가를 먼저 결정해야 한다.

(ㄴ) 유기체는 구성 부분으로 구분되어야 한다. 가능하다면 언제든지 그 구분은 기능 부분을 기준으로 이루어져 한다.

(ㄷ) 혼합체는 한 번에 한 기준에 따라 상호배타적인 類로 구분되어야 한다.

(ㄹ) 한 개체가 속하는 類를 목록화할 때, 완전히 포함되지 않는 한 중복되는 類가 모두 나열될 수 있다.

(ㅁ) 모든 유형의 분석은 필자의 마음 속에서는 언제나 완전해야 한다. 즉 전체는 그것을 구성하는 모든 부분이나 그 전체의 모든 類에 포함되어야 한다. 이것은 필자 자신이 올바른 논리적 분석을 했음을 확인할 수 있는 유일한 방법이다.

이처럼 분류·구분은 우리들에게 사물, 관념, 경험 등을 조직하는 것을 도와준다. 그것은 일종의 주제를 파악하는 방법이다. 분류·구분은 어떤 체계(객관적 준거)와 관련시켜 주제를 고정시키며 논리적 맥락을 제공한다. 많은 경우 분류·구분은 주제에 대한 이해를 돕는 데 쓰이고 있다.[18]

바. 분석

분석이란 事象의 구성 부분을 분해 내는 방법이다. 어떤 사물이나 개념을 분해하여 그것을 구성하고 있는 각 요소들로 나누는 것이다. 이 방법은 복합적 구조를 가지고 있는 것을 다루게 된다. 우리는 대상으로서의 개·말·나무, 그림들을 분석할 수가 있고, 이념으로서의 민족주의나 종교 등을 분석할 수 있다. 이와 같이 분석은 분석할 대상이 구조를 가지고 있을 때만 가능하다. 이 경우 구조란 그 각 구성분자가 유기적으로 조직되어 있는 것을 전제로 한다.

효과적인 분석은 대상의 구조를 분해하는 데 그치는 것이 아니다. 분석은 분해된 부분들의 상호 관계를 밝혀내기도 하고, 전체 구조 속에서 그것이 가지는 위치와 기능도 아울러 명백히 드러내 주는 것이다.

한편 우리는 분석을 그 대상에 따라 물리적 분석과 개념적 분석의 둘로 나누기도 한다.

바-1 물리적 분석

대상의 구성 부분을 공간적으로 분해해 낼 수 있는 경우, 우리는 그것을 물리적 분석이라고 한다. 그러나 대부분의 경우에 있어서 우리의 대상 분석 대상이 되는 관념이나 개념 등은 태엽이나 초침처럼 공간적으로 확연히 분해되지 않는 것들이다.

바-2 개념적 분석

개념적 분석이란 심리적인 분석을 뜻한다. 한 관념은 또 다른 관념에 의해서만 분석이 가능할 뿐이다. 예컨대 민족주의 이념이 인간의 동기·자세·이해관계에 의해서만 분석될 수 있는 바와 같다. 그리고 우리의 설명 記述로서 문제되는 것이 바로 이와 같은 성격의 분석이다.

한편 분석은 분석할 대상이 구조를 가지고 있을 때만 가능하다. 이 경우 구조란 그 각 구성분자가 유기적으로 조직되어 있는 것을 전제로 한다. 또한 효과적인 분석은 대상의 구조를 분해하는데 그치는 것이 아니다. 분석은 분해된 부분들의 상호관계를 밝혀내기도 하고, 전체 구조 속에서 그것이 가지는 위치와 기능도 아울러 명백히 드러내 주는 것이다.

18: 김용구 외 6인 공저, 글쓰기의 원리와 실제, 북스힐, 2003. 3, pp.109-110 참조.

분석을 다시 그 적용에 따라 기능적 분석과 연대기적 분석, 인과적 분석의 셋으로 나누기도 한다.

기능적 분석은 「어떻게 작용하는가」라는 물음에 대한 해답이다. 일종의 설명적 서사라고도 할 수 있다. 예를 들어 몸의 각 기관의 작용, 직관의 작용, 산소가 인체에서 하는 작용 등에 대한 분석이다. 연대기적 분석은 역사적 사건처럼 기능을 가진 것으로 다루어질 수 없는 어떤 사건의 단기적 단계를 밝히고자 하는 분석을 말한다. 인과적 분석은 원인과 결과의 단계를 밝혀내는 것이다. 태풍이나 무지개와 같은 자연 현상의 원인을 밝혀낸다든지, 방사능 유출이 인간에게 미치는 영향 등을 설명할 때에 쓰인다.[19]

② 논증

논증은 아직 명백하지 않은 사실이나 원칙에 대하여 그 진실 여부를 증명하는 것이다. 사물의 옳고 그름을 사리에 맞도록 논술하고, 증명하는 논증은 언제나 믿을 수 있는, 의심할 수 없는, 혹은 부정할 수 없는 진술인 명제에 관해서만 행할 수 있다. 뿐만 아니라 한 걸음 더 나아가 독자로 하여금 필자가 증명한 바를 옳다고 믿게 하고, 그 증명하는 바에 따라 행동하게 하도록 企圖하는 記述 방법이다. 독자로 하여금 믿도록 하는데 목적이 있는 만큼, 논증은 독자의 이성에 호소하게 된다. 그것은 이성의 지시를 받아들이려는 자발적 마음이 논증이 행해지는 공통적 기반에 놓이게 된다는 것을 뜻한다. 이러한 이해력에 작용하여 독자로 하여금 필자의 신념이나 식견 등에 동의하도록 기도하는 것이 논증이므로 이 논증에는 반드시 갈등이 전제가 된다. 의혹이나 불확실함을 풀기 위해 즉 갈등의 지양을 위해 강제나 비약은 금물이다.

논증의 구성 요소에는 명제·논거·추론이 있다. 논증은 언제나 명제에 관해서만 행해질 수 있다. 명제란 신념, 주장, 판단, 지식, 식견 등을 드러낸 언어적 표현으로 진위를 가릴 수 있는 것이다. 명제는 표출되고 또 논리적으로 표현되는 것이 바람직하나 모든 글에서 언제나 그런 것은 아니다. 논증에 필요한 명제에는 「사실의 명제」와 「정책의 명제」가 있다. 전자는 무엇이 사실이라는 것을 주장하는 것이고, 후자는 무엇이 바람직하다는 것을 주장하는 것이다.

19: 김용구 외 6인 공저, 글쓰기의 원리와 실제, 북스힐, 2003. 3, pp.111-115 참조.

한편, 논증을 위한 명제는 다음과 같은 요건이 갖추어져 있어야 한다. 하나, 명제는 단일해야 한다. 둘, 명제는 둘 혹은 그 이상의 주장·판단을 가져서는 안 된다. 셋, 명제는 또한 명료하고 공정하여 선입견이나 편견이 없어야 한다.

논거는 논증을 효과적으로 수행하여 결론에 이르기 위해서는 추론이 필요하고, 이 추론은 확실한 근거 위에 이루어지기 마련이다. 이 때 이 근거의 확실성을 마련하는 것이 논거다. 논거에는 사실의 논거와 소견의 논거가 있다. 가장 분명하고 자연스러운 호소는 사실에 대한 것이다. 논거가 사실로 인지되기 위해서는 믿음직한 근거에 의해 검증되거나, 증명되어야 한다.

추론은 논거가 모아지고 그것의 타당성을 살피고 난 후 우리는 그 논거를 어떻게 결론으로 이끌어낼 것인가를 생각하게 된다. 추론은 어떤 자료로부터 어떤 결론으로 마음이 옮아가는 과정이다. 추론의 방법에는 보통 귀납적 추리에 의거하는 것과 연역적 추리에 의거하는 것이 있다.[20]

논증의 세 가지 요소는 의견과 주장과 쟁점이다. 의견은 논증의 최소 단위로 필자가 옳다고 믿지만 사실 여부가 불확실한 생각이며, 주장은 지지를 받을 수 있는 의견이다. 주장 중에서 의견 충돌을 일으킬 수 있는 명제나 생각 또는 사실이 쟁점인 것이다.

전면적인 논증은 하나의 주쟁점에 딸린 일부의 부수 논증으로 이루어진다. 부수 논증의 중심문제는 부수 쟁점이다. 대부분의 부수 논쟁은 부수 쟁점에 대해 상충되는 주장으로 구성된다. 논증 구성에 포함되는 과정의 설명은 인위적일 수밖에 없다.

가. 쟁점의 결정

필자는 자기가 입증하거나 논박하고자 하는 것이 무엇인가를 정확히 알아야 효과적인 논증을 할 수가 있다. 그러기 위해서는 먼저 주장의 목록을 작성해야 하며 거짓되거나 사소한 쟁점을 버리고 주쟁점을 분명하게 규정하여야 한다.

주쟁점을 식별하고 명백히 하기 위하여 필자는 먼저 주장을 목록화한다. 작성된 목록으로부터 정확하게 대립되는 주장을 보이는 즉, 질문형식으로 된 또 하나의 목록을 작성한다. 이 목록에 포함된 질문이 부수 쟁점이다.

한편 쟁점에 포함될 수 없는 주장들은 논쟁의 여지가 없는 것으로 보아 따로 목록을 작성하

20: 김용구 외 6인 공저, 글쓰기의 원리와 실제, 북스힐, 2003. 3, pp.117-124 참조.

여야 한다. 이런 종류의 주장들은 매우 드물지만 그런 주장이 발견된다면 그것들을 소홀히 해서는 안 된다. 그런 주장이 상대편의 것일 때 필자는 그런 주장이 별로 중요하지 않으며, 다른 주장에 의해 보완될 수 있다는 것을 보여주어야 한다.

주장과 쟁점의 목록을 작성한 다음 필자가 해야 할 것은 목록의 내용을 신중하게 검토하는 일이다. 이 때 주쟁점을 흐리게 하거나 잘못 전달될 수 있는 주장이나 쟁점, 너무 사소하여 토론할 만한 가치가 없는 주장이나 쟁점을 배제하여야 한다. 이 과정에서 주쟁점이 분명하게 드러날 것이다.

나. 전체 계획의 구성

주쟁점이 결정되면 필자는 그 다음으로 부수 논쟁을 위한 전체 계획을 작성해야 한다. 대부분의 전면적 논증에서는 서론과 결론이 있다. 전체 유형의 선택에 직접적인 관계를 가지는 것은 부수 논증의 배열이다. 부수 논증의 배열은 일반적으로 다음 두 유형에 속한다. 하나는 주장하는 편을 기준으로 논의를 구성하는 것이고, 다른 하나는 부수 쟁점을 기준으로 논의를 구성하는 것이다.

주장하는 편을 기준으로 논의를 구성하는 경우에 필자는 먼저 상대편의 주장을 제시하고, 다음에 그 주장의 부당성을 말하고, 끝으로 자기의 주장을 옹호하고 강조하면서 끝을 맺는 배열을 택한다. 이와는 달리 부수 쟁점에 대한 생각이 명백히 찬성과 반대로 구분될 수 없는 복잡한 경우에는 부수 쟁점을 택하여 그에 대하여 양편의 관점에서 논의하고, 다음에 다른 부수 쟁점으로 넘어간다.

논증을 필요로 하는 생각들은 무한하므로 그런 생각들을 배열하는 방법을 일반화하기는 어렵다. 전면적인 논증을 할 경우에는 언제나 다음의 물음에 답할 수 있어야 한다. 하나, 제안된 사항이나 행위 또는 정책은 정말 필요한가? 둘, 그 결과는 어떻게 될 것인가? 셋, 보다 좋은 대안이 있는가?

부수 논증들을 제시하는 순서는 내용의 명료성뿐만 아니라 독자의 이해에 의한 제약을 받기도 한다. 논증의 목적이 쟁점에 대한 필자의 주장이 타당함을 독자들에게 납득시키는 데 있다면 필자는 논증을 전개함에 있어 먼저 독자들이 충분히 이해할 수 있는 부수 논증을 제시하고, 다음으로 논리를 약화시키거나 비약시키지 않는 범위 내에서 차례로 독자들이 이해하기 어려운 부수 논증을 제시해야 한다.

다. 논증의 전개

작성된 논증 계획이 활발하고 설득력 있는 논증으로 실행되는 데 적용해야 할 원칙들은 다음과 같다.

(ㄱ) 논증에서의 분위기와 문체이다. 전면적인 논증에는 강한 의견 차이가 있기 때문에 필자는 강한 말로 그 의견을 나타내려고 한다. 논증은 사색적인 것이므로 논증에는 단순한 설명에 있어서 보다 많은 비유와 상징이 요구된다.

(ㄴ) 주쟁점의 명시다. 전면적인 논증에서 필자는 반드시 제목이나 첫 단락에서 따로 따로 또는 함께 주쟁점, 즉 그 논증의 목적을 명시해야 한다.

(ㄷ) 용어의 정의다. 주쟁점을 말하는 경우에 혼동이 일어날 수 있는 단어나 표현이 있으면 그것들을 정의하여야 한다.

(ㄹ) 배제된 쟁점이 부당한 쟁점임을 정당화하는 것이다. 논증의 계획에서 필자가 배제한 쟁점이나 주장 중의 어떤 것을 독자가 중요하다고 생각하거나, 생각에 염려가 있을 때 필자는 자신이 그것들을 배제한 이유를 간단히 설명해야 한다.

(ㅁ) 부수 논증의 유형이다. 부수 논증의 유형은 각 부수 논증의 성질에 의해 결정된다. 그러므로 부수 논증의 배열에 어떤 한 가지 원칙이 있을 수 없다.

(ㅂ) 논거의 제시다. 논거는 논증에 필요불가결한 것으로 추론의 토대가 되는 근거의 확실성을 보장하는 것이다. 논거에는 사실 논거와 의견 논거가 있다. 이 중에 필자의 의견을 가장 강력하게 뒷받침해 주는 것은 사실 논거다. 한편 의견 논거가 될 수 있는 목적이나 권위에 의한 의견이나 자료는 사실 증거와 밀접하게 관련된다.

(ㅅ) 논증에서의 추론이다. 논증에서 필요불가결한 것이 논거라고 했지만 논증은 논거를 단순히 나열하는 것으로써 이루어지는 것은 아니다. 논증이 논증으로 되기 위해서는 강한 추론이 있어야 한다. 추론이란 전제를 바탕으로 해서 타당한 결론을 이끌어내는 과정이다. 추론은 논거로서의 사실과 의견 그 모두를 타당화하기 위한 가설이다.

라. 추론의 방법

논거가 모아지고 그것의 타당성을 살피고 난 후 우리는 그 논거를 어떻게 결론으로 이끌어낼 것인가를 생각하게 된다. 추론은 어떤 자료로부터 어떤 결론으로 마음이 옮아가는 과정이다. 논증의 핵심에 해당하는 추론의 방법에는 보통 귀납적 추리에 의거하는 것과 연역적 추리에 의거하는 것이 있다.

라-1 귀납적 추리

귀납적 추리란 특수한 사실을 전제로 하여 일반적인 사실 내지 현상으로서의 결론을 내리는 방법이다. 이것에는 또 一定類의 개별적인 사례에서 시작하여 같은 종류의 나머지 모든 사례도 같은 것이 되리라는 일시적 결론에 이르게 되는 일반화와, 만일 두 사례가 그 일정수의 개성에 있어서 비슷한 것이어서 그 두 사례가 문제가 된 점에 있어서도 비슷하리라고 추단하는 유추가 있다.

일반화에는 때로 귀납적 비약이라 부르는 오류가 있게 된다. 우리는 이와 같은 오류를 피하기 위해서 다음과 같은 사실들에 유의하지 않을 수 없다. 하나, 충분하고도 필요한 만큼의 상당수의 사례가 검토되어야 할 것이다. 둘, 검토된 사례는 그 부류 가운데서 가장 전형적이어야 한다. 셋, 만약 부정적인 사례가 있을 때는 반드시 해명되어야 할 것이다.

그리고 유추에 있을 오류를 피하기 위해서는 다음에 유의해야 한다. 하나, 비교된 사례는 중요하다는 정도에 있어서 서로 비슷해야 한다. 둘, 두 사례 사이의 차이가 고려되어야 한다.

라-2 연역적 추리

귀납적 추리에 있어서 일반화와 유추는 확실성을 가지는 것이 아니라, 개연성을 가지는 것이 일반적이다. 물론 이것은 일반화와 유추가 필요 없다는 것을 의미하지는 않는다. 사실 이 둘은 필요하다. 왜냐하면 가장 중요한 질문의 대부분이 다만 개연성에 관한 것만을 다룰 수밖에 없기 때문이다. 연역적 추리는 진실 혹은 그 결론의 확실성을 보증하는 것이 아니라, 전제가 참이라면 그 결론도 반드시 참이라는 것을 보증한다.

가령 기하학에 있어서의 축처럼 만일 필연적임이 용인되면, 그에 따른 체계 속에서 보편성을 얻게 될 가정에서부터 시작한다. 귀납적 추리가 고작 개연성을 보일 수 있을 뿐인데 비해, 이 추리는 확실성을 보일 수 있는 장점이 있을 것이다. 이러한 연역법의 가장 전형적인 경우가 三段 논법이다. 즉 대전제, 소전제, 결론의 과정을 거치는 논법이 그 가장 전형적이 될 것이라는 말이다. 전제와 소전제와 삼단 논법에 적절히 연관되어 있지 못할 때도 오류에 빠진다.

그 밖에 우리가 논증에서 오류를 범할 수 있는 경우로는 다음과 같은 예들을 생각할 수 있다. 하나, 애매한 말을 쓴 경우, 둘, 재질문이 필요한 경우 셋, 문제를 망각해 버린 경우 넷, 비약이 심한 경우가 있다. 이와 같은 오류를 알고 있으면 물론 우리는 우리가 쓰는 글에서 그와 같은 잘못을 저지르지 않을 수 있다. 뿐만 아니라 우리는 또 상대방의 글에서 그것을 지적해 내고, 그것을 논박할 수도 있을 것이다.

③ 묘사

우리가 자연 현상이나 사물을 보고 느낄 때 혹은 사물이나 자연 현상의 조화를 깨달았을 때 그것을 대상으로 하여 언어로 표현해 내는 記述 양식의 하나가 묘사이다. 대상의 이미지를 나타낼 때 요구되는 기술 양식이 묘사이지만, 그것이 직접적인 인상을 요구할 때가 있고, 사물에 관한 정보 혹은 지식을 요구할 때도 있다. 보고 들은 것이나 마음에 느낀 일을 객관적으로 재현하는 것이다. 이 묘사의 記述 양식은 설명의 記述 약식과는 달리, 지배적 印象이라는 그 사물 혹은 현상의 전체적 인상을 중심으로 그 사물이나 현상이 지닌 대상 그 자체의 성질과 그것의 특수한 양상을 느낀 바대로 그려내는 것을 말한다. 묘사에는 객관적 묘사(기술적 묘사·설명적 묘사)와 주관적 묘사(문학적 묘사·암시적 묘사)가 있다.

이러한 묘사의 記述 양식은 우리의 개성적인 표현의 밑거름이 되고, 대상의 모습을 구상적인 대응력을 통해 명확하고 특수한 인상을 가져오게 하는 것이다. 또한 묘사는 독자들에게 감각적 체험을 통해 상상력을 가지게 하고, 이 상상으로 인하여 사물이나 현상이 지닌 개체적 특징을 파악하게 하는 것이다. 그러나 묘사는 논리적으로 도달되는 정보나 지식의 전달이 목적이 아니라, 독자의 감각 속에 관찰자의 내재적 감각의 재현이므로, 상상적 체험의 표출은 비논리적일 수밖에 없고, 대상의 부분보다는 대상 전체의 인상이 중심이 된다.

가. 묘사의 패턴

묘사는 묘사하고자 하는 대상을 어떠한 시점이나 위치에서 관찰하는 가에 따라, 혹은 그 대상과의 거리 관계에 따라 여러 가지의 형틀을 가질 수 있다.

따라서 묘사를 해 나감에 있어, 가장 중요한 것은 묘사하는 대상을 어떠한 위치나 방향에서 바라보고자 하는가 하는 문제이다. 이것을 세분하여 하나, 주관적 입장 둘, 객관적 입장으로 대별할 수 있을 것이다. 먼저 주관적 입장에서 보면 대상의 내용성이 중요시될 수 있고, 객관적 입장에서는 묘사하고자 하는 대상과 관찰자의 관점이 중요시될 수 있을 것이다.

예) Ⅰ. 객관적 입장

ㄱ) 고정 관점

　ㄴ) 동적인 관점

　ㄷ) 원근적 관점

Ⅱ. 주관적 관점

　ㄹ) 무드형

　ㅁ) 중점적 관심형

Ⅲ. 주객관 혼합형

　ㅂ) 인상주의적 형

　ㅅ) 집중 묘사형

　ㅇ) 혼성형

가-1 고정 관점

　무엇을 묘사한다는 것은 관찰자가 어떤 관점에서 사물이 가지고 있는 세부적 요소를 바라보느냐 하는 것이 일반적으로 가장 중요한 문제이다. 관찰자의 관점이 고정적이어서 객관적인 입장에서 주어진 아이템을 왼쪽에서 오른쪽으로, 밑에서 위로, 주어지는 아이템에 따라 묘사해 나가는 방법이다.

가-2 동적 관점

　動的 관점은 고정적인 위치와는 달리, 어떠한 공간적 이동, 초점의 변화를 보여주는 묘사 패턴이다. 물론 주관적인 관찰자적 입장이 아닌 객관적인 묘사를 말하는 것이다.

가-3 遠近的 관점

　묘사하고자 하는 대상이 너무나 방대하거나 상상적인 무한성을 가진 경우 그 묘사란 간단한 것이 아니다. 따라서 원근적 관점을 통해서 非可視的 현상은 가시적 현상으로 변형시키는 묘사형과 그 역으로의 묘사형이 필요하다. 따라서 그러한 대상의 묘사는 무엇보다도 인상의 통일성을 가질 수 있게 묘사해야 하는 것인데, 이 통일성을 주기 위해 프레임 이미지의 방법이 필요하다.

가-4 무드형

원래 관찰자의 위치는 세부적 요소를 어떻게 조직하느냐에 좌우되는 것이지만 관찰한 대상에서 얻는 반응과 흥미가 중점적으로 다루어질 때, 그것은 무드를 통한 묘사를 하게 되는 것이다. 즉 관찰자의 흥미와 반응이 세밀한 질서를 가져오는 기준이 될 때 그것은 무드에 의한 패턴에 의존하게 되는 것이다.

가-5 중점적 관심형

무드형에서와 같이 「통일성 원리」를 갖추어야 하는 점에서는 마찬가지이나 그 속에서 특별한 관심을 지닌 일면이 드러나게 하는 형을 말한다.

가-6 印象主義的 型

무드나 관심에 의한 패턴과 같이 사물의 내면적 스케치나 인상과 관련이 있는 것이기는 하나, 형식적인 조직에 직접적인 연관이 있는 것은 아니다. 인상으로 해서 남은 세부적인 요소를 묘사해 감에 따라 인상의 질서를 가지게 하는 방법에서 차이가 나는 것이다. 이 인상주의적인 패턴의 특징은 한 행 한 구절의 강력한 인상적인 문장을 내세워 주제적인 채취까지도 풍기게 하는 것이다.

가-7 집중 묘사형

묘사 記述을 행할 때 우리가 당면하게 되는 곤란한 점의 하나는 오로지 비설명적이며, 비논의적이고, 논리적인 것만을 추구하지 않아야 한다고 하는 점 등이다. 그것은 묘사에 있어서 서술적인 요인이 항상 따를 수 있기 때문이다. 이러한 곤란한 점을 다소간 완화하면서 서술적 요인들이 가지게 되는 논의의 초점을 피하면서, 약간의 설명과 서사적이기도 하고 묘사적이기도 한 묘사 記述로 단순한 인상만을 남기게 하는 것을 말하는 것이다.

가-8 혼성형

여러 묘사 패턴이 구분되고, 이를 각기 독특한 필요에 따라 사용할 수 있지만 실제의 창작적 기교는 단일한 방법만으로 가능한 경우가 드물다고 하겠다. 오히려 개성적인 묘사의 특징을 살리기 위해 여러 묘사 패턴을 혼성하여 사용할 수 있는 것이다. 이를 혼성 패턴이라 한다.

나. 묘사의 구성

묘사 패턴이 대상의 디테일을 어떻게 질서화해서 지배적인 인상을 가지게 하느냐에 관계하고 있음에 대해서, 구성이라는 말은 표현된 디테일의 본질적 의미와 관계하고 있는 것이다. 어떤 디테일을 다룸에 있어 그 묘사의 진행이 어떠한 기본적 톤을 지녀야 하며, 그 톤이야말로 작가가 생각한 인상을 효과적으로 나타내 주는 것이어야 한다. 따라서 이들에게는 생동감이 있고, 의미가 있어야 하는 것이다. 패턴에서와 달리, 구성은 제시된 세부의 성질에 관련되는 것이기 때문에 무엇보다도 생동감과 유의성으로 기준을 삼아 선택되어야 하는 것이다.

나-1 생동감

어떤 디테일을 묘사하는데 그것이 적합하게 자리를 찾아 선택·묘사된 것일 경우, 분명히 사실적인 생동감이 넘쳐흐르게 되는 것이다. 이 생동감은 작가가 작품에서 자기의 상상을 통해 빚어진 묘사가 독자가 심령적인 눈을 통해서 재생하여 대상을 불러일으키는 데서 만들어지는 것이다.

나-2 有意性

생동감과 더불어 필자가 전달하고자 하는 기분·태도·생각 등 이른바 지배적 인상에 영향을 줄 수 있는 성질을 유의성이라 하는 것이다. 어느 인물의 독특한 성격이라든가 하는 것에 대한 선택의 방법 속에 유의성이 있는 것이다. 필자는 지배적인 인상을 위한 힘이 이러한 선택의 방향에 따라 결정되어야 함을 알아야 한다. 따라서 아무런 의미도 없이 선택된 대상의 묘사란 하등의 가치도 없는 것이다.

④ 敍事

서사는 활동하는 생활 속에서의 행동과 관련된 記述 양식의 하나이다. 서사적 설명은 설명을 위해서 서사라는 기술 양식을 끌어들이게 된다. 무엇이 발생하였는 가에 대한 답이며, 이야기의 형식을 갖게 된다. 서사는 본래 사건이나 사건의 진행 과정을 실감이 나도록 독자의 상상력에 작용하는 기술 양식인데, 서사적 설명은 사건이나 사건의 진행 과정에 대한 이해를 증가 확대시키는 방법이다.

즉, 일정한 시간 내에서 일어나는 사건이나 행동의 전개에 따른 행위에 초점을 두는 것이다.

이 記述 양식은 「무엇이 발생하였는가?」하는 질문에 답하는 것이다. 따라서 스토리 즉 설화의 형식을 가지게 되는 것이다. 우리가 서사라고 하면, 이 설화의 형식 때문에 소설 작가의 독특한 영역에 속하는 스토리텔링을 의미하는 것이라고 생각하나, 허구의 이야기는 설화의 한 종류에 지나지 않는다. 여기서 서사의 의미는 일반적인 記述 양식으로서의 문제로 다루어 보기로 한다.

서사는 일반적인 글에서의 주제문에 해당한다고 볼 수 있는 핵심 사건이 있고, 이를 중심으로 세부 사건 즉 부수적인 사건이 동원되고 이를 적절한 구성 방법으로 읽게 된다. 먼저 핵심 사건과 의미에 있어서 사건의 핵심이 무엇이며, 가장 중요한 관심사가 무엇인가를 제시하는 것이 무엇보다도 중요하다. 다음은 세부 사건과 선택에 있어서는 핵심 사건이 정해지면 이 핵심 사건을 중심으로 세부 사건을 모아야 한다. 이 때에는 선택의 원리가 적용된다. 사건의 전부를 기술하는 것이 아니라 핵심 사건을 뒷받침해 줄 수 있는 세부 사건만을 선택하여야 하는 것이다.[21]

가. 서사문의 구조

서사가 사건을 다루는 데에 있어서 세 가지 기본적 요소가 있는데, 그것은 움직임, 시간, 의미이다.

가-1 움직임

서사는 움직이는 생명감을 가진 계획적으로 마련된 대상 속에서 생동하는 畵像을 우리에게 제시한다. 따라서 서사는 움직이는 대상 자체에 역점을 두는 것이 아니라, 그 대상의 움직임의 본질적인 의미를 강조한다. 즉 서사는 한 장면에서 다른 장면으로 변이함과 관련되는 것이다. 이 변이의 속성으로 인해 서사는 단순히 「무엇이 발생하였는가?」하는 데에 대한 해답뿐만 아니라, 「어떻게 해서 발생하였는가?」하는 질문에 대해서도 해답을 내린다.

가-2 시간

사건의 움직임은 한 시점에서 다른 시점에까지 이르게 되는 시간의 흐름 속에 있는 것이다. 따라서 서사의 시간은 단순한 시간의 단편이 아니고, 시간의 단위로서 존립하는 것인데, 이

---

[21] 김용구 외 6인 공저, 글쓰기의 원리와 실제, 북스힐, 2003. 3, pp.140-144 참조.

단위라는 말은 그 자체로서 완전성을 가진 독자적인 것이라 할 수 있다.

가-3 의미

서사의 사건은 단순한 일련의 사건이 아니라 유의적인 일련의 사건이다. 그런 견지에서 사건은 단순히 변화를 내포할 뿐만 아니라 의미 있는 변화를 내포하여야 한다. 그러므로 움직임의 각 단계가 어떤 요점을 중심으로 이루는 포괄성과 그에 따라 생겨나는 통일성이 사건의 유의성에 중추를 이루는 부분이다.

나. 서사문의 구성

서사에서 취급하는 사건의 구성 형식은 일반적으로 인과율적이다. 일의 원인은 서사의 중심에 위치한다. 무엇이 발생했고, 어떻게 발생했는가에 관심을 가져야 함은 물론, 동시에 왜 발생했는가에 관심을 가져야 한다. 사건이 최초로 야기되는 사태 즉 발단으로부터 차츰 상승하여 긴장된 분위기로 이행해 가는 중간 부분, 즉 분규가 다시 발전하여 새로운 사태가 결정되는 대단원 등으로 이루어지고 있다. 흔히 분규와 대단원 사이에 파국이라는 극적인 사태가 돌발될 수도 있는데 이를 정점이라 부른다.

다. 비율

서사문 속의 세 가지는 서로 상대적인 비율을 갖게 고려되어야 한다. 수사학적인 것과 같이 정확하고 일정할 수 없으나, 필자가 의도하는 것이 무엇이냐 하는 점과 소용되는 소재의 성질에 따라 상대적으로 결정되어야 할 것이다. 필자는 다음의 여러 문제를 제기함으로써 비율의 안배를 하는 것이 좋다.

(ㄱ) 발단이 독자에게 상황제시를 위해서 충분한 것인가?

(ㄴ) 혹 발단에 불필요하고, 산만한 부분이 들어 있어 독자에게 잘못된 인식을 주고 있지 않겠는가?

(ㄷ) 분규가 사건 발전에 필요한 본질적인 단계를 명확히 제시하고 있으며, 그 효과가 타당한 것인가?

(ㄹ) 분규가 사건 발전에 필요 없는 소재를 제시함으로써 독자로 하여금 추이에 관해 당혹케 하거나, 혼란에 빠뜨리게 하지는 않는가?

(ㅁ) 대단원이 서사문의 요점을 분명히 하고 있는가?

(ㅂ) 대단원이 상관없는 소재를 끌어들이거나, 혹은 상관성이 있는 소재라 하더라도 초점을
잃어버릴 만큼 확대·분산함으로써 서사문의 요점을 흐리게 하는 것은 아닌가?

라. 組成

사건의 각 단계의 구성 문제와는 달리, 사건의 세밀한 부분을 어떻게 記述하는가 하는 것이
이른바 조성의 문제이다. 선택의 원리는 사건의 중추적 성격이 무엇이며 중심적인 관심사가
어디에, 무엇으로 있느냐 하는 점을 분명히 함으로써 찾을 수 있다. 이를 통해서 독자의 마음
을 사로잡게 되는 것이다.

마. 관점

일인칭 관점의 경우에 두 가지 형이 있다. 하나, 필자가 사건의 주인공급으로 또는 참여자로
서 기술할 때와 둘, 필자가 사건에 직접 참여한 인물이 아니고 다만 관찰자일 때이다.

삼인칭 관점에서 보면 다시 두 가지 형으로 나눌 수 있다. 하나, 사건의 전면에 관계된 모든
인물에 대해 記述하게 되는 파노라마의 관점과 둘, 한 인물 및 한 사건에 대한 그 인물의 관계
만을 記述하는 초점적 관점이 있다.

이상에서 관점은 누가 스토리를 말하고 있으며, 사건과 관련된 것은 무엇인가 하는 두 가지
의 질문에서 출발하고 있다.

바. 대화

서사문에서는 대화를 통해서 직접적인 사건의 양상을 제시할 수도 있고, 사건의 진전을 가
져올 수도 있다. 이와 같은 대화의 방법 외에도 성격화를 규정하는 일이 있다. 여기서는 등장
인물의 성격을 규정하고, 그 특징적인 면이나, 성격의 개성적 속성을 밝혀내는 일이 중요하다.

5) 글의 퇴고

글을 짓고 마지막 손질을 하는 수정 작업을 퇴고라 한다. 퇴고를 글다듬기·고쳐쓰기·갈
다듬이라고 하기도 한다. 다 쓴 글은 올바르게 고치고, 다듬고, 기우고, 지우는 작업인 퇴고가
끝나야 한 편의 글이 비로소 완성된 글로 빛을 보게 된다. 아무리 세심하게 주의하며 완벽하

게 쓴 글도 다 쓰고 나서 보면 고칠 것이 있기 마련이다. 그리고 글은 고칠수록 더 좋은 글이 된다. 오자·탈자가 많고, 맞춤법·띄어쓰기도 엉망이며 문장도 제대로 되지 않은 글은 싸구려 글이요 쓰레기 글이라 할 수 있으므로 반드시 퇴고를 하되, 정확히 해야 한다.

이 말의 유래는 당나라 시인 賈島의 고사에서 유래한 것이다. 즉 가도가 그의 시에서 「推」자를 쓸까 「敲」를 쓸까 망설이다가 당대의 대문장가인 韓退之에게 물어 「敲」를 쓴 데서 비롯된 것이라 한다. 퇴고를 많이 한 글과 하지 않은 글은 결과적으로 많은 차이가 있다.

퇴고에는 첨가·삭제·구성의 세 가지 원칙이 있다.

① 퇴고의 원칙

가. 부가의 원칙

쓰고자 하는 바를 만족하게 썼는가? 다시 말하면 요구 조건이 충족되었는가를 살핀다. 그러면 불충분한 부분, 빠뜨린 부분을 첨가·보완하면서 표현을 상세하게 한다.

나. 삭제의 원칙

글을 쓰는 사람의 솔직한 심정이 나타났는가, 가식이나 허식은 없는가를 살핀다. 그리하여 불필요한 부분, 지나친 부분, 조잡하고 과장이 심한 부분 등을 삭제하면서 표현을 긴장시킨다.

다. 구성의 원칙

글의 순서를 바꾸어 효과를 더 높일 수 있는가. 즉 문장의 구성을 변경하여 주제 전개의 부분적 양상을 고쳐 나간다.

② 퇴고 시 문장 평가의 기준

가. 평이성
나. 가치 있는 주제
다. 주제에 의한 통일
라. 구체적이고 강력한 소재(제목)
마. 논리적이고 효과적인 구성

바. 단락과 단락 상호 간의 긴밀성
사. 내용이 정확하고 표현이 풍부한 문장
아. 정확하고 구체적이며 명확한 용어
자. 바른 문법, 표기, 구두법, 서식
차. 독창성

③ 퇴고의 요령

퇴고의 요령은 이상에서 밝힌 퇴고의 원칙과 문장 평가의 기준을 전제로 다음과 같은 사항에 유의하여 실제적인 작업을 한다.

가. 전체의 검토

(ㄱ) 주제는 틀림없이 말하고자 했던 바인가? 좀 더 정확한 주제문으로 나타낼 수 없는가?

(ㄴ) 주제 이외의 다른 부분적인 생각이 오히려 더 뚜렷하지는 않는가? 의도한 바와는 반대로 해석, 오해될 부분은 없는가?

(ㄷ) 제목이 주제와 조화를 이루고 있는가? 말하듯이 쉽게 써져 있으며 까다롭거나 지저분한 제목이 들어 있지는 않는가?

나. 부분의 검토

(ㄱ) 논점이나 단락 등 글의 주된 부분이 유기적으로 통일되어 있는가? 강조법은 제대로 되어 있는가? 각 부분은 그 중요도에 따라 적당한 비율을 가지고 있는가?

(ㄴ) 부분과 부분의 관계는 논리적으로 명료한가? 한 화제 또는 소견에서 다른 화제나 소견으로 옮길 때 그 바뀜을 밝히고 있는가?

다. 각개 문절의 검토
각개의 문절의 내용을 정확하게 나타내고 있는가? 주절과 종속절의 관계는 바로 되었는가?

라. 용어의 검토

용어는 정확히 사용되어 있는가? 내용을 정확하게 또 효과적으로 전하고 있는가? 독자가 이해하기 힘든 용어인가?

마. 낭독

소리를 내어 읽어 보아 어색한 데는 없는가? 잘못 읽혀지기 쉬운 부분은 없는가?

바. 표기법의 검토

誤字, 탈자는 없는가? 맞춤법은 바르게 되었는가? 구두점은 바르게 찍혀 있는가?

사. 최종적인 문장 검토

모든 퇴고를 끝내어 정서하고 나면 다시 한 번 더 읽어 본다.[22] 퇴고는 글을 쓴 사람이 일차적으로 하고 나서, 이차적으로 가족이나 친구에게 보여 수정·보완한 뒤에 삼차적으로 전문가에게 보이는 게 좋다. 퇴고 외에 첨삭·교정·교열이란 것도 있다. 첨삭은 문장의 덧붙이기나 깎음질을 말하고, 교정은 원고와 일치하게 바루면서 정서법에 맞도록 하는 것이요, 교열은 원고나 인쇄물 따위를 살피면서 문장이나 내용까지 잘못된 곳이나 미흡한 곳을 바루는 것이다. 아무튼 이 모두가 보다 나은 문장, 바람직한 표현, 정확한 내용을 위해 하는 작업이다.[23]

6. 글쓰기의 연습 ▌

1) 글쓰기 연습 방법(1)

글이란 한 편의 정제된 생각의 형식이지만 인간의 사고는 특별한 훈련을 거치기 전에는 뒤죽박죽이기 일쑤다. 그래서 생각이 자연스럽게 글로 연결되도록 평소 다양한 훈련을 할 필요가 있다. 쓰기 훈련을 하는 방법에는 여러 가지가 있다. 글쓰기 연습에 투자할 충분한 시간이

22: 성환갑·이주행·이찬규 공저, 현대인을 위한 글쓰기의 이론과 활용, 도서출판 동인, 2001. 2, pp.142−205 참조.
23: 이재춘, 대학작문 창의적인 글쓰기, 북랜드, 2008. 2, pp.38−39 참조.

있다면 정식 과정을 거쳐 연습하는 것이 가장 바람직하지만 현실이 그렇지 못하기 때문에 단기간 효과를 높일 수 있는 방법도 시도해 볼 만하다. 하지만 이런 방법들도 역시 일정기간 동안은 인내를 가지고 꾸준히 연습을 해야 한다.

① 계속 쓰기

계속 쓰기 방식은 일단 종이와 펜을 준비하고 종이의 처음부터 자신이 머릿속에서 일어나는 생각들을 쉼 없이 계속 써 내려가는 방식이다. 보통 처음에는 1－3분 정도 하는 것이 좋다. 계속 써 내려가다가 아무 생각이 안 나면 그냥 「아무 생각이 나지 않는다」라고 계속 쓴다. 이것을 약 10회 거치고 난 뒤에 먼저 자신이 쓴 글을 분석해 본다. 이 작업은 자신의 무의식 세계의 일면을 살펴볼 수 있으며, 자신의 의식의 흐름 방향, 자신이 주로 사용하는 단어들은 무엇인지에 대해서도 검토해 볼 수 있는 장점이 있다.

② 브레인스토밍(brainstorming) 훈련(자유 작문)

자유 작문 훈련은 계속 쓰기와 비슷하지만 이것은 일정한 소재나 주제를 정하고 써 내려간다는 점에서 다르다. 계속 쓰기를 발전시키기 위한 훈련법이다. 자유 작문이란 용어는 창의적인 사고가 자유롭게 표출하기 위한 회의방식에서 사용되기 시작하였는데, 최근에는 글쓰기에도 적용되고 있다. 즉 한 가지 소재나 주제를 정해 놓고 그것에 대해 자유롭게 떠오르는 생각을 적어 나가는 방법이다. 비논리적이거나 직접적인 관련이 없다거나를 가리지 않고, 머릿속에 떠오르는 대로 적어 나간다. 이것은 주어진 내용에 대하여 창의적인 사고를 이끌어 낼 수 있다는 장점이 있는데 한 주제에 대해 자신이 가지고 있는 가장 원초적인 생각이 무엇인지를 알아내어 글의 방향을 결정해 나가는데 도움을 줄 수 있다.

③ 문장 만들기 훈련

이것은 기초적으로 문장을 만들어 내는 능력과 상상력을 길러주기 위한 훈련법이다. 문장 중에서 한 어절만을 제시하고 앞뒤로 문장이 연결될 수 있도록 하거나, 첫 어절만 제시해 주면 나머지 몇 어절을 만들어 문장을 완성하는 방식이다.

예) 다음 어절의 앞뒤를 완성하여 문장을 만들어 보아라.

　a. 서울역에서….

　b. 어제 그 사람이 … 돌아왔다.

　c. …만지작거린다.

　d. 정부에서는 … 발표했다.

　e. 아기가 … .

④ 글 만들기 훈련

한 단락의 글을 만들 때 첫 문장과 마지막 문장만 주고 이 둘을 연결하는 훈련을 해 본다.

　예) 다음은 한 단락의 첫 문장과 끝 문장이다. 두 문장의 내용이 통할 수 있도록 중간에
　　 10개 이상의 문장을 넣어 두 문장을 연결하라. 글을 진부하게 연결하지 말고 기발한
　　 줄거리를 구상해 보라.

　·첫 문장 - 그 할아버지는 병원에 입원했다.
　·마지막 문장 - 그 할아버지는 담당 간호사는 결국 다음 달에 결혼하게 되었다.

⑤ 교배 훈련

일반적으로 상호 연상 관계에 있지 않은 두 대상을 서로 연결지어 글을 써 보자.

　예) 사과와 자동차라는 두 가지 제재를 내용상 연결지어 한 단락 정도의 분량의 글을 써
　　 보라.

⑥ 유추 훈련

비유적으로 표현된 짧은 글을 주고 이것이 무엇을 의미하고 있는 글인지를 설명하게 하는

훈련을 한다. 또 역으로 한 단어를 주고 그 단어를 비유적으로 설명해 보는 훈련을 한다.

⑦ 시각화 훈련

추상적인 것이나 구상적인 것들을 시각적으로 묘사하되, 인간의 뇌는 시각 정보를 처리하는 영역이 가장 광범위하게 발달해 왔다. 그래서 사람들은 어떤 글이나 말을 들을 때 자신도 모르게 머릿속에 시각 정보를 연상하게 된다. 그래서 글에서 시각 정보를 좀 더 구체적으로 준다면 효과는 매우 높을 것이다. 시각화는 단순히 그 대상을 있는 그대로 묘사하는 것을 뛰어넘어 그 대상의 특성을 잘 드러내 주어야 한다.

　예) 다음 제재를 주제화한 다음에 간략하게 시각적으로 표현해 보자.
　　－ 슬픔
　　－ 부패한 정치인

⑧ 일지, 비망록 작성 습관들이기

많은 문필가, 시인, 경영인, 학자 등은 순간마다 떠오르는 아이디어, 문제점, 특기 사항 등을 자기 나름대로의 일지 또는 비망록을 가지고 다닌다. 어떤 시인에게는 그것이 곧 일기가 되고, 詩作 연습, 퇴고의 지면도 되고, 어떤 소설가에게는 어떤 장면의 묘사 · 관찰 · 설명의 지면이 되며, 어느 학자에게는 온갖 학설의 문제점을 비판한 지면이 될 수 있는 것이고, 어느 경영인에게는 판매, 경영 전략이 촘촘히 적혀 있을 수 있는 것이다. 이러한 비망록의 특징은 하나, 생생한 현장성을 지닌다는 점, 둘, 즉흥적으로 급히 쓰다 보니까 본인만 알아보게 약자를 쓰거나 조사와 어미를 생략하고 써서 비문법적인 점을 대개 지적할 수 있다.[24]

2) 글쓰기 연습방법(2)

한편 다른 시각에서 글쓰기 연습을 접근해 보자.

24: 성환갑 · 이주행 · 이찬규 공저, 현대인을 위한 글쓰기의 이론과 활용, 도서출판 동인, 2001. 2, pp.133－141 참조.

① 요약하기로 기본기 닦아라.

가. 서술·묘사하는 법부터 연습해야 한다.

글쓰기는 생각을 표현하기에 앞서 현상을 서술하거나, 묘사하는 법부터 연습해야 한다. 자유자재로 「서술」과 「묘사」를 할 수 있는 경지에 다다르기 위해 연습할 방법은 「요약하기」와 「줄거리 쓰기」이다. 간략한 내용 요약, 이것은 누구나 평소 할 수 있는 요약의 기초다. 요약을 잘하기 위해서는 내용을 정확히 파악해야 하고, 원본과 차이가 없이 서술할 수 있어야 한다. 하지만 요약은 글을 단순히 압축하는 행위가 아니라, 자신의 언어로 재구성하는 일이다. 그런 의미에서 재창조라고 볼 수 있다.

글을 요약하는 방법은 두 가지 과정으로 이루어진다. 하나는 요약에 꼭 넣을 정보를 골라내는 일이며, 다음은 정보를 배열하는 일, 즉 쓰는 일이다. 정보를 추출하는 일은 사실 어려운 일이 아니다. 글쓰기 실력과 상관없다. 따라서 대부분 사람들이 잘 할 수 있다고 여긴다. 그러나 막상 해 보면 녹록하지 않다. 여기엔 두 가지 이유가 있다. 하나는 글을 생각하지 않고 그냥 쓰기 때문이다. 뭐가 중요한 정보인지 숙고하지 않고 글을 쓰면 반드시 누락되는 게 생긴다. 다른 하나는 읽는 사람을 배려하지 않은 채 본인 위주로 판단하기 때문이다. 다음은 알퐁스 도데의 『별』을 요약한 것이다.

> 나는 뤼르봉 산의 양치기입니다. 몇 주일씩 사람 구경도 하지 못한 채 홀로 양떼를 지킵니다. 산사람들은 너무 외로운 나머지 모두 말이 없습니다. 그러기에 보름에야 겨우 양식을 가져다주러 오는 우리 농장의 노새와 일꾼이 저 산 너머에서 나타날 때면 뛸 듯이 기쁩니다.
> (후략)

요약하기를 줄거리 쓰기와 비슷하다고 생각할 수도 있는데 둘은 명백하게 다르다. 요약하기는 원문 자체를 분량만 줄이는 것이다. 반면 줄거리 쓰기는 그 내용을 나름대로 가공해서 이해하기 쉽게 서술하는 것이다.

알퐁스 도데『별』줄거리
프랑스의 뤼르봉 산에 양 치는 목동이 한 명 있었다. 목동은 주인댁 딸인 스테파네트라는 아름다운 아가씨를 흠모했다.

어느 날 일꾼 대신 스테파네트가 식량을 날라 왔고, 목동은 뛸 듯이 기뻐했다. 그런데 스테파네트는 귀갓길에 갑자기 내린 소나기로 인해 목동 근처로 돌아왔다. 결국 둘은 밤을 함께 보냈다. (후략)

요약을 잘하는 방법은 첫째, 「말로 해보기」이다. 이것은 정보를 추출하는 법에 관한 것인데, 머릿속으로 요약을 한 뒤 독백을 해보면 좋다. 다른 사람 이를 테면 친구한테 들려주는 것도 한 방법이다. 예를 들면 다음과 같은 식이다.

운전면허 775번 떨어진 할머니
운전면허 시험에 무려 775차례 도전했던 60대 한국의 할머니가 해외토픽에 올랐다. 로이터 통신은 22일 미국 시각 2005년부터 운전면허 시험에 도전한 차사순 씨가 60점 이상을 받아야 통과하는 운전면허 필기시험에 775차례나 떨어져 화제라고 보도했다. (후략)

이 내용을 요약하면 다음과 같다.

60대 할머니가 4년 동안 무려 775차례나 운전면허 필기시험에 떨어졌다. 이 사실은 로이터 통신을 통해 해외토픽에 소개됐다. (후략)

요약을 잘하는 두 번째 방법은 원문을 계속 줄여나가는 것이다. 글을 A4 반 장, 세 단락, 한 단락, 한 줄, 이런 식으로 말이다. 처음에는 어렵지만 숙달되면 잘할 수 있다. 글을 잘 쓰는 이들은 요약을 능숙하게 한다. 요약의 대상은 짧은 동화나 이야기, 혹은 신문기사로 하면 무난하다.

나. 마구쓰기이다.
글문이 터지지 않을 때는 「마구쓰기」를 해보자. 말 그대로 백지 위에 마구 써보는 행위이다. 하다 보면 신기한 일이 벌어진다. 전혀 몰랐던 정보와 아이디어가 튀어나온다. 마구쓰기는 전문 작가가 되기 위한 글쓰기 연습 과정 중 하나다. 마구쓰기는 글문을 틔우는 일이며, 내 안에 잠재된 글쓰기 능력을 계발하는 과정이다. 마구쓰기에는 세 가지 원칙이 있다. 단문으로 쓸 것, 한번 시작하면 일정 시간 멈추지 말고 쓸 것, 맞춤법을 의식하지 말 것. 이 과정은 일종의 「나 홀로 브레인스토밍」이며, 주제를 정하고 쓰면 더 좋다.

① 줄거리를 잘 쓰면 글도 잘 쓴다.

가. 수사법을 동원하려 하지 말아라.

줄거리 쓰기는 매우 중요한 글쓰기 연습법이다. 줄거리를 쓴다는 것은 특정 상황을 설명하거나, 표현한다는 말과 다름없다. 따라서 줄거리를 잘 쓰는 이는 글도 잘 쓴다. 그렇게 되면 일상에서 벌어지는 일을 글로 잘 서술할 수 있다. 실용적 글쓰기 역시 탄탄한 기본기를 갖추었다고 볼 수 있다.

줄거리의 이점은 많다. 먼저 쓰다 보면 글의 요점이 파악된다. 또한 쓰는 과정에서 핵심 내용의 서술, 접속사 사용, 표현법 등을 배울 수도 있다. 한 가지 유념할 사항은 수사법을 동원하려 하지 말라는 것이다. 멋진 표현을 하지 않아도 얼마든지 줄거리를 잘 쓸 수 있다.

줄거리 대상에는 보고 들은 것 모두 해당된다. 책부터 영화, 나아가 모임, 행사까지 우리의 일상에는 전부 줄거리가 있다. 아래는 『죽은 시인의 사회』 줄거리이다.

> 한 학교에 키팅 선생이 부임한다. 그는 어린 학생들에게 100년 전 죽은 학생들의 사진을 보여주면서 "현재를 즐기고, 꿈을 좇아 살라"고 말한다.
> 이에 자극을 받은 학생들은 '죽은 시인의 사회'라는 모임을 만든다. (후략)

줄거리 쓰기를 할 때는 반드시 분량을 정하고 하자. 예컨대 「원고지 5매로 줄인다」와 같은 규칙을 정하는 것이다. 주어진 분량 안에 넣으려 하다 보면 무엇이 필요한지, 버릴 것은 무엇인지 알게 되며, 따라서 핵심을 파악하게 된다. 또 한 가지 <요약하기>에서 했던 것처럼 분량을 줄여가며 쓰는 방식은 줄거리 쓰기에도 유효하다.

『아내가 결혼했다』 줄거리

줄거리 A

남자와 여자는 축구를 좋아했다. 남자는 여자가 자신만을 사랑하기를 원했다. 그러나 여자는 남자만 사랑하지 않았다. 여자를 독점하기 위한 유일한 방법은 결혼이었다. 여자에게 청

혼했지만 거절당했다. (후략)

줄거리 B

남자와 여자는 축구를 좋아했다. 둘은 축구를 사랑하는 만큼 서로를 좋아했다. 남자는 여자가 축구와 자신만 사랑하길 원했다. 여자의 생각은 달랐다. 남자만 사랑할 수 없었다. 남자는 여자를 독점하기 위해 결혼을 택했다. 집요한 설득 끝에 결혼 승낙을 받았다. 단 '결혼하면 둘 중 하나라도 사랑하는 사람이 생기면 놓아주자'는 단서를 달았다. (후략)

줄거리 C

남자는 축구와 여자를 사랑했다. 반면 여자는 축구와 다른 남자도 사랑했다. 남자는 집요한 설득 끝에 여자와 결혼했다. 결혼생활은 행복했다. 그러나 자유분방한 아내는 어느 날 애인과 복혼하겠다고 선언했다.

줄거리D

어느 날 아내가 다른 남자와 복혼을 하겠다고 선언했다. 남자는 여자의 의견을 존중해 반쪽만 가져야 하는가.

줄거리를 바꿔 쓰는 건 더 좋은 방법이다. 스토리 창작의 비밀은 변주에 있다. 일종의 창조적 모방이다.

② 묘사는 단계별로 연습하자.

가. 묘사에 대한 생각을 머릿속에서 지워라.

궁극적으로 우리가 해야 할 일은 생각을 묘사하는 일이다. 그러기 위해서는 세 단계의 묘사법을 거쳐야 한다. 먼저 움직이지 않는 사물을 묘사하고, 다음은 현상을 묘사한다. 이어 마지막으로 대화나 동영상을 묘사한다.

묘사라 할 때 우리는 수사, 즉 꾸밈을 떠올린다. 즉 멋진 말, 즉 부사나 형용사를 동원하고, 직유법·비유법·활유법·의인법과 같은 수사법을 써야 한다고 여긴다. 물론 멋진 장면을 묘사한 글에는 미사여구가 아름답다. 작가처럼 묘사를 잘하려면 강도 높은 연습이 필요하다. 평범한 사람들에게는 오히려 묘사에 대한 선입견이 글쓰기에 독이 된다.

묘사는 단계별로 연습해야 한다. 초보자가 묘사를 잘하기 위한 원칙은 네 가지이다. 첫째, 단문으로 써라. 둘째, 미사여구를 동원하려 하지 말라. 셋째, 쓸 수 있는 것부터 써라. 넷째, 남한테 이야기해 주듯 쉽게 써라.

연습의 첫 단계는 정물화나 인물화다. 그냥 스케치하듯 하면 된다.

한 여자가 다소곳이 앉아 있다. 이목구비가 뚜렷하다. 머리는 생머리고, 어깨에 닿을 만큼 길다. 살짝 앞가르마를 탔다. 이마는 환하고 좀 넓어 보인다. 눈썹은 없다. 눈동자는 어딘가를 보고 있다. 코는 오똑하다. 입술은 얇고, 작다.

크게 어렵지 않으므로 처음에는 이런 식으로 연습한다. 그런 다음 살짝 직유나 은유법을 써 본다.

이마는 보름달처럼 환하다. 갓 면도를 한 듯 눈썹은 없다. 눈은 무언가를 골똘히 응시하고 있다. 오똑하고 긴 코, 그 아래 누워 있는 입술 한쪽에 살짝 미소가 걸려 있다.

이런 과정을 거쳐 글을 잘 쓰게 되면 생각과 안목, 미술적 지식을 더해 멋진 묘사를 할 수 있다.

두 번째 단계는 풍경 묘사이다. 탁월한 묘사는 쉬이 이루어지지 않는다. 언어를 갈고 닦아야 이룰 수 있는 경지이다. 그 이전에 해야 할 일은 단순한 묘사이다. 예를 들면 다음과 같은 대목이 해당된다.

디제이박스 안에는 기타 하나가 걸려 있었다. 그것은 디제이 형이 가장 아끼는 보물 1호였는데, 헤드 부분이 F자 모양으로 멋진 곡선을 이루고, 바디 아래쪽에 '펜더'라는 글씨가 박혀 있는 전자기타였다. (천명관, 『이십세』)

작가들의 경지에 도달하기 위해서 해야 할 연습은 다음과 같은 것이다. 현재 당신이 서 있는 지점에서 보이는 풍경을 글로 묘사해 보라. 그것이 시작이다. 방이라면 다음과 같은 글이 펼쳐진다.

방문을 열고 들어가면 가장 먼저 눈에 띄는 것은 모 외국 브랜드의 옷장이다. 동화 속에 나오는 듯 고전 스타일이다. 그 옷장은 누군가가 중고로 내놓은 걸 산 것이다. 그 옷장의 신상품 가격이 수백만 원 한다는 사실은 한참이 지난 후 알았다.

세 번째 단계는 대화법 혹은 영상 묘사이다. 동영상을 묘사하는 것은 또 다른 재미다. 특히 대화가 들어 있는 묘사는 작가가 되는 지름길이다. 드라마의 한 장면을 예로 들어보자. 드라마 『봄날』은 삶에 지친 한 여자와 이복형제의 삼각관계의 이야기이다. 상황은 다음과 같다.

정은은 말을 잃었다. 은호는 정은의 어깨를 붙잡고 흔들며 입을 열라고 다그쳤다. 정은은 독한 눈빛을 화살처럼 쏘았다.

벌어지는 상황을 순서대로 묘사한 것이다. 드라마 작가가 되려고 멀리 갈 필요 없다. 이것은 나중에 소설쓰기나 드라마 대본쓰기 연습까지 될 수 있다. 방송을 보고 글을 쓰는 것도 글쓰기의 좋은 방법이다.

③ 의미 부여로 글을 업그레이드하라.

가. 책에 대한 의미를 찾아 재구성하라.

우리는 어떤 글을 잘 썼다고 할까? 박진감 넘치는 스토리일까? 촘촘히 엮은 그물 같은 구성일까? 모두 잘 쓴 글의 요건이지만 의미부여 역시 **빼놓을** 수 없다. 대상에 꼭 맞게 의미를 부여하는 것은 재보지도 않는 반지가 손가락에 딱 맞는 경우처럼 신통하게 보인다.

신경숙 작가의 『엄마를 부탁해』(창비, 2008)는 엄마의 부재를 통해 가족의 정과 사랑의 의미, 그리고 삶의 소중함을 되새기게 한 작품이다.

조경란의 소설 『혀』(문학동네, 2007)는 다채로운 음식의 세계 속에서 인간의 사랑, 욕망, 거짓을 감각적으로 그려낸 작품이다.

남들이 쓴 걸 읽을 때는 잘 모르지만 막상 자신이 의미를 부여하려면 어렵다. 의미부여를 잘하면 글이 수준 있어 보인다. 글을 많이 읽고 비평을 많이 하다 보면 늘겠지만 가장 좋은

방법은 의미부여한 글을 익히는 것이다.[25]

3) 글쓰기의 技術

① 첫 문장에 올인하라.

가. 호기심을 자극하라.

서두는 호기심을 자극하여야 한다. 오르한 파묵의 『내 이름은 빨강』의 첫 문장이다.

> 나는 지금 우물 바닥에 시체로 누워 있다. 마지막 숨을 쉰 지도 오래되었고, 심장은 벌써 멈춰버렸다. 그러나 나를 죽인 그 비열한 살인자 말고는 내게 무슨 일이 일어났는지 아무도 모른다.

서두는 글을 읽도록 만드는 역할을 하기에 매우 중요하다. 아무리 재미있는 이야기도 첫 대목에서 흥이 나지 않으면 문적박대당할 수가 있다. 첫 문장 쓰기가 어렵다면 글을 잘 쓰는 사람들의 첫 문장을 참고하는 것도 좋을듯하다.

> 신문에서 우연히 그녀의 죽음을 안 친구가 전화로 나에게 그것을 알려주었다.
> (무라카미 하루키, 『양을 둘러싼 모험』)

서두가 흥미를 끄는 데다 주제를 상징하면 더 멋지다. 『엄마를 부탁해』의 서두는 「엄마를 잃어버린 지 일주일째다」라고 시작한다. 서두에서 잃어버린 엄마를 통한 가족의 소중함을 암시하고 있다.

나. 직선처럼 곧장 들어가라.

글문을 여는 또 다른 방법은 글의 의도를 곧바로 나타내는 방법이다. 거두절미하고 내가 말하려는 용건을 서두에 털어놓으면 된다. 이런 방식은 신문기사에서 가장 보편적으로 볼 수

25: 엄정섭, 글쓰기 훈련소, 경향미디어, 2009. 11, pp.117-141 참조.

있는 형태다. 소위 핵심을 압축해서 한 문장으로 드러내는 것을 말한다.

'천재 바이올리스트 유진 박의 '인권살인' 소식에 네티즌이 경악을 금치 못하고 있다.'
'귀순 연예인 김혜영과 배우 김성태가 백년가약을 맺는다.'

글 첫머리에 느낌이나 소감을 직접 표현하는 경우도 여기에 포함된다. 이런 기법은 글쓰기에 자신이 있는 이들이 주로 구사한다. 우회하지 않고 독자에게 자신의 주장을 주입한다. 읽는 이로 하여금 자신의 의견을 따라오게 하는 것이다. 뒤에 서술할 근거가 독자가 설득시킬 수 있을 만큼 충분하다면 당당하게 서두를 시작하는 것도 좋은 방법이다.

다. 따옴표로 시작하라.

큰 따옴표는 대화체에 주로 쓰인다. 반면에 작은따옴표는 여러 가지 기능을 수행한다. 단어나 문장을 강조하거나, 인용할 때에 혹은 단어를 축약할 때에 사용된다. 말로 표현하지 않고, 마음속에서 한 대화를 글로 나타낼 때도 작은따옴표를 쓴다. 이 따옴표는 글 맨 앞에 나오게 되면 그 쓰임새가 더욱 돋보인다.

'사람을 비롯한 모든 동물은 유전자에 의해 창조된 기계에 불과하다.' 『이기적 유전자(을유문화사, 2006)』의 요지다. 우리는 이제까지 나와 유전자를 동일하게 생각해 왔다. 둘은 뗄 수 없는 동체가 아닌가. 그런데 저자 리처드 도킨스는 둘을 분리해 버리고, 주종 관계를 부여했다. (『북데일리』기사)

리처드 도킨스의 『이기적 유전자』에 대한 서평이다. 가장 중요한 책의 메시지를 앞으로 끄집어냈다. 그럼으로써 강조의 효과를 보고 있다.

큰따옴표도 글을 재미있게 만든다. 주로 대사를 나타낼 때 쓰이는 큰따옴표 역시 글의 맨 앞에 나오면 밋밋하지 않다.

"꺅~"
"오빠~"

"노래 죽이네요."

어디 라이브 콘서트에서나 있을 법한 이 같은 반응의 주인공들은 뜻밖에도 라디오 청취자들이었다. (북데일리 기사)

큰따옴표가 서두에 나오는 경우는 인터뷰 글에서 많다. 인터뷰는 상대의 말이 곧 핵심이다 다시 말해 인터뷰로부터 얻는 정보가 콘텐츠다. 때문에 인터뷰 기사에서는 대상이 한 말을 글의 맨 앞으로 끄집어내는 경우가 대부분이다.

"주량은 맥주 2병이에요. 왜냐하면 그것 먹을 때까지만 기억이 나거든요."

작가 은희경의 입에서 예상치 못한 문장이 튀어나왔다. 객석에선 폭소가 터졌다.

(북데일리 기사)

라. 질문을 던지며 들어가라.

질문을 제시하면서 서두를 여는 방법은 독자에게 궁금증을 자아내기 때문에 매우 유용하다. 이를 테면 다음과 같은 경우다.

토굴에 살면서 하루 한 끼만 먹고 평생 눕지 않고 지낸 사람이 있다면? 아마 깜짝 놀라지 않을까 싶다. 자청화 큰스님(1923~2003)은 1947년 출가 후 56년간 '장좌불와'를 한 걸로 유명하다.(북데일리 기사)

관심 가질 내용을 앞부분에 물음표로 처리함으로써 독자의 마음을 겨냥하고 있다. 이 질문형 문장은 글 중간에 위치하여 글에 변화를 줄 수 있으며 반전을 줄 수도 있다.

마. 줄거리를 요약해서 보여주라.

책이나 영화 혹은 드라마 리뷰를 할 때 내용이나 줄거리를 간략하게 서두에 보여줌으로써 읽을 재미를 안겨줄 수 있다. 이 줄거리는 전체를 압축하거나, 흥미진진한 요소를 담고 있다. 아래는 소설 속 주인공을 이야기 형태로 소개하고 있다.

여기, 키는 크지만 존재감이 없는, 매번 한 박자씩 늦어 소심해진 남자와 꽃을 돌보느라 자신의 사랑을 돌보지 못해 두근거림을 잊어버린 여자가 있다. 둘은 어릴 적 친구지만 남자는 여자를 17년 동안 잊지 못하고 가슴에 담아둔다. (북데일리 기사, 제갈지현)

바. 영화, 책 이야기나 개인적인 경험 털어놓기

글의 도입부로 많이 쓰이는 사례가 바로 개인적인 경험이다. 어릴 적 일화나 성장기 진통, 청춘의 설레던 경험담은 글의 단골 소재다.

> 가끔 다른 집에 가보면 책장 중앙에 놓인, 멋진 가죽 정장의 브리태니커를 발견할 때가 있다. 그 때마다 괜스레 부러워진다. 그런데 이 브리태니커 사전을 A부터 Z까지 모두 읽은 사람이 있다. (『한 권으로 읽는 브리태니커』, 김영사, 2007)

이와 함께 인상 깊었거나, 감동을 자아냈던 책·음악·영화·이야기를 꺼내는 방식 역시 많이 쓰인다. 반대로 첫사랑의 기억 혹은 이별의 아픔은 책이나 영화의 소재가 되기도 한다.

글을 시작하면서 멋진 말이나 좋은 재료를 인용하는 경우도 많다. 말하려는 주제와 딱 맞아떨어질 때의 글의 격이 달라진다.

> 코맥 맥카시의 소설 『로드』에서 길의 의미는 생존이었다. 실크로드에서 길의 의미는 동서양 간의 교류의 의미를 가지고 있다.

비평을 할 때 전문적인 자료나 시각을 펼쳐놓는 사람은 당해낼 재간이 없다. 소설 리뷰를 하면서 비슷한 소설을 소개하거나, 작가의 다른 작품을 인용하면 아무리 글을 잘 쓰는 이라도 두 손을 들 수밖에 없다.

② 마음을 움직이게 하라.

가. 반전을 통해 독자의 허를 찔러라.

한 편의 글, 어디 중요하지 않은 대목이 있으랴마는 결말은 특히 중요하다. 화룡점정, 즉 대미를 장식하기 때문이다. 독자는 멋진 결말, 그 느낌을 간직한다. 따라서 인상 깊은 결말을 남길 수 있도록 해야 한다. 그 중 하나는 독자의 허를 찌르는 결말이다. 극적인 반전을 통해 강렬한 임팩트를 주는 것이다.

아래는 초등 2학년 윤지라는 아이가 입학 첫날 겪은 이야기이다. 윤지는 수업 중에 잠시 딴청을 피웠다. 그러다 그만 선생님한테 지적을 받았다. 윤지는 집에 와서 다음과 같이 일기를 썼다.

얄미운 선생님 얼굴이 떠올랐습니다. 글을 쓰다 그림도 그렸습니다. 검정 눈에 긴 머리카락, 비뚤어진 입, 그런데 막상 그리고 보니 선생님이 너무 예쁘게 그려졌습니다. 아무리 못생기게 그리려 해도 잘되지 않았습니다.

선생님은 미인이었고, 그대로 그리는지라 안 예쁘게 그릴 수 없었다. 그런 모습이 자신의 기분과 맞지 않은 윤지는 특별한 장치를 통해 화풀이를 했다. 아이에게 허가 찔린 독자들은 실소를 터뜨리게 된다. 천진난만한 동심이 잘 나타난 글이다.

나. 포장의 기술 — 내용을 멋지게 규정하라.

엔딩 처리법 중 하나는 물음을 던지면서 의미를 부여하는 방식이다. 「~한 것은 ~것이 아닐까」라는 형식이다. 이 사례는 『세상에 이런 일이』나 『신비한 TV 서프라이즈』 같은 프로그램에서 볼 수 있다.

그렇다. 한겨울 눈보라 속에 핀 그 꽃은 애절한 사랑을 못 잊어 하는 그 여자의 넋은 아니었을까.

여전히 많은 사람들이 <모나리자>를 연구하는 것은 진짜 그 작품 속에 커다란 비밀이 있기 때문이 아닐까.

글쓴이가 의심쩍은 듯 말을 하지만 실제론 전체 내용을 화자 뜻대로 규정해 버리는 것이다. 노련한 결말쓰기 노하우다. 이런 유형의 결말은 관련 프로그램을 자세히 보고, 표현법을 기억해 두면 요긴하게 쓸 수 있다.

조선시대 양반이 많이 살았던 북촌 한옥마을이 지금껏 보존된 이유는 일제강점기에 반대로 세력이 약했던 남촌을 근거지로 삼았기 때문이다. 이는 옛 모습 그대로를 지켜내고자 했던 양반의 고집 덕이 아니었을까.

다. 핵심 키워드를 결말에 넣어라.

주제와 관련된 키워드를 활용하는 법은 고급스런 결말쓰기다. 서두와 본론을 통해서 주제나 메시지를 펼쳐보인 뒤 결말에서 다시 한 번 그 내용을 상기시키는 기법이다. 메시지와 결말을 비빔밥처럼 잘 버무리는 것이다. 예컨대『네 손가락 피아니스트』이희아 씨의 삶을 보고 방송 리뷰를 쓴다고 하자.

태어날 때부터 손가락이 네 개뿐이었다. 무릎 아래 다리는 아예 없었다. 네 손가락으로 피아노를 쳤다. 사람들은 불가능하다고 했다. 그러나 손가락에는 피가 나도록 연습을 했다. 마침내 소녀는 건반 위의 꿈을 이뤘다.

이 글의 결말은 피아노란 키워드와 연결지어서 「마음속에 희망의 음표를 새겼다」는 식으로 하면 멋스럽다.

다음은 한복연구가 이효재 씨가 쓴 에세이집『효재처럼 살아요』(문학동네, 2009)의 리뷰다. 마지막 부분을 재치 있게 「손재주」라는 키워드로 연결지었다.

그녀는 한복과 보자기, 그리고 집안 꾸미기, 음식 등에 있어 거의 '마이더스의 손'을 가졌다는 평가를 받고 있다. '마음을 손으로 표현하는 직업'을 가진 사람이라고 표현하는 그녀는 손재주만큼 글솜씨까지 일품이다.

라. 화룡점정, 감동을 극대화하라.

화룡점정, 결말쓰기에 이 단어처럼 딱 맞는 말이 또 있을까. 독자가 읽고 나서 여운이 남는다. 재미있다, 감동적이다 라는 생각을 가지면 탁월한 결말이다.

한 때 방송에서『북극의 눈물』이란 프로그램을 방영해서 화제를 모았다. 이 방송 리뷰 중 한 편의 결말은 이랬다.

'시청자들은 생태계 파괴의 현실에 경악하며, 북극곰을 위기로 내몬 데 대해 할 말을 잃었다고 입을 모았다.'

무난한 결말이다. 다만 이렇게 한 마디 덧붙이면 뉘앙스가 달라진다. 읽는 이 마음이 훈훈해진다.

혹시 시청자들이 북극곰에게 해줄 말이 있다면 이런 게 아니었을까.

"북극곰아, 정말 미안해."

이처럼 결말에 따라 내용이 살 수도 있고, 죽을 수도 있다. 시든 꽃을 활짝 피어나게 하는가 하면, 멋진 글을 매듭짓는 유종의 미다. 결론적으로 결말은 '독자의 마음을 움직이도록' 다듬어야 한다.[26]

4) 원고지 사용법과 교정

① 원고지 사용법

현대인들이 컴퓨터 글쓰기 시대를 맞이하여 원고지 쓰는 법을 중시하지 않는 것이 사실이다. 그러나 컴퓨터 글쓰기에서도 원고지 쓰는 법은 그대로 적용되므로 맞춤법과 띄어쓰기, 문장 부호 쓰기 등 원고지 쓰는 법의 제반사항들을 숙지하여 글쓰기 작업에 실수가 없도록 해야 할 것이다. 원고지 쓰는 법을 간략히 소개하면 다음과 같다.

한글의 경우 음절단위로 모아 쓴 한 글자를 원고지의 한 칸에 쓴다. 그리고 모든 단어와 단어 사이는 한 칸을 비운다. 단 조사는 앞말에 붙여서 쓴다. 이 경우 조심할 것은 합성어의 경우이다. 합성어는 반드시 붙여서 써야 한다.

제목은 원고지 둘째 행의 중앙에 쓴다. 그리고 소속과 이름과 대개 제목의 아래 한 행을 띄운 다음 행에 쓴다. 이 경우 성과 이름은 붙여 쓰며 이름 뒤에 두 칸 정도가 남게 쓴다. 이름을 쓴 행에서 다시 한 행을 띄운 다음 본문을 쓰기 시작한다. 본문의 첫 칸은 비운다.

새롭게 단락이 시작될 때는 첫 칸을 비움으로써 새로운 단락이 시작됨을 형식상으로 암시한다. 대화 문장의 경우에도 큰 따옴표가 나오면 새로운 단락이 시작되는 것과 같으므로 반드

26: 엄정섭, 글쓰기 훈련소, 경향미디어, 2009. 11, pp.145-171 참조.

시 첫 칸을 비운다. 이 외의 경우에 원고지 첫 칸은 비우지 않는다. 가령 단락쓰기 중간에서 행의 끝에 띄어쓰기할 칸이 없을 때에는 ∨표시를 하고 다음 행 첫 칸부터 쓰기 시작한다.

대개 문장부호 중에 마침표, 쉼표, 물음표, 느낌표 등은 원고지 첫 칸에 표기하지 않는다. 다만 묶음표에 해당하는 문장부호 등 앞의 것은 처음 칸에 쓸 수 없다.

문장부호는 원칙적으로 한 칸에 하나씩 쓰고 그 다음 칸은 띄운다. 다만 마침표나 쉼표의 경우에는 다음 칸을 띄우지 않는다. 말줄임표는 한 칸에 세 점씩 찍고, 다음 칸에 마침표나 쉼표를 찍는다. 원고쓰기의 좀 더 구체적인 것은 이하와 같다.

가. 제목은 둘째 줄, 혹은 둘째 줄과 셋째 줄 사이 조금 크게, 셋째 줄 성명(한 칸씩 띄고, 한 칸 남게).

나. 한 칸에 한 자씩, 단 아라비아 숫자와 알파벳은 한 칸에 두 자씩.

다. 각종 부호, 괄호, 구두점도 한 칸 차지, 줄임표는 두 점씩 3칸, −표는 2칸.

라. 원고지 첫 줄은 비우는 수도 있고, 글의 종류를 밝히는 수도 있다. 한 칸 띄우고.

마. 필자의 이름 다음 한 줄 비우고 본문은 쓰거나 소제목 쓴다.

바. 띄어쓰기는 한 칸 띄우고, (줄의 맨 끝에 띄어 써야 할 경우) 맨 끝에 ∨표를 하고 다음 글자는 첫째 칸부터, 문단이 바뀔 때만 한 칸 들여 쓴다.

사. 쉼표는 한 칸 비우지 않고 마침표 다음은 ∨, 느낌표나 물음표 다음도 ∨.

아. 인용문의 경우는 두 칸 안으로 들여서 쓴다.

자. 대화는 한 칸 안에서 " 표, 줄 바꿀 때는 "표 밑에서부터 쓴다.

차. 시의 원고는 각 줄의 첫 자를 두 칸, 혹은 세 칸을 들여서 쓴다.

② 원고 교정

원고 교정법은 인쇄 교정법과는 약간 차이점이 있다. 인쇄 교정은 교정쇄 주위 여백을 이용하지만 원고 교정은 직접 원고지에다 정정·加筆한다. 또한 약간의 차이가 있으나 열거하면 다음과 같다.

가. 틀린 글자의 교정은 인쇄 교정에서는 교정쇄 여백에다 맞는 글자를 써 넣지만, 원고 교정에서는 틀린 글자에다 − 표를 하고 직접 틀린 글자 바로 위에 맞는 글자를 써 넣

는다.

나. 인쇄 교정에는 틀린 글자 교정과 같은 방법의 복자 교정이 있으나 원고 교정에는 없다.

다. 불필요한 글자의 삭제 교정은 인쇄 교정에서는 두 번 체크 표를 하고 이으면 되나, 원고 교정에서는 ＝표를 하고 이으면 된다.

라. 인쇄 교정에서는 거꾸로 박혔거나 옆으로 누워 박힌 글자를 바로 잡는 부호로 한 번 돌려주는 표가 있으나 원고 교정에는 없다. 원고를 쓸 때 글자를 180도 거꾸로 쓰거나, 90도 옆으로 눕게 쓰는 경우는 없기 때문이다.

마. 인쇄 교정에서 글자의 행렬을 잘생긴 활자로 교환하라는 부호로 갈매기 표가 있으나 원고 교정에는 없다.

바. 인쇄 교정에서 글자의 행렬을 고르게 하라는 부호로 ＝ 표가 있으나 원고 교정에는 없다.

사. 인쇄 교정에는 굵은 선을 가는 선으로 바꾸라는 표시의 부호가 있으나 원고 교정에는 없다.

아. 인쇄 교정에는 아랫줄과 윗줄을 바꾸라는 s 자 부호가 있으나 원고 교정에는 없다.

자. 인쇄 교정에는 글자 사이를 고르게 띄라는 부호로 ∨, 행간을 고르게 띄라는 부호가 있으나 원고 교정에는 없다.

차. 빠진 내용을 첨가할 경우, 인쇄 교정에서는 글자 사이에 화살표의 부호를 쓴 다음 첨가한 내용을 잔 글씨로 넣는다.[27]

7. 글쓰기의 법칙 ▍

1) 중복 불가의 법칙

글쓰기에서 반드시 짚고 넘어가야 할 법칙이 「중복 피하기」이다. 글은 어두에서 어미, 명사부터 조사, 단어부터 문장에 이르기까지 중복이 있으면 세련된 글이 될 수 없다. 단 작가들은 의도적으로 혹은 문장의 리듬상 중복을 허용하기도 한다. 그러나 초보자는 「중복 불가의 법칙」을 지켜야 한다. 중복을 피하려는 노력이 글쓰기 실력이 된다. 즉 중복하지 않기 위해 다른

27: 이정자 · 한종구 공저, 글쓰기의 이론과 방법, 한올출판사, 2004. 2, pp.16−22.

단어를 찾고 문장을 바꾸는 과정에서 글쓰기가 향상되는 것이다.

① <것>자를 남용하지 말라.

좋은 신문 기사는 물 흐르듯 유려하다. 독자들은 읽으면서 걸림돌을 느끼지 못한다. 이것은 기자가 기사를 쓰면서 「기사 작성의 법칙」을 지켜낸 덕에 가능한 것이다. 따라서 기사엔 온통 법칙 투성이라고 해야 옳다.

마찬가지로 좋은 글은 「글쓰기의 법칙」으로 완성된다. 글쓰기 법칙, 정확히 말하면 「첨삭 지도의 법칙」에는 중복 불가의 법칙, 금지의 법칙, 축약의 법칙, 단문쓰기의 법칙 등 네 가지가 있다.

보통 글에서 가장 많이 나타나는 중복은 <것>자이다.

전 세계 200여 명의 사람들과 나눈 대화를 통해 하나의 원칙을 발견하게 되었는데, 그것은 우리 자신에게 소중한 것을 발견하는 것이 지속적인 성공을 만들어낸다는 것을 의미한다.

이 글은 한 문장에서 <것> 자가 네 번이나 중복되고 있다. 이처럼 <것>은 참 편리한 명사다. 웬만한 단어를 대체하여 쓸 수가 있다. 때문에 무심코 쓰다 보면 <것>자 투성이의 글이 되기 쉽다. 하지만 <것>자의 남용은 글쓰기를 망친다. 이를 막기 위해선 <것>을 대체할 단어를 생각해야 한다. 다시 말해 <것>자로 인해 숨겨진 단어를 복원시켜줘야 한다.

태평양의 외로운 이스터 섬에는 세계 7대 불가사의 중 하나인 거대한 석상들이 있다. 이 석상들이 왜 만들어졌는지 아직도 의문에 쌓여 있다. 그러나 이스터 섬에는 또 하나의 불가사의한 것이 있다. 바로 롱고롱고어라고 이름이 붙어 있는 문자이다.

(『로스트 랭귀지』, 이지북, 2007)

이 글에서 나오는 <것>字의 대체 단어는 <문화유산> 정도가 적합하다. 아니면 아예 <것>자를 빼도 무방하다. 보통 <것>은 <점> 혹은 <사실>로 바꾸면 된다.

유명 작가나 저술가의 경우에도 <것>자를 무의식적으로 남용하는 경우가 많다. 아래는 다치바나 다카시 『지식의 단련법』(청어람 미디어, 2009)에 나오는 문장이다.

　　책이라는 것은 모름지기 첫 페이지부터 읽기 시작해서 마지막 페이지까지 읽는 것이라는
식의 고정관념을 버리는 것이다.

이 문장은 다음과 같이 바꿔야 한다.

　　책이란 모름지기 첫 페이지부터 읽기 시작해서 마지막 페이지까지 읽어야 한다는 고정관
념을 버려야 한다.

<것>字를 없애다 보면 글쓰기가 향상된다. 때론 <것>을 대체할 단어가 마땅치 않을 수 있
다. 하지만 반드시 찾을 수 있으며, 찾아내야 한다. 왜냐하면 <것>으로 인해 무대에 나와야
할 숱한 단어들이 죽어가고 있기 때문이다.

② <도>, <등>을 자주 쓰지 말라.

조사 <도>자의 중복 역시 글 초보자에게 빈번하게 나타나는 버릇이다. 아무 생각 없이 습관
적으로 사용하거나, 왠지 안 쓰면 안 될 것 같은 느낌이 <도>자의 남용을 부른다. 그런데 대부
분 생략해도 말이 된다.

　　이 시집은 금세 읽을 수 있다. 책 두께도 여느 다른 장르의 책의 반의반도 되지 않았다.
거기다가 책 크기도 반밖에 되지 않았다. 페이지당 글자 수도 셀 수 있을 정도로 적었다.

이 글은 한 단락에 <도>자가 다섯 번 나온다. <도>자를 그냥 빼도 되거나, <역시>나 <또
한> 혹은 <~과 함께>와 같은 단어를 동원해 대체할 수 있다.
다음처럼 하나 정도 쓰면 글이 깔끔해 진다.

　　이 시집은 금세 읽을 수 있다. 책 두께가 여느 다른 장르의 반의반이 되지 않았다. 게다가
크기도 반 밖에 되지 않았다. 페이지당 글자 수 역시 셀 수 있을 정도로 적었다.

유의할 점은 <도>를 사용하지 말라는 게 아니라, 너무 많이 쓰지 않아야 한다는 것이다. 의식하지 않고, 쓰다 보면 남용하기 쉽기 때문이다.

③ 주어를 반복해서 쓰지 말라.

무의식적으로 주어를 자주 쓰는 버릇은 고쳐야 한다. 아래는 피터 드러커의『마지막 통찰』이라는 책 서평이다. 글에 <그>라는 대명사가 무수히 나온다. 글 쓰는 요령이 부족해서 나온 결과다. <그>자를 대부분 빼도 전혀 문제가 없다.

그런데 다행히 그가 죽은 후에도 그가 남긴 기록과 그와의 인터뷰, 그의 그동안의 저서를 정리하는 식으로 피터 드러커와 관련된 몇 권의 책이 출판되었다.

그런데 다행히 피터 드러커가 죽은 후에 당사자가 남긴 기록과 인터뷰, 저서를 정리하는 식으로 몇 권의 책이 출판되었다.

④ 단어와 문장의 중복을 피하라.

단어나 문장의 중복은 글을 지루하게 한다. 야구 경기로 보면, 1루 견제와 같다. 두 번 하면 지루하고, 세 번 하면 짜증이 난다. 유의할 점은 비슷한 단어나 문장 역시 중복에 해당된다는 사실이다. 아래는 소설가 이외수에 대한 설명이다. 「밤새도록」과 「날 새는」은 중복이다. 「밤새도록」은 빼도 무방하다.

그는 보기와 다르게 밤새도록 인터넷 서핑을 즐기느라 날 새는 줄 모른다는 말을 들었다. 소문의 진상을 파악하기 위해 그를 만나러 최근 강원도에 다녀왔다.

그는 보기와 다르게 최근, 인터넷 서핑을 즐기느라 날 새는 줄 모른다는 이야길 들었다. 소문의 진상을 파악하기 위해 그가 사는 강원도에 다녀왔다.

단어뿐만 아니라 문장도 비슷하면 다른 문장으로 바꿔야 한다.

이덕일 씨는 단재 신채호 선생의 '삼국사기 불신론'과 관련해서도 식민사관 학자들이 이를 악용하고 있다고 지적하며, 단재는 신라의 후손인 김부식이 신라의 역사를 더 오래된 것으로 하기 위해 고구려 역사를 깎아내렸다는 주장인데, 식민사관 학자들은 이를 임나본부설의 근거로 악용한다는 설명이다.

이덕일 씨는 단재 신채호 선생의 '삼국사기 불신론'이 악용되고 있다고 지적했다. 단재는 신라의 후손인 김부식이 신라의 역사를 더 오래된 것으로 하기 위해 고구려 역사를 깎아내렸다고 주장했다. 그런데 식민사관 학자들이 그것을 임나본부설의 근거로 삼고 있다는 것이다.

⑤ 똑같은 어미는 변화를 주라.

감상문을 쓰다 보면 느낌을 나타내는 동사가 자주 등장한다. 하지만 똑같은 어미를 두 번 이상 쓰는 것도 중복이다.

우리들은 영화를 본 후 남녀 간의 성과 사랑, 일과 삶에 대해 생각했다. 특히 갈등에 대해 생각해 보았다.

우리들은 영화를 본 후 남녀 간의 성과 사랑, 일과 삶에 대해 생각했다. 특히 갈등에 대해 의견을 나누었다.

인터뷰처럼 누군가 한 말을 옮길 때는 <~라고 말했다>라는 어미를 많이 쓰게 되는데, 두 번 이상 나오면 중복에 해당된다. 이런 때는 보통 <밝혔다>, <전했다>, <덧붙였다>와 같은 동사로 바꿔서 변화를 준다. 글을 쓸 때 아래처럼 다양한 「어미 사전」을 알고 있으면 중복을 피할 수 있으며 문장이 살아난다.

2) 금지의 법칙

① 과잉 수식과 수사를 금지한다.

나의 이상형은 배려심이 많고 포용력이 있는 따뜻하고 진실한 남성입니다.

200억 원대 재산을 가진 한 골드미스가 결혼정보 업체를 통해 공개구혼을 했다는 글의 일부다. 글쓰기 관점에서 보면 이 문장은 4중 수식이다. 문장에서 두 개 정도의 수식은 괜찮지만 그 이상은 좋지 않다.

수사법을 많이 쓴 글은 화장을 많이 한 얼굴처럼 오히려 품격을 떨어뜨린다. 미사여구를 쓰다 보면 정작 뜻이 제대로 전달되지 않는 일이 생긴다. 한편으로 독자들이 메시지 수용에 혼란을 겪는다.

부엌에 딸린 큰 나무로 된 광문을 열면, 어둑하면서도 나무 틈새로 들어오는 빛줄기가 대각선으로 누웠고, 가끔 희뿌연 거미줄이 빛에 반사된 채 두려움에 떨기도 했지만 그 광은 언제나 시원했다.

부엌에 딸린 광은 늘 어둑했다. 광문을 열면 나무 틈새로 빛이 들어왔다. 희뿌연 거미줄이 가끔 두렵게 했다. 그래도 광은 언제나 시원했다.

② 한 문장에 이중 주어 사용을 금지한다.

한 문장에 하나의 의미나 문장을 전하는 게 좋다. 마찬가지로 하나의 주어가 오도록 해야 한다. 두 개의 주어는 어법에 맞지 않을 뿐더러 독자를 혼란스럽게 한다. 이는 대부분 단문이 아닌 장문을 쓰는 버릇에서 비롯된다.

인간광우병에 대해 알려지면서 프리온은 공포의 대상이 되었다. 실체를 알 수 없는 변형 단백질, 인간의 존엄성을 포기한 채 죽어가는 사람들의 모습은 공포 그 자체였다.

두 번째 문장의 주어는 「사람들의 모습은」이다. 그런데 앞에 보면 「변형 단백질」이란 말이 애매하게 등장하고 있다. 다음과 같이 명확하게 해 주는 것이 좋다.

인간광우병에 대해 알려지면서 프리온은 공포의 대상이 되었다. 실체를 알 수 없는 변형 단백질로 인해 죽어가는 사람들의 모습은 공포 그 자체였다.

글쓰기 초보 때는 아래와 같은 문장 역시 중간을 끊어서 하나의 주어-술어만 존재하도록 하는 습관이 좋다.

소설은 청혼을 받지 못할 거라고 애초부터 짐작하면서도 당당하게 마음을 드러낸 채리티와 그녀의 아름답고 순수한 모습에 대책 없이 빠져버린 하니, 그리고 둘의 사랑을 지켜보면서 채리티를 한없이 보듬어주게 되는 로열의 모습이 완벽한 삼각형의 구도로 나타난다.

(소설『여름』서평 중에서)

이 문장의 주어는 「소설」이다. 그러나 그 안에 「채리티」, 「하니」, 「로열의 모습」이라는 주어가 들어 있어 읽는 이들을 헷갈리게 한다.

소설은 채리티와 하니, 그리고 로열의 삼각형의 구도를 나타낸다. 채리티는 청혼을 받지 못할 거라고 애초부터 짐작하면서도 하니에게 당당히 마음을 드러낸다. 하니는 채리티의 아름답고 순수한 모습에 대책 없이 빠져버린다. 둘의 사랑을 지켜보며 채리티를 보듬어주는 로열의 모습이 세 꼭지점을 이룬다.

③ 자신 없는 표현을 줄여라.

자신 없는 표현과 추측성 표현은 글의 신뢰를 떨어뜨린다. 가장 기초적인 사례는 두루뭉실하게 쓰는 날짜다.

언젠가 프로레슬러 안토니오 이노키와 무하마드 알리가 대결한 적 있었다. 당시 나는 중학생이었다.

1976년 프로레슬러 안토니오 이노키와 무하마드 알리가 대결했다. 당시 나는 중학생이었다.

「언젠가」, 「몇 년 전」, 혹은 「어릴 적」과 같은 표현은 구체적인 숫자로 나타내야 한다. 조금만 성실하면 자료를 찾아봄으로써 자신 없는 표현을 줄일 수 있다.

「~고 한다」와 「~인 것 같다」는 가능한 글에 자주 쓰지 말아야 할 표현이다. 극히 드물게 나오면 괜찮지만 자주 나오면 좋은 점수를 받지 못한다.

사후 세계를 믿는 고대 이집트인에게 빵은 생명을 이어주는 신성한 음식이었다. 기원전 1200년경에 그려진 람세스 3세 고분의 벽화에는 열일곱 종류 이상의 다양한 빵들이 200만 개가 넘게 그려져 있다고 한다. (『국수와 빵의 문화사』, 뿌리와 이파리, 2006)

사후 세계를 믿는 고대 이집트인에게 빵은 생명을 이어주는 신성한 음식이었다. 기원전 1200년경에 그려진 람세스 3세 고분의 벽화에는 열일곱 종류의 다양한 빵들이 200만 개가 넘게 그려져 있다.

④ 생뚱한 단어나 문장을 사용하지 말라.

대부분 글은 궁극적으로 남을 위해 쓴다. 시나 소설은 독자를 위해 신산한 고통을 감내한다. 영화평이나 서평 역시 크게 다르지 않다. 그런데 글을 제법 쓰는 이들도 고의든 무의식적이든 상대를 배려하지 않고 쓰는 경우가 종종 있다.

글을 읽을 때 독자들이 모르는 단어나 문장이 나오면 안 된다. 어렵거나 낯선 단어를 쓸 땐 늘 「독자가 혹시 이 단어를 알까」라고 생각하며 써야 한다.

브레이크스루의 CEO 바트 세일이 기업혁신을 위한 새로운 개념을 제시했다. '블루 트레인'이 그것이다.

이 글 속의 「브레이크스르」란 회사는 많은 사람들이 알지 못한다. 따라서 설명을 해줘야 한다. 아니면 이름을 굳이 드러낼 필요가 없다.

한 컨설팅 기업의 CEO 바트 세일이 기업혁신을 위한 새로운 개념을 제시했다. '블르 트레인'이 그것이다.

컨설팅 회사인 '브레이크스루'의 CEO 바트 세일이 기업혁신을 위한 새로운 개념을 제시했다. '블루 트레인'이 그것이다.

다음 글을 보자. 갑자기 「3연타석 홈런」이란 단어가 등장했다. 배경을 잘 모르는 독자들을 위해 해당 단어에 따옴표를 하고 설명해줘야 한다.

배우로 변신한 지 3년, 3연타석 홈런을 날리며 흥행 보증수표로 우뚝 선 윤은혜가 연기력 논란에 휘말리게 된 이유가 뭘까.

배우로 변신한 지 3년, '3연타석 홈런'을 날리며 흥행 보증수표로 우뚝 선 윤은혜가 연기력 논란에 휘말리게 된 이유는 뭘까. 윤은혜는 드라마 '궁'과 '포도밭 사나이', '커피프린스 1호점'으로 폭발적인 인기를 누린 바 있다.

독자를 배려하지 않고 쓰는 경우 영화나 소설평에서 특히 많다. 글쓴이는 책을 읽었기 때문에 내용을 잘 알고 있다. 반면 독자는 알지 못한다. 따라서 친절하게 어린이에게 하듯 설명해야 한다. '주인공은 누구와 누구인데, 누구는 어땠고…'하는 식으로 말이다.

3) 축약의 법칙

① 불필요한 말을 없애라.

전문가가 보통 사람들의 글을 보면, 빼도 좋을 단어나 문장이 수두룩하다. 글은 마른 수건 짜듯 줄여야 세련된 맛이 난다.

가. 한자투의 표현

갑작스레 나타난 대형 화물차로 인해 애리와 그녀의 가족들이 탑승하고 있던 자동차가 가로수를 들이박으며 대형 사고가 났다.

갑자기 나타난 화물차로 인해 애리와 가족들이 탄 자동차는 가로수를 들이박으며 대형 사고를 냈다.

나. 필요 없는 비교

요즘은 예전과 다르게 해외자원봉사활동을 나가는 데도 수십 명에 이르는 경쟁자들을 물리치고 선발되어야 한다.

요즘 해외봉사활동을 나가려면 수십 명의 경쟁자를 물리쳐야 한다.

다. 과잉 감정

감정이 넘치면 불필요한 말을 쓰게 된다. 감정을 자제함으로써 글이 세련된 맛이 생긴다. 아래 「제일 먼저」란 단어는 중복이다.

소설 『내 심장을 쏴라』는 두 남자의 정신병원 탈출기다. 정신병원이라는 말을 들으면 무슨 생각이 제일 먼저 떠오르는가?

소설 『내 심장을 쏴라』는 두 남자의 정신병원 탈출기다. 정신병원이란 말을 들으면 무슨 생각이 먼저 떠오르는가?

② 빼도 좋을 조사는 과감히 빼라.

조사를 줄이면 문장이 산뜻하다. 아래에 표시된 조사는 빼도 무방하다.

길을 가다 가끔 나무에서 떨어지는 벌레에 깜짝 놀라며 진저리를 치는 사람들이라면 누구나 공감할 이야기다.

문장의 주어가 복수임을 나타내는 보조사인 <들>도 불필요할 때가 있다. 영어는 단수와 복수를 민감하게 구분한다. 반면에 우리는 굳이 안 밝혀도 된다. 즉 「요즘 손님이 너무 없다」 하면 되지 「손님들이 너무 없다」고 하지 않는다.

4) 단문쓰기의 법칙

① 문장의 허리를 끊어라.

글을 다이어트 하듯 줄일 수 있는 데까지 줄여야 한다. 몽테뉴는 「싫증나는 문장보다 배고픈 문장을 쓰라」고 했다. 이는 간결하게 쓰라는 뜻이다. 축약의 첫째 방법은 문장을 끊어 단문으로 만드는 일이다.

폭염경보가 내려진 가운데 진주성 일원에서 독자 100여 명과 답사에 나선 작가 김별아 씨가 낭랑한 목소리로 소설을 낭독했다.

「폭염경보가 내려진」, 「진주성 일원에서」, 「답사에 나선」이라는 수식어가 있다. 문장을 한 번 끊었을 뿐인데, 훨씬 간결하고 긴장감이 든다.

폭염경보가 내려진 진주성 일원, 독자 100여 명과 답사에 나선 작가 김별아 씨가 낭랑한 목소리로 소설을 낭독했다.

다음 문장을 보자. 글쓴이는 時間順으로 글을 썼다. 네 문장이 한 단락으로 되어 있다. 다음과 같이 손질을 하면 군더더기가 없이 깔끔해진다.

성공회 성직자로 평생을 봉직한 그는 교회의 고위직에 오르고자 노력을 했건만 정치적인 이유로 실패했다. 그는 영국의 식민지였던 아일랜드의 불행한 현실에 분노했고, 불운한 현실 때문에 책을 썼다.

성공회 성직자로 평생을 봉직한 한 남자가 있었다. 그는 교회 고위직에 오르고자 노력했건만 정치적인 이유로 실패했다. 한편으로 영국의 식민지였던 아일랜드의 불행한 현실에 분노했다. 이 때문에 책을 썼다.

② 접속사를 활용하라.

물건의 종류나 특성처럼 여러 가지 사안을 열거할 때 문장이 길어지기 쉽다. 이럴 때는 접속사를 사용해 글을 끊도록 한다. 아래는 『한국의 7대 불가사의』를 서술한 내용이다. 한 문장에 7개의 대상을 전부 집어넣었다.

'한국 7대 불가사의'는 기원전 3000년경부터 우리 선조들이 천문을 관측했음을 보여주는 고인돌 별자리, 금 알갱이와 옥으로 상감한 동아시아의 유일무이한 유물인 신라의 황금 보검, 지름 21㎝의 청동 거울로 그 안에 0.3㎜의 간격으로 13,000개의 가는 선을 새겨 넣은 다뉴세문경, 말과 기사 모두 철갑으로 무장시킨 고구려의 개마무사, 현존하는 가장 오래된 목판 인쇄물 무구정광대다라니경, 세계 최초로 화포를 선박에 정착한 고려 수군의 함포, 전 세계에서 가장 독창적인 문자 체계로 인정받는 훈민정음 등 당시의 지식과 기술 수준으로는 제작이 불가능했을 일곱 가지 유산을 역사적, 과학적, 문헌적으로 증명함으로써 민족적 자긍심을 일깨워준다.

'한국 7대 불가사의'는 과연 무얼까. 기원전 3000년경부터 우리 선조들이 천문을 관측했음을 보여주는 고인돌 별자리가 그중 하나다. 이어 금 알갱이와 옥으로 상감한 동아시아의 유일무이한 유물인 신라의 황금 보검이 그 뒤를 따른다. 또한 지름 21㎝의 청동 거울로 그 안에 0.3㎜ 간격으로 13,000개의 가는 선을 새겨 넣은 다뉴세문경도 있다.
여기에 말과 기사 모두 철갑으로 무장시킨 고구려의 개마무사, 현존하는 가장 오래된 목판 인쇄물 무구정광대다라니경 역시 포함된다. 마지막으로 세계 최초로 화포를 선박에 장착한 고려 수군의 함포와 전 세계에서 가장 독창적인 문자 체계로 인정받는 훈민정음이 '목록'을 장식한다.
책은 당시의 지식과 기술 수준으로는 제작이 불가능했을 일곱 가지 유산을 역사적, 과학적, 문헌적으로 증명함으로써 민족적 자긍심을 일깨워준다.

「이어」, 「또한」, 「여기에」와 같은 연결어와 「뒤를 따른다」, 「포함된다」, 「장식한다」와 같은 어미를 넣어서 변화를 주었다. 그 덕택에 읽는 사람이 지루하지 않다. 단 접속사가 많아지면 글의 묘미가 없어진다. 따라서 불필요한 접속사를 남발하면 좋지 않다.[28]

8. 글쓰기의 평가 ▌

글쓰기의 평가의 기준은 다음과 같다.

가. 평이하고 객관적인가? (평이성과 객관성)

나. 가치 있고 독창성이 있는 신선한 주제인가? (독창성)

다. 주제에 대한 통일은 되었는가? (통일성)

라. 구체적이고 강력한 소재인가? (구체성)

마. 논리적이고 효과적인 구성인가? (논리성)

바. 문단과 문단 상호간에 긴밀성은 있는가? (긴밀성)

사. 내용이 정확하고 표현이 풍부한 문장인가? (정확성)

아. 정확하고 구체적이며 명료한 용어를 사용하였는가? (명료성)

자. 문법적 표기, 문장 부호, 서식은 알맞은가? (형식) [29]

다른 한편, 가. 전체적 검토에 있어서는 하나, 주제는 잘 나타났는가? 둘, 반대 해석이나 오해될 부분은 없는가? 셋, 제목이 주제와 조화를 이루는가?

나. 부분적 검토에서는 하나, 논점이나 단락 등 글의 주된 부분이 유기적으로 통일되어 있는가? 둘, 각 부분은 그 중요도에 따라 적당한 비율로 구성되어 있는가? 셋, 각 부분의 비율은 논리적으로 명료한가?

다. 각 문절의 검토에서는 각각의 문절은 내용을 정확하게 나타내고 있는가?

28: 엄정섭, 글쓰기 훈련소, 경향미디어, 2009. 11, pp.175-222 참조.
29: 이정자·한종구 공저, 글쓰기의 이론과 방법, 한올출판사, 2004. 2, pp.10-15 참조.

라. 용어의 검토에 있어서는 하나, 용어는 적절하게 사용되었는가? 둘, 독자가 이해하기 힘든 용어는 없는가? 셋, 내용을 정확하고 효과적으로 전하고 있는가?

마. 표기법의 검토에서는 誤字, 脫字, 맞춤법, 문장 부호 등을 검토한다.

바. 최종적 문장 검토에서는 낭독하면서 객관적 자기 평가를 한다.

제3부

창의적 글쓰기

창의적 글쓰기는 말 그대로 창의적인 속성을 갖는 글쓰기라는 점에서 문학이라는 창조적인 예술 양식과 밀접한 관계를 맺고 있다. 또한 문학에서의 언어 사용은 일상이나 과학에서의 언어 사용과는 상당 부분 다른 방식으로 이루어진다. 이러한 까닭에 이 글쓰기의 이해를 위해서는 문학에 대한 이해와 함께 문학에서의 언어 사용에 대해서도 전반적인 검토가 필요하다.

1. 창의적 글쓰기의 개념
2. 수사와 표현
3. 창의적 글쓰기의 실제

글·쓰·기·이·론·과·실·제

1. 창의적 글쓰기의 개념

1) 창의적 글쓰기의 의의

창의적 글쓰기란 무엇인가? 창의적 글쓰기는 말 그대로 창의적인 속성을 갖는 글쓰기라는 점에서 문학이라는 창조적인 예술 양식과 밀접한 관계를 맺고 있다. 또한 문학에서의 언어 사용은 일상이나 과학에서의 언어 사용과는 상당 부분 다른 방식으로 이루어진다. 이러한 까닭에 이 글쓰기의 이해를 위해서는 문학에 대한 이해와 함께 문학에서의 언어 사용에 대해서도 전반적인 검토가 필요하다.

여러 예술 양식들이 나름의 특성을 갖고 있는 것처럼 문학 역시 독자적인 성격을 지니고 있다. 그 중에서도 문학이 언어를 媒材로 하는 예술 양식이라는 사실은 문학과 다른 예술 양식들을 특별히 변별하게 하는 중요한 속성이다. 그렇다면 언어 예술로서의 문학은 언어를 어떻게 사용하는가. 여기서 우리는 언어의 표시적 기능과 함축적 기능에 대해 생각해 볼 필요가 있다. 표시적 기능의 언어 사용에서는 한 언어가 의미하는 바가 시사적으로 분명하며 누구에게나 같은 의미로 전달된다. 이를 언어의 외연이라고 한다. 반면에 함축적 기능의 언어 사용에서는 한 언어가 의미하는 바가 단일하지 않으며 특수하고 개별적이며 다양한 의미를 담고 있다. 이를 언어의 내포라고 한다.

일상생활이나 문학에서의 언어는 표시적 기능과 함축적 기능을 두루 사용하지만, 특히 문학에서의 언어 사용은 개별적이고, 내포적인 경우가 많다는 점에서 함축적 기능이 우세하다. 문학은 객관적이며 일반화된 진리의 발견은 추구하는 게 아니라, 주관적이며 구체화된 삶의 미묘한 정서를 포착하는 데 집중한다. 따라서 이 때 사용되는 언어 역시 사전적 의미 그대로 가 아니라, 다양한 의미 해석의 가능성에 더 역점을 둔다. 결국 문학에서 언어 사용의 특징은 함축적 기능이 우세하며 내포적 의미를 더 중요시한다는 데서 찾을 수 있다.

주지하다시피 글쓰기는 말하기와 함께 언어로 무엇인가를 표현하는 것이다. 그러므로 글쓰기 역시 일차적으로는 언어의 중요한 기능인 의사소통이나 정보 전달을 소홀히 할 수 없다. 그렇지만 자신의 생각이나, 사상 혹은 어떤 대상에 대한 관점을 글로 나타내는 방식은 여러 가지이다. 표현하고자 하는 내용을 간결하고, 명확하게 제시하는 데 주력하는 경우도 있을 수 있고, 또는 내용의 제시와 함께 표현 자체의 묘미와 미적 정서까지 고려하는 경우도 있을 수 있다. 일상생활에서의 언어 사용은 일반적으로 소통의 효용이나 경제성을 추구한다. 자신의 의사를 정확히 표현하고, 정보를 맞게 전달하기 위해서는 누구나 인정할 수 있는 상식적이고, 논리적이며 객관적인 정도로 언어를 사용해야 한다. 이러한 정도에서의 언어 사용은 자연히 습관화·자동화·일반화되는 경향을 보이게 마련이다. 그런데 이러한 일상적인 정도에서의 언어 사용만으로는 감각을 일깨우기 어렵고, 따라서 의미의 확장이나 정서의 극대화를 꾀하기 어렵다. 창의적 글쓰기를 위해서는 기존의 일상적인 어법과는 다른 차원에서의 언어 사용에 대해 고려할 필요가 있다. 여기서 창의적인 글과 일상적인 글의 기본적인 차이가 드러난다.

창의적인 글쓰기는 결국 기존의 일상적 글쓰기와 달리 표현 자체에 집중함으로써 새로운 감각을 일깨우고, 의미의 확장과 정서의 극대화를 추구하는 글쓰기라고 규정할 수 있다.

2) 일상적인 글과 창의적인 글

과학에서의 언어 사용은 주로 표시적 기능으로 이루어지며 외연적인 성향을 지닌다. 과학에서의 언어는 어떤 사실에 대해 혼란이 없이 단일한 의미를 가진 기호로 표시될 수 있을 때 가장 바람직하며, 또 그것을 목표로 한다. 그렇지만 일상생활이나 문학에서의 언어는 이러한 표시적 기능과 함께, 주관적인 의미의 다양한 내포를 지닌 함축적 기능도 함께 사용한다.

· 물은 산소와 수소의 화학적 결합물이다.
· 4월의 눈동자를 가진 소녀를 보았다.

앞의 문장은 과학적으로 증명된 사항을 객관적으로 기술한 것이다. 이 문장을 더욱 단순화하면 「H₂O」라는 극히 간결한 화학 기호로도 표시가 가능하다. 그러나 뒤의 문장은 매우 주관적이며 비논리적이다. 과학의 논리에서 볼 때 「4월의 눈동자」라는 표현은 모호하다는 표현 주체의 개별적이고 특수한 느낌의 제시에 불과하므로, 이를 논리적으로 증명하는 것은 불가능하다. 객관성이 부족한 표현임에도 불구하고, 사람들은 이 문장이 한 소녀의 맑고 반짝거리는 눈동자를 얘기하고 있다고 거부감 없이 받아들인다. 물론 이 눈동자의 맑거나 반짝거림, 혹은 따사로움의 정도는 이 표현을 받아들이는 사람들마다 제각각일 것이다. 그렇지만 이러한 개별성과 특수성, 그리고 다양성에도 불구하고, 이 표현은 적어도 표현 주체의 어떤 주관적인 느낌이나 독특한 정서의 표출로 받아들일 만하다. 또한 여기서 일상 언어 사용과는 다른 신선함이나 독특함을 느끼게 되었다면 새로운 미적 표현으로서의 가능성도 확인할 수 있다.

이러한 미적 표현은 일상적인 글에서도 어느 정도 가능하다. 그렇지만 일상적인 글은 아무래도 의사소통과 정보전달이라는 언어의 기본적 기능에 충실하거나, 적어도 우선한다고 보아야 자연스럽다. 이는 또한 어떤 감정이나 느낌을 기술하는 글에서도 마찬가지이다. 일상적인 글은 그 내용의 제시 자체에 더 주력하며 소통의 효용과 경제성도 고려한다. 그렇지만 창의적인 글에서는 그 내용뿐만 아니라 표현 자체에 집중함으로써 정서의 극대화를 추구한다.

3) 창의적 상상력의 구현과 문학

인간이 글을 읽고 쓴다는 것은 대상을 인식하는 행위이고, 그것은 곧 「존재의 의미화」라고 할 수 있다. 무엇을 표현한다는 것은 그 대상을 인식하고 드러낸다는 것인데, 그 대상은 언어화되지 않으면 의미의 이해가 불가능하다. 「언어는 존재의 집」이라는 널리 알려진 명제는 이와 같이 언어로 표현되지 않은 존재는 인식되었다고 할 수 없다는 뜻에서 나온 것이다. 그렇지만 존재의 의미화 과정에는 근본적으로 복잡한 문제가 개입되어 있다. 글로 표현하기 이전의 존재론적 질서와 글로 표현한 의미론적 질서 사이에 차이가 발생하는 것이다. 다시 말해 글쓰기를 통해 인식했다고 생각했던 어떤 대상은 사실은 글쓰기를 통해 이미 변질된 것일 뿐이다. 언어에 대한 이러한 인식은 일찍이 동양의 고전에도 나타난다. 『易傳』에서 공자는 「글은 말을 다하지 못하고 말은 뜻을 다하지 못한다」고 하여 말과 글의 한계를 지적한 바 있다.

존재와 언어의 이러한 관계 속에서도 일상적인 글과 창의적인 글의 차이를 살펴볼 수 있다. 일상적인 글이 추상적인 언어를 통해 습관화되고 자동화된 인식을 드러내는 데 그친다면, 창의적인 글은 거기에서 벗어나 어떤 체험이나 대상을 구체적으로 생생하게 그려내야 한다. 이를 위해서는 일반적인 상식과 논리에 기초를 둔 정형화된 일상의 글쓰기에서 벗어나 대상을 새롭게 바라보고, 그 질감을 구체적인 감각에 호소하여 드러나야 한다. 이 때 창의적인 상상력이 필요하다.

상상력은 흔히 이성적 사고와 대립되는 인간의 정신능력을 의미하며, 현실이나 사실의 세계와는 다른 인식을 가리키는 말로 널리 쓰이고 있다. 또한 상상력은 모든 예술의 원천이기도 하다. 사실의 세계인 자연과 달리 예술은 상상력 창조의 세계인 것이다.

이러한 상상력의 방식이 낯설다고 해서 당황할 필요는 없다. 낯설다는 것 자체가 바로 창의적인 상상력이 갖는 속성이기 때문이다. 상상력의 구현을 통해 어떤 사물이나 체험을 구체적으로 드러내어 그 본질에 다가서는 창의적 글쓰기는 흔히 문학작품에서 가장 두드러진다. 다음의 작품을 통해 일상의 인식과는 다른 차원의 상상력에 대해 생각해 보기로 하자.

내가 그리고 있는 기린은
네가 그리고 있는 기린과는
다를 수밖에 없다 엉터리 기린 그림이라고
너는 말하지만 그래 나는 기린 그림을
그린 것이 아니라 기린을 그렸다(후략) (구광본, 『기린』)

이 작품에서 「나의 기린 그림」은 「너의 기린 그림」에 비해 엉터리일 수도 있다. 가령 목이 짧거나 다리가 뭉툭할 수도 있다. 반면에 「너의 기린 그림」은 누구나 기린이라는 것을 알 수가 있을 정도로 잘 그려졌을 수도 있다. 문제는 여기에 있다. 누구나 기린이라고 알 수 있는 그림은 자동화되고, 습관화된 인식에 바탕을 둔 그림일 뿐이라는 것이다. 그래서 「너의 기린」은 화폭 속에 그냥 그림으로 있다. 그러나 「나의 기린」은 단순히 그림으로 끝나지 않고 마침내 화폭을 뚫고 나와 걸어간다.

물론 현실의 차원에서 보면 이것은 불가능한 환상이다. 그렇지만 예술의 차원에서 보면 이것은 구체적이며 생생하게 살아있는 생명체로서의 기린을 새롭게 창조한 것이다. 무엇인가를 표현하는 것이 모든 예술 행위의 출발이라면, 이처럼 생생하게 표현하는 것은 또한 모든 예술적 창조의 궁극적 지향이다. 이처럼 창의적 상상력을 동원한 글쓰기 역시 결국 언어의 불완전성을 뛰어넘어 대상을 생생하게 드러내는 작업의 일환인 것이다. 기존의 일상적 글쓰기와는 다른 차원에서의 글쓰기를 시도한다는 점에서 창의적 글쓰기는 문학에서의 글쓰기와 상통하는 부분이 적지 않다. 모든 창의적 글쓰기가 반드시 문학에서의 글쓰기를 통해서만 구현되는 것은 아니다. 창의적 글쓰기는 일상의 글쓰기뿐만 아니라, 인문 과학, 사회 과학, 자연 과학, 그리고 예술 일반의 글쓰기를 통해서도 구현이 가능하다.

4) 새로운 글쓰기를 위한 제안

지금까지의 습관적이고 자동화된 인식에서 벗어나 창의적인 상상력을 구현하는 것이 그리 간단하고 쉬운 일은 아니다. 창의적 글쓰기의 능력을 함양하기 위해 여러 가지 방법이 고려될 수 있을 것이다. 그렇지만 어떤 방법도 좋은 글을 많이 읽고, 많이 써 보며, 많이 생각해 보는 것보다 효과적이지는 않다. 그래도 다음의 몇 가지 사항들은 기존의 글쓰기 방식에서 벗어나 새로운 글쓰기를 시도하기 위한 제안이 될 만하다.

① 창의적인 착상이나 상상력의 출발을 거창하게 생각하지 않는다.

사실 모든 창의적 상상력은 처음부터 낯설거나, 어려운 것이 아닐 수도 있다. 어쩌면 사람들이 점점 이러한 경험에서 멀어지고 무뎌져서 나날의 되풀이되는 일상에 묻혀 지내고 있기 때문에 낯설고 어렵게 느껴지는 것인지도 모른다. 창의적 상상력은 기존의 상식이나 논리에 의해 대상을 분석하는 게 아니라, 특유의 직관과 감수성으로 다가가 순간적인 포착을 통해 표현되는 것이다. 어린아이에게 세상의 모든 것이 경이롭듯, 그동안 무심하게 지나쳤든 일상의 내밀한 단면이 제 모습을 드러내 새삼스럽게 인식되기 시작하는 것이다.

② 일상적 인식을 비틀어본다. 거꾸로 반대로 혹은 삐딱하게 생각해 본다.

창의적 상상력의 구현을 위해 여러 가지 방법이 동원될 수 있는데, 그 중에서도 이른바 역전의 사고, 혹은 전도된 발상을 통한 형상화에 주목할 필요가 있다. 자연은 사실의 세계이고, 문학은 상상의 세계라는 관점에서 역발상을 통한 상상력이 곧 창조적인 상상력이 될 수 있는 것이다. 기존의 습관적이고 자동화된 인식과는 다른 차원에서의 인식을 시도하는 데서 창의적 상상력이 비롯된다. 그러자면 지금까지와는 달리 거꾸로, 반대로, 혹은 실제 현실에서 벗어나 대상을 파악할 필요가 있다.

③ 마음의 극장을 설정한다.

마음의 극장 설정이란 말 그대로 마음 속에 가상의 극장과 무대를 설치하는 것을 말한다. 글을 쓰는 것은 마치 한 편의 드라마를 가상으로 공연하는 것이기도 하다. 무대와 배우의 관계, 그리고 이 모든 상황을 지휘하는 연출자가 마음 속에서 제각기 맡은 역할을 수행한다. 물론 이 때 글을 쓰는 자신이 이 드라마의 연출가이자 연기자이며 또한 동시에 관객이기도 하다. 이러한 극장의 설정은 비단 글쓰기뿐만 아니라, 향유로서의 글 읽기에도 유용하다. 특히 문학 작품과 같이 정서에 호소하는 글은 비평적인 거리를 유지하기보다는 그 속에 빠져들어야 더 공감할 수 있다.

④ 세부, 즉 디테일을 중시한다.

창의적인 글은 전자제품의 사용설명서나 과학에서의 실험보고서와 다르다. 창의적인 글은 또한 엄격한 육하원칙에 입각한 정보 전달의 신문기사도 아니다. 정보를 전달하거나, 입증을 하는 글이 아닌 것이다. 그것은 대신에 논리로는 설명할 수는 없는 주관적인 느낌과 미묘한 정서의 결을 담아내야 한다. 그래서 대부분의 좋은 작가들은 남들이 관심을 보이지 않거나, 무심하게 지나치는 세세한 것들에 주목한다. 이런 것이 삶의 축도로서의 세부이며, 이러한 세부에 집중할 줄 아는 능력이 곧 창의적 글쓰기를 가능하게 한다. 나비효과라는 것이 있다. 이 나비효과는 창의적 글쓰기에서도 작용한다. 아주 하찮을지도 모를 세부에 집중하는 것이 창의적 상상력의 구현과 글쓰기에 유용한 방법이 되기도 한다.

⑤ 감각을 동원한다.

시각, 청각, 후각, 미각, 촉각, 그리고 공감각 등 직접 인지할 수 있는 온갖 종류의 감각에 호소하는 표현들은 어떤 추상적인 글보다 구체적이며 생생하다. 감각을 동원하면 이른바 언어로 그려진 그림, 즉 이미지가 창조된다. 감각의 생생함은 곧 표현의 생생함으로 이어진다.

⑥ 말하지 말고 보여준다.

글쓰기와 관련하여 널리 알려져 있는 격언의 하나는 직접 말하지 말고, 보여주어야 한다는 것이다. 이는 감각의 동원과도 관련을 맺는 사항이다. 특히 문학작품과 같은 예술적인 글은 특히 말하기의 방식보다는 보여주기의 방식을 선호한다. 이를 위해서는 추상적인 설명이나 표현을 그냥 쓸 것이 아니라 그것이 구체적인 그림이나 영상으로 그려지도록 바꿔보려는 시도를 해야 한다.

⑦ 의인화, 의물화에 관심을 기울인다.

의인화는 사물이나 추상적인 개념에 인간적인 요소를 부여하여 표현하는 방식이다. 의인화는 이런 점에서 만물에 영성이 깃들어 있다는 物活論的 사유나 애니미즘과도 깊은 관련을 맺고 있다. 의인화는 그 자체로 대상을 생동감 있게 만들 뿐만 아니라, 기존의 관습에서 벗어나 새로운 표현의 묘미까지 생성하기도 한다. 그렇다면 반대로 인간이나 살아있는 생명체를 사물이나 추상적인 개념으로 바꾸는 의물화 역시 두드러진 표현의 효과를 달성할 수 있을 것이다.

⑧ 동심으로 인식한다.

동심의 발견은 자동화되고 습관화된 우리의 인식을 다시 일깨우는 데 유용하다. 흔히 사춘기나 문학청년 시절에는 문학작품이나 시를 곧잘 읽다가도 사회에서 어른으로서의 삶을 살면서는 점차 무감각해지고 脫詩化하는 경향과도 관련지어 생각해 볼만 한 작품이다.

⑨ 용감한 비교의 표현이 수사나 비유를 탁월하게 한다.

비유란 비교에 의한 사물 이해의 방식이다. 비유가 성립하려면 표현하려는 원래의 대상과 표현을 위해 동원된 대상을 서로 연결시키는 근거가 필요하다. 흔히 유사성이나 인접성의 근거에 의해 비유가 성립된다. 그렇지만 수사나 비유는 이미 만들어진 것을 사용하는 경우보다는 그것을 독자적으로 새롭게 생성시키는 경우에 더 참신해지고 표현 효과 역시 커진다. 그러자면 기존의 소극적이며 예측 가능한 비교에서 벗어나 용감해질 필요가 있다. 이를 위해서는 연습이 필요하다.

⑩ 대상의 구체적인 이름을 불러준다.

그냥 보통명사로서의 꽃이나 나무나 새가 아니라, 어떤 꽃인지 어떤 나무인지 어떤 새인지를 고유명사로 직접 불러줄 때, 구체적이며 생생한 구현이 시작되는 것이다.

⑪ 인간 삶의 양면성 혹은 다양성에 대해 생각해 본다.

삶의 위대함에 대한 경외나 혹은 반대로 삶의 왜소함에 대한 연민을 복합석으로 인식할 때, 철학적인 성찰이 가능해 진다. 인간 삶에 대한 경외와 연민이야말로 글쓰기의 중요한 요소라고 할 수 있다. 인간 삶의 이면에는 겉으로 드러나지 않는 다면적인 모습이 자리 잡고 있다. 문학작품이나 예술적인 글뿐만 아니라 모든 글쓰기는 결국은 인간의 삶에 대한 성찰에 이를 수 있을 때 그 진정한 의미를 갖는다.[1]

2. 수사와 표현

1) 수사법

모든 글쓰기는 결국 무엇을 어떻게 쓸 것인가의 문제에 대한 성찰을 통해 이루어진다. 여기서 「무엇」에 해당되는 것을 흔히 내용이라고 하고, 「어떻게」에 해당되는 것을 흔히 형식이라고 한다. 좋은 글은 당연하게도 좋은 내용이 좋은 형식에 담겨 있는 가장 바람직한 결과를 보여준다. 한 편이 글이 갖고 있는 완성도에 대해 언급할 때, 흔히 내용과 형식을 나누어 살피는 경향이 있다. 한 편의 좋은 글은 내용과 형식이 한데 어우러져 조화를 이루면서 그 총체적인 완성도를 지향한다.

1: 자기표현과 글쓰기 편찬위원회편, 자기표현과 글쓰기, 도서출판 경진문화, 2009. 8, pp.176－191 참조.

그렇지만 내용은 같다고 하더라도 글을 전개하는 방식까지 한결 같을 수는 없는 법이다. 같은 내용이라도 그것을 어떻게 표현하느냐에 따라 그 느낌은 분명히 달라지게 마련이다. 글쓰기에서 표현의 문제는 단순히 내용을 밝히는 과정에서의 장식이나 부가적인 차원에서만 작용하는 게 아니라, 글의 정확성과 적절성에 기여하는 중요한 역할을 담당한다.

한편 말이나 글을 잘 구사하는 능력이나 기술을 가리켜 修辭라고 한다. 수사란 글의 전달성을 높이기 위해 사용하는 여러 가지 표현의 방식을 일컫는 용어이다. 표현의 적절성이나 효과에 집중하기 위해서는 수사가 중요한 역할을 담당한다. 특히 문학이나 예술적인 글에서 수사의 위상은 매우 높다.[2]

수사학은 본디 그리스와 로마의 변론술에서 유래한다. 법정이나 연설의 현장에서 타인을 설득하기 위한 화술로서 발달하기 시작한 수사학은 기원전 4─5세기경부터 아테네를 중심으로 발전하였고, 한 때 소피스트들에 의해 궤변술로 빠지기도 했으나, 이것이 학문적 체계를 갖추게 된 것은 아리스토텔레스에 이르러서였다. 그는 그의 명저『수사학』에서 수사학적 논술을 「주어진 상황에서 가능한 한 온갖 설득을 찾는 기술」로 정의했다. 고전적 수사학자들은 수사학적 논술의 주요 요소를 하나, 고안─논쟁이나 증명을 찾는 것, 둘, 그러한 자료를 배치하는 것, 셋, 가장 효과적인 방법으로 이런 자료들을 표현하기 위해 단어, 어구, 리듬 등을 고르는 것 등 3가지로 나누었다.

근대에 이르러 산업 혁명과 도시 문명의 발달로 인해 개인의 사회생활이 복잡다단해지고, 개인의 자유분방한 사고와 감정이 중요시됨으로써 글을 쓰는 이들이 다양한 문장 기법을 발전시킴에 따라 판에 박은 고전적 수사 규범은 그 존재가치가 미약해지게 되었다.

그러나 오늘날 수사학이 아주 소멸되어 버린 것은 아니다. 말과 글을 아름답게 꾸미기 위한 모든 방법을 수사학이라 할 때 수사학은 문학, 심리학, 언어학 등과 연계되어 현대 문장 쓰기에서 오히려 더 중요한 위치를 차지하게 되었다.

고전적 수사학의 규범성이 취약해진 이 시대의 문체론은 언어 표현의 적절성을, 쓴 사람의 개성과 시대 사회의 가치 체계에 비추어 고찰하는 특성을 드러낸다. 문예비평 분야는 라틴 레토릭의 장르론을 계승하였고, 그 규범성을 과학적 입장에서 정립, 적용해 가며 수사학의 유산을 정통적으로 발전시키는 노력을 보인다.

글을 쓰는 이는 모두 자신의 사상 감정을 어떻게 하면 다른 사람에게 정확하고 효과적으로

2: 자기표현과 글쓰기 편찬위원회편, 자기표현과 글쓰기, 도서출판 경진문화, 2009. 8, pp.194─196 참조.

전달하느냐 하는 문제에 부딪히게 된다. 이 때 제기되는 표현 기술로서의 수사법은 미사여구를 동원하여 결말을 아름답게 수식하는 화장술이 아니다. 문법적 기초가 완벽하게 이루어지고 논리적으로 하자가 없는 일상적 문장을 토대로 하여 작자의 사상·감정을 보다 더 참신하게 전달하고자 하는 모든 글쓰기의 기법, 이것이 수사법인 것이다.

일반적인 분류에 따르면 수사법에는 비유법, 변화법, 강조법의 커다란 세 영역이 있고, 이것을 다시 세분하면 60여 가지나 된다.

① 비유법

새로운 현상을 체험하여 독창적인 세계를 전달하고자 할 때 또는 그것을 참신하게 표현하고자 할 때 우리는 일상적 또는 사전적으로 생각하는 단어들의 의미와 그 단어의 연결체로부터 벗어나지 않으려면 안 된다. 그러기 위해서 제3 체험의 세계에 들어가게 되는데, 이러한 세계 하에 들어가기 위하여 필요한 것은 사람의 정신적, 정신적 기능인 類推이다. 유추작용은 轉移에 의해 이루어진다. 전이란 한 사상에서 다른 사상으로 옮겨가는 것을 의미한다. 다시 말하면 「이 꽃은 장미다」라는 일상적, 축어적 의미의 문장이 「그 여자는 장미다」라고 바뀔 때는 장미의 의미가 문맥적 의미로 전이되는 것이며, 여기에서의 문맥적 의미는 곧 비유적 의미가 되는 것이다. 비유를 가능케 하는 것은 유추인데, 이 유추의 기본 도식은 삼단 논법이다.

유추는 유사성을 찾아내는 인간의 지성적 능력이다. A(여자)라는 사물에서 B(장미)라는 사물로의 전이는 곧 A에서 B라는 새로운 인식의 대상을 찾아내는 것이다. A라는 사물에서 B, C, D로 갈 수 있는 것은 유추를 통한 인식의 한 방법이며 동시에 인식의 확대 과정인 것이다. 또한 비유는 A라는 개념이 단순히 단순 B로 전이하는 데 그치지 않고 A와 B가 합해짐으로써 복합 개념이나 또는 새로운 개념을 생성하게 된다.

이와 같이 비유가 성립되기 위해서는 사상이 필요하며, 그 둘 사이는 현격한 이질성을 지니면서도 동시에 참신하게 발견되는 유사성을 지니고 있어야 하는 것이다.

가. 직유법
직유는 라틴어의 simbes(like)에서 온 말이다. 표현하고자 하는 대상(A)을 다른 사물이나 의미(B)를 끌어다가 직접 연결하여(A=B) 견주는 방법이다. 「-처럼, -같이, -마냥, -듯이」 등의 연결어를 써서 양자를 결합하여 나타내는 표현법이다.

　　불덩이 같은 커다란 시뻘건 해가 남실남실 넘치는 바다에 도로 빠질 듯 도로 솟아오르듯
춤을 추며, 때때로 보이지 않는 배에서 '배따라기'만 슬프게 날아오는 것을 들을 때면 눈물
많은 나는 때때로 눈물을 흘렸다. (후략)(김동인, 『배따라기』)

위의 문장이 「해」를 묘사하고 있다는 점에서 공통점을 가지고 있다. 시각적 구체적 사물에
유추하여 뛰어난 사실적 표현을 보여 주고 있다.
이와 같이 비유는 단순히 감각적인 사물과 사물을 결합시킬 뿐만 아니라 인간의 마음과 정
신 또는 모든 체험 내용까지도 유추에 의해 연결시킬 수 있는 인식의 확대·창조 과정이며,
이것이 가능한 것은 인간이 무한한 상상력을 가지고 있기 때문이다.

나. 은유법

은유는 그리스어로 meta(over)+phora(carring), 곧 transference라는 뜻을 가지고 있다. 직유법
과 같이 매체를 결합시키는 연결어가 드러나는 것이 아니며, 직유보다 더 심화된 비유법이다.
직유가 직접적이라면 은유는 간접적이다. 주지와 매체의 의미가 서로 대립되지 않고, 동일체
로 혼용되어 새로운 의미, 새로운 이미지로서 제3의 가치를 탄생시킨다는 점에서 큰 의의를
지닌다. 다시 말하면 은유에 의하여 단어나 어구, 문장들이 지니고 있는 일상적 기본적 관념들
이 상호 결합하여 지금까지의 관념과는 다른 새로운 관념들이 탄생된다는 것이다. 은유에 의
한 새로운 의미의 탄생이란 새로운 말을 창작하거나, 보편적인 문법 질서를 무너뜨리는 것이
아니라 일상을 말하는 것이다.

　　청춘을 묻어 버리는 한 구절의 장송문―그것은 고대로 이 남녀의 결혼의 내용을 암시해
주는 청춘의 비문이 아닐까? 그들은 진실로 무미건조한 비문 앞에 준비되어 있는 초라한 생
활의 무덤 속에 행복이 있다고 믿어지는 것일까? (손창섭, 『공휴일』)

이 작품에서 작자는 결혼식 「축사」를 「장송문」으로, 「혼인서약서」는 「청춘의 비문」으로
표현하고 있다. 두 관념 사이의 이질성이 크기 때문에 작자의 독창성이 돋보인다. 상식적으
로 연결되기 힘든 두 관념을 융합함으로써 결혼에 대한 개성적인 인식을 보여 주고 있을

뿐만 아니라 작자의 염세적 인생관까지도 엿볼 수 있게 한다.

이러한 표현에서 은유는 수식적인 기교를 넘어서는 새로운 감정과 정서, 사상 등의 방법이라 말할 수 있겠다. 그러나 평범한 독자가 따라가기에는 주관적이고, 독단적이어서 이해하기가 쉽지 않다. 은유가 내포하고 있는 뜻이 난해하여 독자가 공감하기 힘든 표현은 사용하지 않는 것이 좋겠다.

다. 擬喩法

의인법, 擬聲法, 擬態法을 뭉뚱그려 의유법이라 한다. 의인법은 활유법이라고도 하며, 무생물은 생명이 있는 것으로 또는 인격이 없는 동식물에게 인격을 부여하여 인간이 사고하고, 행동하는 것처럼 표현하는 방법이다. 다음과 같은 작품들은 의인법이 문장의 형상화에 크게 기여하고 있는 것들이다.

바다여
날이 날마다 속삭이는
너의 수다스런 이야기에 지쳐
해안선의 바위는
베토벤의처럼 귀가 먹었다.

지구도 나같이 네가 성가시면
참다 못해
너를 벌써 엎질렀을 게다.(후략)(신석정, 『바다에 주는 시』)

의성법은 寫聲法이라고도 하는데, 소리를 설명으로 기술하지 않고 소리 그대로를 모사하여 보다 실감나게 하는 표현법이다. 특히 의성어가 잘 발달된 우리말에서 성유법의 활용은 우리말의 묘미를 더해 준다.

의태어나 의성어는 모두 원초적인 상징음을 문자화한 것이다. 의태법은 자태나 움직임을 모사하는 것으로 示姿法이라고도 한다.

라. 풍유법

은유가 발전한 것으로 표현하고자 하는 원관념을 직접적으로 드러내지 않고, 풍자·암시하는 것으로 일반적으로 보조관념만으로 문장 전체가 짜이는 특징을 보인다. 보조관념으로서는 동물이나 식물 또는 인간이 등장한다. 속담, 격언, 풍자소설, 풍자시에 많이 쓰이며 풍유법을 활용한 대표적인 작품으로는 『이솝우화』『동물농장』 등이 있다.

> "예, 재주는 단 하나뿐이지요."
> "그 하나는 뭐냐?"
> "나무에 올라가는 거지요."
> "시시하다. 나는 재주가 백 가지도 넘는다. 또 훌륭한 꾀주머니도 있다. 개가 달려들면 꾀
>   주머니로 금방 쫓아버린다."(후략)(『이솝 이야기』)

마. 대유법

환유법과 제유법이 있으나 그 구별은 명확하지 않다. 어떤 사물을 나타낼 때 대상의 성질이나 그것과 밀접한 관계가 있는 것으로 대신하여 표현하는 방법이다. 가령 「펜은 칼보다 무섭다」라고 할 경우 「펜」은 「지성」을, 칼은 「무력」을 의미하게 된다. 「간호사」를 「백의천사」, 「우리나라」를 「금수강산」이라 부르는 것 등이 이에 속한다.

② 강조법

말 그대로 사상이나 감정을 강렬하게 하거나, 이미지를 선명하게 또는 인상을 뚜렷하게 하기 위한 모든 표현 기술이 강조법이다. 강조법에는 과장법, 영탄법, 반복법, 점층법, 대조법, 미화법, 열거법, 억양법, 연쇄법 등 여러 가지가 있다.

가. 과장법

어떤 사물을 실제보다 훨씬 과대하게 혹은 과소하게 표현함으로써 보다 강렬하고 인상적으로 전달하는 방법이다. 과장이 허장성세가 되어서는 안 되며, 과장을 위한 과장에 그쳐서는 성실성이 결여된 표현이 되기 쉽다.

천년 맺힌 시름을

출렁이는 물살도 없이

고운 강물이 흐르듯

학이 나른다. (후략)(서정주, 『학』)

나. 반복법

문장의 뜻을 강조하기 위하여 특정한 어구나 문장을 반복하여 사용하는 방법이다. 반복법은 뜻을 강조할 뿐만 아니라, 리듬이나 톤을 원활하게 하는 효과를 나타내기 때문에 특히 시가에 많이 사용된다. 똑같은 어구만을 반복하는 동어 반복과 뜻이 유사한 것을 반복하는 동의어 반복도 있다. 반복되는 가운데 변화가 있으면 더 좋은 효과를 기대할 수 있다.

새해가 흘러와도 새해가 밀려가도

마음은 밤이란다.

언제나 밤이란다. (後略) (신석정, 『밤을 지나고』)

다. 점층법

마치 층계를 올라가듯 표현하고자 하는 내용을 점점 확대, 축소, 고조, 심화시켜서 작자가 기대한 만큼의 절정에 도달하게 하는 표현법이다. 점층과 반대 방향으로 문장이 진행될 때는 점강법이라고도 한다.

아시아는 밤이 지배한다. 그리고 밤을 다스린다.

밤은 아시아의 마음의 상징이요, 아시아는 밤의 실현이다.

아시아의 밤은 영원의 밤이다. 아시아는 밤의 수태자이다. 밤은 아시아의 산모요, 산파이다. (후략)(오상순, 『아시아의 마지막 밤 풍경』)

라. 대조법

비교가 유사성을 찾는 것이라면, 대조는 서로 상반되는 성질을 통하여 표현하고자 하는 내용을 강조하는 것이다. 선악, 正邪, 忠奸, 強弱이 함께 존재한다면 그 중 하나가 더욱 선명하게 드러날 것은 뻔한 이치다.

밤이면 그 밤마다 자야 하겠고 낮이면 세 때 밥은 먹어야 하겠고 그리고 또한 때로는 시도
읊고 싶고나.

지난 봄 진달래와 올 봄에 피는 진달래가
지난 여름 꾀꼬리와 올 여름에 우는 꾀꼬리
그 얼마 다를까마는 새롭다고 않는가! (後略) (이병기, 『낭이꽃』)

마. 미화법

작자가 의식적으로 표현하고자 하는 대상을 아름답게 만드는 방법이다. 도둑을 「밤손님」,
「양상군자」라고 한다든가, 변소를 「화장실」이라고 하는 것들이 그것이다. 대상 그 자체가
지닌 아름다움이 아니라, 작자의 눈에 비친 것을 의식적으로 미화시키는 방법이다. 겉치레
의 화장에 그쳐서는 안 되고, 내면의 깊이에서 우러나오는 진실성이 뒷받침될 때 좋은 표현
이 이루어진다.

정묘한 얼굴이었다. 가죽은 매우 엷은데 여인에 흔히 있는 정면적 얼굴이 아니오, 달걀과
같이 아름답고 토동토동한 곡선을 짓고 있으며 폭 아래로 내려 뜬 눈이 있지마는 그 아래
감추인 동자는 세상을 고혹할 듯한 힘이 숨어 있고, 곧지만 날카롭지 않은 코가 크지만 왁살
스럽지 않은 키는 기묘하게 조화되어 그 뒤에 은연히 숨어 있는 고귀한 듯한 기품과 아울러
이 여인의 얼굴을 장식하고 있다. (後略) (김동인, 『백마강』)

바. 열거법

반복법이 동일한 어구나 문장을 반복하는 것이라면 열거법은 내용적 계통적으로 상관되는
것을 거듭 나열함으로써 그 하나하나가 모여서 전체로서의 뜻을 강조하는 것이다. 소설의 묘
사법에서 자주 쓰이는 수법이며, 작가가 여러 사상 중에서 어떤 것을 취사선택하여 표현의
효과를 극대화시키느냐 하는 문제가 중요하다.

나의 마음은 고요한 물결
바람이 지나가도 그림자 지는 곳
구름이 지나가도 그림자 지는 곳(후략) (김광섭, 『마음』)

사. 억양법

단어의 뜻 그대로 우선은 누르고 다음에 추켜세운다든지, 그 반대로 추켜놓고 누름으로써 강세를 주는 표현법이다. 특히 서양에서 웅변이나 연설에 많이 사용되었는데, 상대방의 마음에 의외와 변화를 줌으로써 자기주장을 선명하고 강도 높게 인식시킬 수 있는 효과가 있다.

세월은 덧없이 간다 하지만
우리들의 보람은 덧없다 말라.
굶주려 그대는 구걸하지 않았고
배불러 나는
지나가는 동포를 넘보지 않았다. (류정, 『램프의 시』)

아. 연쇄법

말이나 문장의 꼬리를 따서 다음 단계의 첫머리에서 되풀이하는 방법이다. 음성적 반복의 효과로 말의 뜻을 리듬 있고 선명하게 전달하는 효과를 기대할 수 있다. 어린 아이들의 말놀이도 일종의 연쇄법이다.

파르란 구슬빛 바탕에 자줏빛 회장을 받친 회장저고리
회장저고리 하얀 동정이 환하니 밝도소이다. (후략) (조지훈, 『고풍의상』)

③ 변화법

가. 대구법

어조가 같거나 또는 비슷한 어구, 문장 등을 서술함에 있어서 반복, 병행, 대우, 대립 등의 변화를 주어 문장을 아름답게 꾸미는 표현법이다.

하늘에는 달이 없고, 땅에는 바람이 없습니다.
사람들은 소리가 없고, 나는 마음이 없습니다.

우주는 주검인가요.

인생은 잠인가요. (후략) (한용운, 『고적한 밤』)

나. 역설법

겉으로 보기에는 논리에 어긋난 듯하나 사실은 그 속에 진리가 담겨 있는 것이 역설법이다. 상식에 어긋나고, 불합리하고, 부조리한 것들로 문자의 표면에 나타나지만 그 내용을 잘 살펴 보면 독자는 새롭게 인식할 수 있는 진리가 들어 있는 표현들이 많으므로, 발견의 기쁨을 맛 볼 수도 있다.

극과 극은 그렇게도 멀었고
극과 극은 그렇게도 가까웠다.
언어의 패러독스를
하나의 진리로서 체험할 수 있었던 것을
나는 불행으로 생각지 않는다. (후략) (김용호, 『역설』)

다. 반어법

표면의 뜻과 이면의 뜻이 다르게 나타나게 하는 표현법이다. 현진건의 『운수 좋은 날』의 이면의 뜻은 아내가 죽은 날이다. 역설법은 겉으로 나타난 문장 자체가 논리에 어긋나는 표현 으로 되어 있지만, 반어법은 속뜻을 나타내는 어떤 표현도 나타나 있지 않은 것이 특징이다.

나는 의심할 용기를 가졌기 때문에 모든 것을 믿는다.
나는 싸울 용기를 가졌기 때문에 일체의 것과 회전한다.
그러나 나는 그 무엇이든 인정할 용기를 가지지 않는다. 소유할 용기가 없다. 또 독점할 용기도 없다. 많은 세상 사람들은 탄식하여 말한다. '세상은 무의미하며, 인생에 있어서는 그 모든 것이 동화처럼 언제나 자기가 원하는 대로만 움직여지는 것이 아니다'라고. 그러나 나는 탄식하며 말한다. (후략) (키에르케고르, 『이것이냐 저것이냐』)

라. 설의법

작자가 질문을 품고 있는 형식으로 말함으로써 독자로 하여금 관심을 갖고 그 내용에 동참 하여 생각하게 할 수 있다는 점에 효과가 있다. 또한 이 방법의 하나로 부정하기 위하여 긍정의 의문문으로 표현한다든지, 긍정하기 위하여 부정의 의문문으로 표현하는 이른바 수사적 의문이 있다.

> 사랑을 '사랑'이라고 하면 벌써 사랑은 아닙니다.
> 사랑을 이름지을 만한 말이나 글이 어데 있습니까.
> 미소에 눌려서 괴로운 듯한 장밋빛 입술인들 그것을 스칠 수가 있습니까. (후략)
> (한용운, 『사랑의 존재』)

마. 도치법

표현하고자 하는 문장 서술의 순서를 바꿈으로써 변화를 꾀하고자 하는 수사법이다. 문장의 논리적 순서보다는 작자의 마음속에 일어나는 심리적 반응의 순서에 따라 글의 내용이 전개된다.

> 임이여 들으시나요. 내가 손을 쳐드는 소리를—
> 들으시나요, 바스락거리는 소리를…
> 하고많은 것들을
> 그 무슨 고독한 사람의 몸짓이
> 존재하는 것이오리? (후략) (R.M 릴케, 『정적』)

바. 돈호법

사물이나 사람의 이름을 갑자기 불러내어 독자의 주의를 환기시키는 방법이다.

> 산아 우뚝 솟은 푸른 산아 철철철 흐르듯 짙푸른 산아 (박두진, 『청산도』)

> 저기 모두 세기의 백정들 도마 위에 오른
> 고기 마냥 너를 난도질하려는데
> 하늘은 왜 이다지도 무심만 하다더냐 (후략) (구상, 『초토의 시』)

사. 문답법

표현하고자 하는 내용을 전달하는 데 어떤 인물을 설정하여 글쓰기는 이(또는 제3자)와 대화 형식의 문답을 시킴으로써 그 사실을 보다 쉽게 명확하게 이해시키고자 하는 수법이다. 특히 종교, 철학, 사상 등을 설명할 때 많이 쓰인다.

  당신의 소리는 '침묵'인가요
  당신의 노래를 부르지 아니하는 때에
  당신의 노래 가락은 역력히 들립니다그려
  당신의 소리를 침묵이어요 (후략) (한용운, 『반비례』)

아. 명령법

뜻을 강조하기 위해 또는 평범한 진술에 변화를 주기 위해 평서형 대신 명령형으로 바꾸어 표현함으로써 독자의 주의를 환기시키는 수사법이다.

  너의 할아버지가 이브를 꼬여내는 달변의 혓바닥이
  소리를 잃은 채 낼룽거리는 붉은 아가리로
  푸른 하늘이다…물어 뜯어라, 원통히 물어 뜯어
  달아나거라 저놈의 대가리! (서정주, 『화사』)

자. 현재법

글에 생동감을 부여하기 위하여 과거의 일이나 미래에 있을 일을 현재의 시제로 쓰는 방법이다. 특히 소설에서 과거와 현재를 섞어 씀으로써 진술하는 방법에 변화를 주어 자연스러우면서도 효과적인 문장을 쓸 수 있다.

  해는 서산 위에서 이글이글 타고 있다.
  칠성이는 오늘도 동냥 자루를 비스듬히 어깨에 메고 비틀비틀 이 동리 앞을 지났다. 밑 뚫어진 밀짚 모자를 연방 내려 쓰나, 이마는 따갑고 땀방울이 흐르고 먼지가 연기같이 끼어, 그의 코 밑에 매워 견딜 수 없다.
  "이애 또 온다."

"어아." (후략) (강경애, 『지하촌』)[3]

2) 심상과 비유

언어는 추상적이며 관념적인 기호의 체계이다. 어떤 느낌이나 대상을 언어로 표현할 때 우리는 이미 그 느낌이나 대상이 갖는 구체적인 질감을 있는 그대로 제시하는 것이 아니라, 추상적이며 관념적인 기호로 대치하여 드러내는 셈이다. 또한 언어는 인간의 다양하면서도 미묘한 생각이나 느낌에 비해, 그 표현이나 어휘 수가 제한되어 있다. 이는 감정과 어휘의 관계를 비교해 보면, 금방 드러난다. 아울러 언어는 사회의 약속이므로 어느 개인에 의해 임의로 변개될 수 없다. 즉 언어는 음악에서의 소리나 미술에서의 색과 같이 자의적으로 바꿀 수 없는 것이다. 심상과 비유는 이러한 언어의 한계를 극복하고, 대상의 질감을 생생하게 전달하려는 과정에서 이루어지는 표현 형식이다. 일상생활에서도 이러한 심상과 비유는 곧잘 사용되지만 특히 그 효용을 극대화하면서 동시에 표현 자체의 묘미까지 즐기도록 하는 것은 역시 문학이나 예술적인 글에서 주로 이루어진다.

심상은 이미지의 우리말로서 말 그대로 「마음 속에 그려진 그림」이라는 의미를 갖고 있다. 흔히 이미지라는 용어가 폭넓게 받아들여지고 있는데, 간단히 말해 상상력을 통해 어떤 영상이 머리에 떠오른 것을 심상 또는 이미지라고 한다. 이미지는 흔히 「언어로 그려진 그림」이라고도 하며, 「정신 속에 기록되는 감각적인 모습」, 혹은 「마음의 거울에 비친 그림」이라고도 정의되기도 한다. 어떤 사물이나 대상, 혹은 관념에 대해 이러저러한 모습이 떠오른 것을 언어로 표현했을 때, 우리는 이미지가 구현되었다고 한다. 예를 들어 「고독」이나 「자유」 같은 추상어의 경우도 그것을 추상적 관념 자체로 표현하는 것이 아니라, 가령 「고독」을 「떨어지는 낙엽」으로 「자유」를 「새가 날아가는 모습」으로 표현해 내는 것이 바로 이미지의 구현인 것이다.

이미지는 원래 심리학에서 사용하던 용어로서 「머리에 떠오른 것으로서 감각적 성질을 지닌 것」이라는 뜻을 지니고 있다. 또한 상상력과 이미지는 모두 「환상」이라는 뜻을 가진 동일 어원에서 비롯된 용어이다. 이는 상상력과 이미지가 긴밀하게 관련을 맺고 있으며, 또한 현실이나 사실의 세계와는 다른 차원에서의 인식을 가리킨다는 뜻도 함께 내포하고 있다는 사실을 말해준다. 결국 상상력은 「이미지를 만들어 내는 작용」이며, 이미지는 「상상력

3: 김용구 외 6인 공저, 글쓰기의 원리와 실제, 북스힐, 2003. 3, pp.171-204 참조.

의 작용을 가장 잘 보여주는 것」이라고 할 수 있다.

심상 혹은 이미지에 대한 정의는 그 한정 범위에 따라 의미가 달라지기도 한다. 넓은 의미에서 한편의 시나 문학작품 속에 표현된 감각, 지각의 모든 대상과 특질을 의미하기도 하고, 좁은 의미로는 비유적 언어 사용에 있어서 특히 비유를 위해 동원한 보조 관념만을 의미하기도 한다.

한편 비유란 표준적 의미를 지니고 사용되는 일상적 어법에서 벗어나 새로운 의미로 전이된 언어 표현을 말한다. 즉 어떤 사물을 빌어 표현하는 언어 양식이 곧 비유인데, 이런 점에서 비유란 비교에 의한 사물 이해의 방식이라고 할 수 있다.

비유가 성립되기 위해서는 표현하려고 한 원래의 대상, 표현을 위해 동원한 대상, 그리고 두 대상의 관계되는 근거가 필요하다. 가령 일상생활에서 흔히 사용되는 비유적 표현들인 「쟁반 같이 둥근 달」이나 「앵두 같은 입술」, 「여자의 마음은 갈대」 등에서 각각의 원관념인 달, 입술, 여자의 마음 등은 보조관념으로 동원된 쟁반, 갈대, 앵두 등에 의해 힘을 얻게 된다. 그리고 이 때 각각 둥글다, 붉고 아름답다, 흔들리기 쉽다 등의 형태적 관습적 사회적 인식들에 의해 결합의 근거를 갖는다. 여기서 원관념과 보조관념, 그리고 결합 근거 사이에는 두 가지 조건이 성립한다. 즉 첫째, 원관념과 보조관념은 동일해서는 안 된다. 둘째, 원관념과 보조관념은 이질적이며 관련이 있는 대상이어야 한다. 자칫 비유의 근거가 사라질 수 있으므로 둘 사이에 유사성이나 인접성이 필요한 것이다.

흔히 원관념과 보조관념의 관계가 습관화되어 있는 비유를 죽은 비유라 한다. 죽은 비유는 사물과 세계를 새롭게 인식하게 하는 것이 아니라 상투화시킨다. 참신한 비유, 살아있는 비유는 원관념과 보조관념 사이에 서로 반발력과 응집력이 작용할 때 이루어진다. 반발력과 응집력 사이의 긴장이 유기적일 때 비로소 살아있는 비유로서의 효과가 극대화되어 나타나는 것이다.

심상과 비유의 사용은 표현론적 관점에서 강렬성·구체성·명증성 등에 기여하며, 인식론적 관점에서 새로운 리얼리티의 창조에 기여한다. 이들은 결국 구체적인 사물과 추상적인 관점에서 새로운 리얼리티의 창조에 기여한다. 이들은 결국 구체적인 사물과 추상적인 언어 사이의 장벽을 걷어내고 사물과 언어를 하나로 결합시키는 방식이라고 하겠다. 심상과 비유의 필요성이나 기능은 다음과 같이 설명될 수 있다.

가. 대상의 구체적 묘사, 특히 관념을 구체화하는 기능을 갖는다. 심상과 비유의 사용은

대상에 대한 감각을 구체적으로 떠올릴 수 있도록 「언어」와 「사물」의 관계를 강화하는 작업의 일환이다. 이런 점에서 「언어의 사물화」, 혹은 「관념이 사물과 만나는 곳」이라고 정의될 수도 있다.

　나. 정서를 객관화함으로써 오히려 특별히 환기시키는 기능이 있다. 생각이나 느낌, 기분 등의 정서를 그대로 표현하면 과도한 노출이 되기 쉬울 뿐만 아니라, 자연스러운 환기보다는 오히려 역효과를 내기도 한다.

　다. 선명한 인상과 함께 신선한 느낌을 줄 수 있다. 적절한 심상이나 비유를 통해 이루어진 표현은 그 자체로 선명한 인상과 함께 새로운 시적 표현으로서의 신선감을 부여해 준다. 때로 그것은 강렬한 느낌과 충격, 경이감, 혹은 놀라운 발견에까지도 이르게 한다.

　라. 주제, 의미, 사상 등을 추적할 수 있는 지표 역할을 하며 분위기나 정서, 시공간적 배경을 제시하는 데도 쓰인다. 심상이나 비유는 글 속에서 각각 개별적, 독자적으로 존재하는 것이 아니라 글 전체의 주제나 의미, 그리고 삶에 대한 종합적인 태도나 사상까지 유추해 낼 수 있는 지표로서 작용한다. 또한 글 전체를 포괄하는 분위기나 정서, 그리고 시공간적 배경을 파악할 수도 있다.

　심상이나 비유는 문학작품 중에서도 시 장르에 가장 널리 쓰이는 용어의 하나이다. 특히 현대시는 그 음악성의 약화로 인해 이미지나 비유의 역할을 더욱 강조하고 있다. 주관적 정서의 표출을 특성으로 하는 시 장르에서 심상이나 비유는 상당한 역할을 수행한다.

　　책에는 두 번 다시 발을 담글 수 없어요
　　나는 책상에 강물을 올려놓고 그저 펼쳐볼 뿐이에요
　　내 거처는 공간이 아니라 시간일 뿐 (후략) (박형준, 『책상』)

　이 이상한 표현에 의해 책상 위에는 책 대신 강물이 펼쳐져 있다. 위의 글에서 책은 비유를 통해 강물로 표현되어 있다. 비유의 특성이 「차별성 속의 유사성」임을 감안해 본다면 우리는 잠시 「같은 강물에 두 번 발 담글 수 없다」는 경구를 떠올려 볼 수 있다. 강물은 항시 같은 것으로 보이지만 사실은 계속 흐르고 있고, 그 자리를 다시 다른 물이 와서 채운다. 같은 강물에 두 번 다시 발을 담글 수 없는 것이다.

　이러한 유사성 때문에 책상 위에 과감히 강물을 올려놓을 수 있는 것이다. 책상 위에 강물이 아니라 책이 놓여 있었다면 이 작품은 그리 새로운 의미를 획득해 내지 못했을 것이다.

참신한 이미지나 비유는 단순히 글을 꾸미고 치장하는 역할을 하는 게 아니다. 그것은 존재와 언어에도 질적인 변화를 불러일으킨다.[4] (묘사와 서사의 자세한 내용은 제2부 글쓰기의 절차편에 할애하였다.)

3. 창의적 글쓰기의 실제

1) 무엇을 어떻게 쓰나

글을 쓰는 데도 다른 일과 마찬가지로 기초가 중요하다. 기초가 충실하지 않으면 좋은 글을 쓰기가 사실상 불가능하다. 운동선수도 훈련을 통해 기본기를 충분히 쌓아야 좋은 기록을 세울 수 있는 것과 같이 글쓰기도 예외가 아니다.

글쓰기의 기초를 다지기 위해서는 문학작품을 많이 읽어 우리말의 관행을 체득하는 것이 무엇보다도 중요하다. 아울러 다양한 성격의 글을 많이 습작해 본다면 그 효과는 훨씬 증대될 수 있다. 문학작품을 통해 우리말의 운용 방식을 익히고, 이를 모범삼아 비슷한 글을 써 보려고 노력하는 것이야말로 글쓰기의 기초를 다지는 가장 효과적인 방법이라 할 수 있다. 정평이 있는 문학작품은 국어의 보물 창고와 같다. 작가는 모국어가 가진 아름다움을 가장 잘 표현할 수 있는 사람이다. 따라서 글을 쓰고자 하는 사람은 이런 작가의 창작품을 길잡이로 삼을 필요가 있다.

글쓰기 기술을 익히는 것뿐만 아니라, 글을 쓰는 데 필요한 사고 능력을 키우는 데도 문학작품은 크게 도움이 된다. 비록 작가가 자신의 관심사를 직설적으로 드러내지 않는다고 하더라도 독자는 독서 행위를 통하여 그 작품이 지향하는 바를 어느 정도 짐작할 수 있다. 작품 속에는 그것을 쓴 작가의 인생관이 나름대로 깃들어 있기 때문이다.

또한 문학에는 사회 비판적인 요소가 있어서 時宜性 있는 창의적인 글을 쓰는 훈련을 하는 데도 도움이 된다. 문학은 암시적으로든 명시적으로든 현실의 모순을 제시하기 마련인데, 이런 점에 주목하여 작품을 읽으면 자신의 비판의식을 고양시키는 효과를 기대할 수 있다. 좋은 작품은 문제제기 방식에 있어서 많은 것을 시사해 준다.

4: 자기표현과 글쓰기 편찬위원회편, 자기표현과 글쓰기, 도서출판 경진문화, 2009. 8, pp.198-201 참조.

어쨌든 문학은 특별한 체험의 기록이다. 직접적인 경험이 아니라 하더라도 의식적으로 느낀 가치 있는 체험의 기록이 곧 문학인 것이다. 문학에는 분명히 가치 있는 경험이 들어 있고, 작가는 이것을 되도록 실감나게 표현하고자 한다. 작가는 하찮은 것을 가치 있는 기록으로 바꾸는 특별한 표현 능력을 가진 사람이다. 이것이 작가의 창의적 개성이다. 작가는 이미 있는 것을 흉내 내는 것이 아니라, 항상 새로운 것을 창조하고자 한다. 문학작품은 작가의 이런 창작 의지의 산물이다. 필자의 감정이나 심리가 생생하게 드러나도록 표현할 수 있는 능력을 길러야 독자가 감동하는 좋은 글을 쓸 수 있기 때문이다. 특히 개성이 없는 일반적인 표현으로는 독자를 감동시킬 수 없다. 필자의 심리 상태나 생각이 오롯이 드러난 글이라야 감동을 줄 수 있다. 문학작품을 통해 현장을 실감나게 재현하는 표현 기술을 배우면 글짓기 능력을 키우는 데 큰 도움이 될 수 있다.

그러나 어느 정도 표현 능력을 길렀다고 하더라도 막상 글을 쓰려면 마음대로 풀리지 않는 것을 경험하게 된다. 무엇을 어떻게 써야 할지 몰라 막막해지고 만다. 이것은 글의 주제를 분명히 정하지 못했기 때문이다. 글을 시작할 때는 먼저 무엇에 대해 쓸 것인가를 확실하게 결정해야 한다. 주제를 정하지 않는 상태에서 막연하게 시작하면 글이 제대로 써지지 않는다. 그러므로 글쓰기를 하려면 어떻게 쓸 것인가 보다 무엇을 쓸 것인가 하는 문제에 더 많은 고민을 하여야 한다.

무엇에 대하여 쓰겠다는 주제를 제대로 정하려면 먼저 그 글의 성격을 고려해 보아야 한다. 글의 성격을 감안하여 주제에 접근하여야 내용과 형식이 조화를 이루는 좋은 글쓰기가 가능하다. 어떤 종류의 글이든 독자의 흥미를 끌 수 있는 참신한 주제를 먼저 상정하여야 한다. 주제를 정하였다 하더라도 글의 무게 중심이 분명하지 않으면 산만한 글이 되기 쉽다. 이것은 무엇에 대하여 쓰겠다는 생각은 있되, 그것을 구체적으로 연결할 전략이 부족하기 때문이다. 말하고자 하는 주제가 결정되었다면 이것에 부합하는 소재를 찾아야 하고, 소재 가운데서도 글감으로 직접 채택할 특정 분야, 즉 제재를 선택하여야 한다.

소재란 글을 쓰는 데 바탕이 되는 기본 재료, 즉 글감을 의미한다. 아무런 조치를 취하지 않은 자연 상태 그대로의 재료를 뜻한다. 반면에 제재는 이 소재를 필요에 따라 가공한 것을 가리킨다. 소재의 어떤 면을 취사선택하여 주제를 잘 구현할 수 있도록 특별한 의도를 덧붙여 놓은 상태가 제재인 것이다. 제재는 필자의 의도에 따라 소재가 가지고 있는 여러 가지 속성 가운데 필요한 측면만을 취사선택하게 되는 것이다.

글을 쓸 때는 이와 같이 소재, 제재, 주제가 서로 밀접한 관련을 맺도록 사전에 충분히 구상을 하는 것이 바람직하다. 아무튼 주제는 그 글의 생명줄과 같은 역할을 하므로 명징할수록 좋다고 할 수 있다. 내용이 균형을 이루면서도 일관된 통일성을 유지하고 있어야 좋은 글이 될 수 있기 때문이다.

2) 제목 붙이기의 중요성

독자가 제일 먼저 만나게 되는 것은 글의 제목이다. 독자는 제목을 보고 순간적으로 그 글을 읽을 것인지 말 것인지를 결정한다. 이런 면에서 제목은 글의 첫인상과 같다. 글을 쓰는 사람은 마지막 탈고의 순간까지 제목을 어떻게 붙일지를 두고 고심한다. 그만큼 제목이 중요하기 때문이다. 제목은 글의 성격을 드러내기도 하고, 그 내용을 상징적으로 암시하기도 한다. 제목은 그 글의 주제를 파악하는 열쇠가 될 수 있다. 독자는 제목을 통해서 필자의 의도를 어느 정도 유추해 볼 수 있기 때문이다.

반면 필자 입장에서는 제목이 그 글의 정신을 요약한 것이라는 점을 충분히 인식하여야 한다. 따라서 좋은 제목이 떠오르지 않을 때는 가제목을 먼저 정한 뒤 집필에 임하는 것도 무방하다. 일단 가제목이 정해지면 거기에 부합하는 내용의 글을 작성하도록 노력해야 한다. 마지막으로 제목을 결정할 때는 그 제목이 글의 전체 내용을 잘 아우르면서도 필자의 의도를 효과적으로 전달할 수 있는지 등을 다시 한 번 검토해 보아야 한다.

정보 전달을 목적으로 하는 글이라면 그 글의 중심 내용을 제목으로 삼는 게 무방하다. 그러나 수필이나 독후감처럼 감정 표현을 위주로 하는 글이라면 암시적이거나 상징적인 제목을 붙일수록 좋다. 글의 소재를 제목으로 삼는다 하더라도 주제를 직접적으로 드러내는 것은 바람직하지 않다.

제목을 붙일 때는 부득불 독자를 염두에 두지 않을 수 없지만 가장 중요한 점은 글의 내용과 부합되도록 붙여야 한다는 것이다. 이것이 제목 붙이기의 제일 중요한 원칙이다. 참신하면서도 매력이 있어야 좋은 제목이라 할 수 있다. 어쨌든 제목은 핵심 내용을 담고 있으면서 동시에 독자의 흥미를 끌 수 있는 것이어야 한다.

결국 자신의 언어 감각을 살려 의미 있는 단어의 조합을 만들어내는 것이 제목 붙이기의 관건이라 할 수 있다. 독자의 신뢰를 떨어뜨리지 않으면서 호기심을 최대한 유발할 수 있는 제목을 붙여야 하기 때문이다. 참신한 인상을 주면서 함의가 있는 적당한 길이의 제목이 가장 무난한 것이라고 할 수 있다. 좋은 제목을 붙이는 일은 결코 간단한 문제가 아니다. 따라서 평소에 문학작품의 좋은 제목을 기억해 두거나, 신문 및 잡지의 인상적인 표제어를 유심히 보아 두는 습성을 갖는 것이 도움이 된다.

아무튼 제목은 그 글의 얼굴인 동시에 출생신고서라 할 수 있다. 또한 그 글의 주제를 유추하는 암호 구실을 하기도 한다. 그렇기 때문에 더 신중하고 정확하게 붙일 필요가 있다. 독자는 제목을 통하여 작품과 첫 대면을 하게 된다. 시간이 흘러 내용은 잘 생각나지 않더라도 작품의 이름은 생생하게 기억나는 그런 제목이 정말 좋은 제목이라 할 수 있기 때문이다.

3) 시작하기와 끝맺기

모든 글에는 시작과 끝이 있다. 첫 문장이 있으면 이에 상응하는 마지막 문장이 있게 마련이다. 한편의 완성된 글은 이 두 문장을 잇는 독특한 구조물이기 때문에 시작과 끝을 특수한 관계를 가지는 문장끼리 의도적으로 배치할 필요가 있다. 이런 상관성 때문에 프루스트 같은 이는 서두보다 결말을 먼저 썼다고 한다.

끝맺음을 고려하여 글을 시작하여야 하기 때문에 첫 문장은 특별히 조탁을 해야 할 필요가 있다. 아무 것도 없는 백지 상태에서 이야기하고자 하는 주제의 실마리를 설정하여 그것을 효과적으로 노출시키는 전략을 처음부터 구사해 나가야 한다. 그리하여 독자들이 그 글의 끝을 궁금해 하도록 만들어야 한다. 필자는 어떤 문제를 제기하는가? 이 글의 주인공은 어떻게 되었으며 그와 같은 선택을 하는 의미는 무엇인가? 이런 궁금증이 지속될 수 있도록 첫 문장부터 계획적으로 써야 한다.

첫 문장은 필자와 독자가 대면하는 광장인 동시에 문지방 역할을 하기도 한다. 침묵의 세계에서 언어의 세계에 옮아가는 길목인 셈이다. 첫 문장의 인상이 그 글의 생명을 좌우한다는 뜻이다. 첫 문장이 매력적이면 그 글을 끝까지 읽게 되지만 그렇지 않으면 독자는 쉽게 외면을 한다. 작가가 첫 문장을 쓰는데 고심을 하는 것도 이런 연유 때문이다.

문학적인 글은 서두에서 앞으로 전개할 사건의 방향이나 주제를 암시하는 것이 일반적이다. 이 경우에는 결말이 서두에서 제기한 문제를 해결하는 열쇠를 제공하기도 한다. 물론 그 반대로 사건을 반전시키거나, 해석의 실마리를 은폐하는 경우도 있다.

이와 같이 글의 서두는 독자가 무의 세계에서 벗어나 유의 세계로 여행하는 안내자 구실을 한다. 필자로서는 앞으로 자신이 펼쳐 보일 춤을 시작하는 최초의 몸짓인 셈이다. 첫 동작이 좋아야 마무리 동작이 의미를 더할 수 있다는 것처럼 글의 시작과 끝은 상호 밀접한 관계를 맺고 있다. 일반적으로 첫 문장이 마음에 들면 다음의 글이 술술 잘 풀리는 경향이 있다. 그렇기 때문에 대개의 경우 필자들은 인상적인 첫 문장을 쓰고자 심혈을 기울인다.

이런 점을 감안한다면 글의 서두에 상식적인 이야기를 늘어놓거나, 설익은 주장을 제기하는 것은 지양해야 한다. 글의 첫머리는 자연스러우면서도 매력적인 문장으로 시작해야 한다. 사실을 직접적으로 진술할 때는 물론, 과제의 목적을 강조하고자 할 때에도 가능한 짧게 하는 것이 효과적이다.

어떤 글이든 시작이 있으면 끝이 있게 마련이다. 따라서 끝맺음도 서두 못지않게 대단히 중요하다. 첫 문장이 시발역이라면 끝 문장은 종착역이라 할 수 있다. 아무리 시작이 좋았다고 하더라도 계획한 대로 도착하지 않으면 여행을 망칠 수밖에 없다. 따라서 마무리 문장은 첫 문장과 더불어 내용을 결정짓는 중요한 비중을 차지한다. 특히 문학적인 글은 결말에서 그 작품의 성공 여부가 좌우된다고 해도 과언이 아니다. 결말은 지금까지 진술한 내용을 총결산하는 작업이라고 할 수 있다. 그것을 집약적으로 보여주는 것이 바로 마지막 문장이다. 여기에는 주요 내용이 총체적으로 표현되어 있어야 한다.

대부분의 경우 모든 글은 시작과 끝이 맞물려 있다. 결론을 상정하지 않은 채 시작하는 글은 그만큼 실패할 소지가 많다. 글의 서두는 곧 끝의 시작이고, 결말은 또 다른 시작의 끝인 셈이다. 물론 모든 필자가 처음부터 무엇을 어떻게 전달할 것인가를 명확하게 하고, 글쓰기를 시작하는 것은 아니다. 실제로는 글을 써 나가는 가운데 무엇을 어떻게 표현하겠다는 구도가 설정되는 경우가 많다. 그러나 좋은 글을 쓰려면 처음과 끝은 물론 그 내용에 대해서도 충분한 고려가 필요하다. 마찬가지로 결과를 예측하지 않은 채 무모하게 시도하는 글쓰기는 그만큼 실패할 소지가 많다. 특히 창의적인 글을 쓸 때는 끝맺음에 많은 신경을 기울여야 한다.

그러나 글의 마무리를 어떻게 지어야 하느냐는 문제는 한 마디로 말할 수 있는 성질은 아니다. 일반적으로는 진술한 내용을 요약하거나, 앞으로의 전망을 덧붙이는 것으로 끝맺음을 한다. 이런 경우에도 글의 서두와 관련을 지어 여운을 남길 수 있도록 마무리하는 것이 중요하다. 인상적인 결말이 되려면 먼저 자신의 이야기를 어디서 그쳐야 할 것인지를 분명히 결정해야 한다. 무엇보다 중요한 점은 결말을 통하여 독자가 다시 이 글의 서두를 생각해 보게 만드는 것이다.

4) 글다듬기와 오류 수정

자신이 쓴 글은 사후에도 자신이 책임을 져야 한다. 그렇기 때문에 글을 쓰는 사람은 오류를 수정하거나, 퇴고를 하는데 조금도 소홀히 해서는 안 된다. 오류 수정은 자신이 쓴 글 가운데 틀린 부분을 정정하는 것이고, 퇴고는 자신이 쓴 글을 더 완벽하게 다듬는 일이라고 할 수 있다.

글은 엄격한 것이어서 설령 발표를 하고 난 후에라도 잘못이 발견되면 과감하게 고쳐야 한다. 자신의 과오를 솔직하게 인정하고, 바로 잡는 것이 글을 쓰는 사람의 올바른 도리이기 때문이다. 글은 정신의 표현인 동시에 인격의 산물이다. 이런 문사 정신이 있어야 글을 쓸 자격이 있다.

이런 점에서 퇴고도 소홀히 해서는 안 된다. 오해의 소지가 있는 글을 함부로 발표하면 다른 사람에게 치명적인 상처를 줄 수 있다. 이런 자세로 글을 손질하는 모든 행위를 퇴고라고 할 수 있다. 퇴고는 간단히 필자가 독자의 입장이 되어 보는 것이다. 내용을 첨삭하는 것은 물론 윤문을 하는 것도 여기에 포함된다. 퇴고를 잘해야 완성도가 높은 글이 되는 것은 두말할 나위가 없다. 구상이나 집필 단계에서 퇴고가 이루어질 수도 있지만 초고가 완성된 뒤 종합적으로 하는 퇴고가 훨씬 더 중요하다. 5:(자세한 퇴고에 대해서는 제2부 글쓰기의 절차 항목의 퇴고 편에 할애한다.)

5: 자기표현과 글쓰기 편찬위원회편, 자기표현과 글쓰기, 도서출판 경진문화, 2009. 8, pp.229-240 참조.

제4부

실제 적용

창의적 글쓰기는 말 그대로 창의적인 속성을 갖는 글쓰기라는 점에서 문학이라는 창조적인 예술 양식과 밀접한 관계를 맺고 있다. 또한 문학에서의 언어 사용은 일상이나 과학에서의 언어 사용과는 상당 부분 다른 방식으로 이루어진다. 이러한 까닭에 이 글쓰기의 이해를 위해서는 문학에 대한 이해와 함께 문학에서의 언어 사용에 대해서도 전반적인 검토가 필요하다.

글·쓰·기·이·론·과·실·제

글·쓰·기·이·론·과·실·제

1. 논술문

논술은 논증과 서술이 이루어진 말이다. 논증이란 어떠한 논리를 증명하기 것이다. 곧 어떠한 체계를 갖추어 사물의 옳고 그름을 따져서 사리에 맞게 그 진위를 밝히는 것이다. 그러므로 논술이란 곧 자신의 생각이나 주장을 이치에 맞게 체계적으로 증명하여 서술하는 글이라 하겠다. 따라서 해결되지 않은 논제를 다룬다. 이미 증명되었거나 보편화된 사실이나 비판 불가능한 사실에 대해서는 다루지 않는다. 끊임없이 문제되는 것을 다룬다.

논술법이란 어떤 문제에 대하여 자기의 견해나 주장을 내세우는 글이다. 그래서 주장하는 글이라고도 한다. 곧 합당한 근거를 바탕으로 해서 자기의 독자적인 견해나 해석에 대한 근거를 밝히고, 독자를 합리적으로 설득하는 글로서 논리적인 추론을 기본으로 하는 서술법이다.

논술문은 논리적 사고 능력을 기르는 글로서 논술문과 논문을 쓰는데 요구되는 서술법이다. 논설문이란 신문의 사설에서 보듯이 시사적인 문제에 대하여 독자적인 주장을 내세우고 그 근거를 밝혀 독자를 설득시키려는 글이다.

논리적 추론의 시발점은 어떤 일에 대하여 먼저 합당한 근거가 세워져야 한다. 어떤 사안에 대하여 의견이나 주장을 내세워서 논술하는 데는 독자가 납득할 만한 이유 곧 근거가 있어야 한다. 독자에게 설득력을 발휘하려고 하면「왜?」에 해당하는 합리적인 근거가 제시되어야 한다. 그렇지 못하면 그 주장은 뿌리 없는 나무에 지나지 않는다. 논리학에서는 「왜?」에 해당하는 합리적인 근거를 전제라 한다. 이런 전제 위에 전개되는 주장은 결론에 해당한다. 그리고 추론이란 이러한 전제를 바탕으로 해서 합당한 결론을 이끌어내는 논리적 사고방법이다. 이 때 전제나 결론을 문장으로 표현한 것을 命題라 한다. 우리가 일상생활이나 사회활동 가운데에서 내리는 판단을 문장으로 표현하면 명제가 된다. 이러한 명제는 서술문 형식으로 이루어진다. 왜냐하면 우리의 판단을 그대로 나타내면 서술문이 되기 때문이다. 논술법의 추론에서는 명제로 독자로 하여금 설득시키는 것이 목표이다. 그러므로 결론이나 전제로 내세운 명제의 타당성을 논증하여야 한다. 그러기 위해서 명제마다 확고한 근거 제시를 하면서 논술해야 한다. 특히 결론에 도달하기 위한 전제 명제나 쟁점이 되는 명제는 확고하게 논증되어야 한다.

1) 논술문의 일반적 원칙

먼저 글이 논리적인 엄밀성을 갖추기 위하여 쓰는 이가 반드시 준수해야 할 사항 중에는 논리적 법칙들이다. 논리적 법칙들 가운데 모순율과 충족이유율이 특히 중요하다. 다음은 종개념과 유개념, 내포와 외연, 정의와 분류, 한정과 개괄 그리고 범주 등을 고려하여야 한다. 개념들을 명석하게 사용하고 논리와 문법에 맞춰 글을 씀으로써 부조리와 범주적 오류를 피하는 게 중요하다. 또한, 논리학의 궁극 목적은 개념들 간의 주연 관계를 그 형식적 구조에서 밝히는 데 있다. 주연 관계는 문장의 형식(정언/가언/선언)과 성질(긍정/부정)에 따라 달라짐에 유의하면서 논리적 오류를 범하지 않도록 유의해야 한다.

추론의 단계에서는 다음과 같이 논점과 논증 형식을 먼저 확정해야 한다.

가. 어떤 논제에 관하여 어떤 주장을 논리적으로 펼치는 것이 논술문이다. 논술문을 쓸 경우에 맨 먼저 해야 할 일은 자신이 하고 싶은 말(요지 또는 논지)을 명확히 정리하는 것이다. 자신이 하고 싶은 말은 논술의 결론이 된다. 따라서 결론을 먼저 정한 다음에라야 이 결론을 뒷받침하는 근거들을 생각할 수 있다. 이와같이 자신의 논점이 논제와 관련하여 얼마나 적절한가에 따라 논술의 설득력이 평가된다는 점을 명심해야 한다.

나. 자신의 주장을 어떤 형식으로 논증하는 것이 가장 효과적인지 숙고해야 한다. 이것은 곧 논술문의 뼈대를 세우는 작업에 해당한다. 이 때 고려해야 할 사항은 논증의 두 가지 형식, 즉 증명과 설명이다. 자신의 주장을 증명할 것인가, 어떤 현상에 대한 가설을 제시할 것인가에 따라 논증 형식이 결정된다.

다. 생략해도 좋은 근거는 적당히 생략하는 것도 매우 중요한 요령이다. 상식이나 통념 그리고 정설로 인정되는 것 등은 별도로 논증을 제시할 필요가 없다. 또 자신이나 여러 사람들이 관찰한 바를 진술한 경우에도 마찬가지이다. 이런 경우에도 무리하게 논증을 제시하려 할 때 횡설수설이 되기 쉽다. 글을 쓰다보면 갑자기 좋은 생각이 떠올라 그것을 따라가다 보면, 논점에서 벗어나기 십상이다.

라. 자신이 당연시하고 있는 것이 은밀하게 논증에 영향을 미칠 때가 많다. 이런 경우에 당연시되고 있는 것은 논자의 선입견이나 편견으로서 「논증의 숨은 전제」가 된다. 이런 것은 나중에 비판의 표적이 되거나 반박의 소지를 마련하는 것이다. 자신의 글을 논적의 입장에서 읽을 때 가장 주의해야 할 것이 바로 이것이다. 자신의 입장을 분명히 드러내기 어려울 때는 그 결과를 각오해야 한다.

마. 자신의 주장은 논증의 결론이 되기 마련이다. 이 결론을 뒷받침할 근거들을 제시하는 데에 논증의 성패가 달려 있다. 결론을 뒷받침할 근거들을 보통 논증의 전제가 된다. 만일 연역 논증이라면, 정당한 논증의 두 가지의 요건을 항상 기억해야 한다. 무엇보다도 전제는 정당화된 것이어야 한다.

다음은 전제는 결론에 대해 필요충분조건이어야 한다. 또 만일 가설 추리라면, 가설의 검증 방법 즉 가설-연역 방법에 의거하여 자신의 주장이 타당한지 검토해 보아야 한다. 다음에는 반드시 다른 경쟁 가설들과 자신의 가설을 비교하여 자신의 가설이 최선의 것임을 입증하려고 노력해야 한다.

2) 논술문 소재의 특징

가. 해결을 보지 못한 문제점이나 우리의 생활과 당장 관계되는 일들을 관해서 다룬다.
나. 아직 확실히 밝혀지지 않은 문제나 의견이 엇갈리어 맞서 있는 문제를 다룬다.
다. 우리의 삶에서 직접 관심을 가지고 해결해야 할 과제 등을 소재로 한다.

3) 논술문 주제의 특징

다른 많은 유형의 글쓰기 주제가 그렇듯이 논술을 하는데 있어서도 주제 선정이 중요하다.

가. 주제가 독창적이어야 한다. 곧 주제를 바라보는 견해나 주장이 독창적이어야 한다는 것이다.

나. 그 견해와 주장은 문제점의 해결책과 관련된 것이어야 한다. 논술문은 소재가 안고 있는 미해결의 문제점에 대하여 어떤 견해나 주장을 펴기 위한 글이기 때문이다.

다. 주어진 소재의 문제점을 잘 분석하여 어떤 새로운 해결책을 찾아내어 그것을 주제로 삼아야 한다. 왜냐하면 새롭고 독창적인 것일수록 바람직하기 때문이다.

4) 논술문의 형식상 특징

① 구성상의 요건-서론, 본론, 결론

가. 서론의 구실과 쓰는 법

본론을 위한 예비적 서술로서 본론을 향한 길잡이 역할을 한다. 곧 입문적 방향 제시를 함으로써 글의 성격을 소개한다. 그 구실을 좀 더 구체적으로 제시하면 다음과 같다.

(ㄱ) 논술문에서 지향하는 목표
(ㄴ) 본론에서 다룰 문제점의 제시
(ㄷ) 그 문제의 위치 설정
(ㄹ) 다룰 범위의 설정 등이다.

나. 본론의 구실과 쓰는 법

나-1 구실
(ㄱ) 서론에서 제시된 문제점들을 짜임새 있게 논술하여 결론에 도달한다.
(ㄴ) 서론에서 제시된 문제점 별로 주어진 자료를 분석, 종합하여 논문의 내용을 펼쳐나간다.
(ㄷ) 논문에서 가장 중요한 토막이다.

다. 쓰는 법(본론 전개에서의 유의 사항)

(ㄱ) 서론에서 제시된 목표, 문제점, 범위 등을 쫓아서 전개되어야 한다.

(ㄴ) 체계적인 하위 구분을 해서 줄거리를 미리 만드는 것이 바람직하다.

(ㄷ) 본론 줄거리의 각 항목별에 대해서는 충분한 논의와 짜임새 있는 뒷받침이 있어야
한다. 곧 항목별로 소주제로 나누고 소주제별로 단락을 나눈다.

(ㄹ) 소주제별 전개 과정에서는 적절한 자료와 논거를 되도록 충분히 활용해야 한다.

(ㅁ) 이상을 바탕으로 조리 있는 추론과 설득력 있는 결론이 나오도록 해야 한다.

라. 결론의 구실과 쓰는 법

(ㄱ) 본론 부분의 논술 과정에서 밝혀진 주요 골자를 간추려 한 눈에 볼 수 있도록 한다.

(ㄴ) 본 논문에서 못다 다룬 점 등을 지적하고 다음 기회에 해결되기를 바라는 뜻을 덧붙
이기도 한다.

(ㄷ) 본론에서 다루어지지 않은 문제를 덧붙여 논의해서는 안 된다.

(ㄹ) 다루어진 문제는 본론에서 충분히 논의되었음으로 구체적인 논술이나 설명은 피한다.

② 양식상의 요건

항목 부호, 인용법, 각주법, 참고문헌 목록 등을 말한다.

가. 항목 부호의 체계적인 사용 – 장, 절, 항 또는 1-1, 1-2, 1-1-1, 1-1-2 등
나. 인용법, 각주법, 참고문헌 목록의 작성 양식[1]:

③ 논술문의 마무리 단계에서 유의할 점

가. 논술문을 마무리할 때는 글 전체를 몇 번이고 다시 읽어보면서, 혹시 어떤 크고 작은
논리적 문법적 오류를 범하지 않았는지 면밀하게 살펴보아야 한다. 특히 「선결적 요
구의 오류」와 「매개념 부주연 오류」 그리고 「범주 오류」를 범하지 않았는지, 비판적
인 관점에서 검토해 보아야 한다.

1: 이정자·한종구 공저, 글쓰기의 이론과 방법, 한올출판사, 2004. 2, pp.161-176 참조.

나. 문장을 퇴고할 때는 특히 문장을 연결하는 접속사—그래서, 따라서, 그러므로 등—에 유의해야 한다. 논술문에서는 접속사를 가능한 한 쓰지 않는 게 상책이다. 반드시 써야 할 때는 전후 맥락에 꼭 맞는 접속사를 쓰도록 해야 한다. 낱말 하나하나에도 주의하여 수사법적으로 적절하면서도 부드럽고 품격 있는 표현을 쓰는 것도 매우 중요한 일이다.[2]

2. 논문

각자는 어디까지나 자기가 얻어낸 그 사실이 무엇을 의미하는 지를 찾아내어야 하며, 또한 그 의미가 어떠한 사실에 대하여 무슨 생각을 자아내게 하는 것인가를 따져야 한다. 뿐만 아니라 어떠한 사실을 세밀하게 분석하고, 그리고 사실들 서로 간의 연관관계를 규명해 내어야 한다. 그러기 위해서는 많은 사실들을 분류하고, 한계를 짓고, 비교하고, 대조하는 모든 방법을 알아야 하고, 또한 논증하는 방법도 알아야 한다. 이러한 일들을 거쳐 한 편의 글을 만들어낸 것이 논문이며, 이 논문 쓰는 역량이야말로 이른바 대학생이 기르고 익혀야 하는 조사·연구능력을 재는 가장 확실한 척도인 것이다.

서양 근세사를 보면, 논문은 처음 인문학 분야나 자연과학 분야를 막론하고 전문연구자의 모임이라 할 수 있는 학회에서 기관지의 성격을 띤 출판물을 간행하면서부터 쓰기 시작하였던 것으로 짐작된다. 13~17세기에 걸쳐 본격화된 각 분야의 학회들에서는 나름대로의 간행물을 발간하여 지식의 교류를 통한 학문적 발전을 도모하였다. 그런데 여기에 실리기 시작한 글들이 간행물 제작상의 편의와 정보의 신속·정확한 전달을 위해 차츰 일정한 체재와 규격을 갖추어 감에 따라 바로 오늘날과 같은 논문의 틀이 잡힌 것이다.[3]

글의 기술양식 가운데 논증의 방식으로 쓰여진 대표적인 글이 논문이다. 논증을 갖춘 입론이라는 넓은 의미에서의 논문이라고 할 만한 것은 동서양을 막론하고 오래 전부터 있어 왔다. 논문은 연구의 기록이며 과학적인 문서이다. 그러므로 논문은 설명문이나 논설문과는 구별된다. 설명문은 독자에게 특정 문제에 관한 지식을 전달하기 위한 목적으로 쓰는 글로서, 반드시 연구 결과일 필요는 없지만, 논문은 다른 사람이 과거에 다룬 적이 없는 독창적인 연구 결과

2: 글쓰기 교과과정 연구위원회 편, 글쓰기, 도서출판 박이정, 2009. 2, pp.79−82 참조.
3: 김용구 외 6인 공저, 글쓰기의 원리와 실제, 북스힐, 2003. 3, pp.273−274 참조.

라야 한다. 논설문은 일반 독자를 상대로 시사적인 문제에 관한 필자의 소신을 밝히고 설득하기 위한 글로서, 필자의 주관이 어느 정도 개입될 수도 있다. 그러나 논문은 일체의 주관과 감정을 배제하고 정확한 논거를 바탕으로 엄밀한 추론의 과정을 거쳐 결론에 도달하여야 한다. 또한 이미 이루어진 연구 결과를 알고 있어야 새로운 연구가 가능하므로 논문은 기존 연구업적을 조사하고 정리하는 준비과정이 반드시 필요하다.

따라서 논문을 쓰는 이유는 학자가 자기가 이룩한 연구 내용을 학회지 논문집 등에 발표하여 공인을 받기 위해서 쓴다. 실무자들은 맡은 바 직무에 관한 기술적인 상황을 알리기 위해 쓴다. 학생들은 이수 과목에 대한 과제물로서 리포트 작성을 위해 쓴다. 대학이나 대학원에서는 학위 논문을 위해 쓴다.

자기가 연구하여 알고 있는 것을 혼자 보관하는 것은 지식의 진전에 기여하지 못한다. 이를 발표하기 위해서 학회나 연구기관이 구성되었다. 일단 완성된 논문은 연구의 선취권 확보를 위해서도 보다 빨리 같은 분야의 모든 연구자들에게 알려서 공인 받아야 한다. 이러한 절차의 필요를 위해서 학회나 연구기관에 발표한다. 그러므로 정보의 교환을 신속하고도 효율적 연구를 위해 학회를 구성하여 단행본에서 받은 불편을 제거해 주며 그 분야에 보다 큰 흥미를 갖고 있는 제한된 독자층을 상대로 집중적으로 정보를 전달할 수 있는 정기적 간행물이 보편화되는 계기가 되었다. 이러한 연구기관이나 학회 등에서 간행하는 논문집이 그 방면의 전문 분야에서는 효과적으로 활용된다. 그 분야의 독자들에게 가장 편리하게 전달할 수 있는 방편을 위해 논문 작성의 양식과 체제를 편리한 대로 규격화하기도 한다.

1) 종류

오늘날 논문이라 불리는 글은 그 형태나 기능에 따라 다양한 종류가 있다. 논문에 해당하는 용어의 용례를 보면, 주로 신문이나 잡지에 게재되는 논설류인 「Article」, 試論이나 소론을 포함한 평론류인 「Essay」, 일반적으로 논문을 지칭하는 「Treatise」와 「Dissertaion」, 특정 주제에 관한 전문적인 학술논문인 「Monograph」, 학위논문을 범칭하는 「Thesis」, 학회에서 발표하는 보고문인 「Report」와 「Scientific Paper」 등으로 나뉜다.

일반적으로 논문은 하나, 연구논문(Research Paper), 둘, 보고문(Report) 셋, 평론(Review)의 세 가지로 분류되는데 그 각각의 특징을 간단히 들면 다음과 같다.

① 연구논문

전문 연구자가 해당 학문 분야에서 특정한 주제를 택하여 연구한 결과 도출된 새로운 지식을 논술한 것으로, 보통 「논문」이라고 할 때 이를 가리켜 하는 말이다. 단순히 자료의 수집·정리에 머물지 않고, 다시 이를 과학적 방법에 의거하여 분석해서 새로운 결론을 끌어낸다는 점에서 보고문과 구별되며, 논술의 목적이 기존 지식의 비판적 소개에 그치지 않고 독자적 연구에 의한 새 지식의 전달에 있다는 점에서 평론과도 구별된다.

즉, 자신의 연구결과를 전문 학술지에 발표하는 논문이다. 본격적인 연구로 문제 해결이나 일반 원리를 얻고자 하는 논문이다. 연구논문은 연구목적에 따라 첫째, 아직까지 알려지지 않은 사실이나 현상을 발굴하려는 논문. 둘, 새로운 방법론을 개척하려는 논문. 셋, 일반적인 원리나 법칙을 수립하려는 논문. 넷, 새로운 해석이나 해설을 추구하려는 논문. 다섯, 대립되는 異說을 바르게 고치려는 논문 등으로 나뉜다. 연구논문의 필수요적인 요건은 자료나 해석, 방법론 등에서 반드시 새로운 내용이 있어야 한다.

② 보고논문

연구 과정의 첫 단계에서 조사·답사·관측·실험·채집 등을 통하여 수집된 자료를 정리하여 서술한 것으로, 본격적인 연구의 소재를 제공하는 데 그 목적이 있다. 따라서 보고논문은 연구자가 어떤 사실이나 현상 또는 실험에 관한 자료 등을 제시하는 데 중점을 둔 논문이다. 보고논문에도 해석이나 추론이 들어갈 수 있지만 2차적인 것이며, 일반적인 원리를 검증 또는 적용한 과정이나 결과가 중요하다. 조사나 실험이 새로운 이론이나 일반화를 위한 것이라면 연구논문의 성격을 띠게 된다. 보고논문에는 조사보고, 관찰보고, 답사보고, 채집보고 등이 있는데, 어떠한 종류의 보고이든 그 내용이 정확해야 한다.

③ 서평

새로 나온 연구논문이나 학술서적에 대해 그것이 가지는 의의와 가치에 대한 평가를 목적으로 하는 논문이다. 대체로 책이나 논문을 직접 읽지 못한 독자를 위해 쓴다. 서평의 주된 기능은 논문이나 책의 가치에 대한 평가에 있으므로 무엇보다 객관적이고 공평무사해야 한다.

④ 평론

어떤 분야의 연구 성과를 넓은 범위에 걸쳐 정리·소개한다든지 새로 나온 저서나 논문을 비판적으로 소개하기 위하여 쓰는 글이기 때문에 무엇보다도 객관성이 있어야 한다. 즉 비평적 해석을 목적으로 하는 논문으로 사실보다는 개념을 다룬다. 설명이나 해설이 많은 분량을 차지만 그것과 함께 개진되는 필자의 비판적인 평가나 의견은 객관성을 지녀야 한다. 평론은 흔히 논문을 작성할 때 자료의 예비조사에 활용되기도 하므로 인용문헌의 출처를 상세히 밝혀 두어야 한다.

⑤ 학위논문

대학이나 대학원에서 일정한 학점을 이수한 다음 학사, 석사, 박사 등의 학위를 취득하기 위해 제출하는 연구논문이다. 일반 연구논문과 다른 점은 지도교수의 지도에 의해 논문이 작성되며 엄격한 형식적 요건을 갖추어야 한다.

석사학위 논문에서는 해당 분야에서 전문적 연구가로서 대성할 수 있는 자질을 드러내 보일 것이 요구된다. 따라서 석사학위 논문은 완벽한 방증, 주제에 대한 연구사적 고찰, 충분한 자료 제시 등을 통해 전문적 연구가로서의 자질을 과시하는 勞作이 되어야 할 것이다.

한편 박사학위 논문에서는 독창적인 연구를 통해 해당 학문에 현저한 공헌을 할 것이 요구된다. 따라서 박사학위 논문은 새로운 학설의 제시, 새로운 사실의 발견, 또는 혁신적 연구방법의 정립 등을 통해 해당 분야에서 신 영역을 개척한 것이어야 한다.[4]

다음에는 대학생이 써야 할 논문을 그 조건에 따라 하나, 졸업논문. 둘, 학기말 리포트. 셋, 소논문의 세 가지로 나누기도 한다. 이 세 가지 논문의 특징을 간단히 들어 보면 다음과 같다.

가. 졸업논문

대학 졸업을 앞둔 학생이 4년간 터득한 전공과목의 지식을 종합적으로 표현하기 위해 쓰여진다. 대학생활의 학구적인 방면에 있어서의 자격심사 청구서이며, 동시에 한 사람의 학자가

4: 김용구 외 6인 공저, 글쓰기의 원리와 실제, 북스힐, 2003. 3, pp.276-277 참조.

되는데 있어서의 총결산 보고서와 같은 것이다. 따라서 졸업논문은 학문연구 실습이며, 학문연구의 기술을 습득하는 道場이어야 한다. 졸업논문은 또한 자주적 학문 연수의 능력을 함양시키기 위해서 쓰여진다. 지식을 수동적으로 받아들이는 데 그치지 않고, 스스로 과제를 찾고 자료를 수집·해석하여 이를 해결해 내는 연구의 일반적 능력은 논문을 써 봄으로써만 함양될 수 있는 것이다.

뿐만 아니라 학문연구에 대한 태도를 올바르게 길러내는 구실을 하는 것이며, 학생들은 이러한 기초적인 연구 능력을 갖출 수 있게 된다. 그로 말미암아 연구대상에 대한 깊은 애착 없이 제아무리 精緻하게 고찰한다고 해도 그것은 생명 없는 한갓 形骸에 지나지 않을 것이다.

나. 학기말 리포트

대학이나 대학원 강좌에서 한 학기 강의가 끝나고 강의 내용을 심화시켜 그것을 평가받기 위해 담당교수의 요구에 따라 제출하는 논문이다. 학생들로 하여금 연구 방법을 습득하게 하고 연구 결과를 보고하는 표현 기교를 훈련시키는 데 그 주된 목적이 있으며 연구 결과, 즉 결론보다는 오히려 문제 해결의 과정 또는 문제점의 제기 등에 더 큰 의의가 놓여 있는 것이다. 따라서 리포트는 정상적인 논문보다 다루는 주제의 범위가 좁을 수밖에 없고, 때로는 정상적인 논문의 서론에 해당하는 부분을 생략하기도 하며, 주석이 충실한 경우에는 참고문헌 소개를 생략하기도 한다.

학기말 리포트는 학생 스스로 문제를 파헤쳐 해결방법을 모색하게 하는 장점이 있다. 또한 학문적 가능성을 평가하는 준거가 되는 논문이므로 논문이 갖추어야 할 내·외적인 형식 요건을 충실히 지켜야 한다. 따라서 논문 제목은 물론이고 목차, 주석, 참고문헌도 있어야 하며, 논지가 논리적인 순서에 따라 전개되어야 한다.

다. 소논문

지면이 한정되어 있는 학회지나 또는 학보 같은 데에 게재하기 위한 단편 논문을 말한다. 이것은 담당 교수에게 제출하는 것으로 그치는 것이 아니라, 대외적으로 공표되는 성질의 것이기 때문에 아무리 짧은 논문이라도 학기말 리포트와 같이 서론 부분이나 참고문헌 같은 것은 생략할 수 없다. 그리고 어디까지나 진리 탐구의 역군으로서 긍지를 갖고, 자기의 이름 석 자를 욕되게 하지 않도록 책임 있는 글을 쓰는 버릇을 길러야 할 것이다.

논문을 쓰는 대학생이 지켜야 할 가장 바른 길은 그 논문이 이루어질 수 있게 이끌어 준 많은 참고문헌에 대한 예의를 잃지 말라는 것이다.

2) 논문의 요건

논문에는 적어도 다음과 같은 요건이 있을 때 그 가치가 성립될 수 있다고 본다.

가. 독창성이 있어야 한다. 논문의 생명은 독창성이다. 연구자료, 방법, 결론, 이 세 가지 요소 중에서 한 가지 이상은 새로운 것이어야 한다. 진정한 학문은 기존의 지식에 대한 회의에서 출발한다. 그러므로 기존의 연구업적을 섭렵하여 종래 밝혀지지 않은 사실을 해명함으로써 학문의 발전에 이바지할 때 그 가치를 획득하게 된다.

나. 논문은 정확성이 요구된다. 자신의 주장을 뒷받침하는 구체적 자료뿐만 아니라 논문에 인용된 인명이나 참고자료, 문헌명 등은 정확하게 제시되어야 한다. 정확성은 바로 신뢰도이며 신뢰성을 잃은 논문은 논문으로서의 가치가 없어지기 때문이다. 따라서 논문의 내용은 말할 것도 없고, 각주나 참고문헌까지도 소홀히 해서는 안 된다.

다. 논문은 그 서술이 객관성이어야 한다. 연구자의 주관적인 의견이나 편견이 바탕이 되어서는 안 된다. 연구자의 주장을 뒷받침하는 객관적인 사실과 증거가 있어야 한다.

라. 논문 집필자는 개인적인 편견이나 감정, 또는 선입견에 사로잡혀서 어떤 특정한 학설에 집착해서는 안 된다. 논문은 쓰는 사람의 개인적인 주장에 상반되거나 엇갈린 학설이라 할지라도 엄정하고 공평하게 취급하면서 진실을 추구해야 한다.

마. 논문은 간행물을 통하여 글로 발표되어야 한다. 강의나 발표회에서 구두로 발표한 논문이라도 그것이 인쇄된 글로 발표되지 않으면 연구업적으로 인정받을 수 없다.

바. 논문에서 다루는 주제는 논리적으로 증명할 수 있는 것이어야 한다. 결론의 정당성을 입증해 주는 엄밀한 추론의 과정이 없다면, 아무리 타당한 결론이라도 필자의 상상에 불과한 것이다. 특히 자연과학 분야의 논문에서 실험은 타인이 반복하는 경우가 많으므로 그 실험이 재현될 수 있도록 서술이나 논리가 명확하고 타당하게 전개되어야 한다.

사. 논문의 문장 표현은 다른 글들과 분명히 구별되는 특징을 지닌다. 먼저 문법에 맞는 문장을 써야 한다. 문법에 맞지 않는 문장은 독자가 이해하기 어렵다는 사실을 명심해야 한다. 특히 문장은 대화와 다르므로 구어체보다는 문어체의 문장을 써야 한다. 문법

뿐 아니라 표현의 정확성에도 유의해야 한다. 따라서 논문을 쓸 때는 국어사전을 가까이 두고 평이한 단어나 관용적 표현의 의미도 확인해 보아야 한다.

또한 논문은 일반적 문장과 같이 필자의 생각을 남에게 알리는 행위이므로 누구나 알 수 있는 평이한 표현을 써야 한다. 현학적인 표현을 하면 독자들이 읽기를 포기할 수도 있다는 것을 알아야 한다. 그리고 논문의 문장은 고도로 절제된 표현이어야 한다. 필요한 내용만을 간결한 문장으로 표현하는 것이 독자에게 일관성을 심어주는 데에 효과적이다. 따라서 불필요한 설명이나 주관적인 요소가 개입되어서는 안 된다.

3) 논문작성의 단계

일반적으로 논문의 작성 절차는 연구 단계(사전 준비단계), 집필 단계, 제작 단계(정서 및 인쇄)로 나누어 볼 수 있다.

· 연구 단계…1. 주제의 선정
　　　　　2. 자료의 수집
　　　　　(1) 자료의 조사
　　　　　(2) 자료의 평가
　　　　　(3) 자료의 채록
　　　　　(4) 자료의 정리
　　　　　3. 구성과 아우트라인(개요) 작성

· 집필 단계…1. 초고의 작성
　　　　　2. 퇴고
· 제출 단계…1. 정서
　　　　　2. 인쇄

① 문제의 발견과 주제의 선정

논문 준비의 첫 단계는 문제를 발견하여 주제를 정하는 것이다. 논문을 쓰기 위해서는 무엇보다도 먼저 주제가 정해져야 한다. 좋은 문제를 발견하는 것은 좋은 논문을 쓰기 위한 가장 기본적인 조건이다. 문제를 발견하기 위해서는 다른 사람의 연구논문을 열심히 읽어야 하지만 무엇보다도 연구자의 태도가 중요하다. 연구자의 관심과 흥미를 끌 수 있는 문제를 다룬 최근의 논문에서부터 빠른 시기의 논문을 거슬러 읽어가되, 비판적 시각을 잃지 말아야 한다. 또한 사실이나 현상을 바라보는 시각을 넓혀서 동일한 사실이나 현상일지라도 바라보는 시각에는 수없이 많은 방법이 있을 수 있음을 명심한다.

어떤 의미에서 논문의 가치는 그 논문의 주제가 갖는 의의에 달려 있다고 해도 과언이 아닌 만큼 주제의 선정에는 신중을 기할 필요가 있다. 따라서 외부로부터 논문의 주제가 주어지는 경우가 아니라면 학생들의 경우, 주제의 선정에 있어서는 지도교수나 학계의 선배 또는 동창들의 도움말과 협력을 구하는 것이 좋을 것이다. 그러나 다른 사람들의 도움말이나 협력을 얻는다 해도 주제의 선정에 있어서 맨 마지막 결정을 내리는 사람은 결국 논문을 쓰는 당사자임에 틀림없다.

몇 가지 새로운 문제를 발견했을 때 어느 한 가지를 논문의 주제로 삼을 때 다음과 같은 사항을 유의한다.

가. 자기의 관심과 호기심을 불러일으킬 수 있는 문제를 선정한다. 관심과 호기심이 없으면 문제에 대한 정열을 잃기 쉽고, 정열이 없으면 문제를 끝까지 해결하려는 의지를 유지하기 어렵기 때문이다.

나. 자기의 능력으로 해결할 수 있어야 하며, 요구하는 분량에 적합한 문제를 선정해야 한다. 너무 거창한 문제를 선정하여 자신의 능력으로 해결할 수 없는 주제는 피하는 것이 좋다.

다. 평범한 문제보다는 가치 있는 문제를 선정한다. 아직 학계에 알려지지 않은 것이 이미 알려져 있는 것보다 가치 있는 문제이며, 단편적인 것보다 여러 가지 국면이나 현상이 걸쳐 있는 문제가 가치 있는 문제이며 주변적인 것보다 핵심적인 문제가 더 가치 있는 것이다.

라. 참고자료의 수집이 가능한 주제를 선정한다.

마. 실험이 가능한 주제를 선정한다.

바. 발전성이 있는 문제를 택한다.

위에 제시한 여섯 가지의 요건을 두루 갖춘 문제를 주제로 선택해야 바람직한 논문이 나올 수도 있는 것이다.

문제의 유형에 따라 연구방법의 차이는 물론이고, 논문의 성격도 달라지므로 논문을 쓰고자 할 때 풀고자 하는 문제의 유형을 고려해야만 한다. 문제의 유형은 사실 확인의 문제, 가치 판단의 문제, 技術에 관한 문제로 나누어진다.[5]

② 자료조사 및 정리

이렇게 해서 주제가 선정되었다면 이제 논문을 쓰기 위해 자료를 모으는 작업이 시작되어야 한다. 얼마나 많고 풍부한 자료를 가지고 있는 가는 논문의 성패를 좌우한다. 그렇게 자료를 수집한 후에는 그 자료들을 조사하고 평가하고 정리하는 작업이 있어야 한다. 아무리 많은 자료를 가지고 있더라도 그것들을 제대로 논문 쓰는데 활용할 수 없으면 아무런 소용이 없기 때문이다. 자료의 수집은 각자의 전공 분야에 따라 또는 선정된 문제의 성질에 따라 독특한 단계를 거치는 경우도 있으나, 이 과정은 일반적으로 자료의 조사, 평가, 채록, 정리의 단계로 나누어짐이 보통이다.

만일 자료에 관한 정보 중에서 어느 한 부분만이라도 잊어버리는 일이 생긴다면 그 학생은 다시 그 자료를 찾아서 확인을 해야 하거나, 아니면 아쉽게도 그 자료를 포기해야만 할 것이다. 그렇기 때문에 필요한 것이 자료를 정리하고, 정리하고, 배치하고, 채록하는 작업이다.

가. 자료조사의 첫 단계는 자기가 쓰려는 논문의 주제와 직간접으로 관련이 있는 문제를 다룬 기존의 연구업적을 조사하여 논저 목록을 작성하는 일이다. 이제까지 출판된 단행본을 비롯하여 연간, 계간, 월간, 부정기간의 모든 학술지를 조사해야 한다. 이 때 유의해야 할 점은 자기에게 필요한 연구업적을 빠트리지 않기 위해서 자기의 논문 주제와 관련이 있는 것이 어느 정도의 범위에 걸쳐 있는지를 미리 점검해 두어야 한다.

나. 논저의 목록을 작성한 다음에 할 작업은 선행연구에 대한 면밀한 검토이다. 즉 선행연구에 대한 내용을 파악하고, 중요한 자료를 선택하고 비판하는 단계라 할 수 있다.

다. 자료의 조사와 수집 및 채록은 논문이 진행되는 동안 동시에 진행되는 작업이라 할 수

5: 김용구 외 6인 공저, 글쓰기의 원리와 실제, 북스힐, 2003. 3, pp.279−281 참조.

있다. 자료 채록이란 연구문헌의 목록이나 그 서지사항을 기록하는 작업뿐만 아니라 자료 문헌의 검토에서 얻어진 내용을 수록하는 작업은 물론이고, 실험이나 관찰 및 관측 또는 자료 조사의 내용과 관련되는 일체의 세부 사항을 적어 놓은 것을 말한다. 이때 자기가 조사하는 자료만을 채록하는 것이 아니라 순간순간 떠오르는 아이디어를 적어 놓기도 한다.

②-1 채록 도구

연구 문헌이나 자료 문헌조사와 같이 일반적인 경우에 카드나 노트를 사용해 왔으나 최근에는 컴퓨터의 보급과 사용이 일반화하면서 채록을 위하여 개인용 컴퓨터가 이용되고 있다. 노트는 기록된 자료의 순서를 바꿀 수 없다는 결함이 있고, 카드는 보관상의 결함이 있는데 비해, 컴퓨터는 거의 무한대로 많은 양의 정보를 입력 보관할 수 있고 언제든지 출력할 수 있을 뿐 아니라 자료의 배열이나 편집 검색 등이 편리함은 물론이고, 다른 컴퓨터에 연결하여 서로 정보를 공유할 수 있게 되어 컴퓨터에 대한 의존도가 점점 높아지고 있는 추세이다. 그러나 컴퓨터를 이용하더라도 기록 내용은 카드 작성의 경우와 같으므로 여기서는 카드 기입의 방법에 대해 설명한다. 카드 작성의 요령을 간단히 적어보면 다음과 같다.

가. 카드에 기록되는 원전의 내용은 물론 원전에 대한 정보도 빠짐없이 치밀하게 작성해 놓아야 한다.
나. 자료의 채록에 앞서 텍스트의 전체적인 논지를 파악하지 않으면 안 된다.
다. 한 장의 카드에는 반드시 한 가지 내용만을 기입하도록 한다.
라. 카드나 노트는 한 쪽 면만을 써야 한다.

카드 작업이란 고되고 더딘 작업이다. 그러므로 자료의 성격에 따라서는 스크랩이나 봉투 등을 적절히 사용해서 카드 작업을 보완하는 것이 좋다.

②-2 채록 방법

자료 채록을 위해 읽은 책에서는 그 내용뿐만 아니라 반드시 그 서지 사항을 빠짐없이 기입·정리해 두어야 한다. 이 때 카드는 참고문헌의 서지사항을 따로 기재한 문헌 카드와 그 내용도 기입한 내용 카드의 둘로 나누어 작성하는 것이 편리하다.

가. 하나의 양식에는 하나의 내용만을 기록한다. 자료의 정리 검색, 편집상의 편의를 위한 배려이다.

나. 필요한 사항을 정확하고 완전하게 기록한다. 이는 같은 자료를 두 번 다시 읽거나, 조사하지 않도록 하기 위함이다.

다. 내용을 기록할 때는 완전 인용한 글은 큰따옴표를 사용하고, 요약한 글은 <요약> 등으로 표시해야 나중에 혼동되지 않는다. 자신의 비판을 덧붙일 경우에도 반드시 인용 내용과 구별되도록 한다.

라. 한문이나 외국어로 된 자료를 채록할 때는 원문을 정확하게 기입해야 하고, 논문을 집필할 때는 반드시 번역해서 실어야 한다.

마. 연구문헌이나 자료문헌은 어느 것이나 그 서지사항을 정확히 기록해야 한다. 기록 내용은 저자, 책이나 논문의 제목, 논문의 경우에는 논문이 실려 있는 잡지나 학술지의 명칭을 적고, 책인 경우에는 출판지(도시 이름), 출판사를 적는다. 그리고 참고한 페이지를 적는다.

②-3 자료의 정리

가능한 한 자료를 완전하고도 정확하게 채록하였다는 생각이 들면, 논문의 내용과 분량을 염두에 두면서 채록된 자료의 재배열과 취사선택을 해야 한다. 아무리 좋은 자료를 채록하였다 하더라도 그것이 평가 안목을 통해서 적절하게 정리되지 못하고 흩어진 채로 있다면 그것은 자료로서 가치가 없기 때문이다.

자료를 정리하기 위하여서는 일정하고도 구체적인 기준이 필요하다. 일반적인 자료 정리의 방법으로 다음과 같은 기준들을 생각해 보는 것도 효율적이다.

가. 내용상의 유사점과 차이점, 상호 연관성과 대립성에 따라 분류하여 비슷한 내용의 자료끼리 모아 놓는다.

나. 일반적인 내용으로부터 차츰 특수한 내용으로 연역적인 편성을 취하거나, 특수한 내용

으로부터 차츰 일반적인 내용의 순서로 귀납적인 편성을 시도해 본다.

다. 내용상의 인과 관계를 따져 자료를 분류해 본다.

자료를 정리하는 과정에 있어서 아무리 귀중해 보이는 자료라 하더라도 마련된 기준에 벗어나는 경우에는 과감히 이를 버려야 한다.[6:]

③ 개요의 작성

체계 있는 자료 정리를 통하여 결정적인 결론이 떠오르게 되고 논문의 뼈대가 거의 서게 되면 논문을 만들기 위한 치밀한 구상을 해야 한다. 아울러 일관성 있는 글을 쓰기 위하여 그 구상을 도식화하여 메모를 작성하는, 곧 개요를 작성하는 것이 바람직하다. 개요에 대한 대체적인 구상은 주제 설정과 자료 조사의 과정에서 이루어질 수 있다. 그러나 논리적 일관성과 충실한 논지 전개를 위하여 자료 정리가 끝난 다음에 개요를 다시 작성하는 것이 좋다.

4) 논문의 記述 – 논문의 체재와 구성

자료가 정리되고, 구상과 개요 작성이 완료되면 구체적으로 논문을 쓰는 단계에 들어가게 된다. 그런데 논문을 쓰자면 일정한 체재를 갖추어야 하고, 그러자면 논문 기술상의 여러 가지 특정한 방식을 알아야만 한다. 논문의 체재, 각 부분이 담아야 할 내용, 인용법, 주석 달기, 참고 문헌란 작성의 순서로 논문 기술상의 요건이나 방식 등을 살펴보면 다음과 같다.

① 논문의 체재와 내용

논문의 구성은 학문 분야나 연구방법, 집필자의 의도에 따라 그 구성이 달라질 수 있다. 그러나 논문의 특성상 체계적인 논리의 전개를 기본 요건으로 하기 때문에 문학작품과는 다른 유기적인 통일과 형식을 필요로 한다. 논문을 쓰는 목적이 그것을 읽는 사람에게 필요한 정보를 가장 효율적이고 설득력 있게 전달하는 데에 있기 때문이다.

6: 김용구 외 6인 공저, 글쓰기의 원리와 실제, 북스힐, 2003. 3, pp.286-287 참조.

대체로 논문은 서론－본론－결론의 3단 구성을 기본으로 한다. 그러나 起·乘·轉·結의 4단 구성도 있을 수 있고, 아니면 문제제기－문제 구체화 단계－해결법 모색단계－해결법 제시 단계－행동화 단계 식의 구성도 가능하다. 연구방법이나 분야에 따라 구성을 달리할 수밖에 없기 때문에 각자가 연구내용에 어울리는 구성양식을 취하면 된다. 그 배열은 다음과 같은 순서에 따라 조직된다.

② 각 부분의 내용

(1) 序頭

1. 표제지
2. 제목
3. 제출서와 인정서
4. 목차
5. 도표목록, 삽화목록, 略號목록
6. 序文 또는 私事

(2) 논문목록

1. 서론
2. 본론 또는 연구보고 본론, 연구보고
3. 결론

(3) 참고자료

1. 참고문헌란
2. 부록
3. 색인
4. 초록

일반적으로 일반논문이 그 양식에 관대한 편이라면 학위논문은 비교적 엄격한 구성 양식을 따를 것을 요구한다. 그러나 어떠한 경우라도 그 양식이 절대적인 것은 아니다. 여기서는 인문·사회과학 분야에서 주로 이용하는 논문의 구성양식을 중심으로 살펴본다.

가. 표제지

표제지란 논문의 제목과 필자의 이름이 적히는 앞표지를 말한다. 학위논문일 경우에는 각 대학에서 정한 엄격한 규격이 있다. 일반 학술논문일 경우는 이러한 표제면에 대한 규식이 없다. 논문의 제목과 필자의 이름을 남이 잘 알아볼 수 있게 되면 쓴다.

나. 논제(표제)

논문의 제목은 논문의 내용과 부합해야 하며, 문제의 성격과 범위를 정확하게 드러내면서 간결한 것이 좋다.

(ㄱ) 논문의 주된 내용을 명확하게 나타내는 것이어야 한다.
(ㄴ) 간결한 것이어야 한다.
(ㄷ) 주의를 끌 수 있는 것이어야 한다.

다. 저자명

라. 목차(내용)

머리말이나 謝辭가 끝나면 다음에는 목차를 밝혀야 한다. 이 목차는 흔히 차례 또는 목록이라고도 한다. 이 목차는 국문 논문인 경우 章, 節, 項, 目 등으로 나누는 것이 보통이다. 그리고 영문의 경우 章에 해당하는 것은 로마 숫자로, 節에 해당하는 것은 알파벳의 대문자로, 項에 해당하는 것은 아라비아숫자로, 目에 해당하는 것은 알파벳의 소문자로 표시한다. 이런 구분을 목차란에 기입할 때는 그 순서에 따라 한 글자나 두어 글자쯤 낮추어서 쓰는 것이 관례로 되어 있다.

마. 서론(서언 서론 머리말 들머리 들어가기 등)

序頭에서 언급되는 序文 또는 머리말에서는 그 논문에서 다루어질 연구범위와 연구목적을 간략하게 밝히고, 그 논문의 성격을 간단히 소개하여야 한다.

바. 본론

논문에 있어서 본론 또는 연구보고만큼 중요하면서도 짜기 힘든 것은 없을 것이다.

사. 결론 및 제언

바. 총괄(적요 요약)

아. 謝辭 — 조력자에 謝意를 표하는 것

자. 참고문헌

차. 부록 첨가 — 자세한 자료표, 논문 제출 후 발견된 사항 등을 부록에 넣는다.

[인문·사회과학 논문의 구성 기본양식]

Ⅰ. 서론
Ⅱ. 연구 문제
  ① 이론적 배경
  ② 접근 가설
  ③ 결론
Ⅲ. 연구방법과 절차
  ① 측정 수단
  ② 연구 대상
  ③ 연구 절차
  ④ 분석 방법
Ⅳ. 결과와 논의
  ① 결과 및 해석

② 논의 및 평가

V. 결론 및 요약

VI. 참고 문헌

③ 본문의 기본 양식

논문의 구성에는 어느 것 하나라도 소홀히 할 수는 없지만 그래도 가장 알맹이가 되는 것은 본문이라 하지 않을 수 없다. 본문의 구성은 흔히 서론·본론·결론으로 이루어져 있다.

서론에서는 문제를 제기하고, 본론에서는 그 문제에 대한 논증을 하며, 결론에서는 논증한 내용이나 결과를 토대로 서론에서 제기했던 문제들에 대한 판단을 내리고 매듭을 짓는다. 그러므로 서론·본론·결론으로 이루어지는 이 3단 구성의 각 부분 사이에는 긴밀한 논리적 일관성이 있어야 한다.

③-1 서론

서론은 보통 다른 말로 서론, 서언 또는 序라고 하며, 우리말로 머리말, 머리글이라고 한다. 서론은 본문의 첫머리인 만큼 연구의 주제가 어떤 성격의 것이며, 이것이 지니는 의의가 무엇인가를 분명히 밝히는 것이 중요하다. 어떤 주제에 대하여 논문을 쓰고자 했다면, 필자는 그 분야에 대하여 무엇인가 문제의식을 가졌기 때문일 것이다. 그러므로 연구의 동기나 목적도 서론에서 밝힐 필요가 있다. 그리고 논문은 나름대로 범위의 한계가 있기 마련이다. 필자는 어느 범위 안에서 주제를 다루게 될지를 미리 밝히는 것이 좋다. 물론 범위를 밝히는 데에 있어서 자기가 왜 그 정도의 범위에서 연구를 하게 되었는지, 또는 그렇게 할 수밖에 없었는지에 대한 이유도 밝히는 것이 바람직하다.

이 서론 부분에는 반드시 다음에 사항들이 제시되어야 한다.

(ㄱ) 문제점에 대하여 조사나 연구를 수행해야 할 목적을 명백하고도 완전하게 제시해야 한다.

(ㄴ) 문제점의 중요성에 대하여 확실하고 특이한 이유를 주장해야 한다.

(ㄷ) 그 논문에서 완전히 해결하지 못한 사실을 미리 밝혀둔다.

(ㄹ) 문제점이나 그것과 관련된 기존 업적에 대하여 간단히 비평을 수반하는 연구사의 개
략을 소개해야 한다.

(ㅁ) 자료나 논거의 출처, 연구과정의 방법, 사실의 처리 등에 대한 記述을 정확하게 해야
한다.

가. 연구사

연구사는 자기가 다루고자 하는 문제에 관한 기존의 연구 상황을 연대순이나, 다른 일정한 기준에 따라 간결하게 요약하여 기술한다. 이 때 나름대로 문제점이나 한계점을 지적할 수 있다. 그렇게 함으로써 자기가 연구하고자 하는 문제를 부각시킬 수가 있고, 적어도 기존 문헌에 대한 상당한 사전 연구나 이해를 바탕으로 하여 논문이 작성되고 있음을 독자에게 알릴 수 있기 때문이다. 이처럼 기존의 연구 상황을 검토하지 않으면 자기도 모르는 사이에 과거의 이론을 재론할 가능성이 있고, 논지의 독창성도 세우기 어렵다. 때로 연구사의 장황한 설명은 논문의 균형을 파괴할 우려도 없지 않으나, 해당 분야의 연구업적을 검토하고 문제점을 찾아 볼 수 있다는 점에서 연구사의 개관은 그 의의가 크다고 할 수 있다.

나. 연구방법

이것은 논문의 주제에 대한 연구 방법, 즉 접근방법을 소개하는 것이다. 어떤 논문은 주로 史的 접근방법을 쓸 수도 있고, 어떤 것은 실험이나 현지조사를 바탕으로 할 수도 있으며, 기존 문헌자료를 연구의 기초로 삼을 수도 있다.

동일한 문제나 대상에 대하여 이론이나 반론이 생기는 이유는 연구방법의 차이에서 오는 경우가 많다. 그러므로 연구의 정확성과 신뢰성을 얻기 위하여 연구방법을 구체적으로 밝히는 것이 필요하다.

다. 연구 결과

이것은 논문의 본문에서 몸통에 해당되는 중심이고 핵심 부분이다. 서론에서 제기한 문제들을 일정한 연구방법에 따라 본격적으로 정리하고 분석하고 규명해 나간다. 이 때 어떻게 하면 자기의 논지를 효과적으로 일관성 있고 설득력 있게 전개할 것인 지를 숙고해야 한다. 논문 작성을 위해 준비했던 자료들을 어떻게 배열하고 인용하여 자기의 주장이나 이론의 타당성을 뒷받침하느냐의 문제가 중요하다.

통계자료를 사용할 때는 도표를 제시하는 것으로 그치지 말고, 반드시 문장으로 그 개요나 요점을 설명하고 논의해야 한다.

연구 결과는 자세하고 정확하게 기술해야 한다. 연구방법에 따라 연구 결과는 여러 가지로 다양하게 나올 수가 있다. 그러나 같은 자료, 같은 조건으로 연구했을 경우 누가 연구하더라도 같은 결과가 나올 수 있는 객관성과 타당성이 있어야 한다.

어떤 종류의 논문이든 이 본론 또는 연구보고에서 주의해야 할 점은 다음과 같다. 하나, 논제나 문제점에 대한 충분하고 명백한 설명이 이루어져야 한다. 둘, 연구 과정이나 조사과정에서 채택된 자료나 방법에 대한 명백한 記述이 있어야 한다. 셋, 모든 사실은 낱낱이 따져져야 한다. 이상의 세 가지 요건을 제대로 갖추기 위하여 다음에서 설명할 세 가지 과정이 필요하다. 하나, 논거의 제시이다. 둘, 논의이다. 셋, 논지의 전개이다.

③-2 본론

본론에서 중요한 것은 주제나 문제점에 대한 충분한 설명과 명확한 記述이다. 그리고 사실에 대해 낱낱이 따지는 논의의 제시와 논의 과정도 등한시 할 수 없다. 논의는 서론에서 제시한 기존의 이론이나 견해에 대해 자신의 의견을 피력해 나가는 것이다. 이 때 자신의 의견과 남의 의견을 명확히 구별해서 소개해야 한다. 자료에 관한 논의나 논지 전개는 포괄적인 데에서 시작하여 점차 범위를 좁혀 가는 것이 일반적이다.

또한 논리의 전개에 있어서 연역적인 논리 전개보다는 귀납적인 논리 전개의 방법을 택하는 것이 바람직하다. 물론 논지를 전개하는 데에 논리의 비약이나 자료의 공백이 있어서는 안 된다. 보통 큰 문제로부터 차츰 범위를 좁혀서 작은 문제에 전개시켜 나가는 것이 관례로 되어 있다. 따라서 논거의 제시에 있어서도 큰 문제에 관계되는 것으로부터 작은 문제에 관계되는 것의 순서에 배열할 것은 물론이요, 논의의 순서도 우선 큰 문제로부터 해명해 놓고 차츰 문제를 좁혀가면서 깊이 있는 논의를 진행시켜 나가야 할 것이다.

논의에 있어 다른 說과의 모순이나 충돌이 일어날 경우에는 반드시 증거에 의하여 비판하고, 그 이유를 설득력 있게 해명해야 한다. 감정의 개입이나 선입견의 삽입은 금물이다. 사고와 판단은 논리적이어야 하고, 그렇게 함으로써 독자를 설득시킬 수 있다.

이 본론의 부분에서 논지를 펴나가면서 하나하나의 문제가 해명될 때마다 매듭을 지어서 소결론을 정리해 두는 것이 좋겠다는 것이다. 흔히 결론을 결론 부분으로 미루고 본론에서는 유보해 두기도 하는데, 최근에 와서는 본론에서 소결론으로 매듭을 짓는 경향이 우세해지고 있다.

③-3 결론

본론에서 규명한 이론이나 주장을 토대로 자기가 연구한 결과에 대해 최종 판단을 내림으로써 논문을 끝맺는 부분이다. 결론은 논문의 열매라고 할 수 있으므로 핵심적인 사항을 간명하게 제시하는 것이 좋다. 흔히 이제까지 본론에서 논의했던 내용과 관련성이 없거나 근거가 없는 주장을 하거나 감상적인 의견을 덧붙이는 경우가 있는데, 그러한 일은 절대로 삼가야 한다. 그리고 논문에서 다룬 문제의 성격이 어떤 사회 현상에 대한 진단과 처방과 같은 것이라면, 결론에 정책상의 건의나 제언이 제시되어야 논문이 가치를 인정받게 된다. 흔히 결론 및 제언이라 하여 사회과학 분야의 논문에 이러한 예를 찾아볼 수 있다. 결론을 포함하여 논문 전체를 요약하는 이른바 Summary가 특히 중요하다. 논문에서 밝혀진 중요한 사실이나 각 장절의 소결론을 논지의 전개에 따라 순서대로 재정리하고 간명하게 요약하는 결론장이 되도록 하는 것이 좋다.

또한 결론의 마지막 부분에 덧붙여서 해당 분야의 문제점이나 앞으로 연구할 필요가 있는 과제를 제시해 놓은 것도 다음의 연구자를 위해 유익한 일이 될 수 있다. 반드시 해명하지 못한 부분, 또는 앞으로 좀 더 상세히 규명해야 할 문제가 반드시 나오게 마련인데, 이런 숙제로 남은 부분을 지적해 둘 필요가 있다는 것이다.

결론은 자기의 조사·연구의 범위 내에서 머물러야지 지나친 비약이나 단정이 심한 주장은 독단으로 흐를 염려가 있으므로 주의해야 한다. 자료는 거창한데 결론이 빈약하다거나, 반대로 자료는 빈약한데 결론이 거창하거나 하는 것도 바람직하지 못하다. 비록 큰 성과를 얻었다 할지라도 되도록 명백히 된 사실만을 가리고 골라서 자신 있는 사실만을 결론으로 삼는 것이 가장 안전한 길이 될 것이다.

5) 논문의 표현과 표기

① 문장의 기본 요건

하나, 명확성 둘, 간결성 셋, 평이성

② 표현과 표기상 유의할 사항

②-1 문장의 단락

어떤 화제를 중심으로 관련성이 있는 여러 개의 문장으로 이루어진 묶음을 문장의 단락이라 한다. 또는 소주제를 중심으로 이루어진 문장들의 묶음이다. 들여 쓰기를 이루어진 단락이다.

지나친 겸손은 비굴함을 나타내고, 독선적 어조는 불쾌감을 가지게 되고 강한 어조의 단정적 기술은 책임이 따른다. 그러므로 논문의 문장은 「…에 따르면, …에 의하면」이 바람직하다.

②-2 구두점

가. 문장의 간결성이나 명확성을 좌우한다.
나. 논문의 논제, 연월일 성명에는 구두점이 필요하다.
다. 동일한 類의 단어 나열에는 가운데 점을 찍는다.

②-3 경칭

가. 경칭이나 경어는 안 쓴다. 이름을 쓴다.
나. 논문 중에는 자기를 지칭할 때는 필자 또는 저자라 하고, 기존의 자기 논문인용 때는 이름을 쓴다.

가. 외래어 표기법을 엄격히 준수한다.

나. 외래어를 그대로 표기한다.

②-5 동의어나 동음어의 반복은 될 수록 반복되지 않도록 유의한다.[7]

6) 참고문헌, 주석 및 인용

① 참고문헌

학술논문의 경우 논문을 쓸 때 참고가 된 모든 참고문헌을 뒤에 밝히는 것이 원칙이다. 이렇게 함으로써 그 논문에 대한 신뢰도와 타당성을 부여하고 또 저자에 대한 예의를 표시하며 다음 연구자를 위한 문헌적 길잡이의 역할을 하는 이유이기도 하다.

①-1 참고문헌의 기능

자료의 채취나 비판의 대상이 되었던 모든 서적이나 문헌은 일정한 규정에 따라 정리 수록되어야 한다. 그리고 독자들은 참고문헌을 통하여 그 논문을 비판적으로 검토하기도 하므로, 참고문헌은 논문의 가치를 평가하는 척도가 될 수 있다. 참고문헌란과 주석란은 그 기능이 다르다. 주석란은 특정한 사실이나 자료의 소재처를 지적하고, 참고문헌란은 주석란에서 기록된 사실이나 자료가 실려 있는 문헌 자체에 대한 정보를 기록하는 것이다. 따라서 주석에서는 같은 문헌을 여러 번 언급할 수도 있지만 참고문헌란에서는 그 문헌에 관한 정보를 단 한 번 기록하는 것이다. 그러므로 참고문헌란은 모든 서지적 사항이 자세히 기록되어야 한다.

①-2 참고문헌란의 배열

참고문헌란을 적절히 이용하기 위해서는 문헌의 종류에 따라 가능한 대로 분류를 하여 배

7: 이정자·한종구 공저, 글쓰기의 이론과 방법, 한올출판사, 2004. 2, pp.180-187 참조.

열하는 것이 원칙이지만 보통 단행본과 논문은 구분 없이 저자명의 가나다순, 또는 그 문헌들의 발행연월일순으로 배열한다. 자료의 배열은 다음 기준에 의하도록 한다.

가. 문헌의 종류에 따라 단행본과 논문은 함께 묶어서 배열한 후, 신문이나 잡지 그리고 사전류는 나중에 따로 분리하여 배열한다.

나. 문헌의 언어별로 국문, 동양어, 歐美語 논자 順으로 배열한다.

다. 국문 논자는 저자명의 가나다 順으로 배열한다. 한자문화권인 동양의 논자로서 저자명이 한자어로 된 경우는 저자명의 한국식 독음에 따라 가나다순으로 배열한다. 구미어 논자는 저자의 성 및 이름의 알파벳 순서로 배열한다. 한국인이 외국어로 쓴 논자는 외국인 논자에 포함된다.

라. 한 저자의 여러 논자가 있을 경우 출판 연도순으로 배열한다.

①-3 참고문헌의 형식

가. 저자명

(ㄱ) 저자명은 참고 논저에 나타난 저자나 필자의 성명을 그대로 적는다. 구미어 논저일 경우에는 성, 이름순으로 적고 성 뒤에 쉼표를 찍는다. fist name과 middle name 사이에는 쉼표를 찍지 않으나, 이들을 약자로 쓸 때에는 반드시 그 뒤에 각각 마침표를 찍어야 한다.

(ㄴ) 저자명의 자리에 편자 또는 역자를 제시할 경우에는 성명 뒤에 간격을 두지 않고 (편) 또는 (역)이라 쓰거나, 성명 뒤에 한 칸을 비우고 「편」, 또는 「역」이라 쓴다.

(ㄷ) 저자명이 학술단체명으로 기록되어 있을 경우에는 저자명 자리에 학술단체명을 쓴다.

(ㄹ) 여러 사람의 공저나 공편, 공역일 경우에는 세 사람까지는 성명을 다 밝히고 그 사이에 가운데점 (.)을 찍고 한 칸을 비운 다음 「공저(공편, 공역)」라고 쓴다. 세 사람 이상인 경우는 대표자 한 사람의 성명을 쓰고 「외 0명」이라고 쓴다.

나. 출판 연도

우선 출판 연도는 원칙적으로 출판사명 뒤에 쓰는 것이지만 요즘은 일반적으로 성명 바로 뒤에 간격을 두지 않고 쓰며 ( )로 묶기도 한다. 또한 특별한 경우가 아니면 최종판의 출판 연도를 쓴다. 이 때에는 초판본을 표시하지 않는 수도 있으나, 초판본의 연도를 먼저 쓰고 「/」 표시를 한 다음 개정판의 연도를 쓰는 경우도 있다.

다. 논저 제목

단행본은 『』< >, 또는 「」로 묶거나 아무 부호도 붙이지 않고 학술지 게재 논문은 " "로 묶어 준다. 석사, 박사 학위논문은 단행본에 포함된다. 다음 부제가 붙었을 경우에는 제목 뒤에 겹 점을 찍고 부제를 쓴다.

라. 게제지명

학술지 수록 논문일 경우 게재지명을 쓰고 그 다음에 한 칸을 비운 다음 「제0권 제0호」등 으로 쓴다. 다음은 단행본이나 논문이 총서의 일부일 때는 논저의 제목 뒤에는 총서의 이름 을 적고 그 다음에 참고하는 책의 총서 번호를 적는다.

마. 출판지명

단행본에 한하여 출판사의 본사가 있는 도시 이름을 쓰는 경우도 있다.

라. 출판사명

단행본의 경우에 한한다. 단행본 중 학위논문은 이 위치에 학위 수여 대학명과 학위 구분을 기록한다.

바. 기타 유의사항

각 항목의 끝에는 쉼표, 또는 마침표를 찍고 그 다음에 한 칸을 비운다.

> **일반적인 단행본** : 저자명(편, 역자명), 책 이름, 출판지명, 출판사명, 출판 연도, 참고한 페이지.
> **일반적인 논문** : 필자명, 논문 제목, 게재지명과 호수, 출판 연도, 참고한 페이지.

② 부록

이 부록에는 논문에서 기재하기 어려운 근본자료, 도표, 장문의 인용문 법률의 條文이나 외교관계 조약문, 독자들이 쉽게 얻어 보기 힘든 문헌의 내용, 사진자료 등을 묶어서 기재한다. 이 부록란도 그 내용의 성질에 따라 적절히 분류하여 이질적인 것을 혼동하지 않도록 주의할 것은 물론이고, 목록을 만들어 명시하여야 한다.

③ 索引

출판물이 아닌 경우 이 색인은 필요로 하지 않는다. 그러나 색인이 있어야 독자가 이해하기 편리한 경우에는 미출판물인 논문에도 색인을 만들어 붙이는 것이 좋다. 그리고 출판 가능성이 있는 논문은 말할 것도 없이 색인을 만들어 두어야 할 것이다.

④ 抄錄

대부분의 학술논문은 「Abstract」라는 이름의 외국어로 된 논문초록을 작성하는 것을 원칙으로 삼고 있다. 대체로 이 초록의 내용은 다음과 같다. 하나, 문제점의 제시 둘, 연구방법과 자료수집의 과정에 대한 간단한 설명, 셋, 그 논문에서 밝혀진 중요한 결과에 관한 간략한 제시이다. 초록은 일반적으로 참고문헌란 다음에 싣는 것이 관례로 되어 있으나, 최근에는 제출지와 인준지 다음에 싣는 경우가 많다.[8]

⑤ 註釋

논문을 쓸 때, 남이 쓴 글에서 어떤 정보를 제공받는 경우가 있다. 때로는 직접적·구체적 증거가 될 수 있는 典據를 빌려 옴으로써 자기 견해의 타당성 내지 정당성을 입증할 필요도 있게 된다. 학문적인 양심의 기준은 모든 자료의 출처를 밝히기를 요구한다. 그것은 정직성에 관계될 뿐만 아니라, 그 사람의 학문을 인정받는 길이기도 하기 때문이다. 인용된 모든 사실이

8: 성환갑·이주행·이찬규 공저, 현대인을 위한 이론과 활용, 도서출판 동인, 2001. 2, pp.207-234 참조.

나 의견 또는 결론에 관한 典據나 출처는 逐字的으로 또는 다른 방법으로 정확하게 제시되어야 한다. 주석의 목적은 다음과 같다.

가. 증거 자료의 타당성을 입증하기 위해서이다.
나. 신세를 진 데 대한 감사를 위하여서이다.
다. 본문 속에서는 다룰 수 없지만 논의를 보충할 목적이다.
라. 논문의 여러 부분의 연관성을 지어주기 위하여서이다.

그리고 주석란의 위치는 논문 전체의 말미나 장의 말미에 몰아서 기록하는 것을 尾註라 하고, 각 페이지의 아랫부분에 몰아서 기입하는 것을 脚注라 한다. 또 한 가지 일러두어야 할 것은 이 주석란에서 기록된 문헌은 반드시 논문 말미에 붙는 참고문헌란에 다시 소개되어야 한다는 점이다.

---

⑤-1 주석의 종류

일반적으로 주석이라 하면 자료의 출처를 밝히는 것만을 생각하는데, 주석이란 논문의 내용을 보다 정확하고 풍부하게 해 주고 독자들로 하여금 그 논문을 둘러싼 보다 넓고 깊은 지식에 접할 수 있게 해 주는 작업이다. 주석은 기능에 따라 참조주와 내용주로 분류할 수 있고, 위치에 따라 脚注와 後注로 나뉜다.

참조주 : 인용한 참고자료의 출처를 밝힘으로써 논지의 정당성, 입증의 정확성을 제시하기 위한 주석이다.
내용주 : 본문 내용을 부연하거나 설명을 덧붙일 필요가 있을 때, 이것을 따로 떼어 내어 처리하는 방법이다.
脚 注 : 주를 단 본문은 내용 페이지 바로 하단에 주석을 달아 놓은 것을 말한다.
後 注 : 각 장이나 논문의 끝에 일괄하여 주석을 모아 놓은 것이다.

가. 완전 주석

완전 주석이란 어떤 문헌이 처음으로 인용되었을 때 그 문헌을 식별하는 데 필요한 사항을 빠짐없이 기록하는 방법이다. 완전 주석의 내용은 참고문헌의 서지 사항과 흡사하다. 다만 참고문헌과 다른 점이 있다면 참고문헌란과 달리, 주석에는 참고한 내용이 실려 있는 페이지를 명시해야 한다. 그 순서는 저자명, 서명, 총서명과 일련번호, 발행부수 및 출판지·출판사명·출판년도, 페이지의 명시이다. 논문일 경우는 저자명, 논제명, 지명·논문집명, 권수 및 호수, 발행 연월일의 순이다. 기타의 자료 즉 신문 기사인 경우는 신문지명, 인용참고한 페이지만 밝히고 필요에 따라 발행지도 밝힌다. 저명기사는 저자명을 기입하고 사설을 괄호 속에 표시한다.

나. 약식 주석

약식 주석이란 앞에서 완전 주석으로 인용한 문헌을 번거롭게 반복하지 않고 일정한 부호나 略語를 사용하여 간단히 기록하는 방식이다.

다. Ibid

라틴어 ibidem(=in the same place)의 생략형으로 바로 앞의 주석에서 다루어진 문헌을 가리킬 때 사용한다. 이것은 같은 지은이의 동일한 저작을 인용할 때 쓰이는 것으로, 중간에 다른 저술이 끼어 있는 경우에는 사용하지 못한다. 또는 한자어인 전게서, 아니면 앞의 책 등으로 사용한다.

라. Op. cit. (위의 책, 상게서)

라틴어 opere citato(=in the cited)의 생략형으로 앞에 다룬 문헌을 다시 언급하고자 하나 중간에 다른 주석이 끼어 있어서 Ibid.를 쓸 수 없을 때 사용한다. 그러므로 단독으로 쓸 수 없고 반드시 지은이 이름을 곁들여야 한다.

마. 內脚註

최근에는 각주의 간편을 도모하기 위하여 완전주석이나 약식 주석 대신 저자명과 출판연도로써 어떤 저서나 논문을 대표시키는 주석의 방법이 일반적으로 많이 쓰인다. 이 같은 체재가 쓰이게 된 것은 20세기 후반에 와서 참고하여야 할 연구업적이 워낙 많아졌고, 또 한 학자의 여러 업적을 한 논문에 동시에 참조하여야 되는 일도 많아졌기 때문이다. 가령 한 학자의 두 저서를 인용하였을 때 Op. cit를 쓴다면 그 중 어느 저서를 가리키는지 알 길이 없는데, 이 때 김삼용(1974)로 표시하면 이러한 불편이 없다.

내각주란 보통의 각주처럼 본문의 아래에 따로 기록하지 않고 본문 속에 기록하는「문헌 주석」으로서 저자명, 출판 연도, 페이지만으로 이루어진다.「내용 주석」은 내각주로 처리할 수 없다. 내각주를 쓸 때에는 출판 연도가 참고 논저를 구별하는 중요한 기준이 되기 때문에 참고문헌란에도 내각주처럼 저자나 필자의 성명 다음에 출판 연도를 쓴다.

⑥ 引用

남의 글을 인용할 때는 출처를 정확히 밝혀야 한다. 짧은 문장을 그대로 인용할 때는 글 속에서 따옴표로서 인용하고, 좀 더 긴장을 인용을 할 경우는 본문과 분리하여 별행으로 제시 하는 것이 일반적이다.

또한 인용을 할 때는 원전을 그대로 옮기는「직접 인용」과 다른 사람의 견해를 일단 논문 집필자의 이야기로 바꾸어 말하는「간접 인용」의 두 가지가 있다.

⑥-1 직접 인용

직접 인용은 필자가 표현한 대로 옮기는 것이 절대적으로 중요시될 때, 그리고 어떤 특수한 생각이 특별한 표현 방법을 통해서만 표현되었을 때 주로 한다. 따라서 주로 법조문 또는 중 요한 포고문을 밝힐 때, 수학이나 과학의 공식을 소개할 때, 저술의 내용을 원문 그대로 옮겨 원저자의 표현을 그대로 살리고 싶을 때에 원전을 그대로 옮기는 방식이다.

직접 인용의 방식은 원전의 표현과 표기, 이를 테면 맞춤법, 문단 구성까지 원전 그대로 옮 겨 적어야 한다. 직접 인용을 할 때는 독립된 문단으로 인용하는 경우가 있고, 논문 집필자의 문장 속에 묻히도록 인용하는 경우가 있다. 후자의 경우는 따옴표로 묶어서 쓴다. 또 직접 인 용의 경우 만약 원문에 잘못 쓴 글자가 있음을 발견했다고 해서 그것을 마음대로 바로 잡아서 는 안 된다. 한문이나 외국어로 된 문헌에서 인용할 때에는 가급적이면 그것의 번역문을 인용하도록 함이 좋다. 번역된 것이 없거나, 있더라도 마땅치 않을 때에는 인용자 자신이 직접 번역을 해야 할 것이다. 그리고 반드시 주석란에다가 그 원문을 옮겨 두어야 한다.

⑥-2 간접 인용

원저자의 말을 그대로 옮기는 것이 아니라 일단 논문 집필자의 말로 바꿔 인용하는 것이다. 따라서 따옴표를 쓰지도 않고, 별도의 문단으로 바꿔 쓰지도 않는다. 인용문 끝에 주석 번호를 달고 주석에서 그 출처를 명시한다. 인용이란 남의 것을 빌려 오는 것이므로 아무리 사소한 것이라도 인용의 출처와 근거를 밝혀야 한다. 간접 인용할 때는 원문의 뜻을 해치지 않는 범위 내에서 한자를 한글로, 외국어를 국어로 바꾸어 적을 수 있다.[9]

간접 인용의 방법에는 요약과 의역의 두 가지가 있다. 전자는 인용할 부분의 내용을 그 요점만 간추려 옮기는 것이므로 원문보다 그 길이가 짧을 수밖에 없다. 후자는 원문의 내용을 필자 나름의 용어로써 부연·설명한 것이어서 흔히 원문보다 길이가 길게 마련이다. 그 어느 방법을 택하든 간접 인용은 직접 인용과 동일한 목적을 지녔으며 인용자의 창의력을 보다 더 요구하는 것이므로 직접 인용보다 어려운 것이다. 간접 인용의 경우에는 따옴표를 쓰지 않고, 인용문의 끝에 주석 번호를 달고 주석에서 그 출처만 명시해 두면 된다.[10]

⑥-3 생략과 補揷, 강조

직접 인용인 경우 필요한 부분만을 인용하기 위하여 어느 문장의 앞, 중간, 뒷부분을 생략하는 경우가 있다. 이 경우에 주의해야 할 점은 원문의 뜻을 다치지 않을 범위에서 생략해야 하며, 생략된 부분은 반드시 생략 부호로써 명시해야 한다. 또 직접 인용의 경우 만약 원문에 誤植이나 誤記가 있을 경우, 그것이 분명히 잘못인 줄 알아도 마음대로 그 잘못을 바로 잡아서는 안 된다.

9: 글쓰기 교과과정 연구회 편, 글쓰기, 도서출판 박이정, 2009. 2, pp.135-151 참조.
10: 김용구 외 6인 공저, 글쓰기의 원리와 실제, 북스힐, 2003. 3, pp.306-309 참조.

3. 생활 속의 글쓰기

대학에서는 리포트를 써서 제출해야 하고, 회사에 들어가면 사업계획서·제안서 따위의 글을 쓰지 않을 수 없다. 기업에서는 이미 영어 능력보다 보고서 작성 능력을 중요하게 생각한다. 게다가 이 사회에서 교양인으로 살려면 자신의 생각을 조리 있게 써서 다른 사람의 인정을 받아야 한다. 그리고 보면 우리는 글쓰기와 무관한 삶을 살 수가 없다. 그러나 예술적 글쓰기와는 다른 차원에서 실용적 글쓰기는 늘 생활 속에서 맞닥뜨리는 일이다. 그런데 생활 속의 글이라 해서 특색 없이 써도 된다는 말은 아니다. 예술적인 글에도 개성이 중요하지만 실용적인 글에도 나름의 독특함을 갖추어야 한다.

1) 이력서

우리는 공공기관이나 기업체에 새로 취직을 하려면 반드시 이력서를 스스로 작성하여 제출하여야 한다. 이력서란 실용문의 일종으로 작성자 자신이 언제, 어디에서 태어나 어떻게 살아왔는지를 간추려 쓴 글이다. 즉 이력서란 개인의 성장사를 요약하여 적은 글이라고 할 수 있다. 따라서 이력서는 취업을 할 때 매우 중요한 비중을 차지한다.

이력서는 작성자가 현재까지 살아온 과정 중에서 특히 학력과 경력을 자세히 밝혀 적은 글로 취업을 위한 면접에서 자기소개서와 함께 제출하는 중요한 서류 중의 하나이다. 최근에는 입사시험의 경우 필기시험보다는 서류전형을 더 중요시하는 경향이 있으므로 이력서와 자기소개서의 작성은 신중을 기해야 할 사안이다.

이력서의 양식은 기관이나 회사 등에 따라 조금씩 달리 한다. 그리고 국문 이력서의 양식도 취업하고자 하는 기관이나 기업체에 따라 조금씩 다르다. 대개 작성자의 인적 사항과 학력, 그리고 경력 등을 기재하고 특히 작성자의 특기나 수상 경력 및 자격 사항 등을 일목요연하게 구분·정리하여 기재하면 된다.

그러면 이력서를 작성하는 과정과 유의점에 대해 알아보기로 하자.

가. 중요한 내용을 간단하면서도 구체적으로 기재한다. 이력서는 작성자가 닦아온 학력과 경력 및 취득한 능력 사항 등을 사실대로 기재하되 극히 짧은 시간에 인사담당자가 그 내용을 한눈에 파악할 수 있도록 작성함으로써 작성자가 그 직장에서 수행해야 할 일에 대한 자신의

능력을 최대한으로 명확하게 드러낼 수 있어야 한다. 특히 지원 직종과 관련된 경력은 학내 동아리 활동이나 수상경력 등까지 최대한 자세하게 기술하고, 관련 분야와 상관없는 경력은 과감히 삭제하는 것이 좋다.

나. 정확한 사실을 과장 없이 솔직하게 기재한다. 근래에는 입사 면접시험 때에 이력서나 자기소개서 등이 매우 중요한 비중을 차지하고 있으므로 이러한 서류를 작성할 때에는 신중을 기해야 한다. 이력서 작성 때에 특히 관계 서류를 꼼꼼히 챙겨서 문서발행 날자와 문서 번호, 그리고 발령청 등을 하나하나 확인하고 기재하여야 한다. 이력서의 내용이 허위인 것이 드러나면 입사 후에도 입사가 취소될 수 있으므로 이 점을 특히 유의해야 한다.

다. 가능한 한 자필로 정성들여 깨끗하게 작성한다. 최근에는 인터넷 사이트에 올라 있는 문서양식에 따라 이력서를 워드로 작성하여 전송하도록 되어 있는 곳이 많으나, 특별히 자필 이력서를 요구하는 경우에는 검은색 펜으로 작성하되 글자의 크기나 서류의 균형미 등을 잘 고려하여야 한다. 기재할 내용을 미리 연습지에 충분히 연습한 후 오자나 탈자가 없도록 작성하여야 한다. 최근에는 한글 전용으로 이력서를 작성하는 경우가 대부분이지만 國漢 混用을 선호하는 회사의 경우라면 한자를 혼용하여 이력서를 작성하는 것도 고려해 볼 수 있다. 이 경우 한자는 해서체로 정확하게 기재한다. 자필 이력서는 작성자의 필체를 상대에게 그대로 보여주므로 나의 모습의 일부를 적나라하게 드러내는 것이 된다. 그러므로 필체의 좋고 나쁨을 떠나 또박또박 정성스럽게 한 자 한 자 써나가면 된다. 자필 이력서의 경우 문방구에서 판매되고 있는 「인사서식 제1호」를 사용할 수 있다.

라. 자기가 직접 써야 하고, 작성자의 특기 사항을 드러낸다. 이력서는 자기 자신을 소개하는 글이므로 다른 글들과 달리, 자필로 작성하는 것이 원칙이다. 그러므로 이력서를 제출하는 날에 임박하여 부랴부랴 이력서를 작성하지 말고, 수일 전에 충분히 시간을 가지고 이력서를 스스로 작성해 놓아야 한다.

현대는 자기 PR 시대라고 한다. 그러므로 작성자가 입사하고자 하는 회사의 업무를 수행하는 데 있어서 다른 사람과 차별화할 수 있는 특기를 갖추고 있다면 이 부문을 특별히 강조하여 기재해야 한다. 이 경우에도 사실보다 과장하지 않도록 조심해야 한다.

마. 최근에 촬영한 사진을 붙인다. 사진은 보통 최근 3개월 이내에 촬영한 것으로 크기와 색상은 當該 회사의 요구사항대로 하되, 대체로 상반신 칼라 사진을 사용하는 것이 통례다. 사진은 작성자의 첫인상을 상대에게 보여주는 것이 되므로 두발·복장 등 용모를 단정하게 하여 촬영하되, 특히 여성의 경우 화장을 지나치게 한다거나, 장신구를 어지럽게 착용하는 것

은 금하는 것이 좋다. 수수하면서도 단정한 인상을 줄 수 있는 복장이면 좋을 것이다.

바. 연락처를 반드시 기재한다. 「인사서식」에 비상연락처를 기재하는 난이 있는 경우에는 문제가 없으나, 이 난이 없을 경우에는 문제가 발생할 수 있으므로 이력서 상단에 반드시 비상연락처를 기재해야 한다. 비상연락처를 기재하지 않아서 인사 처리에 불이익을 당하는 경우가 있을 수 있으므로 이 점을 특별히 유념해야 한다. 비상 연락망으로는 전화번호, 주소, 이메일 주소 등을 기재할 수 있다.

사. 학력과 경력 등은 연대순으로 기록하여야 한다. 학력과 경력 중에서는 학력을 먼저 써야 한다. 그리고 학력은 중학교 이상만 기록하고, 유치원이나 초등학교에 관한 것은 쓰지 않도록 되어 있다.

아. 취업하고자 하는 정부기관이나 회사가 이력서를 한글만으로 쓰기를 요구하지 않으면 모든 한자어를 한자로 쓴다. 왜냐하면 한자어에는 동음이의어가 많아서 한자어를 한글로 쓰면 이력서를 읽는 사람이 오해할 수 있기 때문이다.

자. 취업하고자 하는 관공서나 회사에서 요구하는 서식에 맞추어 써야 한다.

차. 자격증, 면허증, 연구업적, 상벌 유무 등은 경력을 적은 뒤에 줄을 바꿔서 쓴다.

카. 학력 및 경력사항의 상단에 「호주와의 관계」란에는 이력서 작성자와 호주와의 관계를 밝혀 적는 것인데, 지금은 존재하지 않는다.

타. 최종 점검을 확실하게 한다. 이력서의 작성이 끝나면 마지막으로 「위 내용은 사실과 다름이 없음」 등의 문장을 기재하고 작성 연도 및 날짜와 작성자의 이름을 기입한 다음, 날인한다. 그리고 전반적으로 기재 사항에 실수가 없는지 또는 誤字나 탈자 등의 실수가 나타나면 교정을 하지 않고 새로 작성하는 것이 바람직하다.

최근에는 대부분의 기업체가 업무 수행능력보다는 인간 됨됨이를 더욱 중시하여 신입 사원을 선발하는 경향이 강하다. 이력서는 작성자의 인간 됨됨이의 일면을 반영하는 것으로 간주된다. 따라서 이력서를 작성할 때는 글자 한 자라도 정성을 들여 바르고 깨끗하게 써서 인사권자에게 좋은 인상을 주도록 해야 한다.[11]

이력서를 컴퓨터의 문서 작성기로 작성했을 경우에는 이 문서를 다음에 또 사용할 기회가 있을 수 있으므로 잘 저장해 두었다가 다음 기회에 보강해서 사용하는 것이 지혜로운 일이

11: 성환갑·이주행·이찬규 공저, 현대인을 위한 글쓰기의 이론과 활용, 도서출판 동인, 2001. 2, pp.255−269 참조.

될 것이다.

2) 자기소개서

자기소개서란 자기의 환경·성격·사고방식·가치관·특기 사항 등을 위시해서 학력·경력 등 상대방이 알고자 하는 내용을 솔직하게 드러내 보이는 글이다. 자기소개서의 대다수가 인물의 선발 곧 취업과 연결된다. 자기소개서를 통하여 개인의 가정환경·성장과정을 살필 수 있고, 지원동기와 장래 포부 또는 문장력과 필체까지 알아볼 수 있게 된다.

근래에 와서 대부분의 기업들이 인사지원서·이력서·졸업증명서·성적증명서에 덧붙여 자기소개서의 제출을 요구하고 있다. 기업들의 입사시험 서류 전형에서 자기소개서를 요청하는 까닭은 지원자에 대한 보다 직접적이고 구체적인 사항, 즉 가정환경·성장배경·가치관·적성·장래 등을 알아보려는 데 있다. 또한 출신학교나 성적 등 외적인 조건보다 이 지원자를 입사시킬 경우, 어떤 업무 부서에서 얼마만큼 자신의 능력을 발휘할 수 있으며 동료들과 인화단결할 수 있을 것인가. 그리고 빨리 업무에 적응하고 창의성 있는 노력으로 발전 가능성을 보일 것인가. 사회변화·기업 발전·그 개인의 승진에 발맞추어 얼마나 뚜렷한 소신과 가치관을 가지고 적절한 활약을 해 줄 것인가 등 그 지원자의 장래성과 인성의 확인에 뜻을 두고 있는 것이다.

자기소개서는 작성자가 자신의 장점을 부각시켜 상대로 하여금 자신에 대해 긍정적인 인식을 갖도록 하기 위해 작성하는 글이다. 예를 들면 대학이나 대학원의 입학 면접시험 때라든가, 회사 취업 면접 때에 제출하는 서류의 한 부분으로서 자기소개서가 이에 해당한다. 그러므로 자기소개서는 그것을 읽을 상대가 누구인지를 정확히 파악하고 거기에 걸맞게 작성해야 한다. 서류전형은 면접전형으로 나아가기 위한 첫 관문이 되며 다리 역할을 한다. 이러한 서류전형은 대개 이력서와 자기소개서로 이루어진다. 이력서가 형식적인 글로서 사실을 바탕으로 작성되는 객관적인 글이라고 한다면, 자기소개서는 비형식적인 글로서 사실을 바탕으로 하되, 정서적인 면이 가미되어 작성되는 다소 주관적인 글이라 할 수 있다.

① 자기소개서를 요구하는 의도

가. 자기소개서를 통하여 지원자의 입사 동기와 목표의식을 알기 위해서이다. 이것은 일에

대한 성취감과 긴밀한 관련을 가지기 때문이다.

나. 자라온 성장과정을 통하여 조직에 대한 적응력, 성실성, 대인관계 등을 알기 위해서이다.

다. 지원자의 문장 표현능력을 통하여 논리적인 사고력과 문제 분석력을 파악하기 위해서이다.

이런 면에서 볼 때, 작성자가 자신의 장점을 강조해서 마케팅 할 수 있는 부분으로는 역시 이력서 보다는 자기소개서가 더 유리하다. 그러므로 자기소개서는 작성자가 그 만큼 주도면밀하게 계획하고 살펴서 작성해야 할 여지가 있으며, 스스로의 부가가치를 한 단계 더 높은 차원으로 끌어올릴 수 있는 기회의 場이기도 하다.

② 소개서에 들어갈 내용

자기소개서를 작성함에 있어서는 성장환경과 가족사항, 학력과 이력, 외국어 능력과 소지 면허, 성격과 인생관 등의 내용이 반드시 記述되어야 한다.

가. 가정환경과 성장과정을 구체적으로 기록한다. 가정환경과 가족관계는 그 사람의 인격 형성에 지대한 영향을 미치게 마련이다. 그러므로 부모, 형제의 나이, 학력, 직업, 성품 등을 간단히 적되, 자신의 성장에 큰 흔적이 남긴 것이 있다면 예컨대 부모님의 인생관, 생활태도, 가훈 등에 대하여 구체적으로 기술하는 것이 좋다. 사람은 환경의 영향을 받기 마련이다. 그래서 그가 자라온 환경이나 주위환경, 또는 친구를 보면 그에 대해서 대략 짐작을 할 수 있다. 그렇기 때문에 자기소개서를 쓸 때는 먼저 자기가 자라온 가정환경에 대해 쓴다. 부모의 직업이며 가정의 분위기, 형제간의 우애 등을 포함하여 자기가 느끼는 우리집의 분위기를 쓴다. 또 직접 혹은 간접으로 영향을 받은 주위 인물에 대해서도 쓴다.

나. 학교생활에 대해 쓴다. 학교생활은 초 중등학교는 특히 드러낼 만한 몇 가지만 쓰고, 주로 대학에서의 전공분야나 교내 동아리, 또는 학회 활동에 대해 쓴다. 거기서 얻은 지식이나 경험을 통하여 변화 받은 일이나 취미 및 특기사항 등을 쓴다. 특히 대학생활에 대하여는 체계적인 내용을 담도록 해야 한다. 전공 선택의 동기, 전공학습의 내용, 특별히 기억에 남는 교수의 조언 내용, 교우관계나 단체 활동의 추억, 서클 활동의 내용, 대학 생활 전반의 보람과

반성 등에 대하여 차근차근 기술하도록 한다.

　다. 자기의 기능과 장점을 쓴다. 취미 활동을 보고도 지원자의 관심사를 어느 정도 파악할 수 있으며, 특기사항을 보면 지원자의 근면성과 능력도 알 수 있다. 요즘은 외국어 능력과 컴퓨터 운용 능력도 큰 비중을 차지한다. 현대인에게 한두 종류의 외국어 실력은 필수적인 것이 되고 있다. 영어·독일어·불어·중국어·일어 등 외국어 중 독해가 가능한 것은 무엇인가를 밝혀야 한다. 해외여행이나 연수 경험, 외국 관계회사에서의 근무나 아르바이트 경험 등을 상세히 나열함이 좋을 것이다. 토플이나 토익 점수도 밝히는 것이 좋다. 취득하고 있는 자격증과 면허증도 기재한다.

　라. 성격과 인생관을 밝힌다. 자신의 성격을 분명히 밝히는 것은 어려운 일이다. 그러나 성격, 적성, 특기, 취미, 가치관 등은 채용자의 입장에서 가장 큰 관심사여서 면접에서도 질문 빈도수가 높은 내용 중의 하나이다. 자신의 성격 형성의 배경을 자신의 성장과정과 연결하여 기술하되, 자기가 지닌 인간적인 결함도 그 원인과 함께 밝혀두는 것이 더 공감을 얻게 될 것이다. 자신 성격의 설명에 덧붙여 자신의 특기와 적성을 분명히 지적해 두는 일은 입사 후 진로 결정에 도움이 될 수 있을 것이다.

　마. 입사 동기와 포부를 밝힌다. 이 부분이 기업체로서는 가장 관심의 대상이 될 수 있다. 입사 동기가 분명해야 한다. 왜 이 회사를 택했으며 이 회사에서 내가 하고 싶은 일은 무엇이며, 이 분야에서 무엇을 어떻게 할 것인가에 대한 계획을 구체적이고도 확실하게 제시하는 것이 좋다. 지원자는 입사를 원하는 그 기업체에 대해서 많은 정보를 얻어야 한다. 그리고 그 기업체에서 요구하는 인재가 되어야 한다.

③ 자기소개서의 작성 유의사항

　자기소개서의 모범답안은 있을 수 없지만 유념해야 할 사항은 많다. 그럼 취업을 위한 자기소개서를 중심으로 그 작성 요령에서의 유의사항을 살펴보기로 한다. 먼저 일반적인 유의사항부터 정리하면 다음과 같다.

　가. 인상적인 글이다. 채용권자에게 좋은 인상을 크게 남기는 자기소개서는 성공적이라 하겠다. 요컨대 읽는 이에게 호기심을 불러일으키고 미소를 짓게 하는 노력이 필요하다.
　나. 직종에 따른 개성적 문장과 형식이다. 자기소개서를 제출하는 직종에 따라 그 문투의

형식도 달라져야 할 것이다. 은행원, 대기업의 일반사원 등을 뽑는 경우에는 비교적 조직적이고 격식을 갖춘 소개문을 기대할 것이며, 홍보요원·기자·PD 등의 직종이라면 좀 더 파격적이고 개성적인 소개문이 유리할 것이다.

다. 준비된 소개서가 필요하다. 시간적인 여유를 가지고 초고를 작성하여 수정·보완을 거친 자기소개서가 급히 쓰인 것보다 나을 것임은 두말할 필요가 없다. 다양한 직종을 고려하여 2-3종의 자기소개문을 미리 만들어 보관하되 지나치게 과장된 부분, 언급이 모자라는 부분, 유치한 에피소드는 없는가 확인하여 정정·가필해 두어야 할 것이다.

라. 글의 제목은 특별한 경우가 아니면 그대로 「자기소개서」 혹은 「나의 소개서」로 하고, 일인칭 명칭은 「나」로 하며, 종결어미는 「-이다 / -하다」型으로 하는 것이 간결하면서도 명료하다.

마. 이력서와 마찬가지로 자기소개서도 인터넷 상에 올라 있는 서류양식에 따라 워드로 작성하여 제출할 수 있으나, 자필로 작성한 것을 요구하는 경우도 있으므로 이 경우에는 A4 용지 한 장 정도의 분량으로 잘 정리하여 제출하면 된다.

바. 동북아시아를 주요 무대로 하는 회사의 경우라면 한자 능력을 서류심사의 한 부문으로 강조할 수도 있다. 이런 회사라면 자기소개서를 작성할 때 國漢混用體를 활용하는 것도 한 방편이 될 수 있다. 이 경우 한자는 가능한 한 정자체(해서체)로 쓰는 것이 좋다.

또한 맞춤법과 띄어쓰기 같은 문제도 소홀히 하지 말 것이며, 단락의 분단도 의미 있는 것으로 하여야 한다.[12] 자기소개서는 같은 말의 반복을 피해야 하며, 문맥 연결이 논리적이어야 하고, 일관성과 통일성이 있어야 한다. 고사·명언·해학 등을 써서 나쁠 것은 없지만 잘못하면 개성 없는 문장이 될 수도 있다.

④ 자기소개서의 작성 요령

다음은 이제 자기소개서를 작성 요령은 다음과 같다.

가. 솔직하고 구체적으로 서술한다. 자기소개서는 무엇보다 솔직하게 기록해야 한다. 진

12: 성환갑·이주행·이찬규 공저, 현대인을 위한 글쓰기의 이론과 활용, 도서출판 동인, 2001. 2, pp.270-280 참조.

실성이 요구되기 때문이다. 사람은 누구나 장점과 단점이 있기 마련이다. 장점은 장점대로 솔직하게 기록하고, 단점은 단점대로 밝히되 고치려는 의지를 보이면 된다. 이를 기술함에 있어서는 추상적인 표현은 삼가고 구체적으로 기록해야 한다. 예를 들면 「잘하겠다」라 든가, 「노력하겠다」는 식으로 하지 말고, 좀 더 구체적으로 「어떻게」에 중점을 두고 기술해야 한다.

　나. 논리 정연하게 객관적으로 서술한다. 자기소개서를 기술함에 있어서 처음부터 끝까지 염두에 두고 써야 할 것은 전체 문장이 논리적으로 통일을 이루어야 한다. 앞 뒤 문장의 연결이 자연스럽지 못하든가, 앞 문단과 뒤 문단의 얘기가 논리적으로 어울리지 않으면 문장 서술 능력과 진실성에서 문제가 된다. 자기소개서는 자신의 이야기이지만 제3자가 본다는 사실을 의식하고 어디까지나 객관적으로 서술해야 한다.

　다. 똑 같은 내용을 가지고도 작성하는 사람에 따라 엄청난 차이가 있다. 그러므로 자기소개서도 일종의 쓰기 능력이다. 곧 똑 같은 사안을 두고도 어떻게 표현하느냐에 따라 그 느낌이 다르기 때문이다.[13]

　라. 차분히 여러 번 반복하여 읽으면서 정서법에 맞게 기술되었는지, 혹은 논리적으로 모순된 표현은 없는지 교정을 본다. 아무리 좋은 내용이라도 정서법에 맞지 않는다거나, 논리적인 모순이 드러나면 우선 글에 정성이 부족함을 보여주는 것이 되므로 최종 마무리는 매우 중요하다. 그리고 글의 길이가 너무 짧으면 성의가 없어 보이지만 그렇다고 지나치게 길면 횡설수설하는 것으로 보이기 쉽다. 그러기 때문에 마지막으로 글의 길이는 적당한가에 대해서도 잘 살펴야 한다. 그리고 전체의 내용을 용이하여 좋은 인상을 줄 수도 있으므로 고려해 볼만하다.[14]

13: 이정자·한종구 공저, 글쓰기의 이론과 방법, 한올출판사, 2004. 2, pp.48-50 참조.
14: 글쓰기 교과과정 연구위원회 편, 글쓰기, 도서출판 박이정, 2009. 2, pp.99-103 참조.

3) 추천서

국어의 경우 추천서를 쓰는 방식은 아직 통일이 되어 있지 않으나, 아래의 방식이 가장 보편적으로 사용되고 있다.

사례)

추 천 서

성 명 :

생년월일 :

    위 학생은 본 대학　　과　　년　　월 졸업예정자로서 평소 관찰한 바에 의하면 전공에 대한 열의가 높고, 적극적인 성품을 소유한 학생으로 귀사 ○○ 부분에서 창의력을 발휘하여 업무에 매진할 것으로 사려되어 이에 추천합니다.

년　월　일

○○ 대학교　　○○○ 과

지도교수　○　○　○　　인

4) 서간문

　서간문이란 쉽게 말하여 각종 편지글이다. 서간문은 하고 싶은 말, 즉 소식이나 용건을 특정한 상대에게 정확하게 전달하기 위해 쓴 글이다. 서간문은 해야 할 말이 무엇이고, 상대는 누구이며, 어떻게 하면 더 효과적일까를 생각해서 써야 한다. 요즘은 교통과 통신의 발달로 과거처럼 정감어린 편지를 쓰는 사람이 적어졌지만 일주일에 한 번씩 편지를 써 보는 게 문장력 향상에 큰 도움이 된다는 사실을 직시해야 한다. 편지글은 대체로 문안, 축하, 사례, 위문, 초청, 통지, 안내, 독촉, 주문, 조회, 호소, 청탁, 소개, 문의, 권고, 거절의 의도로 쓰여진다.

① 서간문의 내용

가. 특정한 상대를 향해 쓰는 用談的인 문장 즉 수신자의 記名이 붙는 글이다.

나. 발신자와 수신자의 인간적인 관계가 직접적으로 나타난다. 두 사람의 관계에 따라 문체와 용어가 달라진다.

다. 명기된 상대자에게 보내는 것이기 때문에 신분, 親疎 관계, 성별 등에 배려가 요구되고, 상대에 대한 올바른 이해가 갖추어져야 한다. 편지 쓰기가 어려운 까닭도 여기에 있다.

라. 상대에게 어떤 용무를 전달하는 실용적인 문장이다. 그러므로 간결하고 명백한 문장이어야 한다.

마. 글을 쉽게 써야 한다. 왜냐하면 전달이 목적이기 때문에 말하듯 써야 한다. 즉 마음으로 상대를 방문해서 그와 면담하듯 써야 한다. 뜻과 함께 감정을 전해야 한다. 그러므로 어조와 음성까지 함께 갖춘 말이어야 한다.

② 서간문의 형식

종래 우리의 서간문에는 다음과 같은 일정한 형식이 있다.

②-1 前文

이 부분은 기필·시안·문안·자기안부·치사 등으로 구성된다.

가. 기필

이것은 「~에게, ~보십시오」 등 첫머리의 호칭이나 편지를 받을 상대방의 명시에 해당하는 곳이다.

나. 시후

계절인사를 말한다. 계절, 날씨, 자연, 풍속, 행사 등의 특징을 적는 것이 이 대목이다.

다. 문안

이 대목은 상대방의 안부를 묻는 곳이다.

라. 자기안부

이 부분도 솔직하고 쉬운 구어체로 담백하게 쓰는 것이 좋을 것이다. 자기의 안부를 전하는 것이니까 「저희는 건강합니다, 저희는 주어진 일 착실히 하며 의좋게 삽니다, 끼쳐 주신 은혜의 덕으로 온 식구가 몸 성히 잘 지냅니다.」 등 꾸밈없이 자기의 근황을 알리면 된다.

마. 치사

선물을 받았거나 도움을 입었을 때 치사가 필요한 것이다.

---

②-2 본문

편지글의 중심부가 곧 본문이다. 보통 사록이라 한다. 뒤에 나누어 보일 편지의 종류가 무엇이냐에 따라 사록도 그 내용이 달라질 것이다. 즉 축하·초청·위문·청탁 등의 내용이 밝혀지는 부분이 바로 이 본문의 대목인 것이다.

②-3 末文

편지의 맺음글이 말문이다. 이 대목은 다음과 같은 몇 가지 단계로 이루어진다.

가. 끝인사

옛날에는 끝인사를 「내내 貴體保重하소서, 平安하시옵기 仰祝드리옵고 이만 줄이나이다」 등으로 끝맺었다. 이 부분은 약간만 현대화하여 「부디 건강하시고, 온 집안이 기쁨 속에서 사시는 날이 되기를 빕니다. 자네의 건강과 사업의 융성을 빌며 줄이네.」 등으로 간곡히 써서 헛인사가 아닌 진심어린 끝맺음이면 될 것이다.

나. 結辭

끝인사가 없을 경우에 쓰는 것이 이 결사이다.

다. 날짜 및 著名

날짜와 저명도 쉽게 쓰는 것이 바람직하다.

라. 첨언

편지를 다 쓴 다음 빠뜨렸거나, 새로 생각난 일을 적는 것을 첨언이라 한다. 여기에 實用하던 「追伸, 追而, 追白, 再白」 등의 말은 「붙임」 정도로 고친 다음 보충할 용건을 쓰면 좋겠다. 바뀐 전화번호, 친구의 소식 등이 첨언할 만한 것들이다.

③ 유의사항

서간문을 쓸 때 유의해야 할 점은 다음과 같다.

가. 쓰는 목적을 분명히 가지고 경우와 자기 분수에 맞추어 쓴다.
나. 예의를 갖추고 진심에서 우러나오는 것을 써야 한다.
다. 상대편 교양의 정도나 직업과 기호 등을 헤아려서 써야 한다.[15]

④ 봉투쓰기

봉투의 우 하측에는 받을 사람의 주소와 성명 및 우편번호를 쓰고, 우 상측에는 우표를 붙

15: 이재춘, 대학작문 창의적인 글쓰기, 북랜드, 2008. 2, pp.186-187 참조.

이며, 좌 상측에는 보내는 사람의 주소·성명·우편번호를 쓴다. 세로로 쓸 경우 주소보다는 이름이 조금 아래로 처지게 하는 것이 좋고, 받는 사람의 그것보다 큰 글자면 좋을 것이다.

여기에는 몇 가지 구별해야 할 구호가 있는데, 그 중 중요한 것은 다음과 같다.

兄·大兄·學兄 : 친한 사이
先生·案下·足下 : 사제 간이나 선생으로 대접할 경우
座下 : 공경해야 할 분께
先生 : 선생이나 사회적으로 지체가 높은 분께
女史 : 덕이 있고 사회적으로 지체가 있는 여자분께
貴下 : 상하 없이 남자 일반에
氏 : 평교 간, 즉 나이나 지위가 비슷한 사람에게
君 : 친구나 손아랫사람에게
孃 : 동년배나 손아래 처녀에게

그리고 자녀가 부모님께, 또는 집 떠난 이가 제 가족에게 편지를 낼 때는 봉투에 편지를 내는 이, 자신의 이름 아래 「本第入納」이라 쓴다. 만일 혼인하여 分家, 출가했을 때는 「本家入納」이라고 구별하여 쓴다. 또 편지를 받는 이가 단체나 회사면, 그 단체나 회사 이름 아래 「貴下」 대신 「貴中」이라 쓴다.

⑤ 편지 쓰기에서의 호칭 표준안

국립국어연구원에서 정리한 편지 쓰기에서의 호칭표준안을 전제하였다.

⑤-1 편지 서두의 호칭

윗사람에게 보내는 편지의 서두는 직함에 「님」을 붙여 「아버님 보시옵소서」 등을 표준으로 하였다. 「님」은 고유명사 뒤에 바로 붙는 말은 아니지만 오늘날 안내장과 같은 공식적인 편지에서 「○○○님께」가 널리 쓰이고 있다.

대화를 할 때는 반말을 하는 동년배나 약간 아랫사람에게도 편지를 쓸 때는 정중히 예의를 갖추어 높이는 것이 우리의 전통적인 예의이다. 따라서 「○○에게」 또는 「○○ 보아라」는 부모가 자녀에게, 또는 아주 나이 차이가 많이 나는 어린 사람에게 쓸 수 있다. 동년배나 아랫사람에게는 「○○ 선생께」, 「○○○ 과장에게」와 같이 직함에 「께, 에게」를 적절히 붙여 쓰거나, 「○ 형 보호」, 「아우님 보시게」처럼 쓰고, 제자에게도 「○○○ 군에게」으로 쓴다.

회사나 단체 앞으로 보낼 때는 「○○○ 주식회사 귀중」으로 쓴다.

⑤-2 서명란

편지의 끝부분에는 보내는 날짜를 쓰고, 보내는 이의 이름을 쓴다. 과거에는 자신의 이름 뒤에 「拜上, 上書, 拜白」 등으로 쓰거나, 부모님께 편지를 쓰는 경우는 「小子, ○○ 上書」 등으로 썼다. 편지 서두의 호칭을 결정한 것과 마찬가지 이유로 서명란은 「○○○ 올림, ○○○ 드림」으로 쓰는 것을 표준으로 하였다. 집안사람에게 보내는 편지의 경우는 「아들 ○○ 올립니다, ○○ 드림」처럼 이름만 쓰고, 성은 쓰지 않아야 한다.

동년배에게 보내는 편지는 서명란에 「○○○ 드림」을 쓰고, 아랫사람에게는 「○○○ 씀」을 쓰도록 하였다. 요즘 서두를 「사랑하는 딸에게」처럼 쓰고, 서명란에 「엄마가」처럼 쓰는 경향이 있다.

회사나 단체에서 보내는 경우는 「○○ 주식회사 사장 ○○○ 올림(드림)」하지 않도록 주의해야 한다. 직함을 이름 앞에 넣어 말하면 높이는 것이 되지 않지만 직함을 이름 뒤에 넣어 말하는 경우 높이는 것이 우리의 전통 언어 예절이다.

⑤-3 봉투 쓰는 법

윗사람에게 보내는 편지 봉투에는 「이름+직함+님께」와 「○○○ 귀하」, 「○○○ 座下」를 쓰도록 하였다. 객지에 나가 있는 자녀가 고향의 부모님께 편지를 보낼 때 부모님의 함자를 쓰기 어렵기 때문에 과거에는 본인 이름 뒤에 「本第入納」 또는 「本家入納」이라고 써서 보냈다. 그러나 한 마을의 가구 수가 적은 시골에서는 자녀의 이름을 대고 아무개의 집이라고 하면, 어디로 가야 하는 편지인가를 알지만 이웃과의 왕래가 거의 없는 도시나, 시골이라 하더라도 자녀가 오래 전에 객지로 나가 사는 경우 정확히 편지를 배달하기 어려운 경우가 많다.

동년배 사이에는 「○○○ 귀하」 또는 「○○○ 님에게」를 쓰도록 하고, 자녀나 제자처럼 아랫사람인 경우는 「○○○ 앞」이라고 쓸 수 있다.

회사나 단체로 보내는 경우는 편지 안에 쓰는 것과 마찬가지로 「○○ 주식회사 귀중」을 표준안으로 하였다.

공무로 회사나 단체의 개인에게 보내는 경우 보통의 받는 사람 쪽에는 편지 내용의 서명란에서 「○○ 주식회사 사장 ○○○」한 것과 달리, 받는 사람은 「○○ 주식회사 ○○○ 사장님」 또는 「○○ 주식회사 ○○○ 귀하」로 쓰도록 하였다.[16]

5) 일기문

일기는 자신의 나날의 생활의 산 기록이요, 나날의 반성과 감상의 기록이다. 쉬지 않고 일기를 써서 자기 생활을 반성함으로써 인격 수양이 되고, 사고력과 관찰력을 길러 주며 문장 수련에 크게 도움이 되고, 먼 훗날 비망록의 역할을 하기도 한다.

일기에는 그 날 하루의 자기 생활의 반성과 가치관이 들어 있어야 인격 수양과 정신적 성장에 도움이 된다. 일기에는 뚜렷한 형식이라는 것이 없다. 일기에는 일자·날씨·사건·감상·독후감·관찰·메모 등을 적으면 된다. 일자는 기록으로서의 가치와 절후에 대한 정확한 인식을 위해서이고, 날씨는 날씨와 인간과는 용무와 기분 면에서 밀접한 관련이 있어서이다. 사건은 총괄적인 개요만을 적거나, 중요한 대목만 적는다. 감상은 그 날 그 자리에서 기록하지 않으면 사라지기 때문에 적는다. 정신생활의 배양을 위해 독후감과 감동받은 문구를 기록한다. 관찰은 자기 주위의 사물을 주의 깊게 관찰하는 힘을 기른다. 別欄에 서신·인사·집회 등 기록하여 둘 만한 것을 메모한다.[17]

① 일기문의 성격 및 특징

가. 생활의 기록이다. 하루하루가 모여서 일생을 이룬다.

나. 독자를 의식 않는 개인적인 글이다.

16: 성화갑·이주행·이찬규 공저, 현대인을 위한 글쓰기의 이론과 활용, 도서출판 동인, 2001. 2, pp.346-355 참조.
17: 이재춘, 대학작문 창의적인 글쓰기, 북랜드, 2008. 2, pp.178-179 참조.

다. 문학적인 일기는 일종의 수필인데 독자를 의식하기 때문이다.

라. 진실한 자기 고백이다. 이것은 수필의 특징이기도 하다.

마. 하루의 생활을 통해 접촉하는 환경과 가족, 친구, 사물에 대한 관심을 일기로 기록한다. 또 그들의 성품과 소망 및 사색과 반성을 통하여 하루의 생활을 마무리하는 기록이다.

바. 평범한 하루도 생애의 한 토막이므로 평범 그 자체를 일기의 주제로 삼으면 된다.

사. 어제의 역사와 오늘, 그리고 미래에 대한 의미가 크듯, 개인의 역사인 일기도 나의 미래를 위해 큰 의미를 가진다.

② 일기를 쓰는 보람과 의의

가. 개인의 역사인 일기를 통하여 나를 발견하고 나의 존재를 의식하듯, 나를 핵으로 하여 우주를 의식하고 일기를 통해 나의 역사는 기록으로 남는다.

나. 하루의 생활을 돌이켜 보게 된다.

다. 일기 쓰기는 사고력과 판단력, 비판력, 관찰력을 증진시킨다. 일기는 자기반성을 통하여 지적 발달을 이루고 판단과 관찰을 통하여 학습효과가 강화된다. 하루의 생활에서 생각하고, 느끼고, 관찰한 사실을 잘 표현하기 위해 힘쓴다. 생활의 옳고 그름을 따져본다. 더 좋은 방법을 생각하게 된다. 일기의 소재를 의도적이라도 찾고 살피게 된다.

라. 글 쓰는 솜씨가 늘어난다. 더 잘 표현하고자 애쓴다. 표현방식에 주의를 기울이게 된다.

③ 쓰는 요령 및 유의사항

가. 꾸미는 일이 없도록 한다. 사실 그대로 진실한 표현을 한다.

나. 중대한 것만 기록해야 한다.

다. 꾸준히 계속해서 써야 한다.

라. 자기반성과 사물에 대한 가치 판별이 있어야 한다.

④ 일기의 문장

가. 원칙적으로 비공개적인 개인의 글이므로 격식을 안 갖추어도 무방하다.

나. 생활 일기 같은 포괄적인 일기는 장르를 초월하여 자유롭게 쓸 수 있다.

다. 자신의 입장에서 바라본 표현이므로 주어가 생략된 문장을 쓸 경우가 많다. 이것은 한국어의 특징이기도 하다.

라. 일기는 개성적인 모든 글의 모체가 된다.

⑤ 일기의 형식

가. 일자(년, 월, 일)－절후에 대한 정확한 인식을 가진다.

나. 날씨－일기는 그 날 생활과 일정한 관계를 가진다. 일기로 인하여 외출을 못할 경우가 있다. 또 그 날의 기분을 좌우하기도 한다. 그러므로 날씨를 명기하는 것이 바람직하다.

다. 사건－총괄적 개요만 적는 경우와 중요한 대목만 적는 경우가 있다.

라. 감상－감상은 거품과 같다. 기록하지 않으면 사라진다. 모아두면 새롭고 날카로운 인생 비평이 될 수 있고, 사리에 대한 깊은 통찰을 갖게 된다. 그러므로 감상 일기는 감성을 풍부하게 하고 비판력과 사고력을 증진시킨다.

마. 그 날의 분위기와 함께 읽은 책에 대한 감상을 쓴다.

⑥ 종류

생활, 학습(조사, 보고, 연구, 독서 등), 특수일기(육아, 가계, 학업, 작업 등)

6) 독후감

① 독서 감상 태도

가. 먼저 주제를 파악한다. 저자가 독자에게 전달하고자 하는 중심사상을 말한다. 이것은 주인공이나 등장인물의 말이나 행동 사건의 움직임을 통하여 알 수 있다.

나. 등장인물의 성격을 파악한다. 변해 가는 과정을 통하여 등장인물에 공감을 하거나, 또는 반대되는 것을 비판한다. 이러한 독서 감상 태도는 판단력과 비판력을 성장시킨다.

다. 작품 속에 그려진 배경을 살피면서 읽는다. 곧 지역적 환경을 살핀다. 산과 들은 있는가? 바다는 어느 바다인가? 농촌인가? 도시인가? 등을 살핀다. 그리고 시대적 환경은 언어와 풍속을 통하여 알 수 있고, 사상적 흐름을 통하여 사회적 환경 등을 이해하고 판단할 수 있다.

② 독서 감상문 정의

한 권의 책을 읽은 후 떠오르는 것, 재미있었던 점, 놀라운 일, 감명 받은 장면, 가슴을 저리게 한 구절 등을 차분히 정리하면서 자기의 의견 비판 등을 자연스럽게 써내려 간 글을 말한다.

③ 독서 감상문의 의미

가. 책을 보는 방법을 깨닫고, 책 속의 의미를 발견한다.

나. 독후감을 씀으로써 자신을 재발견하고, 인식하며 자기를 새롭게 바꾸어 나가는 힘이 된다.

다. 자신을 보다 바람직한 사람으로 키워나가는 수단이고 길이 된다.

라. 전체적인 줄거리의 파악을 위해 정리해 봄으로써 이해력과 조직력을 증진시킨다.

④ 쓸 때의 유의점

가. 주인공과 그 외 등장인물에 대한 관찰을 상기한다. 말, 행동, 행적, 됨됨이, 성장과정 등을 상기한다.

나. 줄거리에 대한 판단과 비판을 한다.

다. 글의 형태와 중심사상을 살핀다.

라. 작가에 대한 상식을 넓힌다.

마. 작품 속의 배경을 살피고 이해한다.

바. 주제를 바로 알고 써야 한다.

사. 짜임새 있게 써야 한다.

아. 주제와 관계있는 대목을 잘 소개해야 한다.

차. 감상과 의견이 글의 중심을 이루어야 한다.

⑤ 독서 감상문의 유형

가. 줄거리 +감상

나. 줄거리의 요약 + 감상

다. 내용 설명 + 해설 +감상

라. 생활문 형식

마. 편지글 형식

바. 일기문 형식

사. 기행문 형식

아. 시 형식

자. 조사 보고문 형식

⑥ 열린 독서 사례

가. 독서신문 만들기

나. 논술 형식으로 감상문 쓰기

다. 만화 형식으로 줄거리와 감상 표현

라. 편지 형식을 통한 감상 표현

마. 줄거리 요약을 통한 감상 표현

바. 시형식으로 감상 표현

아. 독후감 쓰기

4. 직업 속의 글쓰기

1) 초청문

초청문은 입학, 졸업, 출생, 회갑, 결혼, 전시회, 개업, 출판 등을 알리고 초대하는 편지이다. 이들 중 결혼청첩장과 출판기념회 안내문을 써보기로 한다.

사례1) 모시는 말씀

삼가 아뢰옵니다.

○○○ 님 첫째 ○○ 군과
○○○ 님 둘째 ○○ 양

이 두 분의 혼인예식을 ○○○ 교수님을 주례로 모시고 다음과 같이 가지려 하오니, 꼭 오시어서 두 사람의 앞날을 복되라 하소서.

때 : ○○○○년 ○월 ○○일 오후 3시
곳 : ○○공원 야외음악당

청첩인 : ○○○ · ○○○ 드림(내외분께)

결혼식 청첩을 쉬운 말로 고쳐 본 것이다.
다음은 출판기념회 안내장이다.

사례2) 출판기념회 안내장

아 룀

   학문의 큰길에 좋은 업적을 쌓으시길 비오며, 우리 회원 몇 분의 출판을 기념하는 모임이 아래와 같이 있음을 삼가 알려드립니다.
   바쁘신 가운데라도 부디 오셔서 同學의 榮枯와 기쁨을 함께 나누어주시면 감사하겠습니다.

아 래

책 이름 : ○○○ 著「○○○」(○○社)
            ○○○ 著「○○○」(○○社)
            ○○○ 著「○○○」(○○社)

때 : ○○○○년 ○월 ○○일 오후 6시
곳 : ○○○
회비 : ○○○○원

한국○○○학회장 ○○○
○○○ 선생 귀하 18:

2) 방송 보도문

보도란 국내외에서 생긴 일을 전해 주는 것이다. 컴퓨터와 디지털 시대에 시청자에게 사랑을 받는 보도 방송이 되기 위해서는 보도자는 현실에 만족해서는 안 되고, 수용자의 입장에서 각고의 노력을 하여야 한다. 수용자인 라디오의 청취자와 텔레비전의 시청자는 사회 계층·연령이 다양하다. 동일한 남성과 여성이라도 어느 사회의 계층에 속하고, 어느 세대에 속하는

18: 성화갑·이주행·이찬규 공저, 현대인을 위한 글쓰기의 이론과 활용, 도서출판 동인, 2001. 2, pp.355－356 참조.

지에 따라 뉴스의 이해 정도와 선호도가 다르다. 대학 졸업 이상의 고학력자가 날이 갈수록 많아지고 있으며, 수용자 중에는 비평가의 입장에서 라디오를 청취하거나 텔레비전을 시청하는 사람이 날로 증가하고 있다.

그런데 아무리 방송 보도기술이 발달한다 하더라도 메시지를 언어로 표현하는 일을 보도자 이외에 다른 존재가 대신하기는 어려울 것이다. 인간 언어와 동일한 합성 언어가 개발되기 전까지는 합성 언어로 메시지를 표현하는 것보다 인간의 자연스러운 언어로 표현하는 것이 더욱 효과가 있을 것이다.

이 글에서는 보도의 형식과 관련이 있는 여러 문제 중에서 보도문을 어떻게 작성하여야 하는지에 대하여 살펴보고자 한다. 방송 보도문을 작성할 때는 時宜性·보편성·근접성·영향성·인간적 흥미성 등과 뉴스의 기본 특성인 정확성·공정성·객관성·완전성 등과 용이성을 고려하여야 한다.

가. 시의성이란 어떤 뉴스가 그것을 보도할 때의 사정과 맞는 것이어야 한다. 어떤 사건이 발생하였을 경우에는 즉시 그것을 방송 보도를 하여야 그것이 뉴스로서 가치가 있다는 것이다. 뉴스의 시의성은 뉴스의 집단화 혹은 연속화를 촉진시켜 뉴스가 중첩되는 경향을 보인다.

나. 보편성이란 뉴스가 모든 청취자나 시청자에게 두루 미치는 것이어야 뉴스로서 가치가 있다는 것이다. 특정한 청취자나 시청자만이 이해할 수 있는 뉴스라면 문제가 있다는 것이다.

다. 근접성이란 수용자의 뉴스에 대한 지역적·심리적인 거리감을 뜻한다. 대다수의 수용자에게 거리감을 주지 않는 뉴스가 더욱 가치가 있는 것이다.

라. 영향성이란 되도록 많은 수용자에게 영향을 끼치는 뉴스가 뉴스로서 가치가 있다는 것이다.

마. 인간적 흥미성은 뉴스가 수용자에게 흥미를 주는 것이어야 가치가 있음을 뜻하는 것이다. 뉴스가 정보 전달에만 치중하여 구성될 경우 수용자의 주목을 지속적으로 받을 수 없다.

방송 뉴스 보도문의 구조도 신문 뉴스 기사문과 같다. 즉 방송 뉴스 보도문은 역피라미드형으로 조직한다. 뉴스 보도문은 제목, 전문, 본문 등으로 구성된다.

① 제목

제목을 달 때 다음 몇 가지 사항에 유의하여야 한다.

가. 제목은 전문이나 본문을 압축하여 단다. 수용자가 뉴스의 핵심 내용을 알 수 있도록 전문이나 본문을 압축하여 제목을 붙여야 한다.

나. 제목은 정확하고, 명료하며 간결하고, 평이하게 작성한다. 이러한 성질을 띤 제목을 작성할 수 있으려면 보도문 작성자는 단어 감각, 문법 감각, 의미 감각 등을 갖추어야 한다.

단어 감각은 단어의 同義性, 反義性, 다의성, 下義性 등에 대한 예리한 분별력을 뜻한다. 단어 감각은 어휘력과 불가분의 관계를 지니고 있다. 문법 감각이란 문장 성분의 호응 관계—주어와 서술어의 호응, 목적어와 서술어의 호응, 보어와 서술어의 호응, 부사어와 서술어의 호응—를 바탕으로 문법에 맞는 능력을 뜻한다. 의미 감각이란 수사법을 참신하고 적절하게 구사하는 능력을 뜻한다.

다. 제목은 수용자의 호기심을 자극할 수 있도록 작성한다. 텔레비전 뉴스의 제목은 채널 선택에 영향을 끼친다. 따라서 보도문 작성자는 시청자의 호기심을 자극할 수 있는 제목을 달아야 한다.

② 전문(Lead)

전문은 기사의 생명이고 얼굴이다. 이것은 수용자에게 스토리의 개요를 제공하는 구실을 한다. 우수한 전문은 스토리의 요점을 제공하고, 수용자로 하여금 그 다음에 이어지는 본문을 계속해서 청취하거나 시청하도록 하는 매력이 있다. 전문을 작성할 때 다음 몇 가지 사항에 유의하여야 한다.

가. 육하원칙(5W1H)에 따라서 작성한다. 그런데 방송 뉴스 1건당 보도하는 시간은 1분 30초 내외이므로 전문은 가장 중요한 내용을 압축해서 작성하여야 한다.

나. 독자의 호기심을 유발할 수 있도록 작성한다. 전문은 제목 다음으로 수용자에게 뉴스 기사에 대한 호기심을 가지게 하는 구실을 한다. 따라서 전문은 청취자나 시청자에게

매력을 주는 것이어야 한다.

다. 전문은 20음절 이내로 작성한다. 전문의 길이가 길수록 매력을 잃게 된다.

라. 방송 매체는 신문 매체와 달리 일시성을 띠므로 방송 뉴스 전문은 가급적 두 가지 이내
의 주제를 표현하여야 한다. 세 가지 이상의 주제를 표현하면 수용자가 주제 파악에
어려움을 겪는다.

마. 전문은 경어체와 구어체로 작성한다. 방송 뉴스 전문은 「하십시오체」로 작성한다. 또
한 보도자의 입말로 전달하기 때문에 구어체로 작성하여야 한다. 구어체는 문어체에
비하여 간결하다. 구어에는 축약과 생략 현상이 많이 나타난다.

바. 의미가 명료하고 정확하게 작성한다. 명료하고 정확한 전문이 되게 하려면, 의미 표현
에 가장 알맞은 단어를 선택하여 국문법에 맞는 문장으로 작성하여야 한다.

③ 본문

뉴스 기사의 본문(Body)은 전문에 표현된 육하원칙 가운데 중요하고 흥미 있는 사실을 상세
하게 부연하거나, 전문에 표현되지 않은 사실을 첨가하는 것이다. 각 뉴스 보도문이 5개 이내
의 문장으로 이루어질 경우 본문은 대개 2-4 문장으로 형성된다.

본문을 작성할 때 유의할 점은 다음과 같다.

가. 본문을 구성하고 있는 문장 중에서 가장 중요한 것은 본문의 맨 앞에 놓이게 하고, 가장
중요하지 않은 것을 맨 뒤에 놓이게 한다. 맨 뒤에 있는 문장은 편집자가 삭제하여 버려
도 작성자의 표현 의도가 손상되지 않는 것이어야 한다.

나. 응집성이 있도록 작성한다. 응집성이란 문장의 구성요소나 문장 간에 긴밀한 결합력을
가지고 있는 기본 성질을 뜻한다. 응집성이 없이 본문을 조직하게 되면, 수용자에게 산
만한 느낌을 줄 뿐만 아니라 수용자가 그 메시지를 정확히 파악하기 어렵다.

다. 정확성·명료성·객관성이 있는 문장으로 본문으로 구성한다. 정확하고 명료한 문장이
되게 하려면, 메시지를 표현하는 데 가장 알맞은 단어를 선택하여 문법에 맞는 문장이
되도록 하여야 한다. 또한 맞춤법·띄어쓰기·문장 부호 등도 기사의 정확성과 명료성
을 기하는 요인으로 작용하므로 맞춤법에 맞게 단어를 표기하고, 띄어쓰기 규정에 따라
띄어쓰기, 문장 부호 사용법에 맞게 문장 부호를 사용하여야 한다.

라. 본문은 길이가 짧고, 구조가 단순한 문장으로 구성한다. 문장의 길이가 50음절이며, 구조가 단순한 문장으로 본문을 작성한다. 문자의 길이와 구조는 수용자의 聽解에 영향을 많이 끼친다. 문장의 길이가 50음절 이내이어야 수용자가 메시지를 쉽게 파악할 수 있다. 보도문 작성자는 가급적 구조가 단순하고, 길이가 짧은 문장을 작성하는 것이 몸에 배도록 하여야 한다.

마. 누구나 이해하기 쉬운 단어와 표준어를 사용하여 구어체와 경어체로 작성한다. 방송 보도문의 요건 가운데 하나는 수용자가 쉽게 이해할 수 있는 문장이어야 한다는 것이다. 기사의 본문을 작성할 적에도 제목이나 전문(Lead)을 작성할 때와 같이 난해한 어휘를 사용해서는 안 되고, 품위 있는 표준어를 선택하여 사용하여야 한다. 한자어 중에서 사용 빈도수가 낮은 단어나 외국어는 많은 수용자가 이해하지 못하므로, 사용 빈도수가 낮은 단어나 외국어로 본문을 작성해서는 안 된다.

바. 뉴스를 반드시 확인한 뒤에 문장화한다. 아무리 방송 매체가 속보성을 요구한 것이라 하더라도 어떤 사건을 확인하지 않고, 남이 전하여 준 이야기를 그대로 기사화하여 보도할 경우 誤報가 날 것을 예상해야 한다.

사. 라디오 방송 보도문을 작성할 때는 청취자가 메시지를 이해하는 데 도움을 주는 청각 지표를 고려하면서 작성하고, 텔레비전 방송 보도문을 작성할 때는 시청자가 메시지를 이해하는 데 도움을 주는 시청각 보조 자료를 고려하면서 작성한다. 즉 어떤 메시지를 전달할 때 어느 청각 자료나 시청각 자료를 활용하여야 수용자가 더욱 쉽게 이해하고, 관심을 기울일 것인지를 고려하면서 보도문을 작성할 필요가 있다.[19]

3) 기사문

기사문은 보도를 목적으로 사실을 객관적으로 쓴 글이다. 따라서 기사문을 쓰는 사람은 독자가 사실을 정확하게 파악할 수 있도록 충분한 정보가 제시되어야 한다. 즉, 기사문은 어떤 사건의 상태를 자기가 보고, 듣고, 체험한 대로 기록하는 글인데, 이의 대표적인 것이 신속·정확·공정을 모토로 하는 신문 기사이다. 기사문은 학보사 기자가 되려고 하거나, 장차 언론계에서 일하려는 학생들은 잘 익혀 두어야 한다.

19: 성환갑·이주행·이찬규 공저, 현대인을 위한 글쓰기의 이론과 활용, 도서출판 동인, 2001. 2, pp.281-295 참조.

기사문을 쓸 때 유의할 점으로는 다음과 같은 것이 있다.

가. 무엇에 대해 쓰는가 하는 것을 분명히 한다.
나. 취재에 즈음해서는 메모를 정확하게 해 두고, 5W1H의 하나하나에 대해 내용을 분명히 파악해 둔다.
다. 사실과 사실 이외를 구별해 쓴다.
라. 적절한 어구를 사용하고, 문장은 짧게 하여 읽기 쉽도록 한다.
마. 필요에 따라 제목과 소제목을 붙이고 전체의 구성을 분명하게 한다.

신문 기사의 종류로는 보도 기사·해설 기사·논설 기사·기획 기사·읽을거리 기사·광고 기사 등이 있다. 보도 기사는 좁은 의미로 뉴스만을 가리키고, 해설 기사는 사건과 문제를 분석·정리하여 설명한 기사를 말하며, 논설 기사는 진실을 논리적으로 해명하는 것이다. 기획 기사는 르포라든가 좌담회 같은 것을 말하고, 읽을거리 기사는 흥미 위주의 기사를 말하며, 광고 기사는 선전 광고를 말한다. [20]

① 뉴스 기사문

①-1 뉴스 기사문의 조직

뉴스 기사는 대개 제목, 전문, 본문 등 세 부문으로 조직된다.

가. 제목

「표제」 또는 「헤드라인」이라고 일컫는다. 이것에는 대제목과 소제목이 있다. 대부분의 신문 독자는 바쁜 생활을 하고 있기 때문에 뉴스 기사의 구성요소 중에서 제목만을 대충 훑어보고 관심이 있는 것만 선택하여 그것의 전문과 본문을 읽는 경향이 있다. 따라서 뉴스 기사의 구성요소 가운데 제목이 차지하는 비중은 매우 크다. 뉴스 기사의 제목은 뉴스의 핵심 내용을 단적으로 암시하면서 독자한테 매력을 주는 것이어야 한다.

20: 이재춘, 대학작문 창의적인 글쓰기, 북랜드, 2008. 2, pp.198-199 참조.

나. 전문(Lead)

「冒頭文」 또는 「요약문」, 「리드」 등으로 일컬어지기도 한다. 전문이란 어떤 뉴스 기사의 핵심 내용을 요약한 문장이다. 이것은 즉 제목 바로 다음, 즉 본문의 바로 앞에 위치한다. 전문에는 폭탄적인 전문, 펀치 전문 등이 있다. 폭탄적인 전문이란 폭탄적인 내용을 나타내는 전문이다. 펀치 전문이란 기사 가운데 가장 자극적인 사실만을 표현하는 전문이다. 이것은 폭탄적인 전문과 같은 구실을 한다. 그러나 이것은 매우 짧거나 한정적인 것은 아니다. 경이적인 전문이란 놀라움을 나타내는 전문이다. 집약적인 전문이란 다양한 관심사들이 동등한 가치를 지닐 적에 관련되는 여러 사실들을 전부 표현한 문장이다.

본문의 뉴스 기사의 조직 유형으로는 역피라미드형, 피라미드형, 혼합형 등이 있다.

(ㄱ) 역피라미드형

뉴스의 핵심이 되는 것을 서두에 요약하여 제시하고, 그 다음에 중요한 보충사실과 흥미 있는 사실의 세부 내용으로 조직되는 본문이 뒤따르는 것이다. 역피라미드형은 미국의 AP 통신사가 최초로 개발한 것인데, 오늘날 세계적으로 뉴스 기사 작성의 표준이 되고 있다. 이것은 다음과 같은 장점이 있다. 하나, 바쁘게 생활하는 독자들이 전체 기사를 읽지 않고 전문(Lead)만 읽어도 기사의 내용을 파악할 수 있고, 그들의 흥미나 관심을 즉각적으로 만족시켜준다. 둘, 편집상 거두절미할 경우 기사의 전체 내용에는 큰 차질을 초래하지 않고, 지면에 따라 기사의 길이를 조절할 수 있는 실제성이 있다. 셋, 편집기사가 기사의 제목을 다루는데 편리함을 제공했다.

(ㄴ) 피라미드형

문학적 혹은 연대기적 유형이라고도 일컫는다. 이것은 역피라미드형과는 정반대가 되는 것이다. 피라미드형은 주로 어떤 기사나 피처(Feture) 기사에 사용된다. 이것은 어떤 사건에 대한 설명의 한 부분을 도입해서 점점 흥미나 서스펜스를 형성하고, 마지막에 가서 그 사건의 클라이맥스를 제시하는 것이다.

(ㄷ) 혼합형

전문(Lead)이 맨 앞에 오고 사실을 연대기적으로 서술한 본문이 그 다음에 오는 것이다. 이것을 「수정된 역피라미드형」이라고 일컫기도 한다.

우리나라 기자들은 주로 역피라미드형에 따라 기사를 작성한다. 이 유형에 따라 기사를 작성하면 장점이 많다. 그러나 기사 작성이 어렵고, 독자들에게 획일적이고 진부한 느낌을 주는 단점도 있다. 뉴스 기사의 작성자는 역피라미드형에만 집착하지 말고, 세 유형 중에서 뉴스 기사를 효과적으로 표현하는데 가장 적절한 유형을 선정하여 기사를 작성하거나, 새로운 유형을 개발하여야 더욱 많은 독자가 그 기사를 애독하게 될 것이다.

①-2 뉴스 기사문의 표현

가. 제목 작성법

뉴스 기사의 제목은 다음과 같은 기능을 한다. 하나, 독자의 주의를 사로잡는다. 둘, 스토리를 말해 준다. 뉴스를 등급화 한다. 신문을 매력 있게 만드는데 도움을 준다.

제목을 작성할 때 유의할 점에 대하여 살펴보기로 한다.

(ㄱ) 제목은 전문(Lead)이나 본문(Body)을 압축하여 단다. 전문이나 본문의 내용과 무관한 것을 제목으로 달아서는 안 된다. 전문이나 본문에서 전혀 언급되지 않은 내용으로 제목을 달아서는 안 된다.

(ㄴ) 제목은 문장으로 표현되어야 한다. 제목의 기능 가운데 하나는 뉴스의 핵심 내용을 독자가 한 눈에 알아볼 수 있도록 하는 것이므로, 제목은 단어나 句가 아닌 완전한 문장으로 표현하여야 한다. 다만 지면의 제약으로 불완전한 문장으로 표현할 수밖에 없는 경우에는 생략해도 의미 전달에 지장이 없을 경우 그것을 생략해서 제목으로 작성한다.

(ㄷ) 제목은 정확성, 명료성, 간결성 등을 지닌 것이 되도록 작성하여야 한다. 이러한 성질을 띤 제목을 작성할 수 있으려면 단어 감각, 문법 감각, 의미 감각 등을 갖추어야 한다. 제목을 간결하게 달기 위하여 문장의 구성 가운데 조사나 의미를 생략할 경우에도 독자가 그 제목의 의미를 쉽게 이해할 수 있는 범위 내에서 하여야 한다. 둘 이상의 단어로 구성된 제목의 끝에 오는 단어가 명사이면, 그것은 반드시 동작성의 의미 자질을 지닌 것이어야 한다. 그리고 띄어쓰기를 정확히 하여야 한다.

(ㄹ) 품위 있고 일상생활에서 흔히 쓰이는 口語로 작성한다. 일상어가 아닌 文語로 표현된 제목은 평소에 사용하는 구어로 작성한 제목에 비하여 이해하기 어렵다.

(ㅁ) 독자의 호기심을 자극할 수 있도록 작성한다.

(ㅂ) 대제목과 소제목의 행수는 각각 1행 내지 2행이 되게 한다. 어떤 뉴스 기사든지, 가장 핵심이 되는 내용은 하나이다.

(ㅅ) 제목은 각 신문사에서 정해 놓은 字數에 맞춰 작성한다. 제목은 글자 수효는 신문의 지면 구성과 밀접한 관계를 맺고 있으므로 반드시 일정한 자수로 제목을 작성하여야 한다.

(ㅂ) 준말이나 略字는 널리 알려져서 독자가 쉽게 이해할 수 있는 것 외에는 가급적 사용하지 않는 것이 좋다.

나. 전문 작성법

독자들은 많은 분량의 기사를 모두 읽을 여유가 없기 때문에 뉴스의 핵심에 대한 요약을 요구한다. 전문은 독자에게 스토리의 개요를 제공하는 구실을 한다. 전문을 작성할 때는 다음 몇 가지 사항에 유의하여야 한다.

(ㄱ) 전문은 6하 원칙에 따라 작성해야 한다. 작성자의 판단에 따라 전문에서 5W1H 가운데 중요치 않은 것은 생략할 수 있다.

(ㄴ) 본문에서 가장 중요하고, 흥미 있는 내용을 간결하게 요약하여 작성한다. 즉 전문은 본문의 내용 중에서 절정에 해당하는 것을 압축하여 작성한다.

(ㄷ) 독자의 호기심을 유발할 수 있도록 작성한다. 전문은 본문 다음으로 독자에게 뉴스 기사에 대한 호기심을 갖게 하는 구실을 한다.

(ㄹ) 전문은 50음절 이내로 작성한다. 50자 이내로 문장을 작성하면 누구나 이해하기 용이한 문장이 된다.

(ㅁ) 의미가 명료하고, 정확하게 작성한다.

(ㅂ) 독자가 이해하기 쉬우며 품위 있는 일상적인 口語로 작성한다.

(ㅅ) 준말이나 略字는 널리 통용되는 것만을 선택하여 써야 한다.

다. 본문 작성법

뉴스 기사의 본문은 전문에 표현된 6하 원칙 가운데 중요하고 흥미 있는 사실을 상세하게 부연하거나, 전문에 표현되지 않은 사실을 첨가하는 것이다. 본문을 작성할 때에 유의할 점은 다음과 같다.

(ㄱ) 본문을 구성하고 있는 여러 단락 중에서 가장 중요한 것을 본문의 맨 앞에 놓게 하고, 가장 중요하지 않은 것을 맨 뒤에 놓이게 한다.

(ㄴ) 통일성과 응집성이 있도록 작성한다. 통일성이란 어떤 글이나 단락에서 다루어지는 화제 혹은 주제가 하나이어야 하는 성질인 것이다. 응집성이란 어떤 글이나 단락을 이루는 여러 문장 혹은 문장의 구성 요소들이 긴밀한 결합력을 가지고 있는 기본적 성질을 뜻한다.

(ㄷ) 단락을 바르게 설정한다. 단락이란 글을 이루는 한 단위로서, 완결된 생각의 한 덩어리이다. 글은 단락이 모여서 이루어진다. 단락은 한 문장 이상으로 형성된다.

(ㄹ) 가급적 길이가 50음절 이내이고, 구조가 단순한 문장들로 본문을 구성한다. 문장의 길이와 구조는 독해에 지대한 영향을 끼친다.

(ㅁ) 정확성·명료성·객관성이 있는 문장으로 본문을 구성한다. 정확하고 명료한 문장이 되게 하려면, 메시지를 표현하는데 가장 적절한 단어를 선택하여 문법에 맞는 문장이 되도록 하여야 한다. 객관성이 있는 문장이 되게 하려면, 작성자의 주관을 배제하고 사실 그대로 표현하여야 한다.

(ㅂ) 품위가 있고 누구나 이해하기 쉬운 일상적인 구어로 작성한다.

(ㅅ) 뉴스를 확인한 뒤에 문장화한다. 만일에 어떤 사건을 확인하지 않고 남이 잘못 전해 준 이야기를 그대로 기사화할 경우 독자가 신문에 보도된 내용이 誤報라는 것을 알게 되면 그 신문을 불신하여 구독하지 않거나 독자를 오도하게 될 것이다.

② 해설 기사문

②-1 해설 기사문의 조직

해설 기사란 어떤 사건을 심층적으로 취재하여 그 사건의 중요성, 그 사건이 일어나게 된 원인이나 동기 등을 알기 쉽게 설명하고 그 사건에 대하여 전망한 기사를 뜻한다. 즉 이것은 어떤 사건의 과거·현재·미래에 대하여 알기 쉽게 구체적으로 알고 싶어 하는 것에 대하여 해설하여 줌으로써 독자들의 욕구를 충족시키는 구실을 한다.

해설 기사는 해설방식에 따라 배경 설명형, 전망 설명형, 분석 설명형, 해석 설명형, 혼합형 등으로 분류된다.

가. 배경 설명형

정치적·경제적·사회적·군사적 사건들 중에서 독자가 구체적으로 알고 싶어 하는 배경에 대하여 중점적으로 해설한 것이다.

나. 전망 설명형

발생한 어떤 사건이 현재 처하여 있는 상황이나 동향을 중심으로 그 사건이 앞으로 전개될 사태에 대하여 내다보는 것으로, 국내 정치와 경제문제뿐만 아니라 나라 간의 무역 충돌·무역·문화교류·외교문제 등이 이것의 대상이 된다. 이러한 유형의 기사를 구성하는 문장들 중에서 작성자의 추측이나 전망을 나타내는 문장은 「~것이다. ~것 같다」로 끝난다.

다. 분석 설명형

통계 숫자로 제시된 일반 행정의 계획이나 성과를 분석하여 그것의 의미를 해설한 기사문이다.

라. 해석 설명형

정치·경제·군사 등에 관한 새로운 용어와 법적 해석상의 문제점이나 행정상의 절차 문제에 대하여 자세하게 해설한 기사이다.

마. 혼합형

배경 설명형, 전망 설명형, 분석 설명형, 해석 설명형 등을 적당히 혼합하여 작성한 기사이다.

---

②-2 해설 기사문의 표현

가. 제목 작성법

해설 기사에 제목을 설정할 때 유의할 점은 뉴스 기사의 제목을 작성할 때 유의할 점과 같다. 그런데 해설 기사의 전문은 둘 이상의 문장으로 구성되는 경우가 많으며, 대개 6하원칙에 따라 기술되지 않는다. 해설 기사 작성자는 강조하고자 하는 내용 가운데 가장 중요한 것을 선정해 전문을 작성해야 한다. 그 밖에 유의할 점은 뉴스 기사의 전문 작성 시 유의할 점과 같다.

나. 본문 작성법

해설 기사를 작성할 때 가장 중요한 점은 본문이다. 해설 기사의 본문을 작성할 때 유의할 점은 다음과 같다.

(ㄱ) 되도록 객관적으로 기술한다. 해설 기사는 어떤 사건에 대하여 구체적으로 해설하는 것이므로 작성자의 주관이 개입해서는 안 된다.

(ㄴ) 사건의 배경·인과관계 전망 등을 정확하고 명쾌하게 기술하여야 한다. 작성자는 사건이 발생하게 된 배경·경위·원인·결과 등에 대하여 철저히 알아야 한다. 그리고 그 사건이 앞으로 어떻게 전개될 것인지를 전망할 수 있는 넓고 깊은 지식과 사고력·판단력이나 추론력을 지녀야 한다.

(ㄷ) 본문을 구성하는 각 문장은 간결하게 작성한다. 간결한 문장이 되게 하려면 구조가 단순하고, 문장의 길이가 50자 이내가 되게 하며 불필요한 수식어나 접속어를 사용하지 말아야 한다.

(ㄹ) 통일성과 응집성이 되도록 본문을 조직한다. 하나의 단락, 하나의 글에는 화제가 하나인 것이 이상적이다. 그리고 문장을 구성하는 요소 간, 전후 문장과 문장 간에 상호 관련성이 있어야 한다.

(ㅁ) 본문은 起−敍−結로 구성하되, 起에는 도입 단락이, 結에는 결말 단락과 발전 단락이 놓이게 한다. 그리고 敍는 주제 단락을 맨 앞에 위치시키고, 부연 단락은 그 내용의 중요도에 따라 가장 중요한 것은 맨 앞에, 가장 중요하지 않은 것은 맨 뒤에 배열한다. 단락을 구성하는 문장들도 그것들 가운데 가장 중요한 것은 단락의 맨 앞에, 가장 중요하지 않는 것을 단락의 맨 끝에 위치시킨다.

(ㅂ) 일반 독자가 이해하기 어려운 외래어·약어·전문 용어 등의 사용은 가급적 삼가야 하고, 불가피하게 그것들을 사용하게 될 경우에는 반드시 그것들에 대하여 해설해 주어야 한다.

(ㅅ) 작성자의 성명을 본문의 맨 뒤에 쓴다. 이렇게 하는 것은 그 기사에 대한 책임 소재를 분명히 밝힘으로써 기사의 질과 신뢰도를 높이는데 그 목적이 있다.

③ 논설 기사문

③-1 논설 기사문의 조직

논설 기사란 신문사의 주장을 논리적으로 내세운 기사로, 「사설」이라고 일컫는다. 이것은 현실의 문제를 비판하여 여론을 자극하고, 일반 대중을 계몽하고 교육하는 구실을 한다. 그리하여 논설 기사는 의견 기사 중에서 가장 중요한 자리를 차지한다.

논설 기사의 조직 형성은 다양하다. 주장을 먼저 내세우고 그 다음에 논증을 하는 형식이 있고, 먼저 논증을 전개하고 그 다음에 독자 스스로 결론을 이끌어 내도록 하는 형식도 있다. 또한 의문의 형태로 문제를 제기하고, 그것에 대해 해답을 주어 가면서 결론을 이끌어 내는 형식이 있고, 먼저 반대론을 들어 이것을 논박함으로써 결론을 이끌어 내는 형식도 있다.

논설 기사는 제목과 본론으로 구성된다. 제목은 대제목과 소제목으로 나뉘어 설정되는 경우가 있다. 본론은 대개 서론·본론·결론 등 세 부분으로 이루어진다. 서론은 문제를 제기함으로써 독자로 하여금 그 글을 읽고 싶은 욕구를 갖게 한다. 본론은 본문에서 가장 중요한 부문으로서 작성자의 의견을 논증하는 것이다. 본론은 단점과 증명으로 이루어진다. 결론은 본론의 논지를 요약하고, 주장한 바를 반복 강조하여 마무리하는 것이다.

③-2 논설 기사문의 표현

논설 기사는 정확성·객관성·不偏性·검증성·평이성 등의 요건을 갖추어야 한다.

정확성이란 내용과 표현 방식의 정확한 성질을 뜻한다. 내용은 물론 문장 구성, 술어의 사용, 개념 구성, 맞춤법, 띄어쓰기, 문장 부호 사용 등이 정확해야 한다.

객관성이란 사실이나 증거에 입각하여 객관적으로 진술하는 성질을 뜻한다.

불편성이란 작성자의 편견, 선입견, 사사로운 감정 등이 끼여서는 안 되는 성질을 말한다.

검증성이란 재현 가능성을 뜻한다. 즉 논설의 내용에 관하여 진위의 판별이 가능해야 한다는 것이다.

평이성이란 쉽게 이해할 수 있는 성질을 뜻한다. 문제가 간결하고 이해하기 쉬워야 한다.

가. 제제는 뉴스 기사에서 취한다. 작성자는 뉴스 기사 중에서 중요한 비중을 차지하는 것

을 선택하여 논설 기사의 제재로 삼아야 한다.

나. 제목은 주제를 압축하여 붙이거나 주제를 그대로 붙인다. 뉴스 기사의 제목과 같이, 독자가 제목만 보고서도 논설 기사의 작성자가 그 글을 통하여 주로 내세우고자 하는 의견이 무엇인지를 쉽게 파악할 수 있도록 제목을 붙여야 한다.

다. 누구든지 이해할 수 있는 일상적인 구어로 제목과 본문을 작성한다. 일반 독자가 이해하기 어려운 한자어·외래어·전문 용어·약어 등은 되도록 사용하지 않는다.

라. 본문은 통일성과 응집성이 있도록 조직한다. 통일성과 응집성이 있어야 주장이 분명히 드러나는 글이 된다.

마. 타당성이 있는 근거를 제시하여 주장을 뒷받침하여야 한다. 아무리 훌륭한 주자라 하더라도 그것을 뒷받침하는 증거가 타당성이 없는 것이면 그 주장은 설득력을 잃게 된다. 따라서 논설 기사를 작성할 때는 논거가 주장을 뒷받침하는 데 타당성이 있는 것인지 없는 것인지를 면밀히 검토한 뒤에 타당성이 있는 것만을 선정하여 적절하게 제시한다.

바. 단락을 바르게 설정한다. 단락은 독자의 독해에 영향을 끼친다. 독자는 단락이 잘못 설정되어 있는 글보다 단락이 바르게 설정되어 있는 글을 더 쉽게 이해한다. 문장은 단락의 단위이고, 단락은 글의 단위이다. 단락은 완결된 생각의 작은 덩어리이다. 이것은 통일성과 응집성을 지니는 데 결정적인 요인으로 작용한다.

사. 국문법에 맞고 국어다운 문장으로 기사를 작성한다. 문법성은 논리성을 갖춘 글을 생성하는데 중요한 구실을 한다. 비문법적인 문장은 의미를 정확히 표현할 수 없을 뿐만 아니라 논리성이 잃게 된다.

아. 표준어와 품위 있는 단어로 기사를 작성한다. 기사는 불특정 다수의 국민이 읽는 것이므로, 공용어이고 통용어인 표준어로 작성하여야 더욱 많은 사람이 이해할 수 없다.

자. 공공의 이익을 위하고 不偏性을 지닌 논설 기사가 되도록 작성한다. 논설에 작성자의 편견·선입견·감정 등이 끼어들어서는 안 된다.

차. 결론은 본론에서 논의한 내용을 중심으로 간결하게 작성한다. 본론에서 논의한 것을 토대로 주장을 도출하여 제시하거나, 본론에서 언급한 주장을 재강조하거나, 행동을 촉구하는 것으로 결론을 조직한다. [21]

---

[21] 성환갑·이주행·이찬규 공저, 현대인을 위한 글쓰기의 이론과 활용, 도서출판 동인, 2001. 2, pp.296-339 참조.

4) 광고문

광고문이란 어떤 사실을 많은 사람들에게 설명함으로써 그 사람들의 이해와 공명을 얻고 이쪽이 바라는 행동을 상대방에게 일으키게 하는 글이다. 광고문은 일종의 상업 행위이므로 거짓은 금물이지만 과장은 허용된다. 본래 P.R이란 것이 안 좋은 것은 피하고 좋은 것만 알린다는 뜻이라고 우스갯소리를 하는 이도 있다. 유명 인사나 인기 연예인의 추천 형식으로 효과를 얻는 광고도 있고, 고객의 무의식에 호소하는 광고도 있다.

광고문을 작성할 때의 유의사항으로는 다음과 같은 것이 있다.

가. 압축되고 기발한 글이어야 한다.
나. 사실보다는 다소 과장된 글이 효과적이다.
다. 인간의 욕망과 허점을 이용한 글이 효과적이다.
라. 오래도록 기억할 수 있는 글이어야 한다.
마. 신뢰감을 줄 수 있는 글이어야 한다.

일반 사람들이 선전 광고문을 읽거나, 보고 나서 상품을 사게 되는 과정까지는 주의→흥미→욕망→기억→행동의 5단계가 있다. 우선 독자의 주의를 끌어야 하고, 관심을 불러 일으켜 결국 흥미를 갖게 되도록 하며, 광고를 보고 사고 싶다는 욕망을 불러 일으켜야 하며, 지금 당장 사지는 않더라도 뒷날에 사게끔 기억해 두게 하고, 마지막으로 상품을 구매하도록 한다. 이러한 5단계의 심리적 변화를 염두에 두고 광고문을 작성하면 매우 효과적이다.

광고문의 작성 형식은 표제와 본문으로 나누어 나타낸다. 표제는 간결하고 요령 있는 문구, 기발한 문구, 리드미컬하고 세련된 문구, 가벼운 유머를 섞은 문구, 인상적인 표현의 문구를 사용하는 게 좋다. 표제에는 상품의 품질과는 관계 없으면서 독자의 주의를 끌기 위해 쓰는 catch word와 상품의 내용과 관련 있으면서 독자의 흥미와 욕망을 불러일으키게 하는 slogan이 쓰인다. 본문에서는 알기 쉽고 간결하게 상품의 내용·품질·가격 구매방법 등을 알린다. 취업 후 홍보 부서에서 일하거나, 자영업을 하는 경우 광고 문안을 직접 작성해야 할 경우에 대비해서 잘 알아두는 게 좋다.

예) "엄마 손은 약손"
엄마 손은 바로 '사랑'입니다!

어릴 적, 배가 아플 때, 엄마 손은 복통약이었고,

머리 아플 때는 두통약이었고 해열제였습니다.

아플 때마다 사랑으로 낫게 하는 엄마의 손

"엄마 고맙습니다."

엄마의 사랑이 깃든 약손처럼.

사랑은 모든 질병을 치료할 수

있는 좋은 약이 됩니다.

"가장 좋은 약은 사랑입니다."[22]

5) 式辭文

식사문이란 일반적으로 결혼식·입학식·졸업식·취임식·환영식·추도식 같은 여러 가지 의식을 거행하는 곳에서 낭독되는 문장을 말한다.

식사는 경우에 따라 즉흥적으로 하는 수도 있으나, 대체적으로 미리 써서 준비한 것을 낭독하는 경우가 많다. 이처럼 식사에서는 대개 즉흥적인 말로써 하는 연설식 식사와 문장을 읽어서 하는 낭독식 식사가 있다. 이를 다시 내용면을 중심으로 분류해 보면 慶弔나 公私로 나눌 수 있다. 경조에 관한 식사로는 결혼·회갑·입학·졸업 같은 기쁜 일인 경우의 축사와 영결·추도 같은 슬픈 일인 경우의 弔辭가 있다. 공사에 관한 식사로는 개천절·광복절 같은 공적인 경우와 결혼·회갑 같은 사적인 경우가 있다. 이 밖에 환송사·환영사도 있다. 그리고 하나의 의식을 행하는 데도 개회사·기념사·축사·격려사·폐회사 등으로 나누어 질 수 있다.

식사문을 작성할 때 주의해야 할 점은 다음과 같다.

가. 언제나 공손하고 정중한 표현을 해야 한다.

나. 읽기 좋게 낭독조로 써야 한다.

다. 사적인 내용에 치우치지 않게 써야 한다.

라. 지루하지 않으면서 참신미가 있게 써야 한다.

마. 의식 참석자들에게 감동을 줄 수 있게 해야 한다.

22: 이재춘, 대학작문 창의적인 글쓰기, 북랜드, 2008. 2, pp.203－205 참조.

식사문을 쓰려면 자기가 맡은 식사의 성격을 분명히 알아야 한다. 그 의식의 취지·동기·경과 같은 것을 해야 할 개회사에서 엉뚱하게 그 의식의 의미나 가치 등을 찬양하는 축사를 장황하게 하는 것은 잘못이다. 그리고 남의 경사스런 결혼식장에 가 주례사를 하면서 자기의 슬픈 추억 같은 것을 끄집어내어 하객들을 슬픔에 잠기게 한다든가 해서는 안 된다.

작성된 식사문을 직접 식장에서 낭독할 때는 청중의 반응을 고려하여 즉석에서 첨가하거나 제거하기도 하고, 표정이나 제스처 및 음성 등을 적절히 이용하는 것도 좋다. 나중에 축사나 격려사 또는 주례사를 쓰게 될 경우에 대비해 잘 익혀 두는 게 좋다.

  예) 고 신현확 전 국무총리 영전에

  김 준 성

  이 무슨 황망한 소리란 말인가. 마른하늘에서 날벼락이 쳐도 유분수지. 이 무슨 일이란 말인가? 비보를 듣고 한동안 망연자실했네. 너무나 가슴이 아프고 슬퍼서 한동안 어찌할 바를 몰랐다네. 자네가 건강이 좋지 않아 오랫동안 병실 생활을 하고는 있었지만. 이렇게 갑자기 우리 곁을 떠나리라고는 상상도 못했다네.(후략)(2007. 4. 30 중앙일보에서)[23]

6) 디지털 글쓰기

언어활동이 정보화 환경을 적극적으로 수용하는 경우, 우리는 디지털이라고 하는 새로운 미디어의 운용 방식에 의해 탄생한 「디지털 언어」를 만나게 된다. 아날로그 시대에서 디지털 시대로의 전환이 인간 삶의 모든 국면에서 혁명적인 변화를 가져왔으며, 이것은 언어활동의 영역에서도 예외가 아니다. 우리는 직접 읽기와 쓰기 프로그램을 사용하거나, 인터넷으로 연결된 가상공간에서 글을 읽거나 쓴다. 이러한 디지털 언어를 통해 작성된 글쓰기 방식으로 인터넷 글쓰기에 대해 알아보자.

23: 이재춘, 대학작문 창의적인 글쓰기, 북랜드, 2008. 2, pp.207-210 참조.

① 인터넷 글쓰기의 특징

인터넷상에서 글을 쓰는 것은 종이 매체에 쓰는 것과는 다른 특징을 지닌다. 먼저 종이 매체의 지면과 인터넷 모니터의 크기를 비교하면, 종이가 인터넷에 비해 우위를 차지한다. 종이 한 면은 컴퓨터 모니터에 비해 담는 양이 크고 넓다. 인터넷 신문의 경우 bar를 위아래로 움직이고 마우스를 이리저리 움직여야 신문의 한 면에 해당하는 부분을 볼 수 있다. 잡지나 A4 용지의 경우도 마찬가지이다. 즉 인터넷은 종이 매체에 비해, 한 번에 많은 부분을 볼 수 없고 일목요연하지 않아 파악하기 어렵다는 특징을 지닌다. 선명도에 있어서도 종이 매체가 인터넷보다 뛰어나다. 그러다 보니 종이 매체에 비해 읽는 속도가 늦고 이해도가 낮다. 따라서 인터넷에서 글을 쓰게 되면 오자나 탈자가 많아지며 교정을 보기 어렵다. 이를 방지하려면 중요한 글은 꼭 종이로 출력한 다음 틀린 부분이 없는지 확인하는 습관을 가져야 한다. 인터넷과 종이 매체의 차이점에 근거할 때, 인터넷 글쓰기는 상대적으로 부족하다고 생각되는 집중도와 정확도, 이해도를 보완할 수 있게끔 작성되어야 한다.

② 인터넷 글쓰기의 예

인터넷 글쓰기를 보편화시킨 데는 이메일과 게시판의 역할이 컸다. 이메일은 인터넷을 통해 주고받는 편지글이다. 짧은 글의 경우는 본문에 바로 쓰는 것이 편하나, 글이 길거나 글의 내용을 일목요연하게 볼 수 있도록 하려면 문서로 따로 만들어 첨부하는 게 좋다. 이메일은 글을 쓰지 않던 사람들에게 글을 쓰게 하는 효과를 거두었다는 점에서 긍정적 기능이 크다. 문서를 빠른 속도로 주고받을 수 있다는 점도 장점이다. 그러나 필요한 정보보다 쓰레기 정보가 더 많은 스팸 메일의 문제나 문서보관에 있어 안전성이 떨어지는 점 등은 개선이 필요하다.

게시판 글은 이메일 글과 형식은 비슷하나, 파급효과는 확연히 다르다. 게시판은 불특정 다수가 볼 수 있기 때문에 그 만큼 파급 효과가 크다. 게시판에 따라 실명과는 다른 별도의 ID를 사용하는 경우도 있고 실제 실명을 사용하는 경우도 있는데, 최근 인터넷 상에서 이루어진 언어 파행이나 인신공격이 심각한 수준에 이르자, 별도의 닉네임을 사용하는 경우도 등록 자체는 실명으로 하게끔 조치를 취하는 경우가 대부분이다. 현재는 이러한 인터넷 실명제가 상대적으로 많은 인원이 사용하는 포털 사이트에만 적용되고 있는데, 이를 보다 강화해야 한다는 주장도 제기되는 것이 현 실정이다.

회사나 단체의 인터넷 사이트, 또 개인의 인터넷 사이트 자체를 홈페이지라 부르기도 하고, 홈페이지의 프론트 페이지를 홈페이지라고 부른다. 홈페이지를 만들려면 많은 글이 필요하다. 글 외에도 이미지나 동영상이 필요하고, 때론 슬라이드 쇼, 비디오 슬라이드 쇼 등 새로운 양식의 스타일도 필요하게 된다. 이 가운데 가장 중요한 것은 글이다. 네티즌에게 필요한 정보 및 자료를 얼마나 이해하기 쉽게 잘 썼는가가 홈페이지의 성공 여부를 좌우한다. 이 밖에 아마추어 작가들이 글을 올리는 사이트도 흔한데, 장르를 총망라하여 재기발랄한 신인작가의 새로운 등용문의 역할을 하고 있다.

온라인 신문, 웹진, 인터넷 방송 등을 포괄해 지칭하는 온라인 저널 역시 인터넷 글쓰기의 중요한 영역이다. 이에는 인터넷 속의 신문을 가리키는 온라인 신문이 대표적이다. 온라인 신문에는 디지털 조선일보처럼 오프라인 신문을 온라인으로 옮긴 것이 많지만, 이와는 달리 오마이뉴스나 대자보, 딴지일보처럼 순수 온라인 신문도 있다.

③ 인터넷 글쓰기의 구성 방식

인터넷상에서 글쓰기를 할 때는 종이 매체에 쓰는 경우에 비해, 집중도와 정확도·이해도가 떨어지기 때문에 이를 보완할 수 있는 구성 방식을 택하는 것이 효과적이다. 인터넷 글쓰기에 효과적인 구성 방식은 대개 역피라미드형, 월스트리트 저널형, 피라미드형, 혼합형, 단락 독립형 등을 들 수 있다.

가. 역피라미드형

역피라미드형은 피라미드의 가장 넓은 밑부분이 위로 올라와 있는 모습이다. 즉 가장 중요한 내용부터 먼저 서술하는 방식을 말한다. 집중이 되지 않는 인터넷 모니터에서 글을 읽고, 빨리 이해하도록 하려면 첫 문장에서 가장 중요한 것을 말해주는 역피라미드형 서술방식이 가장 적합하다. 역피라미드형 구성 방식은 「가장 중요한 내용—중요한 보충 사실—흥미 있는 세부 사실」의 순서로 쓰는 것이 효과적이다.

나. 월스트리트 저널형

미국의 『월스트리트 저널』의 1면 트랜드 기사에서 자주 다룬 구성 방식이라고 해서 월스트리트 저널형으로 부른다. 이 신문의 1면 트랜드 기사는 삽화나 예화 등 실례 중심의 가벼운 내용이 글의 전면을 차지하여 환영을 받았다. 즉 월스트리트 저널형은 가벼운 예화 중심의 내용으로 먼저 네티즌의 주목을 끈 다음, 핵심 사항으로 접근하는 방식이다. 형식은 「흥미 있는 세부 사실－가장 중요한 내용－중요한 보충 사실－세부 사실」의 순서로 전개된다.

다. 피라미드형

역피라미드형과는 반대로 피라미드가 바로 서 있는 모양을 연상시키는 구성 방식이다. 맨 뒤에 중심 내용을 서술하는 방식으로 연대기적 유형이라고도 할 수 있다. 사람의 성장과정이나 사건의 흐름 등을 서술할 때 주로 활용된다. 글의 내용이 크게 주목을 끌거나, 도발적이지 않고 평범하면서도 감동을 주는 쪽일 때 피라미드형을 활용하는 것이 좋다.

라. 혼합형

글의 맨 앞과 끝 부분에 중요한 내용이 게재되는 방식으로 일반적 글쓰기에서 양괄식 구성이라 부르는 형식과 유사하다. 피라미드형으로 글을 써야 되는데, 서두 부분이 약해 독자들이 읽지 않을까 염려된다면 이 혼합형을 활용할 수 있다. 일단 핵심적 내용을 전문에 담은 후 피라미드형의 본문을 연결하면 혼합형이 된다.

마. 단락 독립형

내용이 달라지는 각 단락들을 독립적으로 쓰는 방식으로, 각 단락들은 내용과 형식에서 서로 독립된 형식을 띤다. 한 단락에서의 글은 또 다시 역피라미드형이나 월스트리트 저널형, 피라미드형을 다시 나타낸다. 단락 독립형으로 쓴 부분 앞에 글의 내용을 소개하거나 총괄하는 전문을 넣기도 하며, 독립된 각 단락마다 중간 제목을 넣으면 읽기 쉽고 이해가 빠르다.[24]

5. 학술 속의 글쓰기 ▌

학술적 글쓰기란 말 그대로 학문적인 글을 쓰는 것을 말한다. 학문의 대상은 거의 무제한적이다. 우주 자연과 인간의 삶에서 야기되는 문제들이 모두 학문적 고찰의 대상이 될 수 있다.

24: 자기표현과 글쓰기 편찬위원회편, 자기표현과 글쓰기, 도서출판 경진문화, 2009. 8, pp.70－74 참조.

이 가운데 어떤 문제들은 명확하게 해명되었고, 어떤 문제들은 불충분하게 논의된 채로 있는가 하면, 어떤 문제들은 해결된 것처럼 보이지만 사실은 그렇지 못하고, 어떤 문제들은 현 상황에서는 도저히 해결할 수 없는 것처럼 간주되기도 한다. 학술적 글쓰기는 아직 밝혀지지 않았거나, 잘못 이해된 문제들을 규명하고 불만족스러운 해결책들을 수정하거나 대안을 제시하는 사고 활동이라고 말할 수 있다.

학술적인 글에는 보고서, 학술 평론, 학술 논문 등이 포함된다. 글의 유형이 다양하다고 해서 쓰는 법까지 상이한 것은 아니다. 무엇보다 학술적 글쓰기의 특징은 객관적인 근거를 제시함으로써 자기 의견을 피력하는 실증적이며 논리적인 과정을 거쳐야 한다는 데에 있다. 학술적인 글이 적어도 학술적인 한, 적어도 규모나 소재 면에서는 차이가 날지 몰라도 쓰는 법은 매우 유사하며, 심지어 동일하기까지 한 이유가 여기에 있다. 이런 점에서 온갖 종류의 학술적인 글쓰기의 집필 요령을 따로 따로 서술하는 것은 불필요한 낭비일 것이다. 학술적 글쓰기를 대표하는 것은 학술 논문이며, 다른 유형의 학술적 글쓰기는 이에 대한 변용으로 간주될 수 있다.[25]

1) 보고서

보고서에는 日報, 月報 등 정기적으로 제출하는 것과 출장이나 수강 등 부정기적인 것이 있다. 정기적인 보고서에는 대부분의 회사에 양식이 마련되어 있으므로 그에 따라서 쓴다. 부정기적인 보고서로서 양식이 준비되어 있지 않은 경우에는 그 작성 능력 여하로 자신에 대한 평가를 좌우하는 수도 있다. 그러므로 보고서는 회사와 자신을 이어주는 중요한 문서라는 것을 잊지 말아야 한다.

보고서는 일정한 주제에 관하여 조사·연구·실험·관찰한 사실을 보고하는 문장이나 문서를 뜻한다. 연구보고·조사보고·실험보고·학기보고·독서보고·시장조사 등이 여기에 해당한다. 회사나 관공서는 물론 대학에서는 교육의 수단으로 이를 중요시한다.

직장에서 조사·연구·독서·청강·실험의 결과를 문서로써 보고하는 경우, 그 대상이나 문제를 어떻게 생각하고 어떻게 결론을 내렸는가 하는 사고의 과정을 보고하기 때문에 소논문의 성격을 띠게 된다.

25: 자기표현과 글쓰기 편찬위원회편, 자기표현과 글쓰기, 도서출판 경진문화, 2009. 8, pp.138－139 참조.

① 보고서의 종류

보고서는 그 대상을 보는 관점에 따라 여러 가지로 나눌 수가 있다. 자료의 종류나 수집방법에 따라 현지조사(Field-Work)에 의한 것, 실험이나 관찰에 의한 것, 문헌에 의한 것, 면접이나 앙케이트 등으로 분류된다.

다음은 대상을 서술하는 방법의 차이에서 어떤 대상을 사실 그대로 알리는 보고가 있는가 하면, 사실에 의한 사색의 과정을 거친 보고도 있다. 사실 그대로의 보고는 사실을 요약해서 보고하는 要約型과 사실에 대해 설명하는 說明型 등이 있고, 사색의 보고는 사색의 근거라든지, 사색의 과정이나 결과, 즉 보고자로서의 의견이나 주장·결론 등을 정리하여 설득력 있게 논리적이고 실증적으로 서술하는 형식이 있는데, 이 중에서 가장 쓰기 쉬운 것은 요약형과 설명형이라 할 수 있다.

그리고 그 다음으로는 보고서를 요구하는 개인이나 단체, 또는 회사나 학교 등의 주체 측과 보고서의 목적이나 용도 등으로 분류되기도 한다. 회사에서 새로운 기업의 발전이나 사업 확장을 위한 기초조사라든지, 회사나 단체에서 특수한 업무를 띠고 출장한 사람의 출장보고, 학교에서의 연구보고, 초청이나 파견·유학 등으로 외국이나 타지에 여행한 자의 조사 연구보고 등이 있다.

② 보고서 작성의 요소

보고서 작성에는 다음과 같은 요소가 있다.

가. 보고문에는 우선 그 보고 내용인 사실이 있어야 한다. 그 내용이라는 것은 가령 어느 공장에서 부지를 조사하는 경우에는 토지가 되고, 신원을 조사하는 경우에는 사람이 되며, 독서를 보고하는 경우에는 책이 된다. 그리고 실험이나 관찰을 보고하는 경우에는 사물이 된다.

나. 보고자는 주체적 인간이기 때문에 인간으로서의 관심이 있어야 한다. 여기에는 휴먼(Human) 즉 인간다움을 기본 바탕으로 보고서를 작성해야 한다는 의미가 포함된다. 무엇을 보느냐도 중요하지만 어떻게 보느냐는 더욱 중요하다. 사물이나 사실을 어떻게 보고, 어떻게 조사하며 어떻게 인식하느냐 하는 관심의 표명이 명료하게 드러나야 한다.

다. 보고서를 작성하는 사람은 그 보고서를 받는 사람에게 어떠한 태도로 작성하여 제출해야 하는가 하는 문제가 있다. 즉 보고자의 주장이나 희망사항·처리방안·의견 표시 등이 나타나야 한다는 말이다.

　라. 보고문 작성의 용도라든지 기능 등이 파악되어야 한다. 모든 종류의 보고서는 그 목적에 적합하도록 작성되어야 하기 때문이다. 가령 어떤 회사에서 어느 특정한 건축부지의 보고서라든지, 시장 조사에 관한 보고서의 능력 평가에 소용된다. 이처럼 보고서는 각각 그 이유라든지, 용도·기능이 있기 때문에 그 필요성을 잘 파악해야 하고, 또 그것을 충족할 수 있도록 작성해야 한다.

　마. 보고서를 작성할 때는 그 보고서를 누가 읽는가를 알고 써야 한다. 독자의 능력이나 성격, 전문지식 정도 등을 알고 쓰는 경우 그 보고서는 정당한 평가를 받게 되고 또 호응을 받을 수 있기 때문이다. 공장 기업체, 회사 등지에서 요구하는 보고서는 사장이나 중역간부들이 독자가 될 것이며, 대학에서의 보고서는 전문지식을 가진 교수가 독자가 된다. 그리고 신문·잡지 등에 발표되는 보고서는 일반 대중이 독자가 되므로 초등학교만 나온 사람도 이해할 수 있고 대학교수가 읽어도 유치하다고 느끼지 않게 써야 한다.

　바. 보고서는 신문 기사문과 같이, 여섯 가지의 원칙을 지켜야 한다. 즉 무엇을, 언제, 어디서, 누가, 왜, 어떻게 등을 찾아 써나가야 한다. 그래야만 사실에 충실할 수 있기 때문이다. 그 순서는 다소 뒤바뀌어도 상관이 없다. 그러나 이러한 원칙이 제대로 지켜지지 않으면 보고서의 내용이 부실하여 신빙성을 잃게 된다. 보고서는 이와 같이 여섯 가지의 원칙을 잘 지켜서 사실을 충실히 기록해야 한다.

　사. 보고서의 종류에 따라서는 첨부서류를 붙인다든지, 데이터를 표나 그래프로 작성하는 것이 효과적이다. 정보의 수집은 넓게, 그리고 통찰은 깊게 하는 것이 중요한 포인트이다.

　아. 제출기한은 엄수하도록 한다.

　다음은 보고서 문체의 세 가지의 원칙에 대해 알아보자. 다른 사람에게 쉽게 이해되는 문장을 작성하기 위해서는 우선 그 기초가 닦여 있지 않으면 안 된다. 이를 위해서는 다음의 세 가지 원칙을 참고하는 것이 바람직할 것이다. 이것은 「3C의 원칙」이라고 하는데, 즉 글은 명쾌하고, 바르고, 간결하게 써야 한다는 것이다. 이 세 가지 원칙을 잘 지키게 되면 우선 논리가 정확하고 바르게 전달된다. 논리가 질서정연하게 잡혀있는 문장은 마치 1라운드에서 상대방을 쓰러뜨리는 복서와도 같이 힘이 있고 명쾌하다. 그러나 이와 같이 명쾌하고 바르고 간결하게 쓰기란 그리 쉬운 일이 아니다. 자기의 연구 결과나 수사적 언어 조립이 요구된다. 그러므로 보고서뿐만 아니라 모든 글에는 적합한 언어를 선택하여 제자리에 끼워 넣는 훈련이 필요하다. 이를 위해서는 우선 이러한 원칙을 알고 역시 자주 써보아야 한다.

③ 보고서 작성의 실제

조사 보고서의 목차

1. 개황
 (1) 개요
2. 주요사업
 (1) 건의 이유
 (2) 주요 사업내용
 (3) 조직 활동

독서 보고서의 목차

Ⅰ. 전체의 개관―도입
1. 書種, 목적(독자, 주제, 내용의 범위) 소개, 종합적 평가
2. 저자의 소개
3. 내용의 개요, 또는 중요 내용의 조목별 열거
Ⅱ. 중요 내용과 특색(1)
1. 소개(요점, 요약, 좀 구체적으로)
2. 평가(근거의 제시에 역점을 둠)
Ⅲ. 중요 내용과 특색(2)
1. 소개
2. 평가
Ⅳ. 중요 내용과 특색(3)
Ⅴ. 기타 : 언급하고 싶은 내용, 삽화, 색인, 참고문헌, 문체, 흥미 있는 점
Ⅵ. 평가의 요약 : 책의 특색, 장단점, 발행소, 발행 연월일, 가격

발굴 조사 보고서의 목차

I. 유적의 위치 및 역사적 배경

1. 유적의 위치

2. 역사적 배경

II. 발굴조사의 경위 및 조사방법

1. 발굴조사 경위

2. 조사방법

III. 유구와 유물

1. 유구

  1) 금당지

  2) 금당지 축대

  3) 배수구

  4) 계단지

  5) 장지

  6) 아궁이 시설 및 소토유구

  7) 초석

2. 유물

  1) 금속물

  2) 석조물

  3) 전

  4) 와당

  5) 토기와 자기

IV. 종합고찰

1. 편년

2. 조사상의 문제

V. 결어

2) 기록문

기록문은 어떤 사실에 대하여 보고, 듣고, 조사한 것을 있는 그대로 기록한 글이고, 보고문은 기록한 것을 정리하여 발표한 글이다.

① 기록문의 종류

기록문은 일상생활, 관찰, 실험조사, 연구, 회의, 사건 등을 글감으로 쓰는데 내용에 따라 다음과 같이 나눈다.

가. 생활 메모-기억을 돕기 위해 쓰는 간단한 기록
나. 생활 기록문-일기와 같이 생활을 기록한 글
다. 학습 기록문-관찰, 조사, 연구, 학습기록 등
라. 특수 기록문-회의록, 학습일지 등

② 기록문의 형식

언제나 보고를 목적으로 쓰여진다. 「6하 원칙」에 따른다. 곧 언제, 어디서, 누가, 무엇을, 왜, 어떻게 가 적용된다. 사건을 전달하는 신문 기사도 이 6하 원칙에 의하여 기술한다.

②-1 관찰 기록문

자연의 신비 속에서 일어나는 변화를 관찰하여 기록한 글이다. 자연과 생명에 대한 사랑의 눈길로 바라보고 관찰하며 기록한다. 그 방법은 다음에 따른다.

가. 관찰의 눈을 갖고 꾸준히 지켜보며 그 현상을 기록한다.
나. 시간의 흐름에 따라 변화과정을 정확하게 기록한다. 짐작이나 예상이 아닌 확실한 사실 기록이다.
다. 관찰의 동기와 그 과정, 결과가 분명히 나타나야 한다.

라. 관찰한 내용을 중심으로 자기 생각이나 느낌을 충실히 곁들여야 살아있는 글이 된다.

마. 그림이나 도표를 활용해야 한다.

②-2 학습 기록문

어느 고장에서 무엇이 생산되고, 인구는? 어떠한 인물이 태어났으며 마을 앞 시냇물은 어느 강으로 흘러서 바다로 가는가? 관청은? 무슨 일을 하는가? 역사적 사건은? 도시의 인구는? 산의 높이는? 조목조목 또는 줄글로 풀어 써도 된다.[26]

3) 감상문

감상문이란 어떤 사물이나 현상을 보거나 겪고서, 자기가 느끼고 생각한 바를 이지와 감정과 사실을 적절히 엮어서 쓴 글이다. 감상문의 대표적인 것이 그 무엇을 읽고 나서 그 느낌을 정리해서 쓴 독서 감상문(독후감)이다.

감상문의 일반적 작성법은 다음과 같다.

가. 주어진 事象에 관심 있는 관찰이 있어야 한다.

나. 인간적인 요소들의 형상화와 정확한 반영이 있어야 한다.

다. 개성 있고 격조 있으며 공감을 자아내는 표현이어야 한다.

일반적으로 독서를 하고 나서 독후감을 쓰면 읽은 것에 대한 재정리가 되고, 기억에 오래 남게 되는 이점이 있다. 전문서적인 경우에는 자기의 지식을 확대시키며 비판력·판단력을 길러 준다. 일반 교양서적이나 문예작품인 경우에는 작품의 완전한 이해에 도움이 되고, 판단력과 감상력을 길러 주며, 자기의 인생관·세계관을 확충하고, 정서를 함양시키며 문장력을 향상시켜 준다.

독서 감상문을 작성하는 것은 보다 효과적인 독서 방법을 훈련하는 길이다. 독서 감상문을 작성할 때는 읽은 책의 내용이나 줄거리를 요약하는 데 그치지 말고, 반드시 비판과 감상이

26: 이정자·한종구 공저, 글쓰기의 방법과 이론, 한올출판사, 2004. 2, pp.46-48.

들어가야 한다. 소설을 읽고 나서 독서 감상문을 쓴다면, 도입 부분에서 읽게 된 동기라든가 작자 소개 및 작품의 배경 등을 적고, 전개 부분에서 내용 및 줄거리를 소개하고, 구성·환경 (배경)·인물(성격)·사건(행동)·주제·문체 등에 관해 해석·평가와 동시에 비판·감상을 곁들여야 하며, 결말 부분에서 최종적인 평가를 내린다. 일단 작품을 정독부터 하고 나서 작품의 내용과 작자의 의도에 일치하는 독후감을 써야 하는데, 감상은 가능한 한 객관적이면서 논리성을 잃지 않도록 한다. 이견이나 비판을 할 경우에는 충분한 근거와 이론을 제시해야 한다.

일반 교양서적일 경우에는 전개 부분에서 내용과 주제 즉 사상성·논리성·철학성과 관점 등에 중점을 두어야 한다.[27]

4) 기행문

기행문은 자기 경험을 남에게 알리는 글이므로 이해하기 쉽도록 여행한 차례대로 써나가는 것이 좋다. 그 지방의 풍경, 풍속, 습관, 명승지, 전설 등에 대하여 지은이가 느끼고 생각한 것을 쓰기 때문에 여행 기록문 또는 여행 감상문이라고도 한다.

① 알아두기

가. 메모하기-수첩준비, 메모하는 습관 기르기

먼저 출발시간과 전경 느낌을 적는다. 다음은 도착시간과 도착지, 전경 느낌 등을 기록한다. 또한 새로운 것을 보고 들으면 간단히 메모를 한다.

나. 기록의 차례-여행한 차례대로 써야 한다.

다. 작은 제목 사용-글의 내용에 따라 대문 나누기, 소제목을 붙여서 쓰면 편리하다.

라. 지은이의 감상-같은 곳을 다녀와도 사람들마다 그 느낌이 다르다. 각자가 보고, 듣고, 겪은 일을 차례에 맞추어 쓰되 그 느낌이 다르기 때문에 각양각색으로 나타나고 표현된다. 이것이 기행문의 특징이기도 하다.

마. 보고 느낀 사실이나 안내자나 주인에게 들은 이야기, 관광지 표시판의 해설, 안내 책자,

27: 이재춘, 대학작문 창의적인 글쓰기, 북랜드, 2008. 2, pp.207-210 참조.

그림엽서 등은 좋은 자료가 된다. 사실과 풍경, 전설에 대한 표현도 해야 한다.

② 기행문 작성의 요령과 유의점

가. 떠나는 즐거움이 있어야 한다. 독자가 공감할 수 있는 감흥, 여행의 동기 목적 등을 밝힌다. 이것은 독자로 하여금 앞으로 전개될 여행에 대한 기대감과 호기심을 갖게 하기 때문이다.

나. 여행의 노정이 나타나야 한다. 언제, 어디서, 어떻게 출발해서 무엇을 어떻게 보고, 듣고, 느끼고, 어떤 곳을 어떻게 다녀와서 돌아왔다는 내용을 기록해야 한다.

다. 지방색과 客窓感이 있어야 한다. 집을 떠나 나그네의 글이므로 나그네는 사소한 일에도 깊은 인상을 받을 수 있고, 지방색이 경이롭게 느껴진다. 또한 허전한 旅愁 속에서 고독감과 객창감을 맛본다. 이것은 기행문의 특색이며 특징이고 아름다움이다.

라. 자신의 취미나 개성이 나타나야 한다. 여행을 소재로 한 일종의 수필이므로 개성적인 색채가 나타나기 마련이다. 시, 그림, 취미도 나타난다.

마. 지나친 지식의 나열이나 고증은 삼간다. 일반 독자는 평범하다. 지식의 나열이나 고증은 전문가에게는 좋겠지만 일반 독자는 머리를 써야 되기 때문에 싫증을 느낀다. 특히 문학작품은 그렇다. 지나치면 학위 논문 같은 인상을 준다. 그러므로 지나친 지식의 나열이나 고증은 피하는 것이 좋다.

바. 전체적인 느낌을 정리한다.

③ 기행문의 종류

주관적인 기행문과 객관적인 기행문, 학술적인 기행문이 있다.

주관적인 기행문－작자의 감정이 중심을 이룬다. 곧 작자의 정서와 개성이 노출되어 있다.

객관적인 기행문－풍경이나 풍속 등을 일정한 거리를 두고 객관적인 입장에서 관찰하고 묘사하고 있다. 사물을 보는 작자의 예리한 관찰력과 그것을 통찰하는 교양의 깊이가 수반 되어야 한다.

학술적인 기행문－주관적인 감회나 정서가 배제되고 사회적 경제적 역사적인 면에서 파악하고 서술하므로 그 방면에 대한 해박한 지식과 조예가 있어야 한다.[28]

28: 이정자·한종구 공저, 글쓰기의 이론과 방법, 한올출판사, 2004. 2, pp.20－45.

5) 논설문

논설문은 필자가 어떤 주제에 대한 자신의 생각이나 주장을 논리적으로 펼쳐서 독자의 이해와 동조를 구하기 위해 쓴 글이다. 따라서 필자는 주장의 정당성을 입증하기 위해 이유와 근거를 제시해서 독자를 설득하는데 주안점을 둔다. 이런 논설문의 논제는 명제의 형태로 제시되며, 그 전개는 이 명제를 해명해 가는 과정이 된다.

논설문은 자신의 주장을 펴기 위해 논리적 근거를 제시하며 설득하는 논증적 논설문과 독자의 감성에 호소하여 자신의 주장을 합리화하는 설득적 논설문으로 나누어진다. 그리고 논설문을 구성하는 3가지 요소에는 명제·논거·논증이 있다. 명제는 필자가 내세운 주장이나 해명해야 하는 근거이고, 논거는 논증을 통해 진위를 증명하는 과정이다. 논설문의 형식적인 구조는 서론·본론·결론의 3단 구성이 가장 일반적이다.

① 논증의 과정

가. 論斷과 論據

논설문에서는 필자의 주장을 단정적으로 표현하는 논단과 주장을 검증하기 위해 제시한 논거가 있다. 논단은 대상을 긍정적으로 기술하는 긍정 논단과 부정적으로 기술하는 부정 논단으로 나누어진다. 논거는 필자의 주장을 증명하기 위한 논리적 근거를 말하는데, 사실 논거와 소견 논리로 나누어진다. 사실 논거는 객관적인 사실을 근거로 드는 예(물적 증거, 비유법, 예증법)를 말하고, 소견 논거는 주관적인 견해를 근거로 드는 예(인용법, 견해 피력)가 있다.

나. 命題

사실 명제와 정책 명제, 가치 명제가 있다. 사실 명제는 객관적인 사실을 제시한 명제로 진실성에 호소한다. 정책 명제는 당위성을 제시한 명제로 타당성에 호소한다(호소, 당부, 제안, 충고 등). 가치 명제는 대상이 지닌 가치를 제시한 명제로 주관성에 호소한다.

다. 推論

추론은 논리적 근거를 바탕으로 논지를 전개하는 과정을 의미하는데 귀납법과 연역법으로 나누어진다. 歸納法은 개별적인 사례나 사실에서 공통된 진리나 법칙을 추출하거나 판단하는 방법으로 과학적 추론법의 대표적 사례인데, 특수하고 개별적인 사실이나 명제를 전제로 일반적 원리나 결론을 추출하는 방식이다. 演繹法은 일반적인 진리나 법칙을 근거로 구체적인 사례나 사실을 판단하는 철학적인 추론 방법으로 3단 논법이 연역법의 대표적인 사례이다. 연역법은 대전제−소전제−결론으로 이루어지는데, 3단계가 모두 논리적으로 타당해야 한다. 대전제와 소전제가 모두 참이고 아울러 결론도 또한 대전제와 소전제로부터 논리적으로 도출되어야 결론도 참이 된다.

> **연역법의 사례** : 대전제−모든 동물은 죽는다.
>
> 소전제−사자는 동물이다.
>
> 결론−그러므로 사자는 죽는다.

② 논설문의 구조

서론에서 주제를 제시하여 독자의 흥미와 관심을 유발시키고, 집필 동기와 집필 목적을 구체적으로 밝히며 글이 전개될 방향과 범위를 제시한다.

다음 본론은 서론에서 제시한 내용을 체계적으로 전개하여 합당한 결론을 도출케 하는 중요 과정이다. 따라서 본론은 논설문의 중심 내용으로 필자가 제시한 주제를 분석하고, 전개하고, 종합하며, 이유나 근거를 제시하여 필자의 주장을 논증해서 독자를 설득한다. 필요에 따라 소주제를 몇 개로 나누고 소주제별로 단락을 전개한다. 적절한 자료와 논거를 제시한 합리적인 추론과 전개를 통해 독자의 동조와 설득을 이끌어 낸다.

결론은 본론에서 전개한 내용을 요약하고 정리하며 그 중요성을 강조한다. 앞으로의 상황을 전망하고 의견과 제안을 통해 독자의 행동을 촉구한다. 본론에서 거론하지 않은 내용은 다루지 않으며, 논설문의 결론은 더욱 간결하고 명확하게 마무리 되어야 한다.

③ 특징

가. 필자의 주장이 명확하고 구체적이다.

나. 논지가 일정한 방향으로 전개된다.

다. 사실 논거와 소견 논거가 혼합되어 나타나는 경우가 많다.

라. 필자의 열정과 의도가 강하게 드러난다.

마. 추론 과정이 논리 정연해야 하기 때문에 문체는 건조하고 간결하다.

바. 사용되는 어휘들은 추상성이 강하다.

사. 구조는 주로 서론·본론·결론으로 기술된다.[29]

29: 글쓰기 교과과정 연구위원 편, 글쓰기, 도서출판 박이정, 2009. 2, pp.108-132 참조.

참고문헌

- 고성환·이상진 공저, 글쓰기, 한국방송통신대학출판부, 2010. 2
- 임정섭, 글쓰기 훈련소, 경향미디어, 2009. 11
- 강석우 외 5인 공저, 대학생을 위한 과학글쓰기, 아카넷, 2009. 9
- 강석우 외 5인 공저, 대학생을 위한 학술적 글쓰기, 아카넷, 2009. 9
- 강미은, 논리적이면서도 매력적인 글쓰기의 기술, 원앤원북스, 2006. 4
- 이화여자대학교 교양국어 편찬위원회편, 우리말과 글쓰기, 이화여자대학교출판부, 2009. 2
- 자기표현과 글쓰기 편찬위원회편, 지식 기반 사회의 자기표현과 글쓰기, 도서출판 경진문회, 2009. 8
- 김용구 외 6인 공저, 글쓰기의 원리와 실제, 도서출판 북스힐, 2003. 3
- 이재춘, 대학작문 창의적인 글쓰기, 북랜드, 2008. 2
- 김지노, 세상에서 가장 쉬운 글쓰기 공부하면 된다, 지상사, 2009. 4
- 최기호, 좋은 글 올바른 글 쓰기 새 길라잡이, 동광출판사, 2002. 10
- 오토 크루제 저, 김종영 역, 공포를 날려버리는 학술적 글쓰기 방법, 커뮤니케이션북스(주), 2009. 12
- 장영길 외 7인 공저, 글쓰기, 도서출판 박이정, 2009. 2
- 이지호, 글쓰기와 글쓰기교육, 서울대학교출판부, 2004. 3
- 성환갑·이주행·이찬규 공저, 현대인을 위한 글쓰기 이론과 활용, 도서출판 동인, 2001. 2
- 이정자·한종구 공저, 글쓰기의 이론과 방법, 한올출판사, 2004. 2

저자 약력

정 인 문

· 동아대학교 대학원 석사과정 국어국문학과 수료(문학석사)
· 일본 요코하마국립대학 대학원 수사과정 교육학연구과 수료(교육학 수사)
· 동아대학교 대학원 국어국문학과 박사과정 수료(문학박사)
· 일본 大東文化대학 대학원 문학연구과 박사후기과정 수료 (문학 박사)
· 일본 츠쿠바대학 대학원 인문사회과학연구과 박사후기과정(문학 박사, 논문박사)
· 문학평론가(「조선문학」 신인상 평론 당선 데뷔)
· 동아문인회, 조선문학문인회, 부산광역시, 한국문인협회 회원
· 한국일본근대학회 회장, 자문위원
· 대한일어일문학회 학술이사, 감사, 편집위원
· 일본어문학회 학술이사
· 한국일본어문학회 이사
· 동아시아학회 편집이사, 출판이사
· 한일일어일문학회 학술이사
· 동일어문학회 이사
· 한국일본근대문학회 이사
· 경상남도 지방공무원 임용시험 문제출제위원
· 부산광역시 지방공무원 임용시험 문제출제위원
· 소방위 · 지방소방위 승진시험 필기시험 출제위원
· 관광통역안내사 국가자격시험 면접위원
· 경상대학교 대학원 박사과정 강사
· 부산외국어대학교 대학원 박사과정 강사
· 동아대학교 중국 일본학부 교수
· 동아대학교 일어일문학과장, 대학원 일어일문학과장, 교육대학원 일어교육전공 주임교수
· 고려대학교 박사학위 논문심사위원
· 경상대학교 박사학위 논문심사위원장
· 부산외국어대학교 박사학위 논문심사위원장
· 동아대학교 교수업적 평가 최우수 교수
· 동아대학교 최우수 강의 교수
· 유학생 일본어 논문 콘테스트 최우수상
· 2007년도 대한민국학술원 선정 최우수 학술도서(일본 명치기 문학논쟁사) 수상
· 2008년도 대한민국학술원 선정 최우수 학술도서(1910,20년대 한일 근대문학 교류사) 수상

글쓰기 이론과 실제

초판인쇄	2010년 4월 12일
초판발행	2010년 4월 22일
저 자	정인문
발 행 처	도서출판 박문사
등 록	제2009-11호
주 소	132-040 서울시 도봉구 창동 624-1 현대홈시티 102-1206
전 화	(02) 992-3253(代)
팩 스	(02) 991-1285
전자우편	bakmunsa@hanmail.net
홈페이지	http://www.jncbms.co.kr
책임편집	김진화

ISBN 978-89-94024-28-8 93810   정가 14,000원